古遠清臺灣文學新五書

臺灣當代文學辭典

第一冊

古遠清　編著

朱序

古遠清教授苦心經營多年的《臺灣當代文學辭典》出版在即，邀我寫這篇序言的時候其興奮之情溢於言表，想像得出電話那頭那副從不顯老的面龐堆積著的全是頑童似的笑。我深深理解這熟悉而遙遠的笑容，這本書對於長期研究臺港澳文學的古先生來說，其意義自然是非同一般。

作為一個學者，古遠清教授幾乎可以說是一個難得的名人，至少通過網路查詢可以看出，他的聞名往往多所謂「余古之爭」或「余古之訟」有關聯，而且在余秋雨的筆下，在一些尖酸苛刻的網路寫手以及余秋雨的死忠粉絲那裡，古先生幾乎成了無所事事然後又無事生非的無聊人物。其實，余秋雨固然有他的大散文要寫，有他的各路評審要當，有他的各級電視秀要做，可作為一個真正的學者，古遠清教授一點也不比余秋雨先生遜色，因而也不一定比余秋雨更無聊。古老師在中國現當代文學的研究特別是新詩研究方面，在臺、港、澳及海外華文文學研究方面的深厚造詣和學術積累，較之於余秋雨先生的西方戲劇理論的研究來，哪怕包括他作為「石一歌」之一所寫的文字，應該說更能立定學術的腳跟。古遠清教授確乎不應該將自己作為學者的聲名淹沒在網路上炒起來確有無聊之嫌的爭訟之中，他應該用更多更豐富的成果證明自己的學術實力，他不屬於那種利用單薄的學術本錢在文化街市賺吆喝的販夫走卒。《臺灣當代文學辭典》便是他在這方面進行有效的成果積累的實績顯示。

這部《臺灣當代文學辭典》，典型地體現了古遠清教授的這種但求資料全面而不求學術覆蓋面完全的學術風格。古先生是大陸學者中研究臺灣文學起步甚早，積累很厚，成就很高的學者，訪臺多次，交友甚多，對臺灣文學史料，掌故的熟識與把握在大陸學者中可謂首屈一指，本來大可以做一部全面而翔實的「臺灣文學辭典」之類，嚴謹的學術態度決定了他的學術取捨，他寧願將自己的學術佔領濃縮，以在當代文學資料的豐富和縝密取代臺灣文學通史觀察的漫衍和疏朗，以學術概述的簡明和精當取代文學史研究的滯重與文學批評的率性，以過硬的史料及其富於學術秩序的整理取代對臺灣文學現象的柔性分析。對於作者來說，這可能意味著一種學術性的犧牲，資料性的成果在理論性的史論面前似乎總是直不起腰桿。幸好古遠清先生不再需要「評職稱」、「評優秀」，他可以心安理得，心無旁鶩然後踏踏實實地做他的資料，並且可以內斂低調、審慎而紮紮實實地，將他的資料工作局限在斷代的和地域性的範圍之內。這樣的犧牲必然收獲某種學術的回報，在斷代和地域性意義上較為全面的資料呈現，使得這部書在臺灣文學研究領域擁有自己較為堅實且不可替代的一席之地。

該辭典內容豐富，收詞全面，其中作家作品辭條大多收至二〇一三年底，反映了臺灣當代文學的最新成果。讀者在書中不僅可以看到臺灣當代文學的重要訊息和資料，而且可以領略臺灣的風土人情、社會心態、價值取向和思維模式。全書分文學思潮、文學現象、文學運動、文學事件、文學論爭、文學團體、文學報刊、文學獎項、出版單位、教研部門和作家小傳、作品編目等類別，並附有《大陸出版臺灣文學史書目》、《大陸研究臺灣文學專家小傳》等，林林總總，洋洋灑灑，幾乎無事不錄，常常每錄必詳。即便是在臺灣，這樣詳備而全面的當代文學辭典亦迄未得見，出自一位大陸研究者之手，更屬難能可貴。雖然大陸出版過各種臺灣文學史料集和工具書，包括《臺灣新文學辭典》之類，但像這部《臺灣當代文學辭典》收詞如此全面，信息如此新鮮，反映當代臺灣文學樣貌如此豐富與深刻的成果並不多見，因此，這部書作為古遠清教授在臺灣文學研究方面的厚積成果，其所擁有的學術地位和學術價值自不在話下。

除了足資借鑑，足資參考的學術價值外，這部辭書還具有學術資料著作尤為難得的可讀性特徵。

在文學事件與論爭中，收錄了「『雙陳』大戰」、「『三陳』會戰」、「余光中向歷史『自首』」、「陳映真兩次被捕」、「唐文標的爆炸性文章」、「『冷凍』於梨華」「周令飛飛臺引發的魯迅熱」、「邱妙津等作家自殺」等，但看辭條，既有濃烈的時代氣息和歷史記憶意味，又有複雜生動的情節性，即對於一般讀者而言，也會保有相當的閱讀魅力。

這部書十分注重辭典的科學性和客觀性，同時又不隱瞞作者自己的傾向，對一些泛政治化的文學思潮和文學現象，也旗幟鮮明地表明自己的態度。不過，從這部辭書的選題到具體辭條的學術處理，可以看到非學術性因素對於學術建構的某種難以避免的牽累，而且可以預見這樣的牽累會在出版之後的閱讀、傳播過程中反覆出現。臺灣文學是中國文學無法避開的一部分，這是一種常識，也是不言而喻的事實，但在特定的學術情境下和特定的閱讀氛圍中，這些常識和事實一旦被強調，就往往意味著對某些非學術性牽扯因素的格外敏感，無論如何理直氣壯，對於學術的干擾總是勢所難免。正因如此，我近年來主張以「漢語新文學」容括中國現當代文學、臺、港、澳文學和海外華文文學。漢語新文學就是用現代漢語表現現代價值觀念、審美趣尚和人生經驗的新文學，自五四新文學發軔，蔚然形成一個偉大而充滿生機的新傳統，無論在中國大陸還是在臺灣、香港澳門，抑或是在國外，構成的都是一個整體，沒有必要分割成不同體制和不同地域加以特別的政治定性。因此，漢語新文學的表述不僅簡潔明快，概括力強，而且避免了動輒須進行非學術因素的概念論辯的尷尬。這與那種撥起頭髮想離開地球的「去中國化」傾向又毫無瓜葛，因為漢語一詞不容置疑地包含著漢語使用者這一文化共同體的文化內涵，在這個語言和文化共同體中，無論就新傳統的發生和主體發展而言，還是文化影響和文學力量而言，中國大陸的中心地位不僅不容置疑，而且也無法動搖。任何一個以「漢語」為關鍵詞的概念，不言而喻地在其中心意義上指向中國大陸。古遠清先生通過這部書的學術實踐，應能感受到進行非學術因素的概念辯論的某種無奈，如果先生能與我一起思考漢語新文學的概念路徑，則會輕而易舉地化解這樣的無奈與尷尬。

當然比較順當的學術方式不是邀古先生與我一起思考漢語新文學的問題，而是我能有機會和古先生一起琢磨他這部辭書。古先生果然給了我這樣的機會。古先生治臺灣文學，其功底之深厚，其建樹之卓犖，使得我對這部書稿幾無置喙的餘地。

這是一部苦心孤詣的學術書籍，兼具學術性、工具性，帶有明顯的學術創新意味和研究先導功能，同時體現著資料全面而不求學術覆蓋面的完全的學術特徵，且具備頗受歡迎的可讀性。這番話作為廣告詞很不高明，但顯然不是廣告詞，而只是我個人的觀感與印象。

朱壽桐

序於澳門大學中國語言文學系

二〇一〇年二月九日（註一）

注釋

一　本書最初完稿於二〇一〇年，請朱先生作此序也是十二年前的事了。本書原委託上海辭書出版社出版，後因故未出版，只好換了另一家出版社，並將資料年限往下延伸至二〇一三年。可這家出版社也遲遲無法出版，而委請第三家大陸出版社出版，並將年限下延至二〇一六年。然而，該出版社長達六年還是無法按時出版，恰逢萬卷樓圖書公司詢問，是否有適合的著作能收入「古遠清臺灣文學新五書」，因而委託萬卷樓圖書公司出版，並將某些辭條的年限延伸至二〇二二年，這個現象在作家卒年中表現得尤為明顯。這種「紛亂」說明此書係四易出版社所造成的，請讀者理解。

自序
臺灣文學現象如雲，我只是抬頭看過

以下面的「自問自答」，權當拙編《臺灣當代文學辭典》序言。

問：能不能用兩句話來概括你這部《臺灣當代文學辭典》的特點？

答：該辭典具有前衛性、學術性、資料性，是「別具一格的臺灣文學新辭典，不可或缺的教學研究參考書」。

問：大陸學者都像你這樣了解臺灣文學嗎？

答：臺灣文學現象如雲，我只是抬頭看過；臺灣文壇是非如雷，我只是掩耳聽過。你的提問使我亢奮，但也使我惶恐。儘管我認為自己了解臺灣文學不過是飄浮如雲，但我可以這樣回答你，大陸研究臺灣文學的大名如雷貫耳者有福建劉登翰、北京古繼堂。

問：這就是臺灣文壇「流星」林燿德說的「兩古一劉」或「南北雙古」吧。你這位「南古」和北古」是兄弟嗎？

答：古繼堂是河南人，我是廣東人，我們是同學加兄弟，同在武漢大學中文系一九六四年畢業。

問：我還聽新加坡《赤道風》主編說你們「兩古」是父子關係呢。

答：我們的著作堅持臺灣文學是中國文學組成部分的觀點，因而受到臺灣統派的歡迎，同時也受到獨派的攻訐，臺灣某部門還召開過含有「炮轟南北雙古」為主旨的「研討會」。當我們「兩古」踏上寶島時，獨派的一位學者竟驚呼「兩股（古）暗流來了」。

問：這真是「不批不知道，一批做廣告」。可無論是比你年長的古繼堂還是劉登翰，都從未單獨出版過臺灣當代文學「辭典」，你怎麼會一個人寫這本書？

答：在臺灣文學辭書甚缺的沙漠上，終究會下起雨來的吧。我這次「下雨」編辭典，有如不甘乾死於沙漠的學人所培植的一棵稚嫩的細草。這「細草」為什麼會由我一人栽種，是因為我是臺灣作家陳映真戲稱的「獨行俠」。我有關臺灣文學的十六本著作，都是嫩草式的作品。不過，在臺灣獨派看來，有可能是「一棵大毒草」。當下臺灣最活躍的評論家陳芳明，就曾在課堂上把我和古繼堂並稱為「兩個無賴教授」。這「無賴」近乎謾罵，還是叫「獨行俠」吧。

問：「獨行俠」？聽起來你好似江湖中人，難怪新加坡女作家蓉子稱你這位不用手機的人「古里古氣，似深藏不露的武林人物」。

答：錯了，我是「文林人物」。我從事臺灣文學研究以來，許多研究生會問我一些叫人難於三言兩語講清的問題，這就使我領悟到一個道理：在大陸學界中理所當然的事情，到了臺灣學界就不那麼理所當然，如臺灣文學如何定位，在大陸學界完全不成問題，可在臺灣，其答案之多簡直就像一場作文比賽。

問：作文比賽？太有意思了，能否多談一點。

答：臺灣文學本是一個詭異領域，站在各種不同立場會做出不同乃至完全相反的評價，下面是不同派別的臺灣作家對臺灣文學的不同定義：

不論是住在臺灣還是海外的中國人寫的有關臺灣的作品；

持有「中華民國」護照的作家用國語所創作的文學；

臺灣人站在臺灣立場寫的作品；

臺灣文學是在國民黨統治體制的中國屬性政治與文化高壓下發展的文學；

臺灣人爲擺脱荷蘭、日本、中國等「殖民者」的異族控制而做見證的文學；

> 不是中國人而是「臺灣人」唾棄中國語而用「臺語」作爲表達工具寫感的作品；
>
> 沒有臺灣文學，只有中國文學，如有，也是在臺灣的中國文學……

問：第三條至第六條的定義以所謂「政治正確」為唯一標準，它無限誇大和膨脹臺灣文學的特殊性，認為臺灣文學與大陸文學的關係猶如英國文學與美國文學的關係。不過，這是我們無法同意的。臺灣已有一些書介紹過臺灣文學這方面的論爭，看這些書就足夠了，何必要你這位「隔岸觀火」者寫此書？

答：看來你還不夠了解臺灣。臺灣曾組織眾多學者編寫臺灣文學辭典，可一直不見問世，截至本書殺青時只見過一本篇幅不大的《臺灣文學史小事典》。葉石濤倒寫過《臺灣文學入門》，但那不是辭典。是辭典的倒有彭瑞金主編的《高雄文學小百科》，可惜其內容並沒有覆蓋全臺灣。

問：現在大陸有越來越多的人研習臺灣文學，大家對臺灣文學不再感到陌生，對隔岸的文壇狀況通過網際網路也可以了解許多。

答：這反映了讀者對臺灣文學接受的一個特點，「貌似熟悉，其實陌生得如同路人。」為消除這種陌生感，恢復對它的熟悉程度，故拙著設計了「三腳仔論」、「越境的文學」、「三三文學現象」、「芋仔與蕃薯仔」、「左翼統派政治文學」、「右翼統派政治小說」、「臺北文學」、「南部文學」、「新本土八股」這些辭條。你想一想，不少人研究臺灣文學只注重作家作品，很難有像拙著那樣深挖細找，甚至還抓到臺灣文壇的「鬼」哩。

問：臺灣文壇真有「鬼」嗎？

答：駱以軍說，現今臺灣社會兩大政黨惡鬥，政客們各懷鬼胎，謊話連篇，我們「都得生活在明目張膽的鬼臉之下」。這「生活」，當然包括文學生活。

問：能否就「鬼」這點說得具體一點？

答：日據時期的重要作家龍瑛宗，曾告誡新進作家「不要變成墊腳的小鬼」。高喊「臺灣作家用中國語寫作，可恥」的成功大學副教授蔣為文，便是為建立所謂「臺灣共和國」墊腳的「小鬼」。這種政治上的「鬼」暫且不論，單說創作上，李昂在二〇〇四年就出版有小說《看得見的鬼》。作者運用她多次寫過的性與暴力的主題，以另一種視角寫出一篇篇令人驚詫的鬼國寓言。

問：連「鬼」你都敢抓敢論，這回你不是「獨行俠」，而成了《臺港文學選刊》主編楊際嵐戲稱的「古大俠」了。

答：我十多次去臺灣，在寶島出版了二十六本書，以致有人誤認為我是臺灣作家。我曾大言不慚地說，我在臺灣訪問、開會、講學期間，「吸的是臺灣空氣，吃的是臺灣大米，喝的是臺灣涼水，拉出來的則是……」

問：你這話大不文雅了，不過「拉出來的是臺灣屎」畢竟說明你寫的臺灣文學著作與垃圾無異，難怪有位臺灣詩人批評你的《臺灣當代新詩史》，送到資源回收場還不到一公斤哩。

答：曾有人認為是因為拙著沒有寫到這位臺灣詩人，故引發他的「吃味」心理。其實，是因為拙著否定了他參與過的「反共文學」，致使他惱羞成怒，以致我在二〇一三年訪臺時，他宣布我是「不受歡迎的人」。

問：豈與夏蟲語冰？「反共文學」旗手司馬中原就認為「反共文學」永不會逝去。你否定「反共文學」，他們認為你是在中共體制內寫作的緣故，或曰與「統戰」有關。

答：「反共文學」是一種逝去的文學，遠離讀者的文學。它之所以經不起時間的沉澱，一個重要原因是虛幻性。否定「反共文學」的人，並不僅僅是大陸學者，連批評我的落蒂也認為：

「那段時間的戰鬥詩，除了史的意義外，談不上什麼藝術價值。當時許多很紅的戰鬥詩人，現在都沒人提了。」還有臺灣本土作家葉石濤亦認為，「反共文學」是一種附庸政策的「墮落」，是一種歌功頌德的「夢囈作品」，「令人生厭的、劃一思想的口號八股文學」，這一文學潮流，「不僅被廣大的臺灣同胞所厭惡，而且被他們自己的第二代所唾棄」。葉石濤如此認為，該不是他也在中共體制內寫作，或是為了呼應對岸的「統戰」才這樣評價吧？

問：臺灣文學只有三百年，遠沒有大陸文學時間長，當代臺灣文學更沒有大陸豐富，你對臺灣文學應該都瞭如指掌吧？

答：這不可能！不過，有「國學大師」之稱的臺灣陳鼓應教授，我與他素不相識，可他讀了我在臺北《傳記文學》上發表的長文〈余光中的「歷史問題」〉後，打了一個多小時的越洋電話稱讚我對臺灣文學怎麼會了解得這麼清楚。我趁機和他吹牛說，我研究臺灣文學深入到連某位作家有無「小三」都知道。我當時就說了陳鼓應的一位摯友婚外情的情況，他聽了後大吃一驚……

問：你這個人太可怕了！我懷疑你不是學者，而是狗仔隊。儘管這樣，我還是要問你，作為一本「最親切的臺灣文學辭典」，你在寫作過程中，有無被臺灣文壇出現過的血淚史所感動？

答：我向王鼎鈞學習，寫作時尋求佛家的幫助，希望客觀公正「不喜不怒、無愛無憎」，但我達不到這種境界。「男兒有淚不輕彈」的我，當寫到「神州詩社」遭鎮壓、陳映真數次被捕、邱妙津等作家自殺時，不禁有「抱其璞而哭於楚山之下」的和氏哀慼！

問：你失態了。正因為失態，不冷靜、不理智，我初翻《臺灣當代文學事辭典》打印稿，發現這是一本非嚴格意義上的辭典，不少地方詳略不一。

答：當我這本書最初送給某辭書出版社一位朋友審讀時，將「辭典」更名為「事典」。這是因為寫當代的事情很難做到規範化、經典化。應該承認，我不可能把「辭典」中提到的所有作品和雜誌通讀一遍，有些資料還需要補充。這本書我認為最精彩的地方是文學運動、文學思潮、文學現象、文學論爭、文學事件部分。這是屬於我個人觀點的辭典，有強烈的大陸學者主體性。比如在用詞上，如果由某些臺灣學者來寫，他們就會稱「日治時期臺灣文學」而不用「日據時期臺灣文學」。

問：這「日據」和「日治」有何不同？

答：這一字之差，關係到民族尊嚴，裡面大有文章。正如臺灣出版的《聯合報》稱：「日據」與「日治」之爭涉及「一字喪邦」的微言大義，兩者是「正統史觀」與「臺獨史觀」的分辨，「正統史觀」將甲午戰爭和十四年抗戰皆視日本為侵略國，它代表臺灣人記得日本人欺壓、侵略的歷史，代表記得自己是中國人，因此稱「日據」，「臺獨史觀」稱「日治」，是指領土轉移，是「日本外來政權治理臺灣」或「日本軍國主義統治臺灣」，他們硬拗是一八九五年清帝國戰敗而割讓臺灣給日本，所以日本並非莫名強據，因而不可稱「日據」；而《馬關條約》是「有效的國際法」，日本對臺統治是「合法統治」。這明顯是美化日本的殖民統治，有如將「慰安婦」改稱為「性奴」一樣。當下這種「日本皇民史觀」，不但不像醜得叫人長毛的荊棘在枯萎，反而在綠色的文化草坡上長得很茂盛。

問：我看過你在臺北《新地文學》和大陸出版的《華文文學》雜誌上連載或選登的有關《辭典》的部分文章，內容很新鮮，真可用令人耳目一新來形容。不過許多人認為你是用剪刀加糨糊做學問，沒有自己的觀點。

答：編辭典，當然離不開剪刀加糨糊啦。不過，如何選材，選後如何剪裁，如何拼貼，如何組裝，就大有學問。至於我的觀點也就是我的臺灣文學史觀，不妨看看我在兩岸分別出版的《世紀末臺灣文學地圖》、《海峽兩岸文學關係史》以及本書的前言。

問：作為辭書的作者，你的態度不是戰戰兢兢，而是躍馬橫刀，裡面暗藏有不少刀光劍影，涉及政治的地方太多了，如什麼「查禁『共匪武俠小說』」、「國民黨的『中國現代文學』」、「『船長』事件」、「兩個女人的戰爭」、「『泛綠』文學陣營」、「余光中向歷史『自首』」……

答：我的論述是禁得起試煉的。臺灣的文化本來離不開政治，以大家十分熟悉的電影「金馬獎」為例，這「金馬」可不是什麼吉祥物，而是當年國民黨「反攻大陸」的重要陣地金門、馬祖的簡稱。當局在戒嚴時代設立這種電影獎，是鼓勵文藝家多拍反共電影。當下的臺灣「新聞臺」更是政治顏色鮮明，其中有深藍的「中天新聞臺」，綠油油的「民視新聞臺」，綠到破錶的「三立新聞臺」，藍到叫人受不了的「TVBS新聞臺」，還有專搞煽情新聞的「東森新聞臺」。當然，也有與政治無關的，如「叫春」節……

問：你這是在醜化臺灣。據我所知，臺灣人大都很「紳士」，絕不像你描述的那樣傷風敗俗。

答：你太性急了！「叫春」節是一年一度四月份在臺灣最南端墾丁舉辦的青春盛會「春天吶喊（Spring Scream）」的簡稱。臺灣彰化鹿港還有一條窄到兩人相遇必擦胸而過的防火巷被叫「摸乳巷」呢，這是觀光景點，巷名與色情毫無關係。不過，為了不引起花痴青少年的想入非非，「叫春」節就簡稱「春吶」節吧。

問：我經常注意辭書界綻開的新花朵。你的書可說是一朵帶刺的薔薇，不僅捉「鬼」還打狗，其中有一個辭條好似叫「打狗文學獎」吧。

答：這自然不能解讀為「打發給狗的地方獎」。高雄的舊名叫「打狗」，該獎係由高雄市文化局創辦。

問：那你上面說的「兩個女人的戰爭」是否與情色有關呢？

答：所謂「兩個女人的戰爭」，是指李昂發表的小說《北港香爐人人插》。此篇名破譯出來，比「摸乳巷」還要情色。作品所寫的主人林麗姿，在十足男性化的早期反對運動中努力向上攀爬，企圖以女人的性與身體作為獲取權利的渠道。不少人認為林麗姿的原型是前民進黨文宣部主任陳文茜，這其中還有三角愛情故事。陳文茜看了以後非常氣憤，闢謠時竟聯想到自殺，並表示《北港香爐人人插》一旦出書上市，將循司法渠道表示抗議。楊照、平路、張大春、南方朔這些名家亦加入「兩個女人的戰爭」，《中國時報》「人間」副刊還開闢了「筆戰場」。這場兩人的「戰爭」牽扯到政治，關聯到政黨——不僅有小說中寫到的民進黨，就是與小說無關的國民黨也產生隔岸觀火的興致。

問：你書中有些辭條如「『工農漁』文學」、「吳祖光『抄襲』王藍疑案」、「朱氏『小說工廠』」、「南北兩派作家座談會」、「周令飛飛台引發的魯迅熱」、「『雙陳』大戰」、「『三陳』會戰」、「流淚的年會」，吸睛奪目，看到標題就想看內容。

答：「葉已驚霜別故枝，垂楊老去尚餘絲。」這部「辭典」是我這棵老樹的「餘絲」，既有昨天的雲、今日的雷，也有明天的霞，其愉悅性可讓讀者如在一個五月清晨，感覺就像溫煦的太陽一般輕快而祥和。我力圖打開束縛臺灣文學研究的「繩扣」，激活被「學院派」禁錮的研究思路，故我不怕這本有創意的書銷不出去。

問：你這幾年出書甚多，有人稱你是「劊（快）子手」，這本書不會也像過去那樣行雲流水，一揮而就吧？

答：「愛好由來下筆難，一詩千改始心安。」我遵照古人袁枚的教導，將此書改來改去（尤其是下限），弄得原責任編輯者不耐煩了。這部「辭典」是我研究臺灣文學道路上的「闖山奪路」，絕不敢馬虎從事。該書是用辭條形式寫成的臺灣當代文學簡史，在討論臺灣文學的當下發展趨勢時作了言簡意賅和富於探索性的論述。和傳統文學辭典不同的是，該書十分重視文學團體、文學傳媒、文學運動、文學現象，文學論爭的闡釋，對作家作品只作重點介紹，不求「人人有份」流水帳式的羅列。

問：這就是你「古大俠」的夫子自道吧，可我分明感到你在「作文比賽」中躍馬橫刀，原來是「古婆」賣瓜自賣自誇呀。

答：豈與夏蟲語冰。為使你這位「夏蟲」更多了解「冰」的溫度，你不妨等拙著出版後買本來看看。

問：繞了這多彎子，原來你是在做廣告。拜拜！

——原刊於《文學自由談》二〇一四年第三期；《名作欣賞》二〇一四年第十二期

前言

跨海而來的臺灣文學

討論臺灣當代文學，必須區分臺灣所使用的兩個不同概念，一個是一九七〇年代以前流行的「自由中國文學」，另一個是一九八〇年代正式啟用的「臺灣文學」。前者不是一個單純的學術概念，而是包含著濃烈的意識型態內容，它主要是指國民黨退守臺灣後具有三民主義價值特徵的文學。其時段性、政治性和區域性非常明顯。隨著臺灣本土化的趨向，「自由中國文學」的概念已被「臺灣文學」所取代。在許多本土派作家看來，「臺灣文學」是「中國文學」對立的概念，它只包含具有強烈的臺灣意識的作品，尤其是臺灣人用臺灣話寫臺灣事的本土作家作品，這同樣有強烈的排他性。本書只把「臺灣文學」作中性名詞使用，具體是指臺灣地區出現的文學，不僅指本土作家作品，也包括外省作家和原住民作家作品。

如果將跨海而來的臺灣文學分成現當代兩大塊，那從一九二〇年初《臺灣青年》創刊到一九四五年八月殖民統治結束，是現代文學時期。光復後至當下為當代文學發展時期。鑒於光復後本土作家存在著從日語向中文轉換不熟練問題，故這一時期文學創作嚴重歉收，但不等於空白，見本書光復後的有關辭條。

從「戰鬥文學」到現代主義文學

國民黨退守臺灣後，恐共、恨共情結不僅表現在軍事上、外交上，也體現在「戰鬥文學」的倡導上。「戰鬥文學」就題材而言，相當一部分屬於「回憶文學」；就功用而言，是為政治服務的「大兵文學」。倡導者要求文學自由主義者犧牲個人的自由，要求作家放棄個人單獨的行動和寫作主張，為政治服務。這方面的作者主要有陳紀瀅、王藍、姜貴、潘人木、潘壘、朱西甯、司馬中原、段彩華等。這些外省文人相繼創作有《紅河三部曲》、《荻村傳》、《華夏八年》、《近鄉情怯》、《荒原》、《幕後》、《蓮漪表妹》、《滾滾遼河》。其中姜貴創作的長篇小說《旋風》、《重陽》，曾受到胡適等人的肯定。姜貴寫小說時生活貧困，這促使他正視現實，即在「控訴」的同時大膽揭露舊中國生活的恐怖和黑暗。王藍的《藍與黑》也曾名噪一時。寫反共詩與反共歌詞的作家亦不少。「反共詩歌」寫到最後差不多都有一個光明的尾巴，「反攻」勝利了，共產黨「滅亡」了。歷史早已證明這種預言的荒謬。對這種聲嘶力竭的「反共文學」，如果說還有什麼值得肯定之處，一是它反映動亂年代的歷史文獻價值，二是作者們常常把「反共」與「懷鄉」聯繫在一起，在思念故土故鄉時，文字散發著泥土的芬芳，三是在內容上堅持「一個中國」原則。這裡應指出的是，本土作家不但沒有加入「反共文學」的創作行列，反而延續了鄉土文學的香火，如鍾理和寫出了長篇小說《笠山農場》。中國婦女寫作協會的鍾梅音、林海音、張秀亞、琦君、羅蘭的散文則弱化反共教條，多的是家庭生活的描寫。

一九五〇年代後期，臺灣社會呈現出西化的發展趨勢。作家們對「戰鬥文學」思潮普遍厭倦和反叛。部分青年因反攻大陸無望而產生了逃避主義心理和頹廢情緒，使現代主義找到了廣泛滋生的溫床。從一九五六年起，現代主義文學由新詩領隊登陸文壇。被稱作「新詩再革命」的領導者紀弦成立了「現代派」，成就突出者有紀弦、林亨泰、羊令野、羅門、覃子豪、余光中、蓉子、周夢蝶、白萩、葉維廉、管管等。無論是洛夫的《魔歌》、商禽的《夢或者黎明》、瘂弦的《深淵》，還是鄭愁予的詩和葉珊的《水之湄》，與傳統詩最大的不同是表現自我，走向內心，企圖躲進與現實隔絕的「象牙塔」去尋求精神解說，強調反理性。他們還致力於潛意識的表現，把夢幻、本能、下意識看作藝術創作的源泉。與此相關的是他們十分注意意象的經營和象徵、暗示手法的運用，愛用聲色交感、扭曲變形和歧義性手法，追求時空的交錯、轉移以及主、客體的對立和換位，為刷新詩藝作出了應有的努力和貢獻。

現代主義文學鼎盛於現代小說的出現。在《文學雜誌》、《現代文學》這兩個刊物的引導下，小說家們藝術視野從外在的現實世界，拓展深化到人物的內心世界，使自己的小說世界成為作家的一己心像圖和負面人性的呈露。他們還深受存在主義哲學的影響，注意強化小說主題的比喻性和形象的抽象化、手法的荒誕性，並廣泛運用以弗洛伊德的精神分析學說為依據的意識流手法。這批作家主要有白先勇、聶華苓、於梨華、陳若曦、王文興、歐陽子、七等生、叢甦、林懷民、水晶、施叔青、王禎和、陳映真、李昂、王拓、黃春明、李喬、季季。代表作有白先勇的《台北人》、王文興的《家變》、七等生的《我愛黑眼珠》、聶華苓的《桑青與桃紅》、於梨華的《又見棕櫚，又見棕櫚》。

當西化之風勁吹時，不僅《現代文學》作家群寫了「新」、「亂」、「怪」的作品，而且別的文體和流派、社團的作家，也或多或少受到現代主義思潮的影響。就連《筆匯》、《文學季刊》這些富於濃厚鄉土氣息的刊物也在賣力地介紹外國作家及其文藝思想、理論著作，但這並不等於說當代文學已全盤西化。這是因為，當時的臺灣社會還不存在全盤西化的土壤。正是在這一情勢下，林海音寫了女性意識突出的成長小說《城南舊事》；鍾肇政開始創作的大河小說《臺灣人三部曲》；散文家柏楊、言情小說家瓊瑤、歷史小說家高陽也在這時崛起。

從鄉土文學到後現代文學

一九七〇年代後，由於國際重大事件的衝擊，臺灣社會政治和經濟環境發生了急劇變化，使得文學界和社會各界一樣，對社會、經濟、政治、文化方面作出反省。這種劇變，激發了作家反抗殖民經濟和買辦經濟的民族意識及文化侵略的強烈願望。在這種情況下，便產生了政治革新要求、經濟平等和反剝削要求，隨之而來的是文化從唯西方馬首是瞻到回歸鄉土。「鄉土文學」適時地順應了這一歷史潮流。鄉土作家關心自己賴以生長的土地，努力表現臺灣鄉村和都市的具體社會生活，用富有地方色彩的語言和形式揭發社會矛盾和體現民族精神，去批判精神上和物質上殖民化的危機，從而在寶島上高高舉起中華民族自立自強的旗幟。這種鄉土文學，與其說是文學流派，不如說是文學潮流變革的先聲；是文學由虛假變作真實，由西方文學的附屬變為獨立自主的民族文學的報春燕。這類作家的前行代有吳濁流、楊逵、鍾理和、鍾肇政等，新生代有《嫁妝一牛車》的作者王禎和、《鑼》的作者黃春明、再現五六十年代臺灣鄉村「浮世繪」的陳映真以及王拓、楊青矗等。他們的作品雖然多以鄉村為背景，但不限於表現田園風光和地方風俗人情，還廣泛地反映現實生活中大眾的思想感情，描寫了他們的奮鬥、悲歡、掙扎和心理願望。透過這些作品，能使讀者對臺灣社會有更深切的了解和關切。

由於「鄉土文學」的產生有文學以外的政治和社會因素，因而引起激烈爭論。先是有關傑明、唐文標對現代詩的激烈抨擊，後有一九七七至一九七八年發生的鄉土文學論戰。這表面上是一場有關文學問題的論爭，其實它是由文學涉及政治、經濟、思想各種層面的反主流文化與主流文化的對決，是現代詩論戰的延續，也是臺灣當代文學史上規模最大、影響最為深遠的一場論戰。

在軍事對峙時期，兩岸文學處於「老死不相往來」的隔絕狀態。外省作家這時自然不可能到大陸探親，大陸作家更不可能到寶島訪問，但這必然的中斷有時又暗含偶然的交流，只不過這種交流是在非常態的第三地進行罷了。典型的例子是曾到大陸生活過的陳若曦發表了短篇小說《尹縣長》（註一），開傷痕文學之先河。

一九八七年七月解除戒嚴，黨禁、報禁不再

存在，過去官方支持的文藝團體——中國文藝協會，被邊緣化，而民間社團一直保持強大活力。隨著經濟的迅猛發展和資訊的高度發達，再加上大眾消費的流行，臺灣的報紙副刊成大眾文化論壇，一九七〇年代中期興起的報導文學由此退場，幾乎在龍應台旋風捲起的同時，都市文學卻隨著農村都市化而崛起。尤其是在國際大都會臺北，都市文學已成為一九八〇年代的文學主潮。所謂都市文學，不僅是指它反映的都市現實和作品中充滿了都市意象，而且還在於創作者有鮮明的都市意識。作為都市文學主要門類的都市小說，其特徵按林燿德的說法是，「除了創造幻覺之外，在於如何辨識、分類、解析、演繹都市空間。都市小說的主角不僅是人，空間的位置也自背景挪移至前景，制約了小說人物的行動，甚至吸收了一切，都市與都市小說互為正文，都市小說中的空間與人也互為正文。」新世代的都市小說，較有代表性的有王幼華的《麵先生的公寓生活》、張大春的《公寓導遊》、黃凡的《房地產銷售史》、朱天文的《炎夏之都》、林燿德的《大東區》等。與都市小說相較，逆向發展的是記憶臺灣的文化工程，這方面的代表作有一九八〇年代李喬出版的《寒夜三部曲》和東方白的《浪淘沙》。它們在表現臺灣人民的命運和身份的流離方面均有獨到之處；描寫白色恐怖的小說則有陳映真的《山路》、李昂的《迷園》、施明正的《喝尿者》等作品。

隨著原住民正名運動的開展，原住民文學取代了「山地文學」。這方面的作家主要有瓦歷斯·諾幹，另還有卑南人的孫大川、布農人的拓拔斯等。

二十世紀中葉以降，臺灣高科技的發展帶動了網際網路熱潮。這種透過數位形成虛擬空間的新媒體，隨著資訊高速公路的不斷修建，在一九八〇年代後期逐漸成為一種強調即時反應、活潑對話、圖文溝通的新興網路文學。正因為網路文學帶有開放性和由此成為世紀末最受青睞的新媒體，故迷人的數位技術與文學內容結合後，便有可能導致文學文本書寫的革命。它至少在降低現有平面出版媒體壟斷力的基礎上，反攻文學市場。難怪被平面出版媒體卡住和在傳統出版市場中找不到或一時不想找出路的作家，紛紛到網上出版發行自己的新作。其中最著名的是痞子蔡的《第一次的親密接觸》，裡面所寫的「痞子蔡」和「輕舞飛揚」之間的網路戀情，眾多網友讀後感動得流淚，後被大陸買去版權，幾個月便銷出六萬冊以上。由此網路作家從網路出版再出平面書便成了氣候，《傷心咖啡店之歌》、《哭泣吧恆河》的作者亦得益於網路不受拘束與即時互動的長處而成為暢銷書作家。另有撰寫大眾言情小說的藤井樹、敷米漿、霜子、微酸美人，也不需要藉助文學獎記錄和報刊投稿作為出書基礎。

後現代文化思潮伴隨著後工業社會出現。以擁有眾多大眾傳播媒介的臺北市為龍頭，在媒介工業再生產的機制下，逐步出現了探索虛構和真實的關係、意符的遊戲、泯滅門類界限，布滿語言文字迷障、嵌入後設語言以及事件般即興演出的後現代主義。小說方面主要有黃凡的〈娛樂界的損失〉、王幼華的〈健康公寓〉、張大春的〈公寓導遊〉。這些小說均用攝影機的掃描鏡頭般反映角色的生活。其筆下的生活呈現出一種混亂的都市怪象，其美學特徵，一是強烈反省藝術自身，二是使生活從象牙塔走向世俗，走向民間。一九八五年至一九八六年間，還出現了一種作者邊敘事邊探討小說中問題的後設小說，如黃凡的〈如何測量水溝的深度〉、蔡源煌的〈錯誤〉、汪宏倫的〈關於他的二三事〉。一九九〇年代中期朱天文獲時報文學百萬小說頭獎的《荒人日記》，則徘徊在現代與後現代之間，其中所反映的國族、世代、性別、情慾問題，均有典型意義。後現代詩則出現得比小說早，一九七〇年代末夏宇的部分作品就含有後現代精神。一九八〇年代以來的重要詩人有杜十三、林燿德、林群盛、零雨、陳黎、鴻鴻、蘇紹連、許悔之、焦桐、陳克華、孟樊等，另還有活躍在網路上的詩人群。

繼一九五〇年代梁實秋寫了不少具有智者風貌的散文後，一九八〇年代以前以幽默散文著稱的有吳魯芹、顏元叔。張曉風的散文其文筆之旺，筆鋒之健，堪稱蛾眉不讓鬚眉。以「人生三書」成名的王鼎鈞，到一九八八年出版的《左心房漩渦》，其散文成就達到了高峰。用《鄉愁》抒發海外遊子戀母赤子情懷的余光中以及大陸讀者不太熟悉的楊牧，同屬「詩文雙絕」的作家，前者的《記憶像鐵軌一樣長》，後者的《探索者》，為臺灣散文發展樹立了豐碑。

臺灣文學的發展呈「竹節式」，一九五〇年代以「戰鬥文藝」為主旋律，一九六〇年代以現代主義文學為主潮，至一九七〇年代鄉土文學、一九八〇年代後現代文學，到一九九〇年代女性文學、後殖民、同志書寫多元發展。臺灣的女性作家，尤其是那些姐妹作家均受張愛玲的影響。朱天文的《世紀末的華麗》、朱天心的《想我眷村的兄弟們》，既有華麗的一面，更有張愛玲式的蒼涼。本省籍的施叔青（本名施淑青）、李昂（本名施淑端）姐妹，在受張愛玲影響方面各有不俗表現。無論是施叔青的《她名叫蝴蝶》，還是李昂解嚴前夕寫的《殺夫》，及後來寫的《彩妝血祭》，均結合歷史和「國族」論述，勇闖禁區，創造新的話題。（註二）

「藍天綠地」下的文學現象

新世紀的臺灣文學，由於北部的「泛藍」和南部「泛綠」板塊的形成，造成文學上南北分野的現象，一是以臺北為基地，在城市現代化的導引下，延續中華文學的傳統，創作具有鮮明中華意識的作品和色彩繽紛的都市文學；二是南部延續鄉土文學的傳統，用異議和在野文學特質與帶有泥土味的「臺語」創作小說、散文、新詩，書寫他們的所謂「獨立的臺灣文學論」。

與「藍天綠地」的政治生態有關的是和「中國文學系」平行的「臺灣文學系」。「臺灣文學研究所」繼世紀末後在許多大學也紛紛建立，「臺語文學」在南部被廣泛推廣。在小說創作上，對臺灣因統獨鬥爭產生的政治亂象反映最得力的是陳映真和黃凡。陳映真的中篇小說〈忠孝公園〉，以敏銳的嗅覺描寫了民進黨上臺後淪為在野的國民黨及其追隨者的震驚和憤慨，字裡行間貫穿著對獨派的嚴厲批判。黃凡在二〇〇三年出版的《躁鬱的國家》中，涉及統獨鬥爭、朝野爭鬥、經濟問題、選舉不公、權利角逐。作品毫不諱言地說政客得了躁鬱症，此症「傳染」給全社會，因此整個「國家」成了躁鬱之「國」，然後從躁鬱走向瘋狂。和黃凡的《躁鬱的國家》相呼應，張啟疆二〇〇六年發表的短篇小說〈哈囉！總統先生〉，不僅讓讀者看到臺灣的政治本質就是一齣騙術或一場夢幻，而且還通過「博愛特區」、「管制區」、「隔離區」和「不分區」，讓大家看到「鬼臉」時代的種種瘋狂行為。二〇〇八年朱天文的《巫言》，用田野調查的方法表現了標榜「臺灣坐標」的政治文化的庸俗和空洞，給下一輪的「太平盛世」作了一個備忘錄。蘇偉貞《時光隊伍》、陳雪《惡魔的女兒》、林雙不《深秋天涯異鄉人》，把家鄉、家族與自傳糅合在一塊，雖缺乏時代的深沉感，但畢竟揭示了另一種長篇小說的新走向。這是一個心中只有「臺灣意識」唯獨缺乏「中國意識」的年代。年輕作者注重的不是社會問題或政治亂象，而是自己的肚臍眼或隱私行為。在表現手法上，不是嗜好獨語，就是用拼貼方式。社會描寫淡化，情節不連貫和不可信，人物塑造膚淺，主題生澀得叫人難以下嚥。

新世紀的散文創作，文壇常青樹寶刀不老，如雜文家李敖、柏楊，以及琦君、張拓蕪、王鼎鈞、東方白、林文月、張曉風、曹又方、劉克襄、陳映真、蔣勳、陳芳明、古蒙仁，持續有新書問世。吳文超、柯嘉智、凌性傑，則以其新銳散文顯出接棒態勢。另有醫師出身的黃信恩，其作品綿密有情。國文系科班出身的賴鈺婷，作品富於本土色彩。《聯合文學》、《野葡萄文學誌》所策劃的有關專題，顛覆了傳統散文的寫法，與流行文學區分開來。此外是各種各樣的散文選集如「醫療散文」、「知性散文」的出版，滿足了大學課程的需要。

在政黨輪替、眷村圍牆瓦解後，還出現了一種繼承「眷村文學」精神的「後遺民寫作」（註三）。所謂後遺民，從政治層面來說，是兩蔣時代的遺民；從意形態來說，是信奉「大中國主義」，不甘心被「去蔣、仇中」思潮俘虜的年輕一代。這群充斥身份認同焦慮與精神流亡的一群作者，在政治上雖然退居中心，但在小說界卻居於主流地位，代表作家有朱天文、朱天心、駱以軍。另有不屬外省族群而專寫畸零者、殘餘者、倖存者的舞鶴。張大春勾畫二十世紀前半段「中華民國」現代史縮影的《聆聽父親》，也有廣泛的讀者（註四），在文學獎遍地開花，書籍出版量驚人的當下，「無論是重返鄉土的寫實主義路線，還是延續後現代話語的敘事，新世紀的小說仍在似曾相識的迴路上摸索徘徊」。（註五）

臺灣文學的特殊貢獻

臺灣文學從來就是一座重鎮，在中國文學乃至世界華文文學地圖上均有重要地位。它在參與建構祖國當代文學中，作出了下列特殊的歷史貢獻：

一是豐富了中國當代文學表現生活的空間。臺灣文學與大陸文學是在不同的兩種社會背景和文化環境下產生的。以兩岸新詩為例，如果用關鍵詞來加以區隔，與臺灣新詩相關的是結黨營詩、現代詩、鄉土詩、藍星、創世紀、笠、唐文標事件、臺灣意識、中國意識、臺語詩、情色詩、網路詩、後現代詩等名詞概念；而與大陸新詩有關的是詩歌工作者、深入生活、思想改造、抒人民之情、大我與小我、政治抒情詩、新民歌、朦朧詩、打工詩歌、知識分子寫作、民間寫作、梨花體等概念。大陸文學所表現的多是神州大地風貌，很少有人反映寶島的民俗和文化生態，而臺灣作家作品均留下了臺灣同胞獨特的面貌。在對現代社會的批判、現代主義中國化及環保意識的覺醒，不同於大陸作家狹義的故鄉情結的「鄉愁」書寫，還有同志書寫和後現代、後殖民的書寫方面，臺灣文學均在不同程度上豐富、充實了中國當代文學的內容，使中國當代文學更加多元化和豐富多彩。

二是在文學理論及批評方法上，由於臺灣開放比大陸早，接觸西方文學與大陸的進程及角度不同，因而諸如比較文學批評、神話原型批評、結構主義、解構主義、語言行動理論……很早就被臺灣引進，這是他們的文學理論建樹有與大陸不同的地方。尤其是葉維廉的詩學（無論是廣義還是狹義），遠離了長久以來形成的理論思維模式，具有一種異質性，有大陸詩論家所沒有的理論深度。還有一九四九年以後在大陸中斷的現代主義、自由主義、人文主義乃至批判現實主義，在臺灣都得到了延續。

三是在六、七十年代，當大陸文學呈現一片荒蕪景象時，這時臺灣作家沒有被「下放」，仍在堅持創作，寫出了像〈尹縣長〉（陳若曦小說）、〈鄉愁〉（余光中新詩）、〈將軍族〉（陳映真小說）等一系列優秀作品，在「魯迅走在金光大道上」的「文革」期間，填補了中國當代文學的大片空白。

四是在表現中西文化衝突、「臺灣結」與「中國結」的對峙方面有自己的特殊經驗。在一九六〇年代，主要是如何處理西化與中化的問題。解除戒嚴後，如何處理「中國意識」與「臺灣意識」的關係又成了頭等重要問題。在這方面，臺灣作家均有自己的特殊經驗，如林煥彰的〈中國．中國〉和陳義芝「文化中國」與「現實臺灣」相結合的實踐，以及余光中、洛夫、詹澈等既有中華文化的韻味，又有臺灣地域色彩的詩篇，均說明臺灣文學不能脫離中華文化母體，但要對中華文化作本土化轉換，應傳承臺灣的地方傳統，但要實現地方傳統的現代化轉換，這無疑是臺灣文學給中國當代文學一份重要而獨特的文學遺產。

總觀跨海而來的臺灣文學，從「戰鬥」走向現代、後現代，從文化自覺走向身份認同的危機，文化焦慮與統獨鬥爭並存，這個曲折進程積累了自身的經驗。其中最重要的經驗是本土化必須和全球化結合起來，「臺灣文學」無法離開「中國文學」而獨立，只有超越「寧愛臺灣斗笠，不載中國皇冠」（註六）的典範，臺灣文學的道路才能不會作繭自縛而越走越寬廣。

注釋

一　陳若曦：〈尹縣長〉，香港：《明報月刊》，一九七四年十一月。

二　須文蔚主編：《文學的臺灣》（臺南市：臺灣文學館，二〇〇八年），頁二一八。

三　王德威：〈後遺民寫作〉，《印刻文學生活誌》第十三期（二〇〇四年九月），頁一一二。

四　郝譽翔：《大虛構時代》（臺北市：聯合文學出版社，二〇〇八年），頁二九五。

五　許秀禎：〈新聲回路〉，《文訊》第二期，二〇〇九年。

六　李敏勇：〈寧愛臺灣斗笠，不戴中國皇冠〉，《笠》一三九期，一九八七年六月。

凡例

一、本辭典所述「臺灣當代文學」，係指中國文學在臺灣地區的延伸和發展，主要是指以臺灣為長期居住地的作家，於臺灣居住期間所創作的作品，少量包括這類作家旅居海外期間所寫和在香港、澳門等地區發表的作品。

二、本辭典收錄詞目起迄時間多半為一九四五年八月至二〇一三年，包括思潮、現象、運動、事件、論爭、團體、報刊、獎項、出版、教研以及主要作家作品，其中有少數條目時間上往前後適當延伸。

三、本辭典所收作家範圍，除目前在臺灣地區生活的作家外，另有少量從臺灣定居海外主要是美國的華文作家，包括夏志清這一類當選為中央研究院院士而不在臺灣居住的作家，還有某些外來作家居住在臺灣時所寫的作品。至於作品部分，一般不收舊體詩詞和未結集的單篇文章。

四、為了體現兩岸文學交流的成果，酌情收入大陸學者研究臺灣文學的論著，以及臺灣作家在大陸出版的作品。

五、本辭典正文中的分類項目和作家小傳及作品的排列，大致以出現的年代作家的生年為序。

六、「團體」、「報刊」、「獎項」、「出版」等項按時序排列，創辦時間不詳者放在末尾。以上各項均含已消失和還在運作這兩種情況。其中「團體」以民辦為主，也適當兼顧公辦機構，包含全島性社團及地方性社團。

七、「文學研究與教學機構」收錄範圍以中國文學、臺灣地區文學及其他相關系所的資料為主，部分學校因資料缺乏未能收入。其中教學機構中的「進學」為「進修學士班」，「碩專」為「碩士在職專班」。

八、本辭典的詞目適當收入與文學關係密切的政治文化方面的內容。

九、歷史紀年一律用西元紀年。書名原文如沿用「民國」，引用時只加引號，不作更改。

十、本辭典的習慣用語，均按照臺灣文壇的用法，如「報告文學」寫作「報導文學」，「網絡」寫作「網路」，「京劇」寫作「平劇」，「解除戒嚴」寫作「解嚴」，「安全部門」寫作「情治部門」，等等。

十一、本辭典採用繁體字，個別人名為尊重作者，酌用簡體。

十二、本辭典的辭條，以客觀簡介為主，個別地方略有評論，並盡可能吸納最新的訊息和研究成果。

十三、本辭典廣泛地吸收了時賢的研究成果，限於體例，不便於文中逐一注出。

一　思潮

孤兒意識

吳濁流二戰末期返臺從事地下文學創作時所寫的著名長篇小說《亞細亞的孤兒》，以表現臺灣人的歷史命運為主題，並用「孤兒意識」生動地刻畫出臺灣人民無法掌握自我命運的無奈與哀痛。作品寫主人公胡太明在戰前到了大陸，中、日開戰前夕中國人懷疑其為日本間諜將其逮捕，後得到中國學生的暗中幫助逃回臺灣，臺灣人在中國與日本之間「兩邊不是人」的「孤兒意識」，由此得到生動的體現。臺獨評論家藉此大做文章，如彭瑞金認為臺灣人與大陸人「其歷史與現實價值認同上有永難諧和的鴻溝……臺灣人必須認清自己是天朝所棄的孤兒」，不能對「祖國」抱幻想，應自主奮鬥下去。而統派評論家呂正惠認為「孤兒」是作者對戰爭時期臺灣人處境的描寫，這種描寫不代表吳濁流的態度。作者通過塑造曾君這個人物，暗示臺灣人應投身中國的抗日洪流中，因為這是使「孤兒」回歸母親、臺灣回歸祖國，事關臺灣人命運的大事。

人民文學論

歐陽明（藍明谷）於一九四七年十一月七日發表〈臺灣新文學建設〉的文章中，將該年底的形勢概括為「人民的世紀」、「和平建設」和創建民主的時代。一九四六年六月，國共內戰在國民黨挑釁下全面爆發，違背了人民要求休養生息、「和平建國」的願望。到一九四七年，大陸的學生、市民、知識分子掀起了反內戰、要求和平建國、反對獨裁專制、呼喚民主改革的全國性學生運動和國民運動的浪潮。據石家駒的說法，歐陽明上述觀點如果離開當時的時局，是無法理解的。在廣泛的人民反戰、和平、民主化運動的波濤中，歐陽明提出文學要走向人民群眾、文學要為人民、文學要有為人民服務的「戰鬥的內容」；在形式上，應採取人民所喜見樂聞的民族風格和民族形式。這種「人民文學論」在《新生報》「橋」副刊關於臺灣新文學建設一年多的爭論中，為多人提起，有所共識而從無異議。這一左翼論述，與大陸一九四九年人民文學主流話語遙相呼應。

三民主義文學

張道藩歪曲孫中山所建立的政治倫理信條三民主義，把臺灣的文藝運納入「反共抗俄」的軌道。他在一九五〇年代說：「以反共抗俄為內容的作品，即是三民主義的文藝作品。不僅可以消除赤色共產主義的毒素，而且導引國民實踐三民主義的革命理論。」三民主義文藝的創作方法，張道藩認為應是寫實主義，不能光描寫大陸的所謂「黑暗」，還要寫出所謂「大陸的重光」，三民主義工作者的世界觀，應是「既不偏於唯心，復不偏於唯物」的「唯生論者的世界觀」。張道藩企圖用大眾化、通俗化的形式來宣傳三民主義，用行政手段要求作家把三民主義的寫實主義作為最高的創作準則。當時的三民主義文藝論的鼓吹者除張道藩外，尚有任卓宣、王集叢等人。一九八〇年代後，隨著強人政治的瓦解和黨外勢力的興起，三民主義文化霸權論述很快式微。

三民主義文學理論

根據任卓宣的解釋，三民主義文學理論是民族文化的一種形態，是國民意志的一種表現，是生活狀況的一種反映。總之，文學是為人生的。它是文學功利論，不是文學至上論。三民主義文學的內容，是民族感情、民族意識、民族國家、民族平等。三民主義文學的形式就是民族主義的文學形式、民權主義的文學形式、民生主義的文學形式。在思潮方面，三民主義的文學不是古典主義，也不是浪漫主義，而是以三民主義為原則的寫實主義。

戰鬥文藝

戰鬥文藝按《軍中文藝》的說法，「凡是富有教育性、人情味，以及可以啟發愛國思想和激勵戰鬥精神的文藝作品，都可以名之戰鬥文藝。其內容應該具有戰鬥性、團結性、積極性、創造性，概括來說，凡能增強戰鬥精神和堅定反共意志的作品，就是戰鬥文藝。」一九五五年元月，蔣介石正式出面號召作家創作戰鬥文藝。部分由大陸去臺的文人，相繼創作了一批向中國共產黨「戰鬥」的小說：《馬蘭自傳》、《紅河三部曲》、《華夏八年》、《近鄉情怯》、《幕後》、《蓮漪表妹》、《滾滾遼河》、《旋風》、《藍與黑》，寫戰鬥詩與戰鬥歌詞的作家更多。隨著國民黨「反攻大陸」神話的破產，這種戰鬥文藝理論及其公式化作品遂在一九五〇年代後期急劇衰微，再無法與後來興起的現代主義及鄉土文學潮流抗爭。

現代主義文學

從一九五四年起，現代主義之風勁吹臺灣文壇。它不同於戰鬥文學的精神氣質而著重於現代的感受性，創作方面出現了未來主義、象徵主義、意象主義、表現主義、超現實主義、意識流等流派。這在詩歌方面表現最為突出，「現代詩社」極端前衛，「藍星」詩社比較溫柔敦厚，而「創世紀」詩社一九五九年以後大量接收「現代派」人馬及其反傳統的創作觀念。在這些現代派詩群中，紀弦、鄭愁予、羅門、余光中、洛夫等人強調反傳統、強調反理性，為刷新詩藝做出貢獻。現代派小說也緊跟在新詩後面出現。小說家們將藝術視野從外在的現實世界，拓展深化到人物的內心世界，使作品成為作家一己的心像圖和人性負面的呈露。白先勇、王文興、歐陽子、七等生等人還深受存在主義哲學的影響，但也出現了一些食洋不化的現象，如對西方現代派的生硬模仿，有的作品成了亞流的亞流，陳映真甚至嗅出了文化殖民主義的意味。

自由人文主義文學

這種流行於一九五〇年代中期的文學，不贊成官方向作家下指導棋，溫和地主張文學的獨立性，以免成為國民黨的反共傳聲筒。其表現形式用大陸經驗寫成的「懷鄉文學」，另一方面是以愛情、婚姻、家庭為題材的女性文學，林海音為代表人物。另還有《自由中國》文藝欄的主編聶華苓和《文學雜誌》的主編夏濟安等人。這些人在政治上是反共的，不贊成左翼文學，但又不太願意把自己經營的文藝刊物辦成「反共復國」的輿論陣地。梁實秋所宣揚的白璧德人文主義思想和《文學雜誌》的辦刊宗旨相似。《自由中國》被封後，何凡於一九五七年十一月至一九六一年十月主編的《文星》雜誌繼承了這一傳統。

新即物主義

根據一九六六年十月刊登的辭條簡介，新即物主義要點如下：一、第一次世界大戰後發生於德國的藝術運動。二、非理論在先，而是先出現特殊的藝術傾向，而後命名。三、從過去浪漫主義，或表現主義的唯心論傾向，轉變為覺醒後產生的新的現實主義、客觀主義。四、新即物主義的根源，於冷靜的精神基盤上，對所能覓得偉大事物的畏敬與皈依。五、對表現主義的反動，或脫自表現主義。六、新即物主義的思潮根源，對物的關心，為美國文明的合理主義找方向。七、新即物主義注重尋找事物的依據，在其取材的選擇、解釋、記述上，產生了「報告文學」這一文體。小說的新即物主義，即報導文學。

據莫渝概括，新即物主義又稱新現實主義、魔幻現實主義，可歸納為：一、主知文學，以機智的反諷為主要表現手法，作為對現實批判的手段。

二、以日常事物為對象，注重語言（文字）表現的意義性。這也是笠詩社相當一部分詩人使用的創作方法。

鄉土文學

鄉土文學是指關心本土社會的寫實文學，民族性和地方色彩是它的突出特色。著者寫他身處此時此地的大眾歡樂與苦痛，反映他們的心聲。語言上夾雜有特殊的方言，題材上多為鄉村地區和小鎮生活，罕見以大都市生活為中心的作品。廣義的鄉土文學也包括寫城市的文學，因為城市也是鄉土，但臺灣的鄉土文學一般是指寫鄉村的文學，帶有偏狹地域觀念的文學。臺灣鄉土作家前行代有吳濁流、楊逵、鍾理和、鍾肇政，以及王禎和、黃春明、王拓、陳映真、楊青矗等。他們的作品雖然多以鄉村為背景，但不限於表現田園風光和地方風俗人情，還廣泛地反映現實生活中大眾的思想感情，描寫了他們的奮鬥、悲歡、掙扎和心理願望。透過這些作品，能使讀者對臺灣社會有更深切的了解和關切。

左翼鄉土文學

知識分子回歸運動到一九七〇年代中期，由具有左翼色彩的鄉土文學取代了思想上的主導地位。據呂正惠歸納，左翼鄉土文學在思想上蘊涵了民族主義和社會主義兩種傾向。一九七〇年代，臺灣社會開始發生劇變的時候，這兩種傾向是絕大部分知識分子關懷的焦點。只是基於現實條件，還不能看到這兩種因素將來可能的發展。如民族主義的復活，先是由保衛釣魚島運動激起，接著則是為「中華民國」在外交上的挫敗（以退出聯合國及「中美斷交為頂點）所激發。擁抱臺灣的「中華民國」為其受挫而憤怒的民族主義，和已經暗中認同彼岸「中華人民共和國」的民族主義，都在「鄉土」的模糊意義下「和平共存」。再說到社會主義，基於知識分子先天具有的人道主義關懷，他們很容易轉而同情下層人民，並開始注意經濟發展中的階級剝削問題，儘管知識分子對社會主義的認識還相當模糊。左翼鄉土文學就這樣影響甚至可以說培育了一批年輕的、本省籍的知識分子反對派。

「臺灣意識」

「臺灣意識」，係指臺灣同胞認識並詮釋他們所生存的時空情境的方式及其思想，其核心是認同問題，它以「我是誰？」、「臺灣是什麼？」等一類方式呈現。這個以「鄉土情懷」為情感基礎的「臺灣意識」，通俗地說就是臺灣人民對身份的焦慮所產生的地方觀念和家鄉意識。

「臺灣意識」一詞雖正式出現在一九七〇年代中期，但這種意識早在一八九五～一九四五的日據時期就開始存在。這時的「臺灣意識」，以民族意識為基本內涵，係反抗日本侵略者的一種思想武器。日本投降後，赴台的國民黨軍政大員將「接收」變成「劫收」，使臺灣本省人民極為反感，「臺灣意識」由此成為省籍情結的符號。一九四七年「二‧二八事件」以後，「臺灣意識」蛻變成黨外運動的基石，臺灣人民用它反抗國民黨的獨裁統治。

作為文化論述的「臺灣意識」，有「文化認同」與「政治認同」兩個層面。當李登輝提出「兩國論」，「臺灣意識」的呼聲日益高漲並成為主流話語後，一些人以淡水河取代長江，這時的「臺灣意識」已不再是「中國意識」之一種。本來，作為一種抽象的心理建構的「文化認同」，五千年悠久的中華文化在許多人的心靈上打下不可磨滅的烙印，而「政治認同」是以具體的政府或政權作為認同對象。當今眾多「泛藍」作家認同中華文化，卻不認同「中華人民共和國」。更有「泛綠」作家不認同中華文化，視臺灣為唯一的本土，大陸為他土和「海外」。但一般民眾使用「臺灣意識」一詞，只是一種地方觀念和家鄉意識，故「臺灣意識」不能籠統等同於「臺獨意識」。

批判現實主義的文學觀念

在和現代主義以及「現代化論」的論戰中，《夏潮》進一步確立了其批判現實主義的文學觀念。下面是劉小新的歸納：第一，確立了以唯物論為基礎的文學反映論。第二，提出了文學為什麼人服務的命題。第三，提出知識分子如何為底層代言的問題。第四，確立了現實主義文學批判資本壓迫與反抗人性異化的主題和回歸民族大眾的美學形式。《夏潮》的主要成員李雙澤、楊祖珺、胡德夫一九七七年發展出了臺灣「新民歌運動」的「淡江—夏潮」路線，具有與余光中所代表的文化鄉愁民謠完全不同的左翼批判現實性。《夏潮》把「新民歌運動」作為一種「介入的實踐」，他們到大專院校、工廠以及地方市鎮舉行演唱會，使得「夏潮路線」的民歌運動具有強烈的社會運動色彩。

「三腳仔」論

張良澤為了替「皇民文學」張目，於一九七九年四月在日本拋出他的所謂「三腳仔」論。在〈大將旗〉一文中，他說：臺灣人在日據時期寧願做「三腳仔」，就如同照相機的三腳架，這樣才更穩當安全。在他看來，當時臺灣人迫於日本淫威，或「因為父母受日本教育，按日本姓氏改姓名，為了取得配給物資而使家人說日本話，變成了所謂『國語家庭』。當不成『皇民』，卻馴至成了非人非畜的一種怪物，為『漢人』所笑。」這「偷生」、「隱忍」，便是介乎「大和『皇民』」與「中華『漢民』」之間的「三腳仔」文學精神。對這種以多元認同的理論對異文化共存的合理性作辯護的觀點，無疑歪曲了臺灣歷史。眾所周知，抗日的臺灣人罵日本侵略者為「臭狗屎」、「四腳狗」，而正直的臺灣人兩腳直立。那些認同殖民者統治，按侵略者的形象改造自己，既講日語又穿和服，詛咒中國人投錯了娘胎成了下等民族的臺灣人，便是介於兩腳、四腳之間的「三腳仔」。吳濁流和李喬的小說便出現過「三腳仔」的形象，並認為「三腳的比四腳的更可惡」。陳映真也說，當時的臺灣人民並不都願做日皇的順民。比起敢於反抗的另一類臺灣人來講，這「三腳仔」其實就是臺奸或漢奸的同路人，是拋卻一切廉恥想要當「狗」的人。

「臺灣民族」文學論

這是一九八〇年初由林央敏、宋澤萊、林雙不一群臺獨學者承接廖文毅的「臺灣民族論」，為「獨立建國」作輿論準備而建構起來的「臺灣民族文學論」。

據林央敏的解釋：「臺灣民族文學論」的內涵為：「一、是本著臺灣人意識，站在臺灣人立場的社會寫實文學。這裡所謂的『臺灣人』，是臺灣民族中的臺灣人，所以臺灣人意識也可以稱為『臺灣民族意識』。二、它的風格與內容是本土性的臺灣文學，是扎根在臺灣的文學，而不是繼承中國三千年的中國文學傳統，所以是社會寫實主義的文學，因而臺灣新民族文學的臺灣色彩很鮮明。三、它的精神是反抗壓迫的人權文學。由過去反清、反日變成現在反國民黨空降政權的壓迫與反中國（共）侵吞，再加上反抗第一世界的經濟帝國主義，而且還明白地標舉出爭人權的意向，故有人稱之為『人權文學』。」從這一論述也可以看出，「臺灣民族文學論」與過去文學本土論的最大不同，是突出臺灣文學排斥中國文學的立場。這是把文學緊緊捆綁在政治戰車上，重蹈國民黨「反共文學」的覆轍。

傳統左翼的聲音

據劉小新分析：「傳統左翼」是一個相對於後現代左翼、自由左翼或新左翼的概念。與新左翼放棄階級優先論或「階級的退卻」立場根本不同之處在於，傳統左翼堅持「階級政治」的理念和階級分析的方法。在臺灣當代理論史的脈絡中，人們把鄉土文學運動發展出來的左翼稱為「傳統左翼」。由於統獨問題的深刻嵌入，一九八〇年代後，在政治和文化光譜上，傳統左翼知識分子陣營產生了明顯的分裂，其中「統派左翼」和「獨派左翼」代表著分裂的兩個極端，這一分裂削弱了傳統左翼的批判力量。一部分左翼知識分子在史明的影響下轉向「本土論」、「臺灣意識」論乃至虛幻的「臺灣民族主義」，「階級政治」和階級分析方法逐漸被「本土主義」和「族群民族主義」意識形態所替代。以陳映真為代表的另一部分左翼知識分子則始終堅守「階級政治」、階級分析等傳統馬克思主義的觀點與方法，以介入重大的理論論戰和展開具體的社會文化藝術實踐的方式發聲，在解嚴以後的臺灣社會和思想領域繼續產生特殊而重要的影響，其代表人物包括陳映真、曾健民、林載爵、王墨林、詹澈、藍博洲、呂正惠、汪立峽、楊渡、杜繼平、鍾俊升、李文吉等。

臺灣文學自主論

這是一九八二年一月葉石濤所打出的臺灣文學自主論旗號，其矛頭指向所謂「過去的亡靈」即在臺灣的大陸文學。關於自主性的具體走向，葉石濤認為「應該整合傳統的、本土的、外來的各種文化價值系統，發展富於自主性的小說」。彭瑞金則認為自主化就是「要認同臺灣，要以臺灣為中心」。這兩人的論述，不僅表明了《文學界》創刊的宗旨，「也意味著本土作家在邊疆文學論後向中國文學論主動出擊，以『本土化』、『自主化』兩個動向，引導臺灣意識走出邊疆文學的陰影」（游勝冠）。此主張受到陳映真的批評，「與其強調臺灣文學對大陸中國文學的「自主性」，實在不若從臺灣文學、中國文學與第三世界文學的同一性中，主張臺灣文學——連帶整個第三世界文學——對西歐和東洋富裕國家的自主性，在理論的發展上，來得更正確些。」

第三世界文學論

在本土作家強調「臺灣意識」時，陳映真卻高揚「中國意識」。對中國文學和第三世界文學作出比較後，他於一九八二年主張臺灣文學是第三世界文學。之所以這樣認為，是因為臺灣文學有它的複雜性和特殊性，但這不等於臺灣文學不是中國文學的有機組成部分，「中國，像其他第三世界國家一樣，面對著深刻的國內和國外問題。在這樣的國家中，民眾總是在文學、藝術中尋求各種急待解決的問題的答案。……因此，中國近世文學，與第三世界的近世文學一樣，是現實主義的、革新的、干涉生活的文學，對於一些嚴重的政治、文化、道德諸問題，提出『直接』、『有力』的表現。在五四以後的大陸、臺灣，在『四人幫』洗劫後的中國，在目前的臺灣，現實主義的、干涉生活的精神仍是我們整個中國文學的主要傳統。」這個「第三世界文學論」，建立在陳映真對臺灣社會深刻理解的基礎上，一度曾被本土論者接納，後來引起獨派評論家陳芳明的反駁。

「本土論」霸權

具有地方特點的「本土文學」及其研究，係對過去「自由中國」一統天下的反抗。但它同時也具有強烈的黨同伐異的色彩。持「本土派」觀點的評論家，對「非我族類」者通常給予嚴厲的抨擊，乃至否定其存在。對贊成「臺灣意識」的人，則視為同伴，互相吹捧。在八〇年代以來的臺灣文學創作、評論及其研究中，用何寄澎的話來說：「已形成一種不可拂逆、不可挑戰、不可質疑的霸權結構。」如此追求臺灣文學的主體性，導致了另一種故步自封的義和團心態。這種心態的形成，與數十年來省籍作家受西洋文學與中國文學的兩面夾擊有關，以致從一個極端走上另一個極端。這種新霸權心態，全面排斥外省作家的創作，有意或無意忽視西洋文學的借鑑，這對臺灣文學的主體性建構，其實是一種傷害。它只會使臺灣文學的道路越走越窄，最終走進死路。

文學「兩國論」

《臺灣文藝》在一九八六年發行一〇〇期之際，林衡哲等多人鼓吹「臺灣雖然在政治上還未獨立，但在文學上早就獨立了」。「中、臺文學的關係，猶如英、美文學之間的關係」。這個文學上的「兩國論」，比李登輝一九九九年提出「階段性兩個中國」還早十三年。葉石濤在別的地方也多次說：「臺灣人，屬於漢民族卻不是中國人」、「臺灣是一個多種族的國家」、「臺灣和中國是兩個不同的國家。……歷史境遇和文化內容迥然相異。」、「不論是戰前或戰後，不能以臺灣文學的創作語文來界定臺灣文學是屬於中國文學或日本文學，這好比是以英文創作的美國、加拿大、澳洲、紐西蘭（大陸稱新西蘭）等國的文學不是英國文學的亞流一樣的道理。同樣的，新加坡的華文文學也就是新加坡文學，而不是中國文學。」、「大學裡的中文系應該是屬於外國文學，享有日本文學系，美國文學系一樣的地位。」、「無論在歷史上和事實上，臺灣的文學，從來都不是隸屬於外國的文學。縱令它曾經用日文或中文來創作，但語文只是表現工具，臺灣文學的傳統本質未曾改變過。」

由鄉土走向本土

一九七七年爆發的鄉土文學論戰，仍在「中國意識」框架下進行。有的論者企圖以「臺灣意識」規範鄉土文學，受到持民族主義立場的作家抵制。到了一九八〇年代末，由於戒嚴令的解除，使文學思想和創作顯得多元。這時政治生態發生劇變，創作空間大幅度開放，促使「中國意識」和「臺灣意識」產生碰撞。在碰撞中，「鄉土意識」蛻化成「本土意識」。表現在文學創作語言運用上，強調用母語，這與所謂「臺灣認同」與「臺灣人權」的潮流分不開。有人過分突顯鄉土文學踏上本土道路的藝術原因，而有意忽略了本土論者只認「小鄉土」不認「大鄉土」這一事實。這股思潮含有「臺灣意識」與「中國意識」的對峙，具體說來是企圖讓「臺灣文學」從中國文學中剝離出來。只不過限於環境，本土論者在這時不敢直接說臺灣文學不是中國文學。

本土論的反思與批判

隨著「本土論」的日益強大並逐漸在論述場域中建立了霸權地位，更由於「本土論」的高度政治化，其排他性和封閉性也愈發突出，因而也遭到了來自「本土論」內部和外部兩方面的挑戰。在「本土論」陣營內部逐漸出現了一種反省的力量和聲音。陳芳明是其中最有代表性的學者之一，他已意識到本土論的封閉化和政治化對臺灣社會的巨大傷害。而傳統左翼、後現代主義、後殖民主義和自由主義的知識分子對「本土論」也展開了更為深刻全面的批判。劉小新將其概括為：一、左翼的批判針對的是「本土論」對階級差異和底層庶民真實生活的遮蔽。二、後現代主義和後結構主義以及「民主左翼」的批判鋒芒則直指「本土論」和「國族論」的本質主義傾向。三、後殖民主義的批判直接指向「本土論」的「純質膜拜」傾向和對霸權化典範的仿製性質。四、自由主義對本土論的批判則直指本土論的民粹化傾向。

「本土論」與「反本土論」構成了一九九〇年以來臺灣思想史的一條重要線索。如果「本土論」在國民黨威權統治時期還具有反抗支配和壓迫的積極意義的話，那麼，當「本土論」獲得話語霸權並且成為新威權的統治意識形態時，它已走向反面並蛻變為一種新的壓迫力量。

後現代主義文學

專治後現代理論的哈山認為後現代的最重要特徵是「不確定內在性」。「不確定」包括含混、不連續性、異端、隨意性、叛逆、曲解、變形，以及由變形引發的反創造、分裂、解構、離心、置換、解密、去定義等等。一般認為，臺灣從一九八〇年代後期開始出現後現代主義。小說作者有黃凡、王幼華、張大春等。其特徵是探索虛構和真實的關係，強調意符的遊戲和泯滅門類界線，嵌入後設語言以及事件般即興演出，作品中布滿語言文字碉堡。後現代詩則出現得比小說早，其特徵是讓語言文字對語言文字本身進行自我反思，也就是突現語言文字本身的物質性，透過創作的行動重新檢討詩的藝術本質。這種寫法不完全是後工業社會的特殊人文情境所致，還有詩人本身對藝術的自覺和對傳統的背叛。它在因襲西方後現代特質的同時，也加入了臺灣特殊政治經濟文化環境的條件。這種詩作從一九八〇年代開始流行，重要詩人有夏宇、林燿德、林群盛、陳黎、鴻鴻、蘇紹連、陳克華、孟樊等，另還有活躍在網路的詩人群。

「二・二八」論述

曾健民指出，近六十年間，有關「二・二八」事件的論述幾乎完全取代了臺灣戰後初期歷史的論述。這些龐大的「二・二八論述」，大多數出現於一九八〇的年代以後，特別集中在一九九〇年代李登輝政權轉向以後。可以說，它基本上是與臺灣的分離主義政治勢力同步急速膨脹的，如陳芳明早在一九八〇年代末已把「二・二八」事件定位成「臺灣人的國殤事件」，把「二・二八」事件「建構」成「外來政權＝國民黨政權＝外省人＝中國人」鎮壓「臺灣人」的論述，說「二・二八」事件就是中國人屠殺臺灣人的事件，以激起省籍矛盾，呼喚臺灣民眾的悲情意識，強化所謂「臺灣人主體意識」廉價論調。民進黨上臺後，果然以二月二十八日取代了十月二十五日的「光復節」而成為「國定假日」。

由於「二・二八」論述日益成為臺灣現實政治

鬥爭的工具，因此論述普遍呈現了「非歷史性」的問題，完全看不到「二．二八」歷史的前因後果，看不到事件與當時的世界潮流或中國局勢的關聯，看不到島外的歷史世界，只有所謂「外來的」與「本土的」「族群」鬥爭，完全障蔽了「民主」問題、「民族」的與「階級」的問題，以及「社會公義」的問題而成為分離主義政治勢力絕佳的政治鬥爭魔咒。這種論述對文學創作影響甚大。

語言「兩國論」

一九八〇年代中後期，民進黨為了推動反中國的「臺獨」運動，臺灣話儼然成為「泛綠」陣營內區別忠誠度的標尺，因而出現了閩南話獨霸天下的福佬沙文主義現象。與此同時，臺灣話也成了族群政治（其實體是省籍政治）動員的有效工具。另有一幫御用文人，為了建構「臺灣是多民族國家」論，誇大其詞地說河洛話（即臺灣話）與中國話完全不同，是所謂「各自獨立」的民族語言。在「深綠人士」眼中臺灣話成了「準國語」，是未來「臺灣共和國」使用的國語。這種論調，已不是方言與國語關係範疇的探討，而成了地道的語言「兩國論」。另有一些臺獨學者還主張臺灣新文學是一種「多語言文學」，「一開始就是用臺灣話、中國話、日本話寫作的文學」，在這裡把臺灣話和中國話並列，企圖把閩南語說成是獨立於中國語言之外的新語系，力圖從語言上割斷臺灣和大陸的血緣關係。為了使「臺灣話」進一步獨立，又在漢語拼音方案方面大做文章，用所謂「通用拼音法」抵制和消解大陸的漢語拼音方案，企圖切斷臺灣和中原文化的臍帶。這說明其政治立場的實質是分離主義。

後現代主義的臺灣文學

據呂正惠觀察：一九八〇年代以後在臺灣出現的另一重要的文學思潮是後現代主義。此主義迴避「臺灣文學是否是中國文學的一部分」問題。不過，它接受了「臺灣文學」這個稱呼。在呂正惠看來，一九八〇年代以後臺灣的「後現代」和一九五〇、一九六〇年代的「現代文學」有許多一脈相通之處。首先，它們的眼光都往西方、特別是在美國看，其思想來源是西方。其次，它們都不關心中國。對「現代文學」來講，「中國」只是反共的目標（由共產黨統治），對「後現代」派來講，「中國」不在他們的思考範圍內。再次，「現代文學」和「後現代」同樣不去正面思考本土派所謂被壓迫的臺灣人命運問題。「現代文學」根本沒有注意到這個問題，「後現代」雖然感受到這個問題的壓力，但不屑於去處理。對他們兩者來講，臺灣主要的問題是「現代化」和「後現代狀況」。他們對「中國」的社會主義革命傳統不甚了了，對當下中國的改革開放漠不關心。對他們來講，臺灣是西方範疇的一部分，這已是事實，所以他們不在乎本土派的「臺灣意識」，也不在乎統派的「中國意識」。對「後現代派」來講，臺灣是臺灣，中國是中國，完全不必證明。

A型「臺獨」與B型「臺獨」

A型臺獨，奉行「臺灣主權屬於臺灣人民」的政治主張，所有支持臺灣自決、臺灣獨立或「臺灣是臺灣人民的」之立場，均為A型「臺獨」，作家中以葉石濤、鍾肇政等人為代表。B型臺獨，是指以迂迴方式來逐步達到脫離中國目的，如「一國兩席」、「一國兩治」、「雙重承認」、「多體制國家」、「新加坡模式」、「中華聯邦」、「德國模式的聯邦制」等，作家中以陳芳明、高準（後期）等人為代表。後者比前者危險性更大，欺騙性更強。

人民民主論

何方在《當代》一九九〇年第五期發表〈色情——野百合，人民的慾望人民的民主〉中，結合「野百合學運」正面闡述了「人民民主」的含義。所謂「人民」，就是各種「人民主體」，包括學生、婦女、工人、無房者、老兵、殘障者等。何方認為，「人民民主」鬥爭即是擺脫在野或在朝政治力量的收編和吸納。如果人民的社會運動成為這種政治運動的附庸和工具，只會產生政治精英權力再分配的結果，只能產生權力集團內容的政治民主。作為「人民民主」鬥爭的新社會運動，必須具備三個要素，其一是人民的自我意識的建構，作為人民的每一個個體的「完全自我認識，是認識自己身上一切被壓抑慾望與敵意之源，這只有在各種支配關係均被發掘，而個人藉著反支配運動的結盟而間接參與了各種運動，才可能實現這樣的自我認識，也就是對整個社會的認識」。其二是人民的實踐主體性建構，即「人民有權力決定自己能量的運用」。其三，人民民主鬥爭是不同主體之建構與不同主體之結盟的平等合作關係，是「一分為多」和「多合為一」的辯證統一。何方的論述已經形成了反對「民間社會」論的、新的「人民民主」論的基本內涵。解嚴後，一批傾向於新左翼立場的知識分子一直在尋找結合臺灣社會運動的思想方向和新的思想資源，「人民民主」論的重構即是其中一種重要的嘗試。

後臺灣文學

據廖咸浩在〈一種「後臺灣文學」的可能〉中詮釋，「後臺灣文學」中的「後臺灣」並不否定臺灣，正如後現代主義不否定現代主義一樣，後現代主義毋寧是用以解放現代主義。同理，臺灣解放了本質，銜接了傳統，便進入了「後臺灣」，那麼臺灣文學解放了本質，銜接了傳統，便進入「後臺灣文學」。

臺灣有文字的歷史四百年，無文字歷史深入遠古。在庶民身上，生活方式沉積著歷史記憶，歷史記憶滋養著生活方式。這個島嶼就是這樣一個各種傳統薈萃的所在，這些傳統也在庶民最誠實的生活中呼喊著不被割斷與選擇、不被剝離與物化，呼喊著要獲得均等的機會。因此，「後臺灣文學」面對傳統時不是偏食的，也不是近視的，當然也不只是用以增加「食慾」或憑欄遠眺。文化資產本身並無國族地域的歸屬，只有創意利用的權力。而文化經文學之再創造，也不能不有充分的誠懇與敬意。如此，在臺灣的時空中重新孕育，自然就是臺灣的。兼納與正視所有文化/文學傳統，不害怕多元的現在及過去，也不忽略其中的權力關係，是為「後臺灣文學」的真義。因此，「後臺灣文學」同時是「後國族主義」的文學，也是「後資本主義」文學。後來還有人寫了《後臺灣文學》的專著，由臺北秀威科技公司出版。

重塑臺灣人的國族認同

美麗島事件後，本土人士最先提倡以臺灣為主體的歷史。一九八三年發生的臺灣意識論戰，使臺灣歷史的討論被塗上濃厚的政治色彩。據蕭阿勤的觀察，關於國族認同的各種爭論衝突，與臺灣歷史的不同詮釋緊密相關。一九八〇年代上半葉，黨外人士對於臺灣歷史的敘事，特點在於重新挖掘日本殖民統治下的反殖民抗爭史，以及原住民文化傳統的歷史。對黨外人士來說，重新探究抗日歷史，尤其是一九二〇年之後的非暴力反殖民鬥爭，意味著他們的反國民黨運動，是臺灣人長久以來反抗外來統治的歷史的一部分。此外，原住民在臺灣定居的歷史，則被獨派用來挑戰臺灣自古以來即屬於中國的說法。尤其是平埔族與早期漢人移民通婚、並同化漢人的歷史被重新提出來，以抨擊所謂臺灣人純粹是漢人的論點。

臺灣文學多元起源論

一九八〇年代末，當「四大族群」與「命運共同體」概念開始流行，臺灣文化民族主義者的文學論述也開始強調臺灣文學的多族群性格。據蕭阿勤的概括，臺灣文學的源頭被獨派認為至少包括：（一）原住民文學（傳統神話、傳說、歌謠與最近原住民的文學作品等）；（二）漢人民間文學（福佬與客家民間故事、謠諺、戲劇等）；（三）漢人古典文學（明、清以來傳統詩、文等）；（四）日本殖民時期新文學（臺灣人與在臺日本人作品等）；（五）戰後文學（本、外省人的各類文學作品）。所有這些都被視為「臺灣民族文學」的組成部分，而其中原住民文學與漢人民間文學又受到前所未有的重視。

確立語言階層的關係

國民黨政府將其統治合法化，宣稱自己是中國代表的唯一象徵。為了達到這個目的，官方強制推行國語，在公共場合嚴禁講方言。在戒嚴時期，語言的階層關係確立為，閩南話和客家話成為落後、粗魯、鄉野、沒有文化和社會地位低的象徵。而作為官方語言的「國語」，成了現代、優雅、都市和具有相當文化水準乃至身份的象徵。據蕭阿勤的說法，語言的階層關係，與政治領域的族群階層相當一致，即外省人是統治者，而本省人尤其是講閩南話的人，是被統治者。

民族主義文化論述

在臺獨運動快馬加鞭開展的一九八〇年代後期，臺灣文化民族主義的文化論述在惡性膨脹，其成員主要有笠詩社和《臺灣文藝》的骨幹作者李喬、李敏勇、楊青矗、高天生、趙天儀等人。他們在一系列的二分方式中，將臺灣文化與所謂「僵硬的、封建的、反動的、壓迫的」中國文化對立起來，強調臺灣文化的起源有多元成分，並顛覆了臺灣文化與中國文化在歷史上的中心與邊陲的關係，賣力地呼籲要建立臺灣文化的主體性和獨立於中國文化之外的自主性。

臺灣文學「民族化」

從一九九〇年代初開始，笠詩社和《臺灣文藝》的成員將臺灣文學「民族化」，將臺灣現代文學的發展重新詮釋為一個追求獨特的「臺灣民族」

認同或國家認同的歷史過程，其民族或國家認同被視為日本統治下的一九二〇年代以來、整個臺灣現代文學的基本主題。他們歪曲歷史，強調臺灣文學一開始就朝著「建構臺灣民族」的方向發展。此外，據蕭阿勤的觀察，一九六四年《臺灣文藝》與《笠》詩刊的出現，被視為「二‧二八」事件後臺灣意識的復興；一九七〇年代的鄉土文學論戰，則被定義為「臺灣民族」認同與中國民族認同互相衝突的結果。

「獨立」的臺灣文學論

這是解嚴後出現的思潮，它建立在以「臺灣人論」為意識的基礎上。陳千武歪曲歷史，於一九九一年認為「臺灣早已獨立在日本和中國統治之外，為什麼不認為是獨立國呢？不管它的名稱是臺灣或中華民國」。關於臺灣文學何時獨立於中國文學之外，林衡哲認為日據以後臺灣文學就是獨立的。在他看來，「臺灣文學與中國文學，是平行共存的」，誰也不從屬誰。彭瑞金在一九九二年也認為「八十年代的臺灣文學多元化業已證明臺灣文學的本土化理想，已經先期於臺灣人的民族解放或政治的獨立建國達成」，並認為臺灣文學應把創作「國家文學」作為自己的理想發展方向。對這種獨派論述，陳映真、曾健民曾多次作文批駁。

後殖民論述

一九九二年，邱貴芬和廖朝陽在臺灣比較文學會議上，為討論當下臺灣文化的熱點首次使用了「後殖民」一詞。所謂後殖民論述，按邱貴芬的解釋，首要特徵是挑戰帝國中心價值體系，強調殖民勢力文化與殖民地文化的不同。檢視臺灣後殖民論述，論者切入的是後殖民對島內文化界產生的效應，尤其是《中外文學》所發動的後殖民理論與臺灣「國族」論述相互印證的討論。這些論者所從事的工作屬「本土文化與西方理論的交會」，比現實主義理論增添了「後現代式」的自我批判意識。如邱貴芬結合後殖民理論，以反霸權的立場探討男性、女性小說文本中的歷史情境、性別變異、國族想像、階級及種族壓迫，頗有新意。廖炳惠企圖將現代性問題同後殖民後現代性問題聯繫起來思考，張小虹把研究重點放在後現代與女權主義文化方面。這些學者的研究帶有小眾傾向，多重視傅柯等人的學術思想研究，相對地忽略了對社會文化形態的影響。至於陳芳明的「後殖民理論」，則完全是臺獨論的文學版。他把國民黨看成「外來政權」和再殖民者，從學術層面上來說是把後殖民理論簡化為另一個反殖民的理論，從政治層面來說是他分離主義立場的自我暴露。

假臺灣人

最能體現《島嶼邊緣》「邊緣戰鬥」衝擊力和解構力量的首先要數一九九三年七月（第八期）出版的「假臺灣人」專輯，其影響至今還時時被提起，成為解構本質主義化或民粹主義化的「臺灣人」論和所謂「臺灣國族論」的有效解毒劑之一。

《島嶼邊緣》「假臺灣人」論述的提出，顯然是針對一九九〇年代流行於臺灣的「新臺灣人」論述而作出的意識形態批判，其批判目標直指「國族」問題的核心。《島嶼邊緣》「假臺灣人」宣稱她（他）們是臺灣的第五大族群，並且召喚被主流「新臺灣人」排除在外的女人、殘障、外勞、貧民、「無殼蝸牛」、勞工、年齡弱勢者、同性戀者等邊緣人來認同「假臺灣人」，自稱臺灣第五族群的目的是為直接對抗「臺灣人」論的分類法和同質化論述，「假臺灣人」把所謂「臺灣人」「酷兒化、邊緣化、歪邪化、怪胎化」，「假臺灣人」宣稱自己為「後現代族群」，是「摻假」或「雜交」（hybrid）的臺灣人，直接質疑臺灣民族主義，試圖顛覆所謂純正的臺灣人的論述。這個假臺灣人族群也可以說是臺灣的一種後現代現象，假臺灣人是後現代臺灣人，是臺灣的後現代族群。這種論點導致《島嶼邊緣》走向徹底否定事物的本質和歷史性的道路，卻同時消解自身的政治與文化參與效果。

升起「酷兒」旗幟

《聯合文學》作為一九九〇年代臺灣深具代表性的雜誌，在建構「同志（酷兒）」論述方面扮演著舉足輕重的角色。它是臺灣首度刊登同性戀特輯的文學期刊，在解嚴前的一九八六年即推出《文學、藝術與同性戀座談會特輯》，以後又大量刊載以同性愛為題材的創作和論述。《島嶼邊緣》則突出在一九九〇年代較少展現的「酷兒」色彩，尤其是一九九四年一月的酷兒專號，作為專題編輯的洪凌、紀大偉等人首度音譯歐美的「Queer」，譯作「酷兒」，標誌著酷兒的旗幟在臺灣正式升起。

一九九〇年代刊載同性愛專題公開發行的刊物有《愛報》、《女朋友》、《同言無忌》和臺大《chatting》。非同性刊物有《中外文學》、《誠品閱讀》、《婦女新知》、《騷動》、《電影欣賞》和《影響電影雜誌》，也有其他刊物不時推出同性愛專輯。

多元主體本土論

解嚴後隨著各族群自主意識的覺醒，原住民文學、客家文學、「臺語文學」、眷村文學得到長足的發展，但發展、競爭的同時也出現了互相傾軋的現象，如「客家文學」指責「臺語文學」由閩南語獨占，是「福佬沙文主義」。據游勝冠說，為了解決這種族群意識強化後產生的矛盾，張炎憲於一九九〇年代提出去漢人中心主義的歷史觀，因臺灣這個地理空間的歷史發展為主體，而不是其中任何一個族群為主體。這種概括表面上說要尊重島內各族群的主體性，其實一旦去除「漢人中心主義」，「外省人」便不可能受到尊重。葉石濤寫於一九九三年底的〈開拓多種族風貌的臺灣文學〉，呼應張炎憲的主張，認為「臺灣一向就是多種族社會」，只有弘揚「多種族臺灣文學論」，才能去掉歷史上的族群糾紛，才能使「島內五個種族和平共處」。

這好像是以臺灣的自由民主化、多元化的現狀為構想依據，實際上是用一個極端排斥另一個極端，其要害是解構「中國中心論」。

解構主義

這一思潮是指以語言結構的討論分析做基礎，進一步探討人類的文化與典章制度等各方面，如何受到這些語言結構影響的學術論述現象。作為一種從西方傳來的閱讀理論以及「後解構主義」，其作用正在於「去中心化」、「由邊緣向中心進攻」，把外省作家的主流文學理論納入西方文論中，取得文壇的話語霸權，阻撓本土文學的急躁性建構，其語言學轉向對臺灣小說創作的最大影響則在於刺激敘事學的發展。語言符號的引進，呼應了巴赫金提出的複調小說對話理論及狂歡化理論對中心權威的解構。正如《臺灣當代小說綜論》作者許秀禎所說：「無論在文學還是在哲學上，都反映了對理性邏輯中心主義的解構，對話取代了作者在文本中的支配性地位，文本成為一個眾聲喧嘩的場域，為讀者的『補充』帶來更為廣闊自由的空間。事實上，臺灣一九九〇年代的小說創作，即充斥著對語言仿擬、重複、去主體的戲局，語言不再是自然與文化這兩個世界的橋樑，而是文化賴以生存的『家園』，符號自身提供了無窮的意指，建構著沒有完成之日的世界。」爾雅出版社出版的一九九四年小說選中的〈獸金體〉以及一九九七年的小說〈一個作家死了〉，就是解構主義的具體實踐。

「越境的文學」

一九九八年五月底，「日本臺灣學會」在東京大學成立時，日本大學山口教授作了〈越境的文學與語言——中國文學、臺灣文學、日本文學〉的報告，認為臺灣文學是一種既不同於日本文學，也不同於中國文學的所謂「越境的文學」，「臺灣文學之中日文作品位於日本文學周邊，漢語作品位於中國文學周邊，兩者重疊於臺灣，故臺灣文學是

『複合』的、『越境』的，因為它的內容是多樣性的、豐富的，論其認同，則即令因日語而被灌輸皇民意識，鄉土臺灣是儼然不變的，又因與中國大陸的文化有著紐帶相連，但在政治上臺灣仍屬異邦。其實，臺灣並不是什麼『異邦』，它自古以來就是中國的領土。以作家而論，戰爭時期在祖國大陸，戰後返回臺灣的鍾理和所描寫的臺灣人生活的作品，當然不是日本文學，而屬『在臺灣的中國文學』。在日本出生，在北京長大後來又回故鄉臺灣的林海音，她寫的作品儘管有著認同境界的多重性，但仍是臺灣作家所創作的中國文學。

再殖民論

據呂正惠分析，「再殖民論」從其實質來講，應該是史明「臺灣歷史論」及民進黨「外來政權說」的延伸。史明說，一部臺灣人的歷史就是臺灣不斷被別人統治、壓迫的歷史。民進黨政治人物說，國民黨政權是來自「中國」的「外來政權」，陳芳明依此創造出「再殖民」一詞，用以說明國民黨政權在臺統治的性質，這便是陳芳明的「創新」。

在一九九九年八月開始發表的《臺灣新文學史》第一、第九兩章，陳芳明對「再殖民」有或簡或繁的說明。他心目中的「殖民」，是說有一「外國」來統治，故作為外國的日本來統治臺灣，就叫「殖民」。依此而言，戰後國民黨統治臺灣同樣是「殖民」，因其緊接在日本之後，所以多加個「再」字。顯然，在陳芳明眼中，國民黨政權及其所帶來的人，也是「外國人」了。那麼，戰後是「中國」的國民黨及其徒眾來統治「非中國」的臺灣人，所以臺灣人在日本戰敗退出之後，又再度被「殖民」。陳芳明雖然沒有明確說中國人是外國人，但那意思是呼之欲出的。

後威權論述

《臺灣社會研究季刊》以「後威權」概念界定

二〇〇〇年三月政黨輪替後的臺灣「政治地景」，「後威權」的界定體現《臺灣社會研究季刊》知識分子對當前臺灣問題和現實的一種基本認識。

「後威權」不是反威權，也不是非威權，更不必然等同於民主。政黨輪替後，把以「阿扁」取代李登輝的後威權狀態等同於民主，是一個錯誤的等式。「後威權時期」的核心特徵在於：一、進一步向「資本」傾斜，「相對平等主義的分配政治」已瀕臨崩潰。二、在新的「國族認同政治的政治正確幽靈」的籠罩下，和「威權時期」一樣，「公共化的政治」沒有獲得生長的機會。三、「省籍路徑民主化」損害了民主的真意，離具有公共精神與實質的民主政治越來越遠。四、政治變成了卡爾．史密特所說的劃分敵我及對其敵對人群的永恆鬥爭。

在歷史化地認識和闡釋「後威權」社會的特徵和本質的基礎上，《臺灣社會研究季刊》知識分子提出當代臺灣左翼思想史上最完整的「民主左翼」構想，即「超克後威權」和「邁向公共化」的計劃。它至少涵蓋四個目標：政治公共化、社會正義、多種身份認同的平等承認以及兩岸和平。

大河文化觀

龍應台在二〇〇三年發表〈面對大海的時候〉一文中，提出了「大河文化觀」。她說《五十年來家國》的主旨是：建立臺灣文化的主體性要用加法，不是減法，要把浩瀚深遠的中國文化吸納進來，為我所用，而不是將它排除。在龍應台看來，文化是一條大河，吸納無數支流的湧動，有逆流、有漩渦、有靜水深流之處，也有驚濤駭浪之時，不歇的激蕩和衝擊形成一條曲折的河道，這就是文化。因此，文化不是一塊固體，無法被「一言以蔽之」地描述為封建霸權或者精英文化。這一兼收並蓄、多元融合的「大河文化觀」實質是民主、自由、平等、開放的自由主義價值觀和思想理念在文化方面的具體呈現。針對本土派的喧囂，龍應台認為「那深邃綿密的文化與歷史，並不只屬於中國，它也屬於我們。是的，中國文化是臺灣文化的一部分，就比如心臟是人體的一部分一樣，我們不但不應該談去中國化——因為去了心臟還有自我嗎——我們還應該與中國爭文化的主權」。

重視東亞去殖民問題

據王奕超的觀察，為了突破冷戰所造成的東亞結構所帶來的各種鉗制，《人間思想與創作叢刊》政治關懷的一個重點為分析戰後東亞結構並進行批判，這是一種去殖民的關懷和追求。所不同的是，對於日本殖民主義價值觀的批判，是對於臺灣自身前殖民主義價值殘留的清除，而對冷戰所造成的戰後東亞格局的剖析，則是尋求整個東亞對於殘留的冷戰構造所造就的新殖民主義鉗制的掙脫。針對東亞新局勢的變化，《人間思想與創作叢刊》二〇〇四年開始連載「東亞冷戰與國家恐怖主義」國際研討會的論文，以及其他關於東亞帝國主義問題的論述。這個國際研討會是由臺灣左派精神領袖林書揚與在日韓僑徐勝一起促成的活動，共結合了日本、韓國、琉球、中國臺灣四地的反帝人士。《人間思想與創作叢刊》要讓讀者理解的是，從近代以來，東亞各國就共同遭受帝國主義的侵擾，而東亞各國是透過抵禦帝國主義建立自己的主體，因此反帝一直是東亞各國共同的任務。到了戰後，支配東亞的帝國主義並沒有消失，而是由日本換成了美國。總之，這些論文傳達的就是美、日帝國主義問題，是東亞共同需要克服，去除的結構問題。

「悅納異己」概念的冒現

「悅納異己」是臺灣翻譯界和哲學界對英文詞「hospitality」的翻譯。根據韋伯英文辭典的解釋，「hospitality」意為對客人或陌生人的熱情接待和慷慨接納。二〇〇六年臺灣學界突然對「hospitality」產生了濃厚的興趣，在學院批評界深具影響的《中外文學》雜誌第三四卷第八期推出了「悅納異己」專輯。

「悅納異已」論述的引入與傳播已經深刻而隱蔽地表達出人文知識分子欲衝破精神困境的內在心靈需要。這一精神生活的根本困境突出表現在臺灣社會長期籠罩在「悲情意識」的陰影下，更經極端政治意形態的操縱形成了一種普遍的情結。如「愛臺灣」的反面便是「恨中國」。從「悲情意識」到「怨恨情結」，從「怨恨現代性」到「大和解」論述，從「和解」論述到「悅納異已」，其實有著內在的精神脈絡可尋。「悅納異己」論述，作為臺灣知識人學術話語生產的一個產品，並非純粹的學術行為，人們應在這樣的脈絡和語境中來理解其倫理實踐的意義。

學習楊逵精神

二〇〇七年《人間思想與創作叢刊》推出「學習楊逵精神」專輯。據劉小新觀察，對於傳統左翼的再出發而言，重新提出「學習楊逵精神」意味著「人間」派左翼思想家已經把現代臺灣左翼精神傳統的重認與鍛接視為再出發的思想基礎。在這個意義上，陳映真的〈學習楊逵精神〉一文所建構的「楊逵論」，既系統地表述了傳統左翼對日本殖民統治時期臺灣文學精神的根本認識，也明確指出楊逵在當代思想場域中的重要意義。楊逵的意義在於：第一，堅持「人道的社會主義」和「人民文學」的立場，這是傳統左翼能夠有效應對和介入臺灣當代社會現實的至關重要的精神基礎。第二，在很長一段時間裡，傳統左翼顯然還要面對「階級、民族與統獨爭議」這一重大理論課題，如何超越和克服這一爭議對重構左翼論述所造成的結構性困擾？楊逵的思想與實踐為傳統左翼解決這一課題提供了一種可能。第三，「殖民現代性」幽靈的復活，迄今還困擾著臺灣知識界對歷史的認識，也已經嵌入到當代臺灣普通大眾的情感結構中。楊逵的抵抗寫作和論述實踐為瓦解「殖民現代性」的意識形態提供了一種正確的思想方向。

以陳映真為核心的左翼知識分子提出「學習楊

逵精神」的命題，意味著傳統左翼對歷史闡釋的積極介入，意欲正本清源，重認現代臺灣文學的核心價值和主流傾向。「學習楊逵精神」也是傳統左翼在新語境中重新出發的歷史和價值基礎的重建。

「臺獨」派的「政治正確」論

這是綠派作家創作的準則。民進黨上臺後，要作家按照下列「政治正確」的原則進行創作。楊渡曾將這種潛在的政治教條概括為：一、先分為臺灣人/中國人。你如果是外省人，你便是中國人，是國民黨外來政權的舊日餘孽。你欺壓臺灣人，你天生對臺灣沒有忠誠，你有可能賣臺，你是中共同路人！二、如果你是臺灣人，也不一定有發言權，那得看你有沒有參與黨外運動。如果沒有，你對臺灣民主沒有貢獻，你現在享受著民主的果實，是別人坐牢換來的，你有什麼發言權？三、如果你是本省人，又參與過黨外運動，那得看你認不認同民進黨，你不認同就不是臺灣人，就是中共同路人，你當然不愛臺灣。就這樣，臺灣有百分之九十的人都失去了發言權。補救辦法，趕緊喊「臺獨」，且喊得比誰都大聲、都激烈。彷佛只要「臺獨」，你就可以擺脫外省人的原罪，你將因為「臺獨」信仰，超越民主奮鬥的歷程，只要你敢喊「臺獨」，你就得「永生」。

重寫臺灣文學史

臺灣的「重寫文學史」思潮肇始於解嚴前後，持續到新世紀。學者們討論的是究竟什麼是臺灣文學，臺灣文學史書寫中的國族認同問題、文學史起於何時和包括哪些範疇。在重寫過程中，有重要論爭和分歧。劉小新、朱立立從意識形態分歧、方法論變革、文學史料發掘、文化多元主義等多重因素探討這一文藝現象與思潮發生的歷史文化語境。他們認為，臺灣重寫文學史思潮的八個主要路徑有：傅柯路徑；後殖民路徑；現代性反思路徑；世代與敘事認同路徑；本土主義路徑；地方知識路徑；階級、族群和性別路徑；兩岸統合路徑。其中《重寫臺灣文學史》一書，係這種思潮的集大成者，而陳芳明的《臺灣新文學史》，則是這種思潮的產物和重要代表。

二　現　象

日本語文學

為了不使讀者誤解為「日文文學」或「日本文學」，故本書採用「日本語文學」的說法。

「日本語文學」一詞，首先出現在日本學者尾崎秀樹一九六三年出版的《近代文學の傷痕》。它是指日本殖民統治體制下用異族母語即日語書寫的文學作品，而不是指所有用日語書寫的作品。在外來政權統治下的非日本人也就是臺灣作家無法使用中文，典型的有周金波、陳火泉、邱永漢、王昶雄等。他們均活躍於一九四〇年代文壇，作品多發表在《文藝臺灣》、《臺灣文學》雜誌上。但「日本語文學」不限於日據時期的作品，它還包括光復後有些作家用日語創作的作品。對這種文學的評價，不能籠統說是「皇民文學」，像呂赫若用日文寫的〈牛車〉、楊逵的〈送報伕〉，就表現了臺灣人民的反抗精神。這裡有語言問題，也有「日本語作家」與日本文壇、祖國大陸文壇的互動關係。當然，也不能否認日本同化政策所帶來的「皇民化」問題。

日本文學

和「日本語文學」不同，臺灣的「日本文學」是專指日據時期居住在臺灣的日本作家用日文創作的作品。這是殖民地特有的文學景觀。這樣的作家不少於一百人，最著名的是幫日本軍國主義者推行「皇民文學」運動的西川滿。一九九八年，日本出版了《日本統治時期臺灣文學日本人作家作品集》，共六卷，有三千二百多頁。頭兩卷為西川滿作品，第三、四卷為濱田隼雄作品，第五卷為坂口䙥子、中山侑、川合三良等人的作品，另有《別卷》為「內地作家」佐藤春夫、丹羽文雄等多位日本著名作家所寫與臺灣有關的小說、遊記、隨筆。

出版這樣的書，從學術角度來說，是為了糾正臺灣文學只有中國本省作家、外省作家而無外籍作家的偏頗。但在某些右翼學者看來，不把這種文學看成是日本文學視為臺灣文學的組成部分，並非出於包容，而是為了展示日本作家侵略中國臺灣文壇的「戰果」。《作品集》中有不少與「皇民文學」有關的作品，便是明證。

雜糅方言的「國語」創作

光復初期，本省作家用國語創作的作品，摻雜了被吸收的日文、原住民語、荷蘭語等成分，這種不中不臺或亦中亦臺的創作，被某些省籍作家視為在內容和形式上尋求自主性的表現，是一種追求臺灣主體性的嘗試。這方面的作品有吳瀛濤寫於一九四五年的〈第一封信〉，另有王禎和的小說，其中大量出現日語、英語、臺灣化日語、臺灣「國語」、閩南話、客家話等。邱貴芬認為，這種語文雜糅現象道出臺灣歷史的演進，同時反映出臺灣歷史多種文化交錯、混合、衝突，一再蛻變重生的文化模式，也有人認為這破壞了語言的純潔與健康。

「灣生」作家與日本合作

日據初期日本人到臺灣後，出現了「灣生」現象，如在臺北市出生的中山侑，祖籍是日本鹿兒島。另有二歲就渡海到臺灣的西川滿，則是「準灣生」作家。戰後以童謠〈大象〉成名的石田道雄，在少年時代與父母一起遷往臺灣。更多的是在青壯年時期到臺灣，在臺灣培養出文學興趣和寫作才能。另一部分是在日本打好文學基礎再到臺灣，這類男作家多半跟臺灣總督府和「皇民文學」有一定的關聯，如濱田隼雄、河野慶彥、北原政吉、本田晴光是教師，宮崎直介、新田淳、林善三郎（藤原泉三郎）、保坂瀧雄、柴山武矩、後藤大治、長崎浩等是總督府的官員，吉村敏則是臺北廣播員，其作品有不同程度的「皇民」內容。戰後不久，他們均撤回日本。他們的作品，也長期為海峽兩岸臺灣文學研究者所忽略。

大陸赴臺作家群

陳儀光復赴臺主持工作後，很重視文化建設，吸引不少進步文化人赴臺，有助於促成光復之初「去日本化」的文化活動。據徐秀慧歸納，抗戰時在東南地區活躍的文化人到臺灣的有王思翔、樓憲（尹庚）、周江、揚風、雷石榆、朱鳴岡、吳忠翰、吳乃光（林基）、黃永玉、王夢鷗、歐坦生（丁樹南）、覃子豪、姚一葦、羅沈（陳琳）、姚隼（姚勇來）等。一九四六年四月一日，陳儀設立「臺灣省國語普及運動及推行委員會」，委員會的主委和副主委分別是大陸赴臺的作家魏建功、何容。

陳儀還邀請許壽裳來臺主持省立編譯館，李霽野、李何林也到編譯館任職。編譯館所進行的重編工作兼及了臺灣化、中國化與現代化的三重格局。揚風、雷石榆則在《新生報》「橋」副刊重建臺灣文學的論爭中起了重要作用。耿庸也於一九四八年九月到臺灣。一九四九前後吳忠翰、吳乃光、揚風在白色恐怖氛圍下尤其是許壽裳被暗殺後陸續離臺，雷石榆則遭到強制驅離，黎烈文、歐坦生、姚一葦、覃子豪、王夢鷗繼續在臺灣五十年代的文藝界發展。

臺灣的「大陸文學」

在一九五〇年代，臺灣文壇出現兩種與臺灣現實較隔膜的文學，一是西化文學，二是司馬中原所代表的專寫大陸經驗的小說。

司馬中原本名吳延玫，其筆名透露了他要重返大陸的決心，其代表作《荒原》，以大陸北方遼闊的大草原做背景，寫抗日戰爭和國共兩黨鬥爭。作品充滿政治偏見，同時流露出濃厚的中華民族情感。他以黃土高原的狂風沙與金刀銀鏢的鄉野傳奇表現自己對遙遠故園的思念，且不認同臺灣。另有表現特殊風格的小說〈山〉。鄭愁予的新詩也離不開大陸經驗，其經典作品〈錯誤〉是以江南做背景表現對母親的思念，可本土評論家陳千武認為該詩根本不是臺灣詩，而是典型的國民黨控制和主導的「大陸文學」，『我不是歸人，是過客』明確地表明臺灣不是永居之地，只是為反攻大陸的立腳點。這首詩的『不來、不飛、不響』，後來竟成國民黨政權對付中國共產黨統戰所採取的三『不』政策的共通意識。」這種文學因其內容反共，大陸當然不會將其收編，又由於這是本土作家對外省作家不忠於臺灣的攻訐，故司馬中原也不會接受這一說法。解嚴後，這種文學通常被稱作「臺灣文學中的大陸經驗」，本土派則稱其為「在臺灣的中國流亡文學」。

國民黨的「中國現代文學」

一九四九年十月，中華人民共和國誕生，國民黨退據臺灣。在長達二十年（五、六十年代）時間內，臺灣發展出來的文學被稱作「中國現代文學」。據呂正惠的詮釋，它被嚴格地選擇了少數「五．四」以來的中國新文學，讓它在臺灣可以流傳，其餘則因其左傾或「附匪」、「陷匪」而一概禁絕。對於大陸正在出現的作品，則當作不存在一般。除了接受「五．四」以來的少數作家（如胡適、徐志摩、朱自清）外，這個「中國現代文學」實際上幾乎是一個新的「創造物」。

這個重新出發的「中國現代文學」，除了早期的反共文學外，主要是模仿當時西方流行的現代主義而建立起來的，它的視野裡完全沒有中國大陸的「現實」（除了反共之外），也不敢正視臺灣最大的政治現實——剛從大陸撤退來臺灣的國民黨，在美國的保護之下，竊據「中國政府」的名義，卻只統治著臺灣。這個「中國現代文學」是戰後臺灣快速現代化過程中，移植西方觀念的一部分，同時是美國觀念支配下的產物。從大方向來看，它是一種「西化」、「美化」的文學。

孤臣文學

按照宋冬陽（陳芳明的筆名）的解釋，從一九五〇年代到一九六〇年代末，臺灣文學的發展有兩條主要路線，一是大陸流亡作家為主軸，一是以臺灣本地作家為骨幹。就大陸作家來說，他們隨國府撤退到臺灣時，一方面有中國傳統封建時代的沉重包袱，另一方面也由於國共內戰造成家庭的離亂與歸鄉的絕望，使他們的精神充滿了懷鄉與流亡的愁緒。在這種背景下，他們創作的作品也流露了一股孤臣孽子的悲憤。這種苦痛傷懷的作品尤其是反共小說，以段彩華、尼洛、朱西甯、司馬中原為代表。

孤兒文學

按照宋冬陽的解釋，就臺灣本土作家而言，他們在戰前飽受日本殖民政權的欺凌，他們心靈的創傷原本希望在光復後得到治療，可想不到的是國民黨將「接收」變為「劫收」，使他們對祖國大失所望，因而本地作家寫出來的作品，便強烈表現出無所適從的挫折感。這種抑鬱無家可歸的情感，便是如吳濁流所說的「亞細亞孤兒」的感情。孤兒文學以反映抗日的小說著稱，代表作家有吳濁流、鍾理和、鍾肇政、李喬、鄭清文等。

自由中國文壇

為了和所謂「極權的共產中國」相區別，蔣氏父子把臺灣稱作「自由中國」，其文壇則為「自由中國文壇」。這一說法，主要流行於五十年代。到了鄉土文學崛起的一九七〇年代，這一稱謂已為臺灣「鄉土文學」乃至「臺灣文學」所解構。「自由中國文壇」由國民黨提供經費的「中國文藝協會」及「中國青年寫作協會」、「中國婦女寫作協會」等組織及官辦出版社、文藝刊物、書店所主宰。另有「中華文藝獎金委員會」用高額獎金鼓勵作家創作反共文學，其作者多為外省作家，如朱西甯、姜貴、孫陵、王藍、王祿松。但反共文學並不是一九五〇年代文學的全部，如《大華晚報》的風格就非戰鬥，《半月文藝》著重介紹西洋文學，《拾穗》全為譯作，後來還興起以紀弦、白先勇為代表的現代派文學。對非反共也非頌德的小說，「自由中國文壇」出於「統戰」需要，也容許他們有一席地位，如省籍作家廖清秀的《恩仇血淚記》、鍾理和的《笠山農場》，就曾獲「中華文藝獎金委員會」的長篇小說獎。只不過得獎後並沒有像外省作家一樣獲得平等的出版機會，前者只好自費出版，後者只能在作者去世後經過努力才與廣大讀者見面。

熱捧法國反共作家紀德

法國作家在二十世紀三〇年代經歷了從親蘇到反蘇的心路歷程，他們對共產主義的懷疑與最終拋棄，導致左右翼陣營對紀德有完全相反的評價。《文藝創作》一九五一年第五期刊登了〈浪子回頭的紀德〉，力圖向臺灣文壇推薦他的政治表現，希望以他為榜樣從事「戰鬥文藝」的創作。宋念慈在次年八月出版的《火炬》雜誌發表〈從紀德的話說起〉，不斷尋找國內外的有關材料，大力肯定紀德的思想轉變，以此論述反共文學的合理性。其實在一九五一年九月之前，臺灣文壇多次介紹過紀德，但沒有從「共產主義反對者」的角度立論。一九五一年二月紀德去世後，官方把他樹為反共文學的樣板。但也有人只從紀德作品中的人性關懷著眼，如司馬桑敦致信《自由中國》編輯聶華苓時，就曾說到他自己讀到紀德的《蘇聯紀行》後受到很大的震撼，尤其感興趣的是紀德作品中超出控訴政治現實的那部分內容。

反共文學

一九四九年底，國民黨撤退到臺灣後，時刻想「反共復國」，於是有反共文學的產生。這種文學「或控訴共黨暴虐，或緬懷故里風情，或細寫亂世悲歡，或寄望反戰勝利。不論題材為何，這些創作的基調不脫義憤悲愴，而作家筆耕的目的，無非是求借由文字喚出力量——反共復國，既是創作的動力，也是目標」。其中最著名的反共長篇小說有姜貴的《重陽》、潘人木的《蓮漪表妹》、陳紀瀅的《荻村傳》、趙滋蕃的《半下流社會》。對這種文學，王德威認為它真實地反映了那個年代的動亂面貌和臺灣人的思想情感，不能輕易否定。葉石濤認為這種文學是附庸政策的「墮落」，是一種歌功頌德的「夢囈作品」和令人生厭的八股文學。

語言的泛政治化

在戒嚴期間，國民黨採取了獨尊國語壓抑方言發展的政策，使方言與國語處於不平等地位，以致成了陳映真所說，語言變為身份符號，代表了個人的省籍與政治位置。由此形成以語言為區分的二重社會價值標準，說國語的就是外省人、城裡人、有權勢的人，屬「白領」，說臺灣話的人，就是本省人、鄉下人、沒有權勢的人，屬「藍領」。到了民進黨執政，臺獨勢力從新的角度強化語言的泛政治化現象：說國語的就是外來者，是不忠於臺灣的表現；說「臺語」則為愛臺灣，是在為建構「臺灣是多民族國家」做貢獻的人。這種現象在二〇〇〇年後擴大到社會公共空間，如不計成本地在捷運車廂以國語、閩南話、客家話、原住民語四種語言廣播，企圖向公眾宣示臺灣已是「四大族群」的「國家」。這樣的公共廣播，是在打造一種新的「國民語言意識」，是政治意識形態強姦語言，與戒嚴時期國民黨的「國語政策」，不過是五十步笑百步而已。

文藝營

最早的「復興文藝營」創於一九五五年，報名者高達三千人，只錄取一百人，時間為一個月。這是臺灣獨有的文藝景觀，它面向文學青年傳授文藝創作常識，補充體制內文藝教育之不足。狹義的「文藝營」是指將文藝青年聚集在一起，集中住宿、上課，短的兩天，長的一個月。廣義的「文藝營」則包括不住宿的寫作班、創作研習班、研討會、創作研究班，短的一個星期，長的兩年。這些文藝研習營又以地方性的多於全臺灣地區的，曇花一現的多於常年舉辦的。文藝營初造時期實行的是反共文藝教育，一九七九年舉辦的首屆鹽分地帶文藝營創異的則是本土派文學。

香港《祖國周刊》與臺北《自由中國》互動

一九五〇年代中後期，臺灣以「文化清潔」為名掃黃害、除黑罪，以各種藉口撲滅異端書刊，香港的《祖國周刊》於一九五七年七月二十二日發表社論〈對盲目檢扣書報的抗議〉，臺北出版的《自由中國》立即轉載。《祖國周刊》還發表李達生的〈談臺灣新聞自由的問題〉，認為「內幕新聞從不討論政治問題或其他嚴肅的問題，自然更不會觸及軍事機密」。臺灣某些描寫敏感題材的作品，以「走私」的方法到香港刊登，如司馬桑敦的長篇小說《野馬傳》，就在一九五八年四月出版的《祖國周刊》上刊載，此小說後被臺灣「警總」查禁，以堅持反共立場聞名、持有「僑務委員會」登記證的《祖國周刊》登陸寶島後，也於一九五八年十二月被「警總」查扣。一九五九年三月十六日出版的《自由中國》，發表〈治安機關無權查扣週刊——從《祖國周刊》被扣說到書報雜誌審查會報之違法〉。一年半後，《自由中國》宣告停刊。

懷鄉文學

一九四九年底國民黨兵敗大陸遷臺後，不少流亡學生隨軍到臺的文化人，身在異鄉心懷故土。他們希望「反攻大陸」早日成功，可這種希望越來越渺茫，懷鄉文學由此在一九五〇年代流行起來，一直到一九六〇年代形成高潮。鑒於眷戀大陸有時會被視為親「匪」或中共同路人，故這些作家將懷鄉與反共聯繫在一起，如司馬中原、朱西甯的作品，因而又稱作「反共懷鄉文學」。也有意識形態色彩較淡，純粹對故鄉風物的描繪，如林海音的《城南舊事》；或把憶舊與批判現實結合在一塊，如聶華苓的〈失去的金鈴子〉。另有一些作品常通過寫往日紙醉金迷的生活來填補內心空虛，如白先勇的〈思舊賦〉。最後一種是下層流亡者的絕望歌哭，代表作家有潘人木等。在兩岸開放探親後，這種文學演變為探親文學。

美式文化成為一種主導形態

美國新聞處麥卡錫於一九五三至一九六三年派駐臺灣期間，做了不少中美文化交流的工作。第一，大力支援臺灣現代主義刊物的出版，如由香港美國新聞處書刊編輯部首屆主任林以亮催生的《文學雜誌》，除劉守宜出資外，還有一大部分獲得美國新聞處長期不間斷的財力支援。白先勇等人創辦的《現代文學》，美國新聞處曾兩次購買總計一千兩百冊。第二，培養親美作家和學者，資助臺灣年輕人（尤其是臺灣大學外文系出身）夏濟安、聶華苓、歐陽子、王文興、朱立民等人赴美留學。第三，舉辦《亞洲畫報》短篇小說徵文比賽，參與和得獎者臺灣作家遠比香港作家多。第四，負責推廣美國文化的今日世界出版社，以豐厚的稿酬吸引臺灣學者梁實秋、夏濟安、朱立民、顏元叔、朱炎以及葉維廉、葉珊（楊牧筆名）等人參與「今日世界譯叢」。第五，將臺灣文學翻譯成外文出版，如《中國新詩選》。第六，促進臺港文學交流，如張愛玲之所以被臺灣讀者發現和引起文壇注意，便始自一九五四年《今日世界》連載的張氏小說〈秧歌〉，以及同年七月由香港的今日世界出版社出版的同名作品。第七，改變兩岸以往大學外文系以講授英國文學為主的做法，由朱立民首次將臺灣大學外文系的美國文學課由選修變為必修，讓臺灣外語學界的視野從歐洲轉向美國。所有這些，促使一九五〇至一九六〇年代美國文學連同美式文化，形成一種主流形態，不僅占領臺灣高校，而且宰制相當大部分的臺灣文壇。

留學生文學

自一九五〇年代起，臺灣掀起出國留學的狂潮，不少滯留不歸的海外作家以留學生生活為素材，譜出了一曲曲海外遊子在異邦留學、成家立業的悲喜劇。代表作有於梨華的長篇小說《又見棕櫚，又見棕櫚》、聶華苓的《桑青與桃紅》、張系國的《香蕉船》。這類作品屬一九五〇年代懷鄉文學的延伸和深化，同時是一九六〇年代現代文學的一支勁旅。它拓寬了懷鄉文學的天地，增添了臺灣當代文學的品種，在溝通兩岸和海外華人的感情上，起到了橋樑作用。

「文季」寫作集團

這一集團由一九五九年五月尉天驄主編《筆匯》革新版及從《文學季刊》至《文學》雙月刊，從《文學》雙月刊再到《文季》系列刊物，以及主要作者陳映真、黃春明、王禎和、尉天驄組成。第三度出擊的《文季》向臺灣宣告了第一個現實文學團體的存在，同時藉助於唐文標的「炮彈」猛攻臺灣的現代主義。該刊發表的黃春明等人的小說，毫無保留地批判臺灣的買辦經濟形態，同時也宣告了「臺灣的文學已從二十年來的『純文學』進入七〇年代的『使命文學』時期」（呂正惠）。這種隱性存在的「集團」隨著刊物的停刊而於一九八五年左右終止活動。

瓊瑤風潮

一九六三年登上文壇的瓊瑤，十年間其小說被改編成電影的有四十多部，捧紅了「二秦二林」等明星。電影中的流行歌曲還席捲了整個臺灣社會。一九八六年後瓊瑤開始自製電視劇，共拍攝二十餘部、多達近九百集。代表作《煙雨濛濛》、《幾度夕陽紅》在大陸也有很高的票房紀錄。一九九〇年瓊瑤改弦易轍，除創作以大陸為背景的小說《雪珂》外，首開先例在大陸取景拍攝電視連續劇。一九九四年起更以清朝公主為創作主題，這股宮廷劇風潮不同於早年創作小說文字為主，正如葉雅玲所說，由讀者「閱讀瓊瑤」轉為觀眾透過戲劇「觀賞瓊瑤」。她編寫青春兒女「純愛」劇情及運用影像吸引年輕人，「格格熱」燃燒至今，在兩岸文化引起轟動，不斷締造出無人匹敵的「瓊瑤風潮」。

新派武俠小說

關於新派武俠，葉洪生認為應以作品內容所表達的新思想、新觀念及新文學技巧而定：（一）在形式上，仍保留長短不一的回目或插題。（二）在文體上，擺脫社會說書老套，運用新文藝筆法技巧，且盡量口語化，力求簡潔。同時針對出版社或報刊「論稿紙行數計酬」慣例，多以「新詩體」分行分段，其下焉者濫用結果，乃使句與句、段與段之間全拆成碎片，不知所云。（三）在觀念上，打破傳統武俠小說門戶之見及「過招」窠臼，盡可能不用或少用玄功妙式，而以「氣勢」與一個「快」字訣取勝。（四）在思想上，以近代西方存在主義、行為主義及心理分析學取代中國的儒、釋、道三家生命哲學內容。

新派武俠的先行者有陸魚，崛起於一九六〇年代中期的古龍則是新派武俠的完成者。他以《楚留香傳奇》、《蕭十一郎》、《多情劍客無情劍》等作品颳起新派武俠的一陣旋風，其作品深受還珠樓主（原名李善基）的影響，極富奇幻色彩。古龍沒有沿襲老派的傳統寫法，而是將武功、人性和文字段落加以簡化，使具有初中水準的讀者都能接受。古龍還借鑑西方動作片的長處，將美國《教父》中的人物故事，巧妙地融進自己的作品中，以適合現代讀者的口味，這使古龍成為臺灣新派武俠小說的代表，是繼金庸之後使武俠小說煥發青春的人物，完成新派武俠大業的古龍，獨領十年風騷。葉洪生認為，出道甚晚的溫瑞安是新派的終結者。但也有人覺得葉洪生的說法太悲觀，新派武俠未來還會有發展。

單薄孤獨的七等生

七等生（本名劉武雄）在〈致愛書簡〉中自述自己是一個拙笨又不幸的人，「卻轉變成為單薄孤獨的你的支持者，我由弱化勇，只因我們同處在生命之中」。呂正惠認為七等生的寫作正來源於生命的不幸與卑微、困窘與屈辱，屬下層知識份子典型。他把自己從社會割離出來，把自己封閉起來，然後在自己的思想意識所建造的哲學王國之中自封為王。他於一九六七年發表的成名作〈我愛黑眼珠〉以及後來寫的〈精神病患〉，便成為沒有出路的知識份子的一種出路，成為市鎮小知識份子主觀世界的精神領航人。正如七等生的忠實讀者魏仲智所說，七等生永遠那麼憂鬱，永遠為我們創造著午睡時的夢魘一般的世界。好在我們有了七等生，否則我們這種無由排遣的煩悶會逼得我們去自殺呢」。

魏仲智本是一個拙笨又不幸的人，卻轉化為單薄孤獨的七等生的支援者，魏仲智由弱化勇，只因讀者、作者同處在相同的命運之中。也就是說，七等生與他的讀者，雖然採用了創作或讀書的不同方式，但兩者的生命內核有相通之處——「七等生借著自己不斷的寫作來為自己的生命的困境化險為夷，而七等生的讀者則透過讀作品來紓解他們自己的危機」（呂正惠），這便是「七等生現象」的內涵。

「五小」出版社

當年流行「文章發表上兩大（報），出書則找五小」的說法。「五小」的「小」，係相對「聯經」、「時報」等資金雄厚的大出版公司而言。（一）純文學出版社創辦於一九六八年，發行人林海音，每年僅出十多本書，一九九五年結束業務。（二）大地出版社創辦於一九七二年十月，發行人姚宜瑛。該社出版過席慕蓉的代表作《七里香》、《無怨的青春》，余光中的詩集《白玉苦瓜》。一九九〇年，「大地」由他人接辦。（三）爾雅出版社創辦於一九七五年七月，發行人隱地。該社每年出書二十多種。「純文學」停業後，「爾雅」便成了「五小」出版業最活躍的一支勁旅。（四）洪範書店創辦於一九七六年八月，由瘂弦、楊牧、沈燕士、葉步榮等人發起。該社以出高雅的嚴肅文學為己任。（五）九歌出版社成立於一九七八年三月，發行人蔡文甫，出版的書多次獲臺灣的各類獎項。極具文學史料價值的是余光中任總編輯的《中華現代文學大系》「臺灣一九七〇—一九八九」、「臺灣一九八九—二〇〇三」。這個出版社後來居上，成了臺灣中型出版集團。

大套書的戰國時代

據陳盈如的觀察，在圖書出版業愈來愈有可能從事資金和設備上的投資，以及大套書利潤較豐厚的情況下，有越來越多的圖書出版業者投入大套書的出版，尤其是遠流出版公司與王榮文的崛起，掀起了大套書的出版熱潮，使一九七〇至一九八〇年代初大套書出版成為一大熱門。在這股「大套書戰國時代」的推動下，全島印製作技術水平不斷提升，無論是封面設計還是內文編排或是印刷裝訂，都有長足的進步。

靈異小說

司馬中原一九七〇年出版的《鄉野傳說系列》、一九七三年出版的《秉燭夜談系列》及後來出版的《收鬼錄系列》之全部及《夢緣》之部分，所承襲的可以說正是中國志怪或靈異小說的傳統。據王溢嘉歸納：在取材上，司馬中原的靈異小說約略有下列幾個面向及來源：一是發生在中國大陸，特別是黃淮一帶小鄉鎮裏的怪力亂神故事，時間大抵落在民國初年至抗戰期間，這些故事主要來自他早年在大陸的耳聞目睹。二是以臺灣為背景的靈異故事，時間落在臺灣光復前至最近幾年，它們主要得之於他搭計程車時聽司機的口述，如《恐怖夜事》。三是改寫自己過去的志怪小說，有的只是將文言譯成白話，並稍加鋪衍而已，如〈殭屍變〉。但隨著時代的變遷，我們也可以看到一些演化的形貌。如果將司馬中原的靈異小說視為「現代版的志怪小說」，則不難發現其中神仙的故事消失了，狐妖的傳奇式微了，而鬼魂及殭屍的故事卻依然活蹦亂跳。而且，鬼魂出沒的場合，也開始從野寺，廢屋搬進了醫院、殯儀館，從古井轉移到隧道，從轎子裏溜入了出租車內。這些消長和演變基本上是由於舊幹長新枝，舊枝換新葉，老樹依然盤根在「民間」這塊滋養它的土壤上。

老兵文學

從一九七〇年代末起，「反攻復國」的神話逐漸破產，開始有「老兵文學」的產生。先是幾位本土作家即東方白、鍾延豪等人，注意到隨蔣介石去臺被打入生活底層無妻無產的老兵們的悲慘遭遇，用小說的形式表達他們對「外省人」的同情。王小棣的劇本〈新兵〉、〈香蕉天堂〉，由於逼真地寫出了這些「沒有家庭，沒有進入社會公平競爭的技能，也沒有後代為他們立傳崇拜的孤獨」的老兵們的不幸遭遇，而被搬上銀幕。

「老兵文學」中的老兵，係專指戰後外省第一代地位低下的退伍官兵，將軍級退伍幹部一般不包括在內。老兵也不包括被派往中國大陸作戰的本省籍老兵或被日本人抓壯丁捉去的本省人。無論是創作時間還是發表時間，這類作品均以「戰後臺灣」為界。在創作方面，張拓蕪散文「代馬五書」是作者本人大兵生活的真實記錄。它用自我嘲諷的方式展現近半個世紀以來這些被稱為「老芋仔」的大兵生活的真實面目，是中國現代史的註腳。「五書」除《手記》較多寫到自己外，其他「四書」則兼寫其周圍共患難的軍中弟兄，如火頭軍、駕駛兵、通信兵、事務長，無不寫得栩栩如生。

「老兵文學」有時與「眷村文學」重疊在一起，如齊邦媛與王德威合編的《最後的黃埔：老兵與離散的故事》，收入與老兵、眷村即外省第二代的散文、小說，作者全部為橫跨第一與第二代的外省作家白先勇、張曉風、朱天心、孫瑋芒等。

勞工文學

勞工文學一般是指具有勞工身份作者所創作的文學，在臺灣通常稱為「工人文學」。廣義的則是指一切表現勞工生活及其思想感情的作品，而不問作者是否具有勞工身份。勞工一般包含農、漁、礦、糕餅工、裁縫、炊事員、紡織工人、人力車夫、司機、海員、理髮匠，但有時也包含非體力勞動者。隨著工業化和現代化時代的來臨，文學作品中寫市井勞動者逐漸減少，取代他們的是加工出口區的店員和打工仔。日據時期幾乎沒有出現過工人作家。一九七〇年代隨著鄉土文學的興起，勞工文學也正式登場。解嚴後這類作品在減少，但有關單位仍於一九九八年舉辦過勞工文學獎。代表作家有楊青矗、陌上塵、李昌憲，其作品以寫實手法表現社會抗爭，女工議題也占了很大的比重。黃慧鳳專門出版過專著《臺灣勞工文學》。

「工農漁」文學

有無「工農兵文學」，是鄉土文學論爭的一個焦點。除去意識形態指控，七〇年代的鄉土文學的確存在一種不同於主流文學的「工農漁文學」。作品以工人、農民和漁民這類底層人民為表現對象，如楊青矗的《工廠人》系列四卷小說，十分真切地反映了臺灣勞工的心聲。洪醒夫一九七一年發表的〈跛腳天助和他的牛〉以及宋澤萊一九七〇年代後期發表的「打牛湳村」系列小說，表現了農村生活及其變遷。王拓一九七六年問世的〈金水嬸〉，係細說漁民生活圖像的小說。難能可貴的是，這些作家不怕被右翼文人扣上「工農兵文藝」的紅帽子，堅持為勞苦大眾發聲。

監獄文學

以作家入獄經驗為寫作素材，無論其內容是不是關聯監獄時空，其創作的作品均可視為監獄文學。此外，作家離開監獄後的創作仍以坐牢經驗或以牢房對背景者，同樣可視為監獄文學。至於作者未遭到迫害或觸犯法律卻以監獄為書寫背景，也可認為是廣義的監獄文學。

監獄文學尤其是與政治有關的犯人所寫的作品，係臺灣文學發展史上特有的現象。代表作有楊逵的《綠島家書》、柯旗化的《臺灣監獄島》、施明正的《喝尿者》等。要指出的是，廣義的監獄文學往往比有監牢經驗的作者寫得更為成功，如朱天心的〈從前從前有個浦島太郎〉、李昂的〈戴貞操帶的魔鬼〉。至於姚嘉文的〈臺灣七色記〉、柏楊在獄中所寫的書、呂秀蓮的〈這三個女人〉，因為很少真實地審視或評論自己的坐牢經驗，故影響有限。

監獄文學分三個時期：日據時期、白色恐怖時期、解除戒嚴後。其中解嚴引發監獄文學的創作熱，僅一九八七年中至一九八八年中就出現了二十八篇這類題材的作品。監獄文學作者有觸犯法律者如林建龍、郭桂彬，也有蒙冤者如楊逵、李敖、王拓，另有從事政治運動的活動家如蔣渭水、雷震。

顏元叔旋風

據張瑞芬觀察，顏元叔在新批評方法運用上，在六〇年代末與一九七〇年代初擴張批評版圖方面，成為最奪目的一位。一九六九年，對顏元叔現象而言，是一個重要的里程碑。他以臺大外文系主任的身份籌辦首屆國際比較文學會議，與時任臺大文學院院長朱立民一起大興教育改革，使外文系氣象一新。此外，他將新批評理論用於臺灣當代文學創作實踐，在評小說的同時又批評現代詩，引發了與多位詩人的筆戰。就這樣，顏元叔現象在一九七〇年代前半期，夾著旺盛的文學產量，學院派的領軍人物與他和同事創辦的《中外文學》所引發的磅礴氣勢，如旋風般引人注意。他更以新批評方法滔滔雄辯地詮釋中國古典詩詞，這更引來葉嘉瑩等人的非議。這些爭論，尤其是他解釋杜甫詩出現的硬傷，再加上與夏志清的論戰，使他在中文學界與外文學界腹背受敵，原先的「霸主」地位便被新的「文學導師」夏志清所取代，從此他開始轉向編譯辭典，寫作雜文，不再像過去那樣在文學批評領域執牛耳。

報紙副刊競相向海外作家邀稿

一九七〇年代初的臺灣，經濟在起飛，可政治仍然趨向保守，「警總」控制言論的尺度非常緊。要想打破這種局面，只能在報紙副刊上做文章。《中國時報》老闆余紀忠秉承文人辦報精神，決定在封閉的環境中給臺灣拉開一線「天窗」，這便是由高信疆主持的「海外專欄」。當時臺灣讀者要出國觀光非常不易，因而他們常常透過這個專欄瞭解不同於中央通訊社「過濾後的新聞和信息。」《聯合報》副刊和《中華日報》副刊也緊緊跟進，這種風氣導致文藝雜誌面目煥然一新。有一本文藝雜誌在徵稿欄中說，國內作家稿費千字百元，海外作家千字二百元。臺灣大學外文系教授顏元叔看了後不服氣，投稿時申明三點，其中第一點為「本人的稿費一千字應付二百元，因我已獲博士學位回臺灣任教，稿費應按照海外作家等級。」關於爭取海外作家稿源一事，何欣曾寫了一則開玩笑的話：有位海外朋友問他需不需要幫忙？只要把自己的稿件寄給他，然後幫忙在文章末尾加上「寄自美國某某州」再寄給島內，這樣作品不但可以很快發表，而且可拿到高稿酬。

兩報三臺

一九〇年代中期，臺灣開始流行「兩報三臺」一詞，它包括一九五七年六月正式出刊的《聯合報》、一九六八年三月正式出刊的《中國時報》、一九六三年開播的「臺視」（臺灣電視公司）、一九六九年開播的「中視」（中國電視公司）、一九七一年開播的「華視」（中華電視公司）。兩報三臺或有文學副刊，或有廣播劇，是作家馳騁的重要園地。「兩報」負責人王惕吾、余紀忠在報紙創業前，短期擔任過官方部門的軍事要職。當一九七九年兩報宣稱發行量高達一百萬份，占全臺地區報紙總份數六成以後，王氏和余氏同年出任國民黨中央常委。但這兩大報不同於國民黨中央機關報《中央日報》，它們以民辦面目出現。據馬建三提供的資料，「三臺」中的「中視」三分之二的股權為國民黨持有，「華視」主要股東為「國防部」和「教育部」，「臺視」初辦時，日資將近一大半。在政治解嚴五六年後，「兩報三臺」的霸權地位遭到本土勢力的挑戰，如以本土著稱的《自由時報》發行量猛增，打破了報業壟斷局面。一九九五年初民間還發起黨政軍退出「三臺運動」。到了陳水扁執政時期，出現了許多地下電臺，嚴重威脅了「三臺」的霸權地位。

黨外刊物

「黨外」一詞最先是指未參加國民黨的在野人士。在一九七〇年代以後，它成為未參加任何黨派的政治人物的共稱，尤其是指企圖要組織反對黨的體制外的異議人士。「黨外」運動從醞釀到組織社團，作家參與的《臺灣政論》和《美麗島》雜誌起了重要作用。像呂秀蓮等人既是政論家又是小說家，他們的作品常發表在政論雜誌上，這種政論雜誌也刊登一些論文，以為作家創作提供理論依據。從傳播「黨外」理念的誕生到民進黨成立的十年，政論雜誌風起雲湧，重要的有《八十年代》、《亞洲人》、《暖流》、《夏潮》、《李敖論政系列》、《關懷》、《自由時代》，另有濃烈的抗議色彩的《春風》詩刊。這些刊物不管是強調本土還是外省人主辦，均因反體制、反極權而遭到官方不同程度的打壓和查禁，在解嚴後則得到蓬勃發展。

現代文學大系

以「中國」或「中華」為名的大系，是具有中國意識的作家和出版家合作的產物。它不僅保留了豐富的文學史料，而且在宣揚中華文化方面起了一定的作用。

《中國現代文學大系》，巨人出版社於一九七二年元月出版，發行人為黃根連。收錄一九五〇年代至一九七〇年間臺灣作家的小說、散文和新詩作品。編委及成員有：余光中、朱西甯、白萩、瘂弦、梅新、洛夫、聶華苓、曉風、葉維廉。

《當代中國新文學大系》，天視出版公司於一九八〇年出版，發行人為曾季隆。收錄一九五〇年到一九七〇年代末期的作品，分文學論評集，文學論爭集，詩集，戲劇集，史料與索引集，小說集，散文集。

《中華現代文學大系（壹）臺灣一九七〇—一九八九》，九歌出版社於一九八九年出版，總召集人為余光中。該書接續《中國現代文學大系》，收錄臺灣地區一九七〇至一九八九年出版的作品。其中小說四卷，散文三卷，新詩兩卷，戲劇兩卷，文學評論兩卷。編選對象除臺灣地區的作家外，還包括旅外作家在臺灣發表的作品。

《中華現代文學大系（貳）臺灣一九八九—二〇〇三》，九歌出版社二〇〇三年出版。該大系區分為詩卷兩冊，散文四冊，小說三冊，戲劇一冊，評論兩冊。由余光中作總序，對臺灣近十五年來文學發展的走向作了宏觀論述，各卷另有分序，介紹各創作門類演變近況及所選作品之概要。

馬華文學在臺灣

從一九六〇年代初開始，馬來西亞到臺灣定居或學習過的馬華作家，有黃懷雲、李永平，張貴興、陳慧樺、溫瑞安、方娥真、張錦忠、黃錦樹、林建國、陳大為、鍾怡雯、林幸謙等。他們大部分能寫、能評、能編，尤其能以蕉風椰雨的異國情調成功地介入臺灣文壇。到了一九九〇年代，旅臺馬華作家在臺灣文壇大放異彩，他們或勇奪兩大報文學獎，或在大學開設東南亞華文文學課程，或通過《中外文學》這樣的權威刊物製作馬華文學專輯，或在臺灣舉辦馬華文學研討會，或在有分量的出版社出版《南洋論述》、《馬華散文史讀本》等書，進入學院體制和占領文學講臺。他們還以自己的「臺灣經驗」審視馬華文學，在馬華文壇掀起陣陣波浪。

「旅臺」馬華文學

按陳大為的解釋，「旅臺」馬華文學只包括當前在臺灣求學、就業、定居的寫作人（雖然主要的作家和學者都定居或入籍臺灣），不含學成歸馬來西亞的「留臺」學生，也不含從未在臺居留（旅行不算）卻有文學著作在臺出版的馬華作家。從客觀層面看來，「旅臺」的意義著重於臺灣文學及文化語境對旅居的創作者產生的直接影響。這是一個完整的教育體制與文學資源，在一定的時間中（大學四年或更久），從單純的文藝少年開始啟蒙—孕育—養成—茁壯其文學生命（其間或經由各大文學獎的洗禮而速成），直到在臺結集出書，終成臺灣文壇一分子的過程。從結果來看，這個過程並非單向的孕育，臺灣文學跟馬華旅臺作家之間產生了雙向滲透，旅臺作家以強烈的赤道風格回饋了臺灣文學，成為臺灣文學史當中唯一的外來創作群體。

「在臺」馬華文學

據陳大為的觀察，「在臺」馬華文學是現階段馬華文學在臺灣發展的一個現象，它的存在依據有一部分來自「在臺得獎」，更大的一部分來自「在臺出版」。必須先有了「旅臺」作家成功建構出網格鮮明的「赤道形聲」，再加上其餘「非旅臺」馬華作家在臺的出版成果，由此聯繫起來的馬華作家總體形象，方才構成「在臺馬華文學」的全部陣容。「馬華在臺作家」等同於「馬華旅臺作家」，是以人為依據的概念，只要著作人在臺灣出版、發表、得獎才算。「馬華在臺文學」卻大於「馬華旅臺文學」，是以書為依據的概念，只要著作有在臺灣出版、發表、得獎者都算。

經過近五十年的在臺發展，旅臺文學逐步成為馬華文壇愛恨交織的一個關鍵詞，甚至可以形容為一枚核武器。它既產生過最富有活力和爆發力的文學團體，也多次引爆過影響深遠和具有爭議性的話題，當然更少不了許多大幅提高馬華文學國際能見度的重量級得獎作品。在很長的一段時間裏，戰鬥性格十分明顯的旅臺作家群，是一支讓馬華文壇產生莫大敵意的隊伍。其實，旅臺文學的人數不多，同時活躍在臺灣、馬來西亞文壇上的名字，通常保持在一個位數。

張愛玲在臺灣

從一九五〇年代後期起，張愛玲的《秧歌》等作品陸續被介紹到臺灣。對張愛玲做出學術評價的是旅美作家夏志清。他在《張愛玲短篇小說》中，用「最重要」、「最優秀」的評語把張愛玲捧上了天。另一位海外學者水晶對張愛玲作品的介紹和評價，顯得比較客觀，導引了臺灣閱讀張愛玲作品的風氣。他認為「張愛玲在中國大陸，也許還沒有重要性，唯獨在臺灣，她卻是大大的重要，其影響力的深遠，足以震撼得人『一愣一愣』的」。後來「張派」的出現證實了這一說法。其代表人物有施叔青、朱天文、朱天心、蘇偉貞、袁瓊瓊、三毛、白先勇、郭強生、林俊穎、林裕翼。他們延續「想像中國」的慾望，也等同於一種文化懷舊，這使得「張派」傳人的主力集中在中產階級，尤其是眷村第二代女作家身上

張愛玲影響之大，還表現在一九九九年評選臺灣文學經典時，這位上海作家被誤判為臺灣作家，她的《半生緣》被評為經典之作。正如張瑞芬所說，在「張腔退位，張學進場」的當前，儘管「右翼造神，左翼驅魔」，張愛玲這一個「超越文化符

號」對臺灣當代文學影響之大，已毋庸置疑。「張派」臺灣族譜值得注意的不是陰盛陽衰，而是作者年齡層最晚到一九六〇年代中期便戛然而止。

三三文學

被稱作「張派」小說傳人「三三」集刊和雜誌的作者，其作品所代表的是眷村第二代知識階層。在一九七〇年代末，他們作為本土意識的對立面大規模搶占文壇，成為大中國最後蒼涼的一筆，在臺灣當代文學史上形成了一條亮麗的風景線。正如張瑞芬所說，時移事往，三十年後「三三」成員淬煉出來的文學實力，迸現出臺灣當代文學空前的火樹銀花，這璀璨無比的世紀末華麗，跨越散文、小說、戲劇、電影諸多文類。朱天文、丁亞民、謝材俊、袁瓊瓊、盧非易、蕭麗紅、蘇偉貞、林燿德、楊照、朱天心，連同向與朱家友好的張大春，至今仍是文壇中生代主力。

三三文學集團

這種鬆散社群創立於一九七七年四月，由三三集刊、三三雜誌、三三書坊、三三合唱團以及周邊運作（如星宿書店）所集結的人力和成果組合而成。所謂「三三」，前一個「三」代表三民主義，後面的「三」則代表聖父聖子聖靈三位一體的真神。主要成員有朱天文、馬叔禮、仙枝、朱天心、謝材俊、林端、丁亞民、盧非易等人，胡蘭成、朱西甯則為該集團的靈魂人物。廣義的成員包括旁聽胡蘭成〈易經講座〉的蔣勳、張曉風、劉君祖、呂學海，父執輩文友鄭愁予、瘂弦、管管、袁瓊瓊，臺大詩社文友苦苓、楊澤、渡也、向陽以及朱西甯學生一輩（蕭）麗紅、蔣家語、蔣曉雲、履彊，還有小字輩的林燿德、楊照、銀正雄、林麗芬等人。該集團其實是一個鬆散的聯盟，並沒有嚴密的組織和主張，後因胡蘭成去世而於一九八四年自動解散。

張腔胡調

「張腔」是指張愛玲用深刻細膩的文筆特立獨行的作風，形成一種糅合了古典小說《紅樓夢》和西方言情小說這種新舊並存的敘述方式。正如王德威所說，張愛玲小說的魅力摒棄了忠奸立判的道德主義，專事「張望」周遭「不徹底」的善惡風暴，並注重用「庸俗」反當代。施叔青便是一九六〇年代「張派」的重要傳人，鍾曉陽則是一九七〇年代「張腔」新秀。「胡調」則為胡蘭成的文學風格，用張瑞芬的話來說是內在世故，外表一派純真，文字以婉媚多姿、青春美質著稱，另加潔癖與天真。「張」與「胡」風格相異之處在於：張氏對人生採取冷眼靜觀的態度，總在陰暗角落裡偷窺著，而「胡爺」則永遠意識到自我的存在，興高采烈地活著。朱天文等「三三集團」諸人，「胡腔」勝於「張調」，形塑為「內在老成，外在天真」的表徵，一種「跌宕自喜，與造化相頑」，宛若天山童姥般的童顏稚語，一種胡、張交融的「三三」文體，即所謂「張腔胡調」。

盜版大陸書成風

臺灣戒嚴時曾頒布〈臺灣地區戒嚴時期出版物管制辦法〉，嚴禁大陸作家、學者的書在臺灣出版和流通。在這種管制下，出版商為了適應讀者閱讀大陸著作的需求，只好採取盜版加「整容」的方式以蒙混過關。林慶彰通過對近千種盜版書的研究，歸納出書商盜版大陸書的手段有：（一）刪改書名作者，（二）刪除序跋，（三）刪去部分篇章，（四）合數書為一書，（五）也有什麼都不改，照原稿用，可在扉頁上無大陸作者授權的簽字或說明，版權頁倒印上「版權所有，不准翻印」。最常見的手段是刪改作者的名字，因這些作者大都被列入國民黨警方編印的禁書名單，尤其是像魯迅、郭沫若這樣敏感的人物更不能亮相。這就難怪李何林所著的《近二十年中國文藝思潮論》，不但書名篡改為《中國新文學研究參考資料》，而且書中凡提及魯迅、茅盾、瞿秋白、周作人、鄭振鐸、郭沫若的名字，均被簡化為魯、茅、瞿白、周、鄭、郭。

報導文學

在大陸三四十年代出現的報告文學，到臺灣後一度消隱。直到一九六六年，「第二屆國軍文藝金像獎」才設立「報告文學獎」。一九七五年十一月高信疆主持《中國時報》「人間」副刊時，推出「現實的邊緣」專欄，分為域外、離島、本土三篇。又於一九七八年起連續舉辦五屆「時報報導文學獎」。自始，「報導文學」取代「報告文學」一詞。關於報導文學的特徵，高信疆認為「以文學的筆，新聞的眼，來從事人生探訪與現實報導」。研究著作有陳銘磻主編的《現實的探索——報導文學討論集》，影響較大的作家有古蒙仁、陳銘磻、林清玄、藍博洲。

年度文選

一九六九年，隱地編了臺灣第一本年度小說選《十一個短篇——五十七年短篇小說選》，由仙人掌出版社出版。後來，年度小說選在大江出版社、進學書局、書評書目出版社「流浪」，一直到爾雅出版社才安定下來，逐年問世，前後三十一年，到一九九八年邵僩編的《八十七年短篇小說選》時，「爾雅」忍痛畫上句號。之所以停擺，是因為這種年度小說選由八〇年代末一萬五千本的銷量，每年減少一千至一千五百冊，到了九〇年代末只剩下三千冊的發行量。從一九九九年起，九歌出版社接手《八十八年小說選》，一直編到現在。

此外，九歌出版社自一九八一年起創辦「年度散文選」。一九八二年由隱地推出的「年度詩選」，歷經坎坷，由「爾雅」轉到「二魚」苦撐。至於爾雅出版社的「年度文學批評選」，從一九八四到一九八八年共出五冊後，就無疾而終了。

香港震撼

據楊照的觀察，一九六〇年代下半葉，臺灣的「大眾文學」進入一段黑暗期，不管在質或量上都明顯有衰退跡象，而且好幾年沒有出現像樣的新秀新作，幾乎全靠已成名的幾位作家如瓊瑤等在苦撐局面。造成這種情況的一個重要原因，就是當時從香港引進、立刻捲起銷售旋風的中文版《讀者文摘》。不論在編排、印刷或文字上，《讀者文摘》所展現的風貌對臺灣的「大眾文學」界都產生了震撼效果。波濤作用立刻就反映在市場上，包括《皇冠》、《拾穗》、《綜合月刊》內的幾本雜誌，銷路立刻受到打擊，而且還一時手忙腳亂，找不出非常有效的對策來應付這樣一本挾有龐大跨國資本威勢的通俗雜誌。

到了七十年代末、八十年代初，第二波的「香港震撼」又突然到來，而且這次的級數比上回還要高，還要厲害。這次「香港震撼」的中心人物有兩個，一是寫武俠小說的金庸，二是寫科幻小說的倪匡。這兩位作家的作品在那個時節大賣特賣，把代理經銷他們作品的遠景出版社，抬上了臺灣出版界的龍頭位置，勢不可擋。新千年後從香港引進的《蘋果日報》發行量擊敗所有臺灣報紙，是為第三波的「香港震撼」。

票選「十大詩人」

一九七七年，臺北源成文化出版社出版了《中國當代十大詩人選集》。此書由張默、張漢良、辛鬱、菩提、管管五人編選。所謂「十大詩人」，是指紀弦、羊令野、余光中、洛夫、白萩、瘂弦、羅門、商禽、楊牧、葉維廉。現在看來，這十位詩人都生活在臺灣地區，並不能代表全中國，但當時蔣介石認為「中華民國」才是中國的代表。此外，此書的編寫者都是《創世紀》詩社成員，雖然入選的還有別的詩社的詩人，但編選時是借別人突出自己，故引起不同詩社詩人的嚴重不滿。到了一九八二年，《陽光小集》企圖對「源成版」所「製造」的十大詩人名單進行顛覆，這份新的「十大詩人」名單如下：余光中、白萩、楊牧、鄭愁予、洛夫、瘂弦、周夢蝶、商禽、羅門、羊令野。與「創世紀」所舉辦的「十大詩人」活動比較，名單差異不大。二十年後，楊宗翰與孟樊又策劃了「臺灣當代十大詩人」票選活動，最終得出的「十大詩人」名單及票數如下：洛夫（四十八票）、余光中（四十七票）、楊牧（四十票）、鄭愁予（三十八票）、周夢蝶（三十六票）、瘂弦（三十票）、商禽（二十二票）、白萩、夏宇（兩人同為十九票）、陳黎（十八票）。

評選「十大詩人」只是詩壇的遊戲或學府的時尚。許多詩人、詩評家及其媒體都愛念經，但卻不喜歡修行。評選「十大詩人」，在某種意義上也屬「念經」，故許多詩人不屑於參加這種只是製造新聞的活動。

交相讚美鍾曉陽

一九八二年，香港的少女作家鍾曉陽以中篇小說〈停車暫借問〉參賽臺灣《聯合報》副刊小說獎，雖然沒有得到第一名，卻因獲獎造成〈停車暫借問〉一時洛陽紙貴，鍾氏本人也成為膾炙人口的美女作家。她的小說描寫東北「滿洲國」時代一對男女的亂世情緣，故事情節不算離奇，但十八歲鍾氏的筆法非常老到，其興寄蒼涼，正如王德威所說，直可比擬剛出道的張愛玲。鍾氏以古典詩詞意境入小說，猶其餘事。作家如司馬中原及朱西甯交相讚美，「三三」寫作集團的朱氏姐妹為文背書，鍾曉陽現象也就順理成章地形成文壇奇觀。

「非余」勢力

在臺灣，有一股隱性存在的「非余（光中）」勢力，一是搞臺獨的人，因余光中認同文化中國而將其打成「大陸流亡作家」和所謂「賣臺」集團的一員。二是國民黨中的極右派，反對余光中與大陸作頻繁的文化交流，認為這是一種近乎「投降」的行為，如〈剝皮刮骨看余光中〉的作者姜穆。三是在鄉土文學論戰中受余光中傷害過的作家高準，尤其是被余光中當作「抓頭」主要對象的陳映真。據陳映真說，余光中曾給「國防部」寫密信檢舉他為共產主義信徒。四是適當肯定余光中地位但嚴重不滿其人品的呂正惠，以及從過去「擁余」到「非余」的施善繼。五是認為余光中是國民黨在高校的代理人，並不滿其現代詩風的郭楓。李敖也認為余光中站在國民黨立場上為《文星》被查封開脫罪責，除在法院控告余光中「違反」著作權外，李敖還攻擊余光中為「騙子」，「現在余光中跑到中國大陸又開始招搖撞騙，如果還有一批人肯定他，我認為這批人的文化水平有問題。」六是在詩壇與余光中爭霸的洛夫及《創世紀》的某些同仁，這是一股潛在的「非余」力量。「非余」派的代表作為《這樣的詩人余光中》，此書增訂版的作者有陳鼓應、郭楓、曾心儀、曾祥鐸、莊金國、黃樹根、李敏勇、李勤岸。

在臺灣，「擁余」勢力主要由統派（準確的說法是「右統」）成員和不願意以意識形態劃線肯定余光中藝術成就的人所構成，如九歌出版社、「藍星」詩社、葡萄園詩社以及余光中的老師梁實秋、余光中的研究者顏元叔和黃維樑、余光中的學生鍾玲、余光中的崇拜者陳幸蕙和余光中在高雄中山大學的同事，另還有在「非余」與「擁余」之間遊走的另類獨派理論家陳芳明。

「聯副」與「人間副刊」雙雄並逐

作為歷史悠久的中文報刊《聯合報》，其副刊與《中國時報》「人間副刊」一直是雙雄並峙。競爭的激烈表現在版面規劃、專題設計與作家的爭取上最為白熱化。在專欄作家的名單變動上，「聯副」幅度小，專欄的持續性遠比「人間副刊」更為長久。

這兩大報的副刊主編即「副刊王（慶麟）」、「副刊高（信疆）」，有瑜亮情結。具有濃厚的社會運動家氣質的高信疆，全力嘗試改變傳統文人副刊的體質，將其提升到報人副刊的層次，使副刊具有現代傳播的新思維，譬如新聞性、現實性、時間感和速度感等，更以主動約稿、計劃編輯等策略，擴大版面。在這種思想指導下，「人間副刊」在臺灣首次圖文並茂地大膽介紹從牢獄出來後的李敖。七、八十年代，「副刊王」「副刊高」兩人因報業的競爭而成「敵人」，但私下是好朋友。他們在臺灣掀起了媒體風雲，創造了副刊的黃金時代。尤其是兩大報所設立的文學獎，在一定程度上主導了臺灣文學的走向。

捲入諾獎新聞的狂飆

二十世紀七十年代末、八十年代初，臺灣媒體特別是《聯合報》副刊，開始以專輯特刊的方式迅速報導諾貝爾文學獎的新聞，《中國時報》的「人間副刊」以及《自由時報》等報刊也緊緊跟上，無不捲入爭奪諾獎新聞的狂飆，這對於臺灣文壇造成巨大的衝擊。以《聯合報》副刊為例，專輯中舉凡諾獎得主生平推介、代表作品翻譯、生活現況描述、得主專訪、作品剖析、各國學者評論、書目年表等，皆有嶄新而精準的呈現。以副刊整版篇幅刊登諾獎桂冠得主，特別是消息發布後數小時內即能快速電話專訪作者本人，正如陳長房所說，堪稱全球獨步，也創下中國報業文學性新聞專訪的輝煌紀錄。除了副刊編輯的配合，這項成就還歸功於加州大學任教的鄭樹森。媒體大篇幅的報導並評價諾獎得主，旨在探測文化的風速，深入新聞的心臟，不論是宏觀國際文壇的趨勢或脈絡，或是微視特定得獎作家的風貌，對於臺灣文學創作，都帶來影響。

傷痕文學熱

〈申請出版「淪陷區」出版品審查要點〉在解嚴後還未廢止。在這種管制下，生怕不慎踩了地雷的報紙副刊，只好率先引進描寫大陸陰暗面的傷痕文學。從一九七九年五月下旬到一九八三年，傷痕文學成了臺灣文壇的熱門話題。最快速的是《中國時報》「人間」副刊，他們先是轉載巴金的〈懷念蕭珊〉，接著又刊登不同類內容的作品。成文出版社推出由葉洪生主編的大陸作品專集《九州生氣恃風雷》。僅一九八二年，臺灣將大陸文學作品結集成書的多達八本，《中央日報》出版的《傷痕文選》、葉洪生主編的《白樺的苦戀世界》、周野編注的《醉入花叢》、《苦戀》和《疙瘩媽告狀》，幼獅文化事業公司出版的《傷痕》、《人妖之間》、《苦戀》。除白樺的作品外，張賢亮的《男人的一半是女人》和《靈與肉》、《邢老漢和狗的故事》，戴厚英的《人啊！人》，以及王蒙、高曉聲等人的作品也很受歡迎。或出於意識形態的偏見，或為了附和官方「反共言論」的尺度，某些評論家把這些作品拔高為「中國大陸的抗議文學」或「社會主義悲劇文學」。此外，爾雅出版社還推出十年浩劫期間流亡至香港的前紅衛兵們所寫的作品《反修樓》一書。

大陸作品大舉「入侵」臺灣

臺灣最初介紹大陸文學時心有餘悸，怕被新聞局重罰，只好從所謂「反抗」意識形態著眼選取傷痕文學、朦朧詩，後來則著重其文學藝術價值。從一九八六年五月至九月，《聯合文學》陸續刊出阿城的《棋王》、《樹王》、《孩子王》、《會餐》等作品。《文星》於一九八七年三月製作〈大陸新探〉專輯時，又刊登阿城小傳和印象記。隨著阿城登場的另有大陸新生代小說家馬建、鄭萬隆、韓少功、殘雪、莫言等。緊跟傷痕文學、反思文學、尋根小說、現代派小說、知青小說、京味小說也多次出現在臺灣各種媒體上。自一九八四年至一九八八年上半年，已有七十多部大陸作品在臺灣出版。其中加入這一行的出版社不少於十家，最可觀的是新地出版社的「當代中國大陸作家叢刊」、光復書局投鉅資出版包括大陸作家的《當代世界小說家讀本》，以及林白出版社的「中國大陸作家文學大系」。

臺灣介紹大陸作家作品，在矯正「臺灣文學才是中國文學正宗」偏見的同時，還打破了特權壟斷，使某些大學教授靠抄襲大陸著作而獲得學術獎的現象近乎絕跡。引進大陸書擴大了臺灣學術界的視野，有助於改變臺灣文學的素質，並引發中華民族情緒的「復燃」。隨著李登輝的「獨臺」政權到陳水扁試圖建立所謂「臺灣國」的過渡期，大陸文學早已退燒。

大河小說

「大河小說」一詞直接來源於法文，意思是說這類小說敘事綿綿不斷，好像可以和時間一般永續不斷，一路講下去成就了長篇小說——特大號的超級長篇或「三部曲」式的長篇。光復前後吳濁流寫的《亞細亞的孤兒》、《無花果》、《臺灣連翹》三部長篇，有為臺灣現代史作形象證明的意圖，因而具有「大河小說」雛形。典型的「大河小說」則為鍾肇政和李喬的《臺灣人三部曲》、《寒夜三部曲》以及東方白的《浪淘沙》，具有濃厚的歷史意識，在寫家族史的興亡時橫跨不同的歷史時期，而這些歷史階段又與國家民族的盛衰密切相連。「外省作家」表現大陸歷史滄桑的作品，如墨人長達一百二十萬言的《紅塵》，也屬「大河小說」。並非寫臺灣歷史的施叔青的《香港三部曲》，又為這類文體提出有力的證詞。在臺灣，「大河小說」地位沒有短篇小說顯赫，但這種文體的發達興旺是提升臺灣文學創作分量和價值的一個重要方面。

大陸（出走）作家文學

大陸實行改革開放初期，有一些作家陸續通過各種管道「逃」離大陸，然後在臺灣發表作品，如遇羅錦的〈愛的飢渴〉、無名氏的〈紅鯊〉，這些作品以揭發大陸陰暗面吸引臺灣讀者，從而獲得掌聲。最著名的是從北京返回香港，然後在臺灣推出一系列描寫大陸政治運動如何摧殘人性小說的金兆。從一九七八年五月在臺灣《聯合報》發表〈芒果的滋味〉，到一九八〇年止，金兆共刊出十二篇短篇小說。與盧新華不同的是，金兆不僅寫文革給人造成的心靈創傷，而且還把筆觸伸向十年浩劫前的反修防修運動以至反右派鬥爭。和陳若曦一樣，金兆也是傷痕文學的先行者。

眷村文學

自一九五〇年代起，全臺灣的各軍駐地，都為去臺的軍隊家眷安排了特別的住處。住在眷村的第二代沒有國共鬥爭的經驗，因而比上一輩作家多了一點懷疑主義和自由民主思想。作為一九八〇年代崛起的眷村文學，其作品表現出外省第二代家國難分或揶揄反共復國的特性。故事離不開悲歡離合的套子，情節在現實與理想、他鄉與故鄉、臺灣與中國大陸之間穿梭，作者們不時涉及敏感的族群問題。代表作有郝譽翔的《逆旅》、駱以軍的《月球姓氏》和《遺悲懷》、朱天心的《想我眷村的兄弟們》和《漫遊者》、蘇偉貞的《魔術時刻》、張大春的《聆聽父親》、朱天文的《巫言》。

作為臺灣特定文化政治產物的眷村，在本土化浪潮衝擊下也正在消逝。但眷村中的外省第二代，無論在政治舞臺還是在文壇上均不會消失。進入千禧年後，他們仍在發表作品，在敘述鄉土、追述童年的同時反思記憶，描寫兩代衝突，甚至操縱情慾政治，繼續鋪寫外省籍的父輩逃離臺灣的遭遇，探討這些文學上的異鄉人兼政治上的孤兒的命運。作為臺灣文化「母文化」之一的眷村文化，是一九四九年後臺灣文化中極重要的現象之一，集中體現在二〇〇四年蘇偉貞編選的《臺灣眷村小說選》中。

政治文學

廣義的政治文學是指反映與政治事件密切相關

的作品，狹義的政治文學專指解除戒嚴後描寫島內政治事件、虛構政治事件、涉外政治事件及反體制、反極權的作品。參加黨外運動而被捕的作家，是這類文學的主力車；而那些關懷底層人民命運，具有強烈憂患意識和批判意識的作家取材於政治的作品，也屬政治文學。其內容主要是批判社會、保護人權、表現「二二八事件」、描寫牢獄生活等等。著名的作品有宋澤萊的長篇小說《廢墟臺灣》、施明正的《渴死者》、李昂的《北港香爐人人插》、陳映真的《忠孝公園》等。二〇〇六年邱貴芬編輯出版了《臺灣政治小說選》。

左翼統派政治文學

這種文學不僅在文化上認同中國，而且在政治上也與大陸合拍。陳映真的小說以「在臺灣的中國人」的立場思考問題，其文學主張表現在批判新型商業帝國主義的《華盛頓大樓》小說系列，以及提出是「忠孝於日本天皇，還是忠孝於祖國」尖銳問題的中篇小說〈忠孝公園〉。此外，還有藍博洲以一九五〇年代白色恐怖為時代背景，以刻畫帶有社會主義理想和民族意識知識份子形象的小說《幌馬車之歌》、報導文學《消失在歷史迷霧中的作家》，以及施善繼的詩、鍾喬的戲劇和呂正惠、曾健民的文學評論。

右翼統派政治小說

在一九五〇年代，「右翼復國派」或被省籍作家稱之為「右翼流亡派」的作家有姜貴、朱西甯，後來演化為余光中式的「右翼歸鄉統派」、「右翼文化統派」。代表作有張系國寫於一九七〇年代的〈昨日之怒〉、白先勇寫於一九八年的小說〈骨灰〉，另有陳若曦的小說〈路口〉，以及表彰中華文化、思念祖國的探親文學和返鄉小說。這類作品的主力軍是反對「一國兩制」，而主張「用三民主義統一中國」的外省作家，也有少數省籍作家寫的作品，如鍾延豪的小說〈金排附〉、陳彥的短篇小說〈今日何夕〉。

獨派政治文學

政治上的臺灣獨立運動從一九四○年代末期就出現，到了一九八○年代解除戒嚴前夕，獨派主張已半合法化，敏感的文學家便寫了一些作品呼應這種思潮。彭瑞金就曾說過：「臺灣一旦獨立建國之後，如果沒有足以認證的臺灣文學，那將使國家的精神版圖缺角。」因而獨派作家加快自己的創作步伐，小說方面有宋澤萊的《抗暴的打貓市》、楊直矗的長篇《美麗島進行曲》。另根據李喬小說改編的電影《一八九五》，是典型的媚日醜華、歪曲臺灣歷史的臺獨電影。詩歌方面有李敏勇的〈我們的島〉、江自得的〈解剖〉、田欣的〈臺灣，我唯一的祖國〉，論著方面有李喬的《文化‧臺灣文化‧新國家》、蔡金安主編的《臺灣文學正名》。

人權文學

按照宋澤萊的說法，「人權文學」是指反映戰時和戰後免於恐懼，免於貧困，免於無言論、宗教、國際人權四大自由要求的作品，是一種激動的、思辨的、人道的，飽含深度人性思考的文學。它所需要的知識、經驗者相當嚴格和殘酷，創作者必須負擔沉重的歷史使命，使得其文學結構、敘述風格都和通常說的政治小說不同。「公害小說」則是它的附屬物。這種文學主要出現在一九八○年代前期，代表作有楊青矗的小說〈選舉名冊〉、林雙不的小說〈黃素小編年〉。作家有施明正、李喬、呂秀蓮、吳錦發，另有不與反對運動相結合的李昂、黃凡等人。

龍應台風暴

一九八○年代崛起的專欄作家龍應台，在《中國時報》「人間」副刊開設的「野火集」專欄中，勇敢地揭露臺灣社會的種種病象，在金碧輝煌的門面上顯露出斑駁破爛的地方，讓血淋淋的事實逼迫讀者張大眼球去看、去反思、去審視。不到一年工夫，龍氏的作品就像熊熊的野火席捲了整個臺灣文化界。這股野火要燒去醜陋和腐朽、一切不義和不公，要開鑿出一片清明天地。

龍應台還用社會良知、道德勇氣及犀利的文筆寫作《龍應台評小說》，筆伐文壇的種種痼疾，造成一股「龍應台旋風」。一九八五年底之後，全臺灣幾乎沒人不知道龍應台這個十足男性化的名字，她的《野火集》、《龍應台評小說》由此被選為「出版界年度十大新聞」之一。《野火集》和《龍應台評小說》還分別獲選為「年度最具影響的書」。她則被臺灣文化界評為一九八五年「文化界風流人物」。

中產階級文類

張誦聖這樣概述商業化潮流對讀者的影響：一九八〇年代以前，租書店十分流行，它提供的是將「俗」文學與「雅」文學簡易區分開來的指標。金石堂連鎖書店在全臺灣公布的暢銷書排行榜，標誌著一個更為先進的資本主義文學傳播和文學消費模式。和這些「中層階級」對應的是指大企業家和大老闆的「中高階層」文化的明顯擴張，造成雅俗文學界限的模糊，使嚴肅文學喪失它的優勢地位，而不得不與迅速出現的許多新興文化類型爭奪地盤。這種類型有由市場主導的副刊文學、一九八〇年代初至一九八〇年代中誕生的新電影，以及賴聲川表演工作坊和其他主流劇場，這些都標誌著市場形態「中產文化時代」的來臨。從戒嚴法則到市場規律看，一九八〇年代中產小說的特徵是：傾向於停留在意識形態的安全地帶，即便是它偶然展示邀進姿態，聳人的成分也往往大於顛覆性。題材方面圍繞著家庭、戀愛、婚姻，帶有濃厚的通俗劇色彩。一九八七年出現的影片《恐怖分子》對中產心態吊詭的呈現，恰好是它的創作者賴於表達精英式藝術自覺的管道，它印證了中產階級文化潮流在臺灣文化場域中廣布的程度。

朱氏「小說工廠」

朱西甯是著名的軍中作家，他從一九五二年至二〇〇二年共出版二十部中、短篇小說集，七部長篇小說集。他引領出的文學家族隊伍，已成為臺灣文壇的傳奇。以朱氏三姐妹而論，大女兒朱天文出版小說十多部，其中長篇小說《荒人手記》獲百萬小說大獎，另還和侯孝賢長期合作編劇。丈夫唐諾亦是推理小說家，女兒謝海盟畢業後也繼承父業開始創作。二女兒朱天心亦出版小說集十多部，其中最著名的是《想我眷村的兄弟們》，為眷村文學的代表作。三女兒朱天衣出版有短篇小說集。天文、天心、天衣還合著散文《下午茶話題》。她們的母親劉慕沙翻譯的各類日本小說已多達六十多部，因此稱朱西甯一家為「小說工廠」，倒是名副其實。

左翼行動主義

據楊照的觀察：一九七〇年代從關傑明和唐文標發起的「現代詩論戰」，到由彭歌、余光中點火引發臺灣社會空前動蕩的鄉土文學大論戰，後續的發展方向是不斷擴大文學意義的解釋，及隨之而來附加的越來越多的反體制或護體制、反威權或衛威權的行動性格，是為「文學行動主義」。此「主義」的產生，是因為戒嚴沒有解除，人們沒有批評政府和時政的自由，因而無法在政論雜誌出現的主張只好用另類形式「化裝」登場。一九七〇年代出現的大報「強勢副刊」，正好為這種文學行動者提供了馳聘的陣地。以帶左翼色彩的鄉土派為例，若發表改革政治體制和經濟結構的政論便會視為顛覆政府，他們便將建設一個在政治經濟上脫離依賴，內部力求分配公平的社會的政治理念，用創作行動去取代街頭行為即用小說的形式來表達。陳映真的〈山路〉等眾多政治小說，潛藏在作品細微處的社會主義理想，便說明臺灣是一個被帝國主義變相侵略、被錯誤政策犧牲，以至於許多人在底層流離受難的社會。宋澤萊的〈打牛湳村〉，直指農村產銷結構上的重大弊病。洪醒夫的〈吾土〉，刻畫了農村困窮的悲燦慘景象。左翼行動主義雖然不斷受到官方的政治打壓，但卻逐漸取得了美學上的合法性。

右翼行動主義

右翼文學行動主義的代表性團體是「三三集刊」與「神州詩社」。據楊照的觀察，他們的集體特性是非常年輕，其集團理念是「以文學救國」，代表作有溫瑞安的長詩〈圖騰〉等。在行動上，他們熱情地串聯各地大學師生，堅決反對抨擊政府臺灣為「鄉土」的「鄉土派」，高舉文化民族主義認同「文化中國」的大旗，在文學尤其是小說創作上，他們特別強調回歸愛情並以此化解抽象概念上對立所產生的衝突。

在一九七九年美麗島事件爆發前夕的小說界，可以清楚地看見右翼文學行動主義與官方保持著若即若離的關係，同時獲得了校園青年群體的熱烈支援。他們甚具行動意義的作品經常在《聯合報》、《中國時報》副刊得獎，如黃凡首開小說刺探政治曖昧地帶的〈賴索〉。

「臺北文學」

北部的「泛藍」支援者占多數，而南部的民眾大都是「泛綠」支持者。這種南北分野的現象造成文壇上的兩極分化，部分作家以臺北為基地，創作具有中國意識的作品和色彩繽紛的都市文學，如李敖的雜文、陳映真的小說。臺北不僅具有中國意識的作家居多，而且的統派或具有中國意識的傳播媒體、出版機構、文學團體幾乎都集中在這裡。

書寫者多半為講標準漢語的臺北作家，不留戀寫實的田園模式寫作，而鍾情於都市詩、都市小說、都市散文創作。代表作家有張大春、黃凡、林燿德、蔡源煌等人。當然，所謂「臺北文學」是一種隱性存在，它並沒有結社也沒有機關刊物，但它的確是一種鬆散的聯盟。它和南部文學之分，也不是絕對的，兩者時有交叉。

「南部文學」

葉石濤說：「前後大約十年之久的臺灣，八〇年代文學的演變的確證實了有南北兩派的兩種文學主張。」又說：「一般說來南部沒有北部那種都市叢林高度物化、異化，民眾生活較保守、傳統。在這種環境下，南部作家傳統，紮根生活，少用後設小說、超現實主義、意識流。屏東的陳冠學、曾寬，高雄的吳錦發、許振江，鹽分地帶的周梅春、陳豔秋，草根性強，以本土為主。北部作家以臺北市為主心發出來的是都市叢林文學，以國際性著稱……」南部作家不滿足於鄉土，而從鄉土出發將「臺灣意識」逐漸演變為臺灣本土意識—臺灣自主意識—臺灣「獨立」意識—臺灣民族解放意識。這種排斥中國意識的所謂具有主體性的路線，對「臺北的」文學主要從兩方面進行攻擊，攻擊戒嚴時期文學政治化的傾向和解嚴後文學中存在的「中國結」，攻擊解嚴後因工業文明過度發達而導致人文精神喪失的「物質巨人，精神侏儒」的物化傾向。

林清玄成為大眾文學明星

一九八〇年代，林清玄因寫帶佛理意境的散文，而成為大眾文學的明星。他從「菩提系列」散文開始，試圖將佛理禪思與文學結合起來，從而引領一股佛學散文創作的風潮，這不僅使他一夜成名，而且高居暢銷榜不下，其一九八六～一九九一出版系列叢書亦獲選為四十年來臺灣最具影響力的書。據盧建名研究，一九九七年六月林清玄再婚消息曝光，導致其文學事業大幅滑坡，使林清玄現象落下帷幕。

方言復興現象

一九八〇年代前半期黨外運動提倡「臺灣意識」時，也開始觸及語言議題。他們批判的焦點在於學校教育中的「獨尊國語」政策，與廣播電視對方言使用的限制。這種批判收到一定成效，如一九八七年八月，省政府教育廳通令全島學校不可處罰說方言的學生；一九八七年底，三家覆蓋全島的電視頻道增加二十分鐘的方言新聞時段；一九九〇年五月，新聞局取消了電視臺節目使用方言的限制，由此本土語言尤其是閩南語出現復興的現象，方言戲劇和電影重新出現，閩南語流行歌曲到處可聞，眾多大學也成立了「臺語」和客語社團，大量的「臺語」字典、雜誌和語言專書也陸續出版。

女性文學

一九〇年代以後，隨著婦女經濟力量的抬頭，價值多元變遷影響了社會及家庭結構，也改變了男女關係的模式，這樣便有女作家的大面積崛起，如施叔青、李昂、蘇偉貞、廖輝英、袁瓊瓊、蕭颯、蕭麗紅等人。其中有激進與溫和兩派之分，曹又方、朱秀娟、王碧瑩等人「不滿激進主義要顛覆父權，主張創造性離婚、爭取身體自主權，要做『豪爽女人』」。如果說，一九八〇年代的女性文學還處在女性化階段的話，那到了「頹廢已經征服了臺北」的一九九〇年代，女性文學就正式邁上了女性主義臺階。在世紀末，這一片被姐妹們闖蕩出來的情欲新天地成為一時之趨。它完全顛覆了男性文化霸權的專橫局面，迫使男性世界自我反省，收起那些偽君子的假面具。但也有不少女同性戀小說寫得極為狂放粗鄙。

無名氏突然有名起來

無名氏是一九四〇年代頗負盛名的作家。一九四九年後滯留大陸，被塵封在歷史的岩層中有三十多年。一九八三年三月到臺北後，《聯合報》副刊發表他的小說〈死的岩層〉，無名氏從此有名起來。自一九四九年大陸新政權建立後，臺灣文壇與「五．四」以來的文學斷層由來已久。正如王德威所說：「無名氏可視為重要過渡人物。〈死的岩層〉適時出現，不無歪打正著之功。」正因為如此，臺灣各出版社紛紛出版無名氏著作，其中最富影響力的是一九七○年代遠景出版公司和香港《新聞天地》雜誌社印行的《無名氏全集》。在無名氏去世前夕，文史哲出版社出版了更為全面的《無名氏全集》。

同志小說

一九三五年香港影評人林邁克——一位「人妖」創造了有如暗語的「同志」一詞，以「同」代表同性戀，取「共同志向」之義，也有將性取向認同視作政治認同之義。「酷兒」則係同性戀的雅稱，「同志」即同性戀。此類題材在臺灣小說中出現的時間很早，不過，只有等到白先勇的《孽子》在一九八三年發表，男同性戀在臺灣小說中才取得正式發言機會。戒嚴令廢除後，女性主義運動帶動了「我們之間」這種女同志團體的興起和臺灣同志運動的蓬勃開展。朱天文的《荒人手記》和邱妙津的《鱷魚手記》，於一九九四、一九九五年獲時報文學獎，從制度上為「同志藝術」在臺灣文壇取得合法地位作了衝刺。綜觀臺灣「同志小說」，無論是酷兒乃至怪胎書寫，它們均跨越性別、年齡、文化、階級、種族，情慾的想像空間愈來愈寬廣。

「同志小說」所出現的女同性戀吸血鬼鬼影的反寫實風格，以及和科幻小說、恐怖小說等文類結盟，均表明這些作品屬後現代文學範疇。其狂野色彩和營造的敗德的詭異氛圍，形成臺灣文壇另類的與主流文化相頡頏的次文化的一幅重要風景。臺灣有同性戀專業出版社「開心陽光」，其中「女同志」專業戶「集合出版社」的「好好系列」，專門推出「女同志」愛情小說。紀大偉另撰寫有《同志文學史：臺灣的發明》。

「老弱文學」

宋澤萊在一九八年第一期《臺灣文藝》上發表的〈呼喚臺灣黎明的喇叭手〉一文中，批判戰後臺灣文藝政策與「苟全亂世的老弱文學」是臺灣人權文學的主力。他說的「老弱文學」概括起來有三種，第一種是「沒有問題的文派」，以戴國煇、陳映真等統派人物為代表；第二種是「卑弱自播的文派」，矛頭指向笠詩社詩人以及陳千武、葉石濤等本土派大佬；第三種是「煙花過客的文派」，如三毛、席慕蓉、楊牧等文中存在著浪漫思想的作家。三種中尤以第二種的言論最令本土派反感。宋澤萊在文末宣告要拋棄這些「老弱文風」，人權文學時代由此來臨。

「國會戰神」朱高正

畢業於臺灣大學法律系的朱高正，既是民進黨創黨元老，卻又是最激進地支援兩岸統一的政治人物。在「立法院」，他以「暴力問政」聞名，開創了肢體衝突的先河。後來有人問到此事，此君辯解，「其實我最喜歡的是動嘴，但國民黨不讓我講話，我當然只能搶話筒。」有人問李敖，在鬥嘴上，有誰能成其對手？他答曰，恐怕只有朱高正。李敖與朱高正很不相同，只有一點一致，就是主張統一，反對臺獨。李敖因反對國民黨而坐過牢，朱高正則是支持統一而與民進黨決裂。一九八九年十二月，朱高正以非民進黨提名的候選人身份，高票當選雲林縣立委。對臺灣和海外華人來說，朱高正這個「國會戰神」，當年可說是家喻戶曉。為此，一九九〇年六月號《聯合文學》製作了一個特別企劃——「文學家的國是會議」。其中第二項問卷為，試投出五到十名你最滿意的政治人物，得票最多的為朱高正，李登輝、林洋港、李煥都遠遠落在朱高正這位「新秀」後面。

《聯合報》（系）海外副刊群

《聯合報》副刊雖然出現在臺灣這個小島上，它卻以放眼世界華文文學的視野，在海外辦了兩個副刊，一是美國《世界日報》副刊暨「小說世界」；二是在泰國出版的《世界日報》「湄南河」副刊暨「湄南河詩園」。在島內外共同運作、共享資源的情況下，正如郝譽翔所說，讀者往往可以接收到完善的第一手訊息，尤其是諾貝爾文學獎、《聯合報》文學獎揭曉，或是文壇突發重大事件，如三毛、張愛玲等作家去世，「聯副」、「世副」、「湄南河副刊」這三個版面同時推出。除了介紹華文文學的最新動態及轉載優秀作品外，海外副刊還有自己的地域特色。正是透過海外第一中文報紙《世界日報》副刊，「聯副」的文學版圖才逐漸向外延伸，並與海外作家建立密切交流網路，從而使「聯副」在八、九十年代成為世界華人共同的文學中心。

臺獨作家修改自己過去的中國論述

呂秀蓮在一九七〇年代中期自稱「生為中國人，死必為中國鬼」。可後來徹底超越中國本位主義的立場，而單純站在臺灣本土的立場上。葉石濤也經歷了這一變化，在《臺灣文學史綱》中，他有臺灣文學是中國文學一支流、「臺灣新文學始終是中國文學不可分離的一環」及其所具有的中華民族性格等論述，在二〇〇〇年出版日文版時，這些表述被刪得一乾二淨。再如陳明台在一九八二年討論鄉愁時，提出笠詩社詩人的作品「是從成為祖國的、中國的……」，一九八九年此文收入書時，這種詞句全被刪去。陳少庭一九七七年出版的《臺灣新文學運動簡史》，強調「臺灣重歸祖國」、「臺灣的文學本來就是源自中國的文學」，後來受到陳芳明等人的激烈批判，陳少庭除檢討致歉外，並表示收回原來的觀點。

新感官小說

一九九五年五月，皇冠出版社推出以寫人間情色為主要內容的「新感官小說」：曾陽晴《裸體上班族》、紀大偉《感官世界》、洪凌《異端吸血鬼列傳》、陳雪《惡女書》。關於新感官小說的定義，可用上述四本書的封底說明：在情色與色情之間—在同性與異性之間—在主流與異端之間—直探情慾與官能的底層。新感官小說所描繪的情色現象，有如下特徵，在情慾發洩或滿足的方式上，以同性戀為多。書寫的方式上，作者們多摒棄傳統的隱喻式手法，而用「酣暢的汁液」直接、露骨甚至誇大地描寫性器官及性行為，在人物及時空背景上雖然也有小公務員、女大學生、中學體育老師等，但整體說來，以脫離現實或邊緣性質的人物居多，王溢嘉認為：「這三種特徵組成一幅異質、詭秘、怪誕的情色圖像，不同於傳統的色情小說情色小說，似乎想為讀者開括一個新的感官知覺領域」。

錄影詩

一九八五年四五月號《草根》推出「錄影詩學」宣言及其作品。據林燿德研究，「錄影詩」至少有如下意義：一、在詞彙的擷取和調度上，採用大量的「技術性語言」，使得文體走向清晰透明的層次，傳統的「巫術式語言」被減至最低量；在語言策略方面，提出了新穎貼合資訊思考的嶄新模式，專屬一九八〇年代的「觀念趣味」於是誕生。二、錄影詩加入了視覺和音響，並且挪用電影分鏡表的操作形式，突破現狀詩的三大類型（分行詩、分段詩與圖象詩），呈露現代詩形式上的新面貌。三、錄影詩所蘊含的精神龍骨，是二十世紀末的都市精神，用器物文明的手段打開新人文主義的另一扇窗口。四、就巨視的觀點而言，將詩這種高純度的上層文化與屬於通俗商業文明的錄影帶工業鏈接在一起，成為雅俗之間的第三種可能，無疑是對創作上有關高度藝術性及通俗大眾性的兩難命題，開闢一個有折中可能的。代表作有羅青的《錄影詩學》。

原住民文學

原住民是指六千至一千年前先後來到臺灣定居的泰雅、賽夏、布農、曹族、排灣、魯凱、卑南、阿美、雅美九個民族。原住民文學首先是指原住民作家以夾雜有比例不等的日語遺留的母語書寫的作品，但大量的是指以漢文為書寫工具刻畫民族本性、表現其受壓迫受欺凌的沉重叫喊的作品，其明顯的特色為「多為自傳式小說，語法上常與一般漢語語法迴異者，意象與節奏常是屬於族群生活經驗的凝練、融入族群文化的精髓等」。從表現形式看，原住民作品的文字有奇妙的韻味，其語言不以華麗著稱，而以樸拙見長。比起流行文學，它更顯得渾厚，其場面描寫也更充滿豐富的色彩。周宗經的散文、施努來的《八代灣神話》以及柳翱的詩集《山是一座學校》，便體現原住民追求部落認同與文化認同的這種特色，並由過去被漢族作家書寫發展為原住民自己「書寫的主體」。這種轉變解構了漢人中心論及充滿意識形態偏見的文學史敘述，豐富了臺灣文學的內容。

後解嚴時期文學

指一九八七年解除戒嚴後的臺灣文學，其表現與題材的趨勢以及現象有關，張錦忠概括如下：一、去威權／政治書寫（國族寓言），解嚴後政黨拼政治，文學也有拼政治走向，政治書寫不再是禁區。二、性別／情慾／情色／同志書寫造就了臺灣文學意識形態的快感。三、重申臺灣主體性／本土性書寫／原住民文學，這最後一點是最應重申的，原住民文學問題其實是語文問題。四、與國際接軌的時差縮短，翻譯文學成為出版主流，尤其是國際文學獎得獎作品、英美暢銷書在短時間即出現在書店。五、臺灣文學表現漸漸「華語語系化」，王安憶、西西、黎紫書、余華、黃錦樹、蘇童、虹影等華語語系作家紛紛在臺北出書，促使臺灣文學也成為「華語語系文學」的系統之一。此外，「後浪新潮」中後殖民論述仍然存在，不過「後人類論述」已蓄勢待發。

選舉文學

以選舉為題材的文藝作品解構歷史、譏諷政治，由此可看出「解嚴」美學所產生的效應。至於小說家呂秀蓮、王拓、楊青矗等人參選時出現的不帶批判性的文宣作品，不具文學性和審美價值。真正的選舉文學如余光中的名詩〈拜託，拜託〉，對選戰中出現的醜惡現象刻畫得入木三分。張大春在一九九六年總統大選期間推出的具有震撼力的小說〈撒謊的信徒〉，以及宋澤萊的小說〈鄉選時的兩個小角色〉，反映了在民主選舉名義下出現的怪現象。宋氏另一作品〈血色蝙蝠降臨的城市〉，描繪了「藍營」與「綠營」在選戰期可互相揭老底的戰法，及與黑道勾結的各種內幕，帶有強烈的批判色彩。和張大春等人不同，《李敖玩競選》則以紀實的方式解構臺灣大選。

北鍾南葉中李喬

「北鍾」是指住在臺灣北部龍潭的鍾肇政，「南葉」是指居住在南部左營的葉石濤。其中「北鍾」以「大河小說」著稱，「南葉」以文學評論名世。在文學觀點上，兩人後來都不約而同地走上了臺獨道路，成為「文學臺獨」大佬和臺獨文學論宗師，並分別擔任陳水扁的「總統府資政」和「國策顧問」。「宗師」一再說「大陸作品對臺灣猶如外國文學」，臺灣人「認同自己是漢人不等於認同是中國人」。這種數典忘祖的話鍾肇政也說過多次，他常常參加街頭運動，猛喊臺獨口號，還到「外省人臺灣獨立促進會」成立大會上致詞。「中李喬」是指苗栗人李喬。他出版的著作中多次認為要「去中原」才能讓「小臺灣」翻身成為「獨立」的國家。在李登輝、陳水扁執政期間，也是「國策顧問」的他，儼然成為客家籍的臺獨文化國師級人物，其大名不讓鍾肇政和葉石濤，故「臺獨文學」論述有「北鍾南葉中李喬」的說辭。

探親文學

一九八七年十月，臺灣當局開放民眾赴大陸探親之初，老兵們紛紛除掉身上意識形態色彩的刺青回鄉團聚。不少官方作家也不再擔心中共報復而開始了返鄉之行。朱西甯的散文〈報喜〉，寫他回山東老家探親，既滿足了親情，又消除了戒備心理。

探親是鄉愁的延伸和持續，這在王書川的報導文學〈四十年的天倫夢圓〉中有充分的反映。王令嫻的報導文學〈故事沒完〉，敘述了作者回重慶探親的動人經過。重遊祖國大好河山，當然會撞擊出靈感的火花。首批回鄉探親的軍中詩人洛夫、管管、張默、辛鬱從杭州、上海游到北京，回臺後發表的詩作由於有夢裡河山終得親臨的欣喜和「歷史性寒戰」的真實感受，另有蒙古族席慕蓉散文〈我的家在高原上〉，在尋根的同時反映了民族歷史的變遷。還有不少作品則表現了他們共存的大鄉土意識與臺灣生活經驗的碰撞，在鄉愁與政治認同之間所存在的猶疑與焦慮，以及愛與怨、悲與苦、失望與希望。一九九〇年代還有探親性質的旅行文學，抒發了或回歸或朝聖或獵奇的心情，個別的還表現了對大陸落後的憂傷和諷刺。以探親為題材的電影則有孫越主演的《老莫》，這是臺灣一九五〇年代遺留下的懷鄉文學的餘緒。

「二‧二八」文學

這是以一九四七年二月發生的「二‧二八」事件為題材的作品，個別還將時間延續到一九五〇年代的白色恐怖時期。吳濁流的紀實文學《無花果》和自傳體小說《臺灣連翹》，是臺灣最早取材於「二‧二八」事件的作品。後有鍾逸人的回憶錄《辛酸六十年》，直到政治較為鬆動的一九八〇年代後期，戰後新生代作家才敢正視這個題材。一九八九年二月，林雙不編有《「二・二八」臺灣小說選》，此書收錄了從一九四七～一九八八年描寫威權統治者如何欺壓臺灣民眾的作品，表現出臺灣人的尊嚴和永不屈服的精神。葉石濤把這些取材於「二・二八」事件、表現外省人凌遲當地老百姓的作品，稱為「二・二八文學」。

臺語文學社團風起雲湧

臺灣本土作家認為，最能顯示臺灣文學的獨特性，無非是在語言使用上不用北京話而用所謂「臺語」。也就是說，「臺語」是形成「臺灣文學」不同於大陸文學的首要基本條件。由此，使用方言也就是他們所說的「臺語」成了本土作家「去中國化」的頭等大事。正是在這種潮流推動下，在一九八七年解除戒嚴以後，「臺語」社團爭先恐後成立，同時還辦有刊物和出版機構。重要者有一九八九年八月成立、由洪惟仁負責的「臺語社同仁會」，同時創辦了《臺語文摘》月刊；一九九一年五月由林宗源創辦的「番薯詩社」，同時創辦了半年刊《番薯詩刊》；一九九一年七月由羅文杰負責的「臺文通訊社」，同時創辦《臺文通訊月刊》；一九九二年四月，由吳秀麗負責的「臺灣語文促進會」，不久即創辦《臺語風》半年刊；一九九五年五月，由林央敏負責的「臺語文推廣協會」，同時創辦有《茄苳》月刊，等等。後來這些社團發展得不順利，有的還關門大吉。

都市小說

隨著經濟的迅猛發展和資訊的高度發達，再加上大眾消費的流行，臺灣在邁向現代化的同時，也走向都市化。臺灣的都市文學，便由此而崛起。尤其是在國家大都會臺北，都市文學已成為一九八〇年代的文學主潮。

所謂都市文學，不僅是指它反映的都市現實和作品中充滿了都市意象，而且還在於作者有鮮明的都市意識。作為都市文學主要門類的都市小說，其特徵按林燿德的說法是，「除了創造幻覺之外，在於如何辨識、分類、解析、演繹都市空間。都市小說的主角不僅是人，空間的位置也自背景挪移至前景，制約了小說人物的行動，甚至吸收了一切。都市與都市小說互為正文，都市小說中的空間與人也互為正文。」新世代的都市小說，較有代表性的有王幼華的《面先生的公寓生活》、張大春的《公寓導遊》、黃凡的《房地產銷售史》、朱天文的《炎夏之都》、林燿德的《大東區》等。

旅行文學

用文學筆法寫的記遊文字。它有作家親臨其境的實際體驗，也有作家的心靈活動、人文思考和對歷史的沉思。在題材上，有一部分寫大陸的美好河山，發故國之思，如陳若曦寫大西北的〈青藏高原的誘惑〉，都瑩寫少數民族的〈釀一罐有情的酒〉。另一類是寫異國他鄉見聞和風光，如愛亞的〈走向法蘭西〉、呂大倫的〈英倫隨筆〉。

旅行文學離不開歷史傳奇、人文軼事。作者常用悲哀和蒼涼的筆調去感動讀者，如三毛浪跡天涯的遊記展現了奇特的異域風情，在敘述中夾帶強烈的激情，在自然美景中寫出人間的情和愛。

「政治劇場」的出現

臺灣有兒童劇場、商業劇場、前衛小劇場，後又出現有開風氣之先和企圖突破禁區的「政治劇場」。「臨界點劇象錄」早就公演過以同性戀為主題的劇本，一九八九年演出了《歌功頌德——四十里長鞭》等政治劇。一九九四年四月又演出了《謝氏阿女——隱藏在歷史背後的臺灣女人》，此劇表現共產黨員謝雪紅的一生，題材十分敏感。這齣戲在戲劇藝術上無多大新意，但在政治問題上卻表現得非常大膽。當舞臺上降下了「蔣中正出賣臺灣人」和「打倒美國帝國主義」的大條幅並嘲弄國民黨黨旗和美國國旗時，觀眾不能不為之動容，因為臺灣畢竟還是國民黨掌權的地方。到了臺上顯出一片紅光，中共的準國歌《東方紅》，以及隨之而來的「毛主席萬歲」的呼聲盈耳，幾乎使觀眾錯以為自己身在大陸。

馬森認為，「政治劇場」不同「政治宣傳劇」，後者是為執政掌權的人講話，前者則是呼喊出反對或批判的聲音。「政治劇場」的出現標誌著政治的比較民主及社會的趨向多元。不可否認，這樣的結果非來自本土，而是他山之石起的作用。

「反共文學」的終結

一九九一年四月三十日，臺灣當局正式宣布「動員戡亂時期臨時條款」作廢，這使五十年代興起的「反共文學」的存在失去了根基。後來臺灣開放民眾赴大陸探親，作家們頻繁和大陸人交往，發現彼此都是同胞兄弟而非「反共小說」所寫的妖魔。大陸作家作品不斷進軍臺灣，島內讀者發現這些「共匪」作家的作品，比「反共文學」更有新鮮感和吸引力。大陸不再閉關鎖國，不再以階級鬥爭為綱，人民生活一天天走向小康，絕非「反共小說」所寫的共產黨窮到一條褲子穿二十年，其社會價值和整體形象與孫陵筆下描寫的「共匪」亦完全不同。尤其是後來國民黨名譽主席連戰到北京和中共中央總書記胡錦濤緊緊握手，在這種「敵」、「我」正在言歡的形勢下，如再寫「共幹」如何殺人放火，如何十惡不赦，這無異於胡言夢囈、存心欺騙讀者和破壞兩岸交流，故作為一種「因意識形態而興，因意識形態而頹」的文學思潮和文學運動，「戰鬥文藝」到了一九九〇年代只好成為歷史名詞，「反共文學」也隨之壽終正寢。

網路小說

據須文蔚研究，一九九〇年代中期「電子布告欄」的出現催生了不少文學專業站臺，開啟了網路文學書寫的風潮，讓新世代作家找到一個全新的舞臺，從而在短時間內建立了一種文化論述的灘頭堡，也建立了一套新的傳播行為模式，尤其在重組文學社群上，新世代作家展現了無窮的活力，如游牧民族般的網路文學作家與社群中，〈我們這群詩妖〉和〈小說家讀者〉最具規模和人氣。紅色文化出版公司在出版痞子蔡的《第一次的親密接觸》後，在二〇〇〇年又一口氣推出葉慈的《翼手龍與小青蛙》、琦琦的《晴天娃娃》、王蘭芬的《圖書館的女孩》、微酸美人的《在愛琴海的豔陽下》等十多本網路小說。這種從網路竄紅，而得到平面媒體青睞出書的逆向操作，衝擊了傳統出版業的固有模式，使其出版流程全面翻新。

「臺語文學」

臺灣使用的語言除北京話外，另有鶴佬話（福佬話、河洛話、閩南話）、客家話、原住民語言。臺灣話通常以鶴佬話為代表，因而「臺語文學」一般是指用鶴佬話寫作的文學。過去的「臺語文學」以民間文學為主，包括民謠、童謠、故事、笑話等，後有文人創作加入，如「臺語詩」、「臺語散文」的作者林宗源、向陽、鄭良偉等。「臺語小說」成績較差，主要創作者有宋澤萊。理論工作者有洪惟仁、鄭良偉、黃宣範、丁鳳珍，遠流出版公司還出版了《臺灣話大辭典》。

由於「臺語文學」面臨著語言的困境，全心投入的作家並不多，一些刊物登載的作品其藝術粗劣者居多，以致被人譏為「有『臺語』而無『文學』」。「臺語文學」不僅有學術層面的問題，而且還牽涉族群和國家的認同。一些分離主義者在「多語言文學」的遮掩下，把原本屬於漢語方言的臺語膨脹為獨立的「民族語言」，有意製造北京話與臺語的對立，企圖利用語言的分裂為推行臺獨服務。另一方面，環繞在「臺語文學」旗幟下的閩南語創作，其理論除陷入「書面文」不如「口語說」的「聲音中心論」的誤區外，還陷入「因臺灣意識激化成『準民族主義』而衍生的『正統心態』或『霸權心態』」（廖威浩）。

「臺語」成為選舉語言

二十世紀八〇年代後半期，以福佬族群色彩著稱的「臺灣民族主義運動」如火如荼發展。這種反對運動骨幹絕大多數為本省人，尤其是以閩南人為主。閩南語因此成為在野黨會議、群眾抗議集會和街頭呼口號時的主要語言，政客們還用這種語言作為爭取選票的手段。哪怕是非本省人的候選人，都用剛學來的閩南話作為親民的工具，所謂臺語由此成為「選舉的語言」。對在野人士而言，使用方言成為表達批判現行體制和忠誠於族群的一種象徵。

客家文學

客家文學一般是指用客語寫作的文學。提倡客家文學，是為了弘揚本土文化，突顯族群意識，恢復客家尊嚴，拯救客家語言文化。另一方面，也是和「臺語文學」分庭抗禮。本來，「臺語文學」應包括客家文學，但鑒於鶴佬話的影響力遠遠超過客家話，故客家文學只好另張新幟。客家文學在臺灣源遠流長。戰前較重要的作家有熟諳日語的龍瑛宗和吳濁流。戰後第一、二代重要作家有鍾理和、鍾肇政、李喬等人。青壯客藉作家主要有林柏燕、謝霜天、莊華堂、鍾鐵民、黃恆秋、吳錦發等。進入二十一世紀後，臺灣的客家文學逐漸改變了過去以短小的新詩為主的局面，文體範圍在逐漸擴大，文學評論也在增多，同時用有聲書方式出版的情況也較普遍。此外，還有客家作家紀念（如吳濁流紀念館）、作家全集的出版（如《鍾肇政全集》）。

世界華文文學在臺灣

自一九六〇年代起，有陳慧樺、李永平、王潤華、林綠等一批馬來西亞、新加坡作家加盟臺灣文壇，其中馬華作家的活動最引人矚目。在二十世紀五〇年代開始與臺灣文學互動密切的菲華作家施穎洲、雲鶴等人，也是一支勁旅。另有韓國的許世旭、美國的夏志清、澳洲的白傑明、越南的尹玲、泰國的曾焰以及香港的葉維廉、澳門的張錯，也成為臺灣文學中不可忽視的人口。正因為這些作家表現不凡，故臺灣出版的文學大系、年度選集乃至文學史，都給他們一定的地位。在臺北還成立有「世界華文作家協會」。有人認為所謂「世界華文文學」，不過是「一個想像的社群」。對柏楊提出的東南亞華文作家要與中國「斷奶」，有些人表示了深深的憂慮。

運動文學

指以運動的主題、場景為表現素材的作品，泛指以體育運動為書寫對象的文學創作。焦桐認為，一九九〇年代以來，劉大任、張啟疆等作家十分重視運動的描寫，加上《中國時報》「人間」副刊的大力提倡，運動文學正式成為新興文類。陽剛和尚武精神，是運動文學一大特徵。代表作有劉大任《強悍而美麗——運動文集》、劉克襄《站在火山口上》等。徐錦成還寫有《運動文學論集》。

情色詩

指在情詩中加入情慾的掙扎，多為靈與肉的合一、情與色的同化。在這類詩中，不乏身體器官的描繪，如陳克華出版的《欠砍頭詩》。涉及色情時多用象徵手法處理，因而也不顯得醜，有時還能給人另一種美的享受，如女詩人鍾玲的〈七夕風暴〉。「情色詩人」也不全是展覽性愛場面，有的通過情色去寫生命的痛苦或歡樂，或寫人面對死亡時的恐懼心態，表現世紀末的頹廢情感，也有賦予人體器官以政治文化色彩。

臺灣「情色詩」的流行，與某些理論家特別是媒體的鼓吹分不開。一九九四年底，《臺灣詩學季刊》製作過「情色詩」專輯，在此之前，《薪火詩》中也出現過「異色詩」專題。中國青年寫作協會還召開過「當代臺灣情色文學研討會」，並出版論文集《蕾絲與鞭子的交歡——當代臺灣情色文學論》。論文集的作者一致反對以泛道德攻訐「情色文學」，試圖以學術態度心平氣和地討論文學中的情色問題。

蕃薯詩社寫作準則

從一九八九年到一九九五年，起碼有十二個文學社團在復興方言、設計方言書寫系統，旗幟鮮明地提倡「臺語文學」。由林宗源、林央敏等人組建的蕃薯詩社，便是其中的典型。這是光復後首個推動以本土語言寫詩的文學社團，提出下列寫作準則：（一）使用臺灣本土語言（包括臺語、客語與先住民母語），創造「正統」的臺灣文學。（二）提倡臺語書寫，提升臺語文學與歌詩的質量，追求臺語的文字化與文學化。（三）表現社會人生、反抗惡霸、反映被壓迫者與大眾艱苦的生活心聲。（四）創造有臺灣民族精神與特色的新臺灣文學作品。可以說，這些準則綜合了一九八〇年代後半期那些提倡臺語文學的人共同的理念，同時也體現了光復後《笠》與《臺灣文藝》作者群所擁護的現實主義方向。

本土八股

指本土派創作的小說，以「愛臺灣」或「不愛臺灣」來劃分敵我。在這種預設政治立場的前提下，（一）千篇一律地寫國民黨如何欺壓本地人，如有一篇參選第十八屆《聯合文學》小說新人獎的中篇小說，「它前半部每一頁都有一段是罵國民黨的，然而他（指小說中的人物）那麼小，怎麼會有那種感觸呢？我感覺它是為了呼應臺灣一片的本土化，文學本土化、歷史本土化，全部都是本土化，連那個小販也搞成本土化……小說一開頭，它的意識形態就已經定了……第三，第四、第五頁都是。前面才短短幾頁，就已經搞得很像本土八股了。」（黃凡）（二）刻意誇大外省人與本地人的矛盾，寫他們如何互相傾軋、仇殺，如李喬的長篇小說《埋冤·一九四七·埋冤》。（三）本省人的形象不是受欺侮就是受迫害，清一色是可憐的受難者形象，如楊照的小說《煙花》。（四）描寫社會運動或革命鬥爭，其理想均是「建立臺灣共和國」，尤其是把「二．二八」事件歪曲為「臺獨」運動的源頭。這種公式化、程式化的寫作，與國民黨當年提倡「戰鬥文學」出現的「反共八股」，有驚人的相似之處。

鹽分地帶文學

據陳丁林的解釋，鹽分地帶，指的是原屬臺南縣北門、將軍、學甲、七股、佳里和西港六鄉鎮。由於土地含鹽量過高，當地居民在貧困的環境下造就了堅毅刻苦、本分卻不認命的精神。鹽鄉土地上也孕育著一群熱情、關心民瘼的文人、作家，他們代代傳承那份熱愛斯土的情感，從古典文學、新文學到今日，鹽分地帶作家走過將近一世紀，文學的薪火相傳不曾間斷過。

「芋仔」與「蕃薯仔」

在本土文學作品中，常常出現作為省籍符號的「芋仔」與「蕃薯仔」或「阿山」、「半山」人物，其中「芋仔」是不需要施肥的根莖植物，扔到哪裡就在哪裡生長，性賤命薄；另一種稱呼「阿山」的「山」是指唐山，因為外省人是從唐山過臺灣海峽來到寶島，這兩者均是指光復後到臺灣的外省人。「蕃薯仔」為本省人，因臺灣地圖形狀像蕃薯而得名。至於「半山」是指從大陸回到臺灣的本地人。如宋澤萊的中篇小說《抗暴的打貓市——一個臺灣半山政治家族的故事》，裡面寫到的「半山」家族，便是指從大陸回到寶島的本省人。「二．二八事件」發生後，「半山」家族充當奸細，向當局密報抗暴軍的名單。當抵抗當局的抗暴軍高喊「打死阿山！打死阿山！」向機場進攻時，「半山」家族卻千方百計放「芋仔軍」逃跑，自己也依附官方軍隊進攻打貓市，大開殺戒，屠殺生靈，從此統治打貓市數十年之久。

臺灣文學系

解嚴以前，全臺灣約六十個中文系及研究所，沒有一個臺灣文學專業。從一九九三年五月起，靜宜大學在本土化的浪潮推動下，數次申請中文系下設臺灣文學組，遭教育部否決。一九九五年，臺灣筆會、臺灣教授協會等十八個團體，發表〈臺灣文學界的聲明——大學文學部不能沒有臺灣文學系！〉。到了一九九七年，淡水工商管理學院終於成立了全臺灣第一個「臺灣文學系」。如果說，民進黨執政前國民黨還不敢大張旗鼓設立「臺灣文學系」，或認為要設只能在中文系之下設立臺灣文學組的話，到了陳水扁上臺後，「臺灣文學系」的建立不再是下面請求，而是上層鼓勵。二〇〇〇年八月，教育部通令十九所公立大學籌設「臺灣文學系」和研究所。主政者十分明白，文學的作用雖然有限，但文學可以推動政治，有時甚至可以越位走在政治前面。一旦將「臺灣文學系」與各大學中文系、外文系、日文系並列，具有特殊含義的「臺灣文學」就不僅是為臺獨梳妝打扮的脂粉，而且是給臺獨張目、插向中國文學的一把利刃。為了使這把利刃磨得更加光亮，而加快成立「臺灣文學系」的步伐，已有多所院校成立臺灣文學系，有的還有碩士班、博士班，個別學校還成立了臺灣語言系。後因缺乏師資和生源不足而倒閉。

網戀小說跨世紀流行潮

據劉思嫻的觀察：一九九八年三月，蔡智恆以「痞子蔡」的代稱，開始以網路為媒介，連載網戀小說《第一次的親密接觸》，成了網戀小說開始受注目的關鍵點，蔡智恆也因此被比喻為「漢語網路文學旗手」。《第一次的親密接觸》甚至還拍成了電影，造成前所未有的網路文學跨電影媒體的轟動。繼之，蔡智恆於一九九九年八月出版《7-Eleven之戀》，並應北京知識出版社之邀，前往北京、上海、南京為簡體版新書宣傳造勢，且召開新書記者會，廣邀各大媒體。自此，網戀小說的出版如雨後春筍般興起。二〇〇〇年十一月，紅色文化公司出版了一本網戀短篇小說集《愛爾蘭咖啡》，共收錄了十篇短篇網戀小說。以上的網戀小說家當中，蔡智恆、琦琦、霜子、王蘭芬四人於「LOVEPOST網戀e世代」（http://lovepost.gigigaga.com/map_home.asp）網站，分別以個人所屬的網頁與其他網路作家組成聯盟，構成「網際超新星」，推介並創作網戀小說。

左統陣營對文學史料的整理

出於對光復初期歷史詮釋權的重視，《人間思想與創作叢刊》對發生在光復初期最重要的「二二八事件」十分重視，特別推出了《二〇〇六年春　二·二八：文學和歷史》、《二〇〇七年春　二·二八六十周年特輯》。另有《一九九八年冬　臺灣鄉土文學·皇民文學的清理與批判》、《一九九九年秋　禁啞的論爭》、《二〇〇一年春夏　那些年，我們在臺灣……》、《二〇〇五年秋　八·一五：記憶的歷史》、《二〇〇七年夏　學習楊逵精神》、《二〇〇八年〇一　鄉土文學論戰三十年——左翼傳統的回歸》。另有《人間思想與創作叢書》增刊，由陳映真、曾健民主編的《一九九九年秋　一九四七～一九四九臺灣文學問題論議集》，歐垣生的作品集《二〇〇〇年夏　鵝仔》、范泉的散文集《遙念臺灣》。這些新出土的資料，為的是反駁獨派歪曲歷史的言論，以說明臺灣文學是中國文學的一個分支。

臺灣文學研究所

「臺灣文學系」的孿生姐妹是一九九九年由成功大學成立的「臺灣文學研究所」，該所按理應在中文系名下，可它獨立於中文系之外，隸屬在文學院之下。這說明它和淡水工商管理學院的「臺灣文學系」一樣，「所」的設立隱含有臺灣文學不是中國文學之意在內。為了使臺灣文學盡快與中國文學脫鉤，該所開的全部是以「臺灣」而不是以「中國」命名的課程。這些課程的擔任者幾乎都是臺獨觀點的宣揚者和傳播者，其中葉石濤還是臺獨文學的理論之父，其摯友林瑞明則一再鼓吹臺灣文學的源頭來自多方面。但鑒於在文學上「去中國化」不得人心，幾十所大學沒有一家加考所謂「臺灣母語」，研究所也不考所謂「臺灣語言」，這使臺獨人士只好感嘆「『臺文』還是淪為『中文』的附庸」，中文系的地盤是那樣堅不可摧。

飲食文學

按照洪珊慧的詮釋，飲食文學著眼於以食物書寫生活中的情感交流、記憶裡的味道，親情的滋味、個人飲食經驗與審美感受，各種飲食/食物的源起與文化遞變。臺灣早期的飲食散文，大多帶有懷舊色彩。而後逯耀東以歷史學者的視野，將食物放在歷史坐標之中。二十世紀九十年代以來，飲食文學蓬勃發展，以至有人稱一九九九年為臺灣飲食文學的元年，代表作有林文月的《飲膳札記》、焦桐的《完全壯陽食譜》，另還有伊莎貝·阿言德的《春膳》。焦桐二〇〇四年創辦《飲食》雜誌，二〇〇七年起逐年編撰飲食文選，又於二〇〇九和二〇一〇年分別出版《暴食江湖》和《臺灣味道》兩本飲食創作文集。李昂的飲食小說《鴛鴦春膳》，將飲食與政治結合，也很有影響。

後遺民寫作

「遺民」是每逢政權更替必然發生的現象。一批忠於前一政權的文人，面對道統一去不返的現實而失去原有的話語霸權，與新政權產生了強烈的疏離感。這種逆天命、不認同新政權的「遺民」，在筆端常常流露出強烈的故國之思。後遺民是遺民的後代。他們的「後遺民寫作」與「遺民寫作」最大的不同是懷鄉情緒由濃到淡，反共意識不像過去那麼鮮明突出。他們著重書寫外省人、下一代與本省人或衝突或融合的故事。正如王德威所說，「臺灣由於當下國族政治情勢使然，遺民與殖民的悲情常被大量渲染，遺民意識則被視為保守懷舊的糟粕。但對於嚴肅的臺灣文學及歷史研究者而言，遺民文人所銘刻的家國創痛、歷史糾結，是臺灣主體建構不可或缺的部分。」其中眷村寫作，是這種後遺民寫作的開先河者。

在陳水扁政權崛起，眷村圍牆崩潰之後，在政治上處於弱勢的遺民雖然成了社會上的邊緣者，但在小說版圖上的作家們，正如郝譽翔所說：「以朱天文、朱天心、舞鶴、駱以軍為主，在文學雜誌、媒體以及出版上是位居主流，堪稱臺灣目前最為活躍，也是最具有攻擊火力和憂患意識的文學集團，不可輕忽。」代表作有《巫言》、《餘生》、《月球姓氏》以及張大春的《聆聽父親》等。

「泛綠」文學陣營

所謂「泛綠陣營」，主要由民進黨、臺灣團結聯盟（簡稱「臺盟黨」）、「建國黨」以及其他臺獨政治勢力所組成。在文化上，有相當一部分本土作家與這股政治勢力遙相呼應，聲言永遠站在批判與抗議的立場，要做「臺灣獨立建國」的文學代言人。這股文壇勢力是為「泛綠文學陣營」。它主要由《臺灣文藝》、《文學界》、《文學臺灣》、《笠》、《海翁臺語文學》雜誌、《自立晚報》、《臺灣時報》、《民眾日報》、《自由時報》副刊、前衛出版社、臺灣筆會以及其他主張臺灣文學「獨立性」的小社團如蕃薯詩社所組成。代表人物有葉石濤、鍾肇政、李喬、王拓、鄭清文、宋冬陽（陳芳明）、張良澤、林瑞明、曾貴海、彭瑞金、李敏勇、楊青矗等。

無論是「泛綠文學陣營」還是「泛藍文學陣營」，均是客觀存在的一種鬆散聯盟。在二○○五年發生的詩人杜十三炮打民進黨「天王」謝長廷事件和二○○六年紅衫軍發起的倒扁運動中，這兩大陣營從地下浮到地上進行過較量。在此之前和之後，則長期處於隱性的朦朧的潛伏狀態。鑒於「泛綠文學陣營」是一個沒有組織形態的鬆散聯盟，故他們對「臺灣文學不是中國文學」這個基於主導地位的意識形態闡釋在各個時期均不一樣，各個社團亦有區分。

奇幻文學風潮

奇幻文學系相對於寫實文學的幻想文學，內容涵蓋非寫實或超自然元素。臺灣的「哈利波特」熱從二〇〇〇年中期開始燃燒，《魔戒》系列小說配合電影《魔戒首部曲》的全球強勢行銷熱力，也於二〇〇一年轟動全臺。這兩套奇幻小說造成的效應，促使臺灣大眾開始注意這種不熟悉的文類，媒體上奇幻話題不斷增加，原先默默無聞的西方文類突然成為廣大讀者關注的焦點。這是另一種大眾閱讀的起點。它出現前，神話、民間故事、童話和青少年文學的流行，為奇幻文學的興起作了充分的準備，然後再通過日本和歐美動漫畫、遊戲，使奇幻文學在臺灣出現，並和本土創作聯繫起來。

狗仔文化網

由香港《蘋果日報》創辦人黎智英斥資新臺幣五十億元，於二〇〇二年在臺北創辦的同名報紙，再加上黎智英於二〇〇一年五月在臺北創辦的《壹週刊》，兩者互為唱和，彼此聯結，構成龐大的狗仔文化網。正如邱坤良所說，這份堪稱華人社會狗仔文化始作俑者的報紙偏好名人、明星八卦新聞，以及煽情、色情、血腥的社會新聞，並常以逼真的連環插圖，巨細靡遺地描繪社會事件流程。它們以圖片為主，文字為輔，無論版面處理、報導方式與內容，皆與臺灣傳統報紙風格大不相同，讀者可以在報紙上看到大版面的清涼、走光、偷拍、驚悚照片。它們改變了本土報業的經營生態，爭議不斷，訴訟不斷。散布各個角落的狗仔「媲美」白色恐怖時期「警總」的細胞，讓每個人都得小心狗仔／「匪諜」就在你身旁。狗仔報刊在臺灣坐大，見獵物就心喜、有洞就猛挖，讓太陽底下沒有新鮮事。尤其它不管藍綠，有傷口就撒鹽，不時地對臺灣政治產生衝擊。許多政治的明日之星與社會名流赤裸裸接受檢驗之後，不是被綜藝化，就是成為「聖人不死，大盜不止」的負面教材。每天出現在水果報刊的大小新聞，常成為電視新聞與其他平面媒體跟進的對象，一條社會矚目的大新聞往往因此誕生。讀者每天睜開眼，還未打開報紙，頭版的聳動標題與圖片已經搶先預告，並為臺灣社會喧囂的一天揭開序幕。

《人間思想與創作叢刊》的東亞聯合陣容

《人間思想與創作叢刊》除了靠臺灣的左統文人陳映真、曾健民、施善繼、鍾喬、藍博洲等人的支撐外，日本橫地剛的史料挖掘，也幫助陳映真開拓了光復初其兩岸文化的交流史。此外，二〇〇三～二〇〇五年，陳映真批判日本學者藤井省三的「皇民文學」論時，大陸的趙遐秋、曾慶端也加入「戰局」。二〇〇四年，北京的趙稀方在大陸披露余光中在臺灣的反共歷史，呂正惠、陳映真也加入討論，就可見兩岸文化論爭上的緊密合作。這是一種東亞聯合陣容，這個陣容中的兩岸更是一條緊密合作的戰線。

柏楊「入住」中國現代文學館

柏楊是知名度極高的作家，他的手稿「入住」哪個單位，一直深受各方面關注。二〇〇六年前，已爭取到柏楊部分手稿的有新竹清華大學、遠流出版公司。臺灣「文建會」也曾出面爭取，希望柏楊能「愛臺灣」，把手稿留在島內，並聲稱決定在綠島設置柏楊館。不過，民進黨把持的「文建會」對只聽說柏楊要把大批手稿和文物捐贈大陸，才做出這種姿態，這從他們事先不上門拜訪柏楊便可看出。故柏楊最終決定將大批珍貴文獻資料捐贈給中國現代文學館，總計五十六箱一一七四五件。其中他本人著作的各種版本四百九十一冊、創作參考用書一百三十六冊、各類雜誌一百六十三冊，以及《柏楊版資治通鑑》手稿的複製件四十冊、獄中手稿等三十四件、日記十二本、柏楊書信二二四四件、作家友人致柏楊信二百七十一件、讀者等致柏楊信七五九七件，寫作資料和作品剪報等四百八十四本，各種影音資料九十三件、照片四張、名家書法字畫二十一幅，使用過的物品實物一百五十五件。「文建會」負責人邱坤良得知柏楊手稿二〇〇六年大批送大陸後，連忙去醫院探視他，但不怕戴「賣臺集團」帽子的柏楊用身體欠佳為由拒談。

本土派的分歧與內鬥

民進黨執政八年間，「天王」們以是否「愛臺灣」驗證「藍營」競選者的政治立場，而一些「深綠」作家也以此為標尺檢驗「淺綠」作家在政治上是否與「臺獨基本教義派」保持一致。由於封閉的本土論述者把自己的觀點強加於人，結果不僅踐踏了民主精神，也使本土論述變質，甚至使「泛綠文學陣營」出現了所謂「真本土」與「假本土」的裂變。如陳芳明的〈臺文所與中文所〉，引起「本土大佬的強烈反應，憤怒的姿態頗具正義凜然的氣勢」。此外，在如何為「臺灣獨立建國」服務上，名目繁多的刊物和社團，有的主張少說多做，另有人主張只做不說，穩步推進臺獨；有人主張應公開打出「反中國」的旗號宣揚「文化的臺獨論」，另有人認為應披著「學術研究」與「臺語」的外衣，把政治訴求包裹在藝術形象之中。不管如何內鬥，不管內鬥中有多少派別，實質上都是「泛綠」文化界人士發起「走出新臺灣」的所謂「臺獨行軍」的一支隊伍。

新臺灣寫實主義

二〇〇七年九月，第二十一屆《聯合文學》小說新人獎揭曉，〈世界的中央〉、〈家庭訪問〉等作品入選。在決審時，李昂等評委一致認為，這次參選的小說出現了一種新臺灣寫實主義。這幾年的政治紛擾、經濟衰退，不再有女性主義、酷兒等強勢的國際主流理論。此外，後現代不再成為霸權論述，那些所謂拼貼、斷裂不再是時髦的手法，這使得臺灣小說擺脫了以前的模式化，回歸平淡，重新審視臺灣這塊土地及其出現的問題。之所以不稱作「本土」、「鄉土」寫實主義，是為了避免藍綠不同的解讀。另一評委認為，新臺灣寫實主義總的特徵是，整體作品的題材和內容大量反映一般人的生活狀態，不極端粉飾人的個性，不刻意雕琢人的心理空間，而力求生活面貌的客觀細節和事實，作者不太精心經營完整的結構，也不特意將情節戲劇化，而是遵照生活瑣碎事務和平凡的故事運行，這是新臺灣寫實不同於傳統寫實主義和現代主義的地方。提出新臺灣寫實主義，是希望新生代作家創作時能免除意識型態的寫實傳統、特別心理探索的現代主義以及近二十年流行的技巧實驗的束縛。新生代應面對自己的時代，回歸文學和生活本位，開拓自己的文學空間。

三 運動

臺灣文化再建構

一九四五年光復後的臺灣，面臨著去殖民化的問題。長期的奴化教育，使相當一部分人成了「機械的」愚民，個別人甚至成了極危險的「準日本人」。為了使臺灣同胞認識祖國，了解光輝燦爛的中華文化，去除「大和魂」的思想，做一個健全的國民，臺灣省行政公署發動了一場文化再建構運動。這個運動的一個重要方面是推行國語和宣揚「三民主義建設臺灣」的必要性。國民黨中央宣傳部、憲政協進會帶頭發起，臺灣編譯館、臺灣文化協進會等官方或半官方的團體積極配合。《新生報》還多次發社論說明「皇民化」的毒素必須清除。但也受到一些人的頑固抵抗，出現了「反奴化論述」與「反國府論述」。為此，《臺灣文化》呼籲文化界要增強團結，彼此學習和尊重，要「傳習國文國語」，認同中國文化，認同中國文學，徹底肅清「皇民運動」的餘毒。當地進步文化界用最大的熱情介紹中國文化，更多的作家則爭先恐後學習中文，一時使《三字經》、《千字文》、《百家姓》等書洛陽紙貴。臺北市東華書局還於一九四七年出版了一套中日文對照的「中國文學叢書」，包括魯迅、茅盾、郁達夫等人的作品，為「去日本化」、「再中國化」起了重要作用。

文化祖國化

光復後，臺灣省行政長官公署為配合臺灣文化再建構運動的開展，同時發起「文化改造」即祖國化文化運動。「公署」教育處提交的〈臺灣省教育復員工作報告〉提出，「要將日本人時代的皇民化變成祖國化」。這個運動據林泉忠歸納，共有三個面向，一是立即在臺灣樹立反映新的國家與政權正當性的象徵性符號，其內容包括升掛「青天白日旗」、齊唱國歌〈三民主義歌〉，變更或恢復中國國籍，全面恢復使用「中山」、「中正」、「南京」等街道名，清除日本化的「永樂町」一類的街名。二是確立「國語意識形態」，後來卻演變成「獨尊國語，壓製方言」的偏頗政策。三是「國」字文化的制度化。即大量使用「國語」、「國文」、「國字」（漢字），還包括「國劇」（京劇等）、「國樂」（民族音樂）、「國畫」（中國畫）、「國術」（中國武術）、「國醫」（中醫）。這三個帶有濃厚意識形態的新文化從一九五〇年代至一九八〇年代中葉，在臺灣社會不斷出現並大量生產。在此過程中，「中國人」意識也逐漸在臺灣社會中紮根，一直延續到一九九〇年代初期。

強求國語進入家庭

一九四五年十月，即將上任的臺灣省行政長官陳儀為了抵消殖民文化對臺灣同胞的毒害，提出「先著手國語，使臺胞明白祖國文化」。同年十一月便籌設「臺灣省國語推行委員會」，並在縣市建立「國語推行所」。另頒布〈國語運動綱領〉。如果本地知識分子不會講國語，不能擔任公務員。一九四七年發生「二·二八事件」後，臺灣省政府加大推行「國語運動」的力度，認為方言不能取代國語，否則將會影響民族團結，並用行政命令的方法規定在機關、學校不能用方言交際，並強令教師訂閱《國語日報》，聽國語廣播。一九四九年三月，又規定全臺灣地區小學教師必須國語文訓練及格，否則便解聘；國語能力較差的教師，亦不續聘。十月二十六日，當局除禁止日文唱片和日文寫作外，同時取消報紙雜誌的日文版。一九七〇年，行政院頒布〈加強推行國語辦法〉。在一九七六年頒布的〈廣播電視法〉中，要求削弱方言節目比例，強求國語進入家庭，完全無視閩南話和客家話等方言的存在。在後來興起的本土化運動中，當地文人強烈反彈，以致要求用所謂「母語」取代國語。

談臺灣文化的前途座談會

由新新雜誌社主辦，於一九四六年九月十二日在臺北市舉行。出席者有黃得時、蘇新、劉春木、王井泉、王白淵、張美惠等人。座談會討論四項議題，臺灣文化原有的實態、文化人的睡眠狀態、臺灣文化應有的方向、語言問題。在討論會上，大多數人認為臺灣文化的前途離不開中國文化，如王白淵認為：「過去，在日本統治下的臺灣文化史，可以說就是漢民族文化與日本文化的抗爭史。」而黃得時在不否認中國文化對臺灣文化的指導作用的同時，另適當肯定臺灣新文學運動的獨特性，「臺灣文化……已達到世界性水準。……與中國文化比較，若尚有不合適的地方，就有必要加速進行正面意義的中國化。」但此意見沒有引起與會者的重視。

麥浪歌詠隊引進大陸民歌

國共內戰期間，大陸掀起「反飢餓，反迫害，反內戰」的學生運動，光復之初成立的「臺灣學生聯盟」將這股思潮引進臺灣。一九四六年暑假過後，臺灣大學等院校的學生在校內組織進步社團，其中發展最快的文藝隊伍是以臺灣大學的外省學生為主組成的「麥浪歌詠隊」。他們大唱〈黃河大合唱〉、〈團結就是力量〉、〈你是燈塔〉、〈康定情歌〉、〈馬車夫之歌〉等歌曲，把大陸民間樸素的歌聲帶到寶島。後來這股大陸民歌的風潮吹到中南部。一九四九年二月，楊逵在臺中舉辦了一場「以文藝為誰服務」為主題的「歡迎『麥浪歌詠隊』座談會」。與會者認為，「人數少不可怕，只要不脫離『為人民』的方向，就能獲得工作上的勝利。」其後，麥浪歌詠隊繼續前往日月潭大觀發電廠、臺南等地參觀表演。回到臺北的四月六日那一天，歌詠隊的許多成員和眾多青年學生，以及包括楊逵在內的文化界進步人士陸續被捕入獄。逃過這一劫的臺大學生，成立了「營救委員會」。營救工作告一段落後，麥浪歌詠隊的成員有的被迫離開寶島，有的逃亡國外，有的回到大陸。

思想檢肅

撤退到臺灣的國民黨當局，為了鞏固政權，於一九五〇年六月公布了〈勘亂時期匪諜檢肅條例〉，該月底開始進行以「清共」、「肅共」為名的思想檢肅運動，拉開了臺灣一九五〇年代白色恐怖的序幕。有許多年輕人據說因為加了臺共組織，涉嫌「叛亂」而逮捕。臺灣省保安司令部於一九五一年七月又公布〈臺灣省各縣市違禁書刊檢查小組組織及檢查工作補充規定〉，檢查小組由警察局局長擔任組長。在這種局勢下，負責臺灣省國民黨黨務的李友邦被當作「匪諜」處決。被捕的作家有虞君質及《自立晚報》副刊主編吳一飛。省籍作家柯旗化因擁有唯物辯證法書籍也坐牢。作家朱點人被判死刑後槍決，遭處決的作家還有簡國賢、徐瓊二以及作為「匪諜」的魯迅研究者藍明谷。曾與邱媽寅、陳錦火等人召開過幾次交換心得的讀書會，並購買過許多毛澤東著作和來自上海的左翼書刊，但從未參加過任何組織的葉石濤，則於一九五一年九月以「知情不報」罪名被判有期徒刑五年。

跟上「克難」形勢

國民黨一九四九年遷「都」臺北。那時臺灣守軍面臨精神上和物質上的雙重困難，更困難的是兵力嚴重不足只有兩個師。一九五一年，國軍為了鼓勵士氣，開展了「克難運動」。各軍用競賽的方式選拔「克難英雄」，到臺北接受蔣介石和行政院長陳誠的接待。總政治部還發動社會各界人士舉行盛大的歡迎會，並通知一九五〇年成立的「中國文藝協會」前線官兵喜歡讀文學作品，某些作家已成為他們心中的偶像，宴會一定要有知名作家參與，並規定「每位英雄旁邊坐一位作家」。王鼎鈞認為，官方沒有說誰是知名作家，誰是戰士的心中偶像，可大家都知道，張秀亞、徐鍾珮、羅蘭、琦君、鍾梅音，都是招人喜歡的女作家。「文協」負責人張道藩為了響應上峰號召親自出席宴會，趙友培還做了一首〈克難英雄頌〉當場朗誦，可「文協」會員來得很少，尤其是該來的女作家都沒有來，總政治部一位副主任主持會議時對「文協」作了嚴厲的批評，沒有給跟不上「克難」形勢的「文藝總管」張道藩一點面子。

加強國語教育

為了防止臺獨思潮滲透，國民黨官方強制推行國語。一九五六年五月三十日，行政院有關部門通令學校授課要用國語。七月十日，臺灣省政府通令大中小學與各縣市政府，應加強國語教育，甚至規定學校的老師和學生不許使用閩南話和客家話，否則將受處分。一九七六年十月五日，臺灣省政府再次發出推行國語的類似文件。這一運動使得二十世紀八十年代開始臺灣下一輩的本省人、客家人乃至原住民及母語非國語的外省人，都能流利地使用國語對話，但也遭到一部分人的反對。

學習和推廣〈民生主義育樂兩篇補述〉

一九五三年九月，蔣介石以總統身份發表〈民生主義育樂兩篇補述〉，表面上是繼承孫中山未完成的遺志，實際上是正式確立其為孫中山提出的三民主義繼承者兼發展者的形象，並借題發揮表達自己對民生問題的意見和文化主張：提倡民族文化，杜絕商品化文藝，以三民主義指導文藝創作。在他看來，文藝商品化會妨礙作家執行官方的文藝政策，而作家應該寫出「純真和優美的文藝作品」，更應該創作「表揚民族文化的作品」，以實現「反共復國」的政治使命。此文發表後，「文藝總管」張道藩在一九五三年十月一日出版《文藝創作》上發表了〈四十二年度文藝運動簡述〉，將〈補述〉中文藝意見做詳細的發揮，並指出蔣氏的看法是

「民生主義社會文藝政策的大綱目」，足以指導未來「自由中國」文藝政策的制定和文藝發展方向，並寫〈三民主義文藝論〉的長文呼應蔣介石的指示，說明文藝創作離不開三民主義的指導，文藝性質也由一九四〇年代的民族主義文藝轉化為更全面的三民主義文藝。此後，「中國文藝協會」召開多次討論會，學習「補述」和張道藩的文章。以後開展的「文化清潔運動」和倡導「戰鬥文藝」，均是實踐〈民生主義育樂兩篇補述〉的行動。

倡導戰鬥文藝

一九五五年，蔣介石為增強反共文藝政策的力度，親自倡導戰鬥文藝運動。指令一出，親官方的刊物連篇累牘強調戰鬥文藝的可行性與重大意義，《臺灣新生報》、《民族報》及《文藝創作》、《文壇》、《軍中文藝》等報刊都有開設一系列的「戰鬥文藝」筆談。一九五六年一月，國民黨中央委員會第七屆二中全會通過了〈展開反共文藝戰鬥工作實施方案〉。中華文藝獎金委員會、國軍文藝金像獎、中山文藝創作獎以及後來的國家文藝獎紛紛設立，以配合戰鬥文藝運動的開展。一九六七年，國民黨第九屆五中全會再製定「當前文藝政策」，在政府體制中設定隸屬於教育部的文化局，將國民黨的文藝政策正式納入行政體系的運作之中，形成了黨政軍三聯合的集團文化改造運動，將戰鬥文藝運動推向高潮。一九七〇年代後期，王昇取代了張道藩的「文藝總管」角色。在一九七八年召開的國軍文藝大會上，他所作的〈提筆上陣，迎接戰鬥〉的報告，成了闡述國民黨「戰鬥文藝」政策的最後一篇文獻。

推行國軍新文藝

臺灣的眾多運動與文學主張，與蔣介石的思想、言論有密切的關係。一九五〇年代初期，蔣介石提出「民生主義社會文藝政策」的重點與方向。為了實踐這一方向，國軍開展以「反共抗俄」為宗旨的文藝運動，大力倡導「戰鬥文藝」，使一九五○年前後至一九六四年「戰鬥文藝」成為主旋律的年代。主要文藝措施有：舉辦文化康樂大競賽，項目有歌劇、國劇、話劇、繪畫、書法、出版品等，創設軍中文藝獎金，發行《軍中文摘》等刊物，舉辦「兵寫兵、兵畫兵、兵演兵、兵唱兵」活動。從一九六五年起進入新文藝運動階段，召開國軍文藝大會，通過「國軍新文藝運動推行綱要」等多項議案，至一九八一年舉行七次大會，另還召開過「新文藝運動檢討會」和「新文藝運動座談會」，同時十分注意文藝輔導和文藝活動的開展，如聘請文藝界前輩組成「新文藝運動輔導委員會」，後又成立十二個「國軍戰鬥文藝工作隊」，「工作隊」再改變為「研究會」。這一階段的決策者為王昇，主管者為田原，業務承辦人為著名小說家朱西甯。

除三害

為了貫徹蔣介石清除「赤色的毒」和「黃色的害」「黑色的罪」的指示，中國文藝協會常務理事陳紀瀅在一九五四年七月二十六日的《中央日報》上，提出「文化清潔運動」的口號，正式揭開這個運動序幕。在這種形勢下，官方控制的文藝團體和報刊一起動員並上陣，分別在軍內外各種廣播電合舉辦專題講座。同年八月九日，包括一百五十五個社團的五百餘人連署在各報發表〈自由中國各界為推行文化清潔運動厲行除三害宣言〉。

這場運動反「赤」純是禁錮言論自由，結束後處分了《中國新聞》等五種雜誌，《新聞評論》、《自由亞洲》作停刊兩個月的警告，《婦女雜誌》、《新希望》、《影劇雜誌》以停刊三個月作為懲罰。這種警察行動引起文化界人士的普遍不滿，它給文壇帶來許多負面影響：（一）掃黃反黑擴大化，如當時風靡一時的《野風》雜誌就不斷受到衛道者的攻擊。郭良蕙並非黃色小說的《心鎖》，也受到批判。（二）反「赤害」同樣嚴重擴大化，當時被視為「以隱喻方式為匪宣傳」查禁的武俠小說就多達一千多種。在一九五五年一年中，「文協」為了擴大「戰果」，又繼續開展「反黃色作品運動」，把並非黃色的書刊打成淫穢書刊，由此造成一片白色恐怖氣氛，以致不同政見、文見的作家的創作積極性受到極大的打擊。

抵制〈戰時出版品禁止或刊載事項〉

一九五四年十一月五日，內政部挾「文化清潔運動」的餘威，以行政命令公布〈戰時出版品禁止或刊載事項〉，陳紀瀅以立法委員兼作家身份，為這個「事項」叫好，「內政部依出版法第三十五條制定九大禁例，顯然是因文化清潔運動處分十個刊物後的重要措施。」禁令限制的對象不光是指黃、黑、赤色文藝刊物，還擴大到所有的新聞媒體，這便引起眾怒，反對聲一浪高過一浪。《中央日報》對所謂九大禁令的新聞，幾乎沒有報道，《聯合報》認為「棄正常的司法途徑不顧，另頒戰時法令，以含糊的措辭，籠統限制出版界的正當文字刊載，行間稍有批評建議，則可視為意圖誹謗或污辱政府機關名譽，稍有描繪揭露，盡可指為影響社會治安」，陷業者於羅網。臺北市報業公會為維護自己的基本權利，堅決反對這種扼殺新聞自由的措施。在強大的反對聲浪下，行政院駁回內政部頒發的文件，使得這個禁令只存在了五天，成了一九五〇年代最短壽的行政命令。

拒讀不良書刊

一九五八年官方推出的「拒讀不良書刊運動」，以及一九五六年開展的「反黃色作品運動」，都是在一九五四年開展的「文化清潔運動」的理論構架下進行的。「拒讀不良書刊運動」打擊的重點對象是雷震主持的《自由中國》。《國魂》發表文章指出：「更要注意那些以自由民主為護符，而替黃、黑、灰色刊物撐腰的反動言論。」在這種脈絡下，《自由中國》被視為反體制的不良書刊。此外，瓊瑤、金杏枝、唐賢龍等人的言情小說，被指責為阻礙中華文化復興運動發展的絆腳石，屬腐蝕國民心理健康的毒品。到了一九六〇年代，黑色、赤色已經出現褪色而退位時，黃、灰顏色符碼的意涵又轉為武俠小說。一九六一年五月，朱白水在《革命文藝》月刊發表〈掀起另一位文化清潔運動〉，則把矛頭指向描寫社會黑暗及企圖對抗體制的鄉土作品。

成立「現代派」

大陸去臺詩人紀弦於一九五六年一月十五日發起的「現代派詩人第一屆年會」在臺北舉行，出席者有四十多位詩人，會後宣告「現代派」正式成立。過了半個月，由紀弦主辦的《現代詩》雜誌發表了〈現代派信條釋義〉，提出「現代派」主張橫的移植、反對縱的繼承等主張，這便是戰後臺灣現代詩運動的興起點。這個運動還帶動了現代小說、現代繪畫、現代電影的出現。

從一九五〇年代中期到一九六〇年代中期，現代詩運動圍繞現代詩社、藍星詩社、創世紀詩社爭霸展開。直到關明發表嚴厲批評現代詩的文章，以及唐文標在一九七〇年代宣判現代詩「死刑」，這個運動才開始走向衰落。但不可否認，「新詩再革命」領導者紀弦和其他詩人的創作，加速了新詩現代化的步伐，為刷新詩藝作出應有的努力和貢獻。

現代主義興起

一九五〇年代後期，臺灣社會西化的發展趨勢、對「戰鬥文學」思潮的厭倦和反叛、部分青年的逃避主義心理和頹廢情緒，使現代主義找到了廣泛滋生的溫床。現代主義文學運動發端於現代派詩歌的勃興，鼎盛於現代派小說的出現。創刊於一九六〇年三月的《現代文學》，以出專輯的方式，系統介紹西方現代派作品及其文學思潮，並通過文學評論推動現代主義文學尤其是小說創作的發展。現代主義文學運動的一大特點是主張反叛傳統，小說家們無不將藝術視野從外在的現實世界，拓展、深化到人物的內心世界，使作品成為作家個人的心象圖和人性負面的呈露。他們還深受存在主義哲學的影響，注意強化小說主題的譬喻性和形象的抽象化、手法的荒誕性，並廣泛運用以佛洛伊德精神分析學說為依據的意識流手法。這批作家主要有白先勇、聶華苓、於梨華、陳若曦、王文興、歐陽子、七等生等。

現代主義在臺灣崛起後主導了一九六〇年代的文壇，一九七〇年代後期不再走紅但仍有一定的生命力，以致差不多成為貫穿臺灣當代文學的一大創作潮流。

國軍文藝大會

國防部為運用文藝力量達到「反共復國」目的，於一九六五年四月八、九日，在臺北市北投復興崗召開了首屆國軍文藝大會。出席者除軍中文藝工作者外，另有社會文藝工作者，總計五百餘人。蔣介石親臨訓示，提出「抑揚節宣」四字訣，以新文藝的十二項內容訓勉與會人員。大會根據蔣介石這種「雪恥復仇」的反共講話精神，除設立「國軍文藝金像獎」外，還發表了〈國軍第一屆文藝大會宣言〉，重點闡明了三民主義新文藝的主張，強調「新文藝，是以倫理、民主、科學為內容，以民族的風格、革命的意識、戰鬥的精神熔鑄而成的三民主義的新文藝」，並制定了〈國軍新文藝運動推行綱要〉。一九六六年十一月，又舉行了第二屆國軍文藝大會，截至一九七五年十月，共舉行了六次大會。一九八〇年二月下旬，還舉行過一次，每次大會後都發表宣言。到了本土化高漲的年代，這種政治掛帥的文藝大會，再也難以為繼。

學人教授反駁費正清

美國哈佛大學教授費正清，是國際學術界公認的「中國通」。一九六六年春，他在美國參議外交關係委員會勸當局不應孤立、封鎖中國，而應該主動與中國接觸。蔣介石看了外電報道後，立即令蔣經國和主管宣傳的陶希聖，出面找「立法委員」胡秋原和鄭學稼、徐高阮，於一九六六年五月初炮製出一份〈給美國人民的一封公開信〉。此信攻擊費正清主張承認中共政權就是鼓勵「它對中國人民及美國做更大膽的犯罪」。這「不但不能避免中共與美國的戰爭，而且可能促成這一戰爭的爆發，且將使美國不光榮地失敗」。蔣氏父子為此組織全島一千四百餘高級知識分子在信上簽名。據說，此信均由國民黨黨工和特務上門找人簽字，如不簽字就進行恐嚇、威脅，並出現代簽和盜簽的現象。

一九六六年五月十六日，臺灣各大報刊出這封公開信。七月初，此信又在美國《紐約時報》上發表。對臺灣當局的這一所謂「國內學人教授駁斥美國姑息分子費正清」運動，費正清於一九六六年底給臺灣當局駐美國「大使館」遞交了一封抗議信，要求臺灣當局立即停止這種不光彩的做法。後來臺灣當局感覺此事做得不怎麼好，起的作用也不大，便悄悄停止了這場鬧劇。

復興中華文化

國民黨於一九六六年將孫中山誕辰十一月十二日定為中華文化復興節。過了一個月，國民黨九屆四中全會通過〈中華文化復興運動進行綱要〉。一九六七年七月，成立由蔣介石親自掛帥的「中華文化復興運動推行委員會」，下設國民生活運動輔導委員會、文藝研究促進委員會等，並發行《中華文化復興》月刊。這場運動係針對大陸所謂「毀滅」中華文化的文革發起的，另一原因是臺灣隨著經濟的發展，人民的道德水準下降，發動這場運動也是為了用傳統文化去改良投機貪婪之風的盛行，也為了遏制臺灣社會流行的全盤西化論。該運動在一九七〇年代達到高潮，「文復會」頒布了〈國民生活須知〉九十九條，並在文藝、學術等文教領域大規模推行文化復興，出版了四書五經今譯等著作二十八種，在各大學中文系開設「中國文化講座」。這對鞏固當局統治的正當性，有正面作用，但整個運動流於形式。一九九一年四月，該會改名為「中華文化復興運動總會」，後又改為「中華文化總會」。

刮起「梁祝旋風」

一九六〇年代後期開始，大量具有復古色彩的歷史題材電影如《天仙配》、《梁山伯與祝英台》、《碧玉簪》、《寶蓮燈》、《武松》在「中華文化復興」的名義下占領市場。在全民電影運動下，《西施》、《秋決》、《王昭君》、《西廂記》等，成為這時期製片和上演市場的重要品種。據謝建華統計，一九六四年之後的三四年內，古裝題材幾乎占領了每年臺灣十大賣座國語影片的全部。不論是歷史人物《秦香蓮》、《妲己》、《西太后與珍妃》，還是傳奇故事《包公巧斷血手印》、《狀元及第》、《雙鳳奇緣》等，創作者總能夠找出包含其中的文化信息和當局需要的政治內涵，盡量將其挖掘、放大。當一九六三年前後全島刮起「梁祝旋風」時，國民黨正準備積極反攻大陸。在全民備戰的氣氛中，被反覆宣傳的「領袖」訓誡萬人傳誦的黃梅音調交相輝映，形成一幅不協調的文化景觀。

聯名發表〈我們為什麼要提倡文藝〉

國民黨九屆三中全會通過「當前文藝政策」，並於一九六七年十二月五日頒行實施。文藝界張道藩、陳紀瀅、李曼瑰、張秀亞、林海音、王夢鷗、趙滋蕃、余光中、尹雪曼、王藍、尼洛、鍾鼎文等四十人，聯名發表〈我們為什麼要提倡文藝〉，表明他們擁護國民黨的文藝政策與「反共復國」的主張。該文除引言和結論外，還包括文藝與新聞、文藝與出版、文藝與教育、文藝與科學、文藝與哲學、文藝與宗教、文藝與軍事、文藝與外交、文藝與經濟等。乍看起來論述十分全面，其實內中隱藏了官方對三十年代左翼文藝的恐懼，同時也呈現出他們思想中仍擁有中國傳統中的「崇儒」和文以載道的一面。

文藝會談

國民黨為了執行「當前文藝政策」，於一九六八年五月下旬舉行為期三天的文藝會談，出席者有全島文藝工作者四百餘人，蔣介石在這次會談中提出要「更積極地開創三民主義的新文藝運動……今天文藝工作的使命與路向，必須使民族文化精神結合起來……要促進文藝與武藝的結合，加強發揮文藝戰鬥的力量，使其一方面擔當起三民主義政治作戰與心理作戰的前鋒，一方面力挽當前偏頗頹廢以及畸形發展的文藝逆流，將其導向於三民主義新文藝以『仁』為本的主流。」蔣介石去世後，由繼任總統嚴家淦於一九七七年八月在臺北舉行第二次文藝會談，會上再次肯定以「三民主義為中心思想」指導創作。這次會議係衝著鄉土文學而來，排斥以鍾肇政為首的所謂「有問題」的鄉土作家參與，而陳紀瀅、尹雪曼、余光中等反鄉土文學的有功之臣進入大會主席團。會議第一天，《聯合報》就把矛頭指向鄉土文學，而《中國時報》則不希望政治勢力介入鄉土文學論戰。會後通過了〈對當前文藝政策之修訂建議案〉，其中建議恢復「中央文藝工作小組」，以加強對文壇的控制，防止「工農兵文藝」以「鄉土文學」的面貌出現。第三次文藝會談於一九九一年十二月初召開，又由「文建會」於一九八二年主辦過文藝座談會，會後出版有《文藝座談實錄》。

「唱自己的歌」

一九六〇年代中期，由大專青年發起的「唱自己的歌」的風潮，除了改變整個臺灣流行樂壇的風向外，也在一定程度上延伸到社會運動乃至黨外民主運動，成為臺灣中產階級尋求自己聲音的行動。李雙澤獨立創作的〈美麗島〉和〈少年中國〉、〈愚公移山〉，有意識地把底層群眾作為對象，呈現了他在民歌與大眾結合上的嘗試。一九七七年，李雙澤救溺而捐軀的死亡過程，更是將民歌運動的社會意識引向高潮，這在客觀上配合了不同政見雜誌的創辦，成為運動中重要的凝聚方式，為以後帶有左翼色彩的「淡江—夏潮」民歌作出了示範。至於「現代民歌」這一稱謂，來自楊弦一九七五年九月出版的《中國現代民歌集》。這一專集和同場演唱會還有余光中的倡導，讓現代民歌運動有了良好的開端。作為一九七〇年代的左翼文化運動，《夏潮》的介入使得這一路線的發展在一定時期內得到了方向性的啟示，它在民歌演出的組織與學院派爭奪話語權及鼓勵民歌創作上都作出了努力，體現出對大眾民歌的思考，在民歌走入民間的過程中，由於缺乏有效的生產機制及傳播方式的單一，在面對政治壓力和新興音樂工業的合圍下，民歌運動這條左翼支脈不得不中止。

知識分子的「回歸」

一九七〇年左右，中東戰爭引發的石油危機衝擊到臺灣，使得戰後臺灣「經濟起飛」的神話遭到解構。在政治上，臺灣退出聯合國，中華人民共和國和美國建交，使「中華民國」是中國唯一合法政府的定位突然消失。這些重大事件引發臺灣知識分子對臺灣前途進行整體反省，不再唯西方馬首是瞻，調過頭來面對現實和本土，並追尋社會主義思想，這和六七十年代的保釣運動有直接關係。據呂正惠觀察，這場知識分子回歸運動是抨擊國民黨現行體制的反對運動，參加者多為本省人，在文學藝術上具體表現為：林懷民試圖反映中國風格的「雲門舞集」，黃春明早期鄉土小說的結集出版與暢銷，臺北市茶館的鄉土式陳列，臺灣早期歷史與文學的再發現。在刊物方面，《大學雜誌》偏重現實政治的批判，《仙人掌》雜誌力圖重現五四的文化批判與愛國主義傳統，《夏潮》雜誌所體現的泛左翼色彩，從中不難看出知識分子急於找出路的傾向。這場運動到八十年代中期因「國家認同」問題的尖銳對立與分化而終結。

中央文藝工作研討會

國民黨為檢討文藝政策的實施情形，並配合「建國」六十週年的活動，於一九七一年二月召開中央文藝工作研討會。出席者有全島文教機關、文藝團體及各級黨部主管文藝工作人員一百六十八人，會期一天。會議期間除對文藝政策及其實施情況分別提出報告，並就今後的文藝發展方向展開討論和檢討。會後通過繼續貫徹「戰鬥文藝」運動，抵制所謂外來文藝的逆流，使文藝充分發揮作為思想作戰前鋒功能為主旨的〈總結議文〉。

新興詩社湧現

一九七一年是臺灣新詩史上一個重要分水嶺。一批青年詩人基於現代詩發展遭遇瓶頸，因而反思現代詩走過的道路，下決心不盲從西方，以敲自己的鼓、打自己的鑼為榮。據有的論者觀察，新興詩社運動與當年關傑明旋風、唐文標事件對「現代派」的討伐有很大的關係。它不是某個人或某個小團體的偶然行為，而是順應當時現實主義回歸這一大趨勢。這一新興詩社運動以臺北這一文化中心為主要活動區域，但也有周邊地區參與，因而除龍族詩社外，還包括草根社、《陽光小集》、《詩脈季刊》、《詩人季刊》，甚至包括中南部的《風燈》、高雄地區的《綠地》，整個七八十年代新興詩刊（社）約八十多家。這些詩社的成員年輕，發宣言時急於為自己定位。他們自組詩社和自費辦詩刊，是一種覺醒和自我要求，並不完全是沽名釣譽。但這些詩社，素質不齊，經濟困難，其興也疾，其衰也速，到一九九〇年代只剩十多家。

臺灣左翼啟蒙

開展臺灣左翼啟蒙運動的骨幹是左統派，即「夏潮聯合會」和一九七六年創辦的《夏潮》雜誌所形成的一股政治勢力。它對資本主義的批判，對美援文化的抵制，對臺灣社會的關懷，以及大量出土日據時期左翼作家的史料，不僅干涉了臺灣的政經結構，同時也改變了作家的思維方式。陳映真的《人間》文化雜誌，則表現了一九八〇年左統陣營最引人矚目的社會關懷。發行於一九九八年至二〇〇八年的《人間思想與創作叢刊》，秉持著臺灣左統運動歷來的「第三世界主義」視野，將反對臺獨、恢復中國認同作為臺灣社會去殖民的目標。左統知識分子扮演著先驅的角色，後來卻成了與社會格格不入的「異端」，淪落為被遺忘的邊緣人物。在文藝方面，有尉天驄主持的站在中國民族主義立場倡導現實主義文學的雜誌《文季》。左統派代表作品有陳映真的〈忠孝公園〉、藍博洲的報導文學、施善繼的詩、鍾喬的戲劇、呂正惠和曾健民的文學評論。在左統運動邊緣化後，新世紀只剩下王曉波主持的《海峽評論》、陳光興負責的《人間思想叢刊》和以趙剛等人為骨幹作者的《臺灣社會研究季刊》在苦撐。

臺灣美術鄉土

一九七五年之前的《雄獅美術》，是一本純美術的刊物。後來，在一九七〇年代留學巴黎的蔣動、李賢文等人，在思考用什麼樣的民族性和歷史，陶冶出生活與藝術密不可分的文化？如何從土地上獲取營養，轉換成藝術創作，創造出屬於臺灣自己的文化和藝術？正是在這種思考下，《雄獅美術》於一九七六年改為「提升美術家人文素養的刊物」。「布袋戲專題」、「環境污染與藝術創作」特輯，表現了《雄獅美術》力圖將藝術與社會緊密相連的雄心，等到一九七八年蔣動出任《雄獅美術》總編輯時，原來的靜悄悄的改革轉為大刀闊斧的革命，「美術」兩個字在刊頭被剔除了，雜誌向著綜合性的文藝方向發展。該刊除登藝術作品外，還登陳映真、王拓、楊青矗的小說，由此引發出一場由《雄獅美術》主導的「美術鄉土運動」。這個運動在呼應當時的文化圈渴求的同時，也通過鄉土作家的作品讓美術界認同鄉土，用陳映真的作品作為美術界走向鄉土的精神支柱，使鄉土寫實美術進入高峰時期，這正好填補了《現代文學》頹喪後的空白。

「全民寫作」

原名為《全民日報》的《聯合報》，希望該報不僅要編給「全民」看，更希望「全民」都來寫作和投稿。正是在政治解嚴、文化解嚴的氛圍下，一九七八年二月二十日，《聯合報》副刊發表陸正鋒的小說〈西園之外〉時，特別標上「極短篇」的欄目名，並且公布徵文辦法，提出「人生處處極短篇」的口號，希望能掀起一個「全民寫作」的運動。極短篇以「處處有文學，人人是作者」為訴求，對於文學的普及起到促進作用。《聯合報》編者在這個基礎上接著企劃了「全民寫作」，標出「新極短篇」。後來跟上的「真女人紀事」、「眾生相」的徵文，突破了文藝圈的藩籬，也是廣義的「全民寫作」。《聯合報》副刊「全民寫作」專輯，在總體上來說雖然局限於該報作者和讀者，離全島人民執筆仍有差距，但就其後來結集成出版的《新極短篇》看，其覆蓋率畢竟是空前的，對文學走向「輕、薄、短、小」起了帶動作用。

挑戰傳統的小劇場

從一九六〇年代開始，李曼瑰成立「小劇場運動推行委員會」，其特點是著重劇場的「小」和演劇的非專業性。一九八〇年代興起的另一場小劇場運動，在劇場藝術上不再是話劇原班人新瓶裝舊酒的遊戲，而是更多注重戲劇的前衛性和實驗性的探索。還在一九七九年，姚一葦出任中國話劇欣賞委員會主任委員後，便籌辦實驗劇展，至一九八四年共計演出三十六齣戲，其中蘭陵在一九八〇年首屆實驗劇展演出的《荷珠新配》，極為成功。這齣戲的創新主要表現在吳靜吉引進的肢體訓練，刷新了戲劇觀念，帶動了戲劇運動的普及，引發方圓劇場、小塢劇場、大觀劇場、人間世劇場、筆記劇場還有華崗劇團、工作劇團等更多小劇場的成立，吸引了年輕一代走進劇場，推動了實驗戲劇風氣，以致讓「小劇場」成為年輕、活力、改革、叛逆的同義語。一九八六年前後，後現代戲劇的興起，標誌著小劇場運動向前跨進了一大步。一九八七年七月解除戒嚴更促使重要演劇團以叛逆的姿態挑戰傳統而做出更前衛的探索，並讓本土化思潮成功地滲透，以致有所謂「商業小劇場、學院劇場、政治劇場和前衛劇場」的功能之分，甚至成為大眾媒體表演工作的人才儲備所。不過，由於這階段的演劇更多是拼貼式的後現代製作，故表面上看起來轟轟烈烈，但真正能留下的傳世之作卻微乎其微。

臺灣電影界組織對大陸的「統戰反擊」

在一九八〇年代，臺灣電影的主要精力幾乎全部花在了組織對大陸的「統戰反擊」上。這些電影要壓針對某大陸或香港電影，展現出「應戰」的姿態，為臺灣當局「站臺」辯解，要麼刻意往大陸身上抹黑，以印證大陸「政治內鬥的真相」。一九八〇年「中制」決定趕製紀錄片〈沒有打完的戰爭〉，以便送往海外放映，「澄清港產紀錄片《殘酷的戰爭》之歪曲事實」。一九八六年「中影」決定以紀實劇情片的方式，開拍孫中山、蔣介石兩位「舵手」的故事《舵》，以此抵消《西安事變》、《廖仲愷》、《非常大總統》等大陸影片產生的「負面」影響。一九八六年黃卓漢以大大公司名義開拍的〈國父傳〉，則直接與大陸拍攝的〈孫中山〉相對抗。另一些電影以歪曲大陸形象為目標，不遺餘力地進行政治攻擊。

文藝季文藝座談會

「文藝季文藝座談會」原是「教育部」主辦「一九八〇年文藝季」中的一個項目。「文藝季」包括國劇、舞蹈等舞臺演出以及美術展覽、音樂演奏等項目。文學方面則委託給「中華文化復興運動委員會」籌辦，「青溪新文學學會」協辦。此次「文藝季」於一九八〇年四月十九至二十日在日月潭舉行。召集人為尹雪曼，有一百二十位作家出席。會議主題是「新時代文學界創作方向」，另分四個子題：六十年來文學創作回顧、當前文學的總檢討、未來文學的展望、我們對文學創作應有的努力。不少官方作家認為，所謂「鄉土」、「工農兵文藝」，是和「三民主義文藝」唱反調的「邪惡文學」，少數人則認為「鄉土」、「工農兵文學」在文學中應有自己的地位，但問題是不能用階級來劃分。三民主義作家應參與而非與其對立，應用「大鄉土」、「大和諧」的方式將其化解。會後於當年八月由李牧主編了座談會記錄《新時代文藝創作方向》。

對大陸作家給予所謂政治聲援和財力支持

臺灣當局歪曲或誇大大陸反極左政策的電影內容，高調宣揚其「反共片」創作的源泉在大陸，因此造成「真正的批共力量來自大陸」的印象，並煞有介事地對大陸作家表示政治聲援或金錢支持。

一九八一年，對於傳出的沙葉新等三名大陸作家抗議永昇公司盜用版權的消息，臺灣方面表示，早在開拍之前即已提存劇本版權費二十萬元，在銀行設立專戶，「反攻大陸」成功後即送給三位原作者。一九九二年，臺灣公開宣布將版權費三十萬提存在「中華民國電影基金會」，以方便作者隨時來取。兩岸恢復交流後，基金會將三十萬加上利息共新臺幣四十五萬，托編劇貢敏帶到上海面交。在十八屆金馬獎評選中，沙葉新的〈假如我是真的〉如願奪獎。一九八二年，臺灣中影公司總經理明驥、中製廠長華敏行以新臺幣二十萬元贈「陷於」大陸的《苦戀》劇本原作者白樺，由臺灣「新聞局」副局長甘毓龍代表接受，轉送「中華民國電影事業發展基金會」存放待領。

臺灣新電影

二十世紀八〇年代初，臺灣文化重拾本土信心，那時一批三十多歲的年輕導演將許多臺灣鄉土文學作品改編成電影，掀起一場標榜現實主義傾向、追求人文主義的電影革新運動，從而把「回歸鄉土」的思潮擴展到電影界。這是臺灣戰後一代新的文化精神的形象體現。作為一種藝術運動，臺灣新電影從一九八二年八月四位臺灣電影節新導演合作導演的影片《光陰的故事》開始，其代表人有楊德昌、侯孝賢、柯一正等。其間的代表作有《童年往事》、《戀戀風塵》、《冬冬的假期》等，楊德昌和侯孝賢則被稱為「臺灣新電影雙子」。但新電影的作品票房一直不好，最後陷入「藝術」與「商業」的爭論，導致本土電影一蹶不振。

保釣愛國

一九七〇年發生的保釣運動，是指針對日本在美國所謂的「美日安保條約」框架下恣意侵占釣魚島的行為，海峽兩岸、香港、澳門及海外華人等民間力量自主發起的一系列愛國護島運動。他們除遊行示威外，另登船出海到釣魚島海域。這場運動引起日本嚴重不滿，在臺港亦未得到官方支持，有時甚至打壓保釣運動，造成這場運動一開始就包含有反國民黨的情緒。這場民間運動主要成員為海外的華人留學生，其背景十分複雜，也由於學生無法控制等諸多政治因素，使得保釣運動團體逐漸分裂成左右兩派。保釣後三四十年間，兩派的爭論依然沒有停止，這反映在文學創作上，有一九七八年張系國所寫的《昨日之怒》和一九八六年李雅明所寫的《惑》，以紀實的手法寫出保釣運動不和諧、不美麗的一面。而劉大任的中篇小說《遠方有風雷》，其體現的傾向性與張系國、李雅明完全不同。它擺脫了悲劇情境，以慷慨激昂的筆調敘述當年海外左派學生正義的愛國熱情。

重振中國意識

中華人民共和國加入聯合國後，國民黨官方提出「處變不驚」的口號，力圖重振中國意識，並積極提倡中國史觀的臺灣史研究，還有展覽、講習、大學課程等與之配合。由臺灣省文獻委員會和「青年反共救國團」共同推行開始於一九七〇年的「臺灣史講習會」，後於一九七八年改為「臺灣史跡源流研究會」，還有宋楚瑜親自修改過的侯德健所創作的歌詞〈龍的傳人〉，正是重振中國意識的一項重要舉措。這項舉措主要是針對大專學生和知識分子。在舉辦假期營隊時，老師們給學生們講解臺灣和大陸歷史與文化上的密切關係。此外，官方借鼓勵社會大眾尋根，為的是提倡中國民族主義。到了一九八〇年代初，針對本土人士提出的臺灣意識和「臺灣民族主義」，國民黨官方出版了《中國的臺灣》、《血濃於水》等書籍，以抵消黨外歷史敘事的影響，由此批駁「臺獨的邪說謬論」。《中國時報》一九八〇年十一月十二日，詳細報導了官方所發起的「愛鄉更要愛國」運動，重申「臺灣是中國人的臺灣」。

生態環保風潮

一九八〇年代初，《聯合報》副刊推出以自然生態為主題的「我們只有一個地球」報導文學專欄，披露大家所關心的自然保育信息，如淡水紅樹林遭到亂砍濫伐、東北角海岸濫殖亂墾、紅尾伯勞被大量捕殺等，從而促進全島人民自然生態意識的覺醒，興起一股生態環保風潮。在這種風潮下，保護生態的社團紛紛成立，表現大自然的書籍受到追捧，社區主義興起的同時，簡樸的生活風尚成為大家的楷模，以致出現了以現代工業文明背景下自然生態環境及生態環境危機為基本素材，以現代工業文明對自然生態環境的破壞及由此造成的公害與人類生存和命運之間的衝突關係為基本的主題命意，真實而藝術地展示臺灣當代社會的生態危機與人的生存危機的現實圖景，進而生發對臺灣社會現實和未來命運的思考的文學現象。劉克襄創作的以揭露污染公害、親近大自然、認知大自然為題材的作品，沒有停留在觀賞和旅遊的層次上，而是將生態環境保護與抵制污染聯繫起來，其中一些作家走的是隱居與逃逸路線，始終將科學技術成果視為負面的東西，還過分強調回歸自然，如陳冠學、孟東籬等人的作品便表現了這種傾向。

以文學為主的臺灣新文化

一九八五年七月，《臺灣文化》在美洲創刊，次年五月同名刊物在島內創刊接著，一九八六年九月《臺灣新文化》月刊在島內發行，從創刊以來明顯的臺獨訴求導致連續多期被查禁。該刊站在臺灣社會立場，展開激發政治覺醒的文化運動，尤其是以堅韌不拔的「臺灣主義」立場，創作出一系列批判中國文化「醬缸」毒素的作品。無論是小說還是別的題材，均刻畫出臺灣不受中國「支配」的形象。另一方面，以各式各樣的作品揭露教育制度對本土文化的宰制與迫害，還有催生婦女解放運動與人權運動，批判環境污染與生態破壞的官僚科技文化的作品。以文學為主的臺灣新文化運動與標榜「臺灣主義」的音樂運動、美術運動、戲劇運動相配合。文學作者有李喬、林雙不、宋澤萊、呂秀蓮等人。

重建「二·二八」歷史記憶

一九四七年發生的「二·二八」事件，是臺灣當代史上影響最深遠的事件之一。由於國民黨在這個事件中扮演了鎮壓者的角色，故隨後四十年，該事件成了頭號的政治禁區。隨著一九八〇年代民主化運動的高漲，在民間流傳的「二·二八」歷史記憶，終於成了媒體的公開話題。二十多年來，出版有關這方面的專書不少於三四百種，僅文學方面就有林雙不於一九八九年編的《二·二八小說選》，許俊雅於二〇〇三年也編了同類書。

對「二·二八」事件歷史記憶的恢復，第一階段是尋找歷史的遺忘，第二階段是用各種不同的記憶對「二·二八」事件做出不同的闡釋，如獨派把本來與臺獨無關的「二·二八」事件往「臺灣民族主義運動」靠攏，歪曲吳濁流的《無花果》，認為這部作品最重要的意義就是丟掉「對父祖之國的虛無縹緲的幻想，不要再把虛幻的祖國當作台灣的解放者與救世主」。類似這方面的作品有李喬的《埋冤·一九四七·埋冤》，東方白的大河小說《浪淘沙》。統派也有寫「二·二八」事件的作品，但遠沒有獨派作品影響大。

臺灣文學的街頭展示

焦桐認為，在後現代出現的臺灣文壇，各種與傳統不同的新文類紛紛出現，不同的實驗和不同的意見也競相展示，這些活動和現象是為「街頭運動」。它包含解除戒嚴至世紀末出現的各種文學類型，如地方文學、運動文學、文學傳播、小劇場、現代詩刊以及前衛詩、情色詩、政治詩、散文地圖。這些類型正像劇場形式是一種戲仿，一種顛覆主流形式的策略，帶有明顯的在野色彩。兩大報文學獎還一度從邊緣走向中心。至於大量生長的現代詩刊，大多短壽，逃不出在地下開花以及腐爛的命運。為避免過早死亡，許多詩社熱衷於舉辦大型座談、演講、現代詩朗誦會、民歌演唱會、展覽、詩友會、創作研習班、學術研討會、詩的聲光等眾多活動，但仍無法改變其「街頭運動」的命運。

南北兩派作家座談會

高雄和臺北作為城鄉關係中的新隱喻到一九八〇年代完成，至少有南北各屬不同文學派別的苗頭出現。一九八二年三月，曾為美麗島事件被捕作家向蔣經國說項而聲名大振的陳若曦，應《臺灣時報》的邀請由美回臺，在高雄市華王大飯店主持南北兩派作家座談，討論主題為「是否有南北兩派、南派和北派的主張分別是什麼？」鑒於鄉土文學陣營還未公開分裂，南北兩派亦未正式登臺，故頭一個發言的鍾肇政表示堅決反對南北分派的說法，葉石濤和陳映真也說分派是謠言，只有廖仁義含糊地說應允許作家「追求歷史的特色」。由於這次會議未能找出南北兩派作家的爭議點，故這種調解等於無的放矢，但不等於說不存在南北文學之分，因後來正式形成的南北兩派不是一般的文學流派之爭，或如鄉土文學與都市文學或向第三世界學習之爭，或寫實主義與後現代主義之爭——這些爭論確實存在，但在爭論背後隱藏的是天南地北兩個極端性派別的政治立場的差異，即以陳映真為代表的「北派」／「統派」和以葉石濤為代表的「南派」／「獨派」之爭。

臺灣文學的救贖

一九八五年底，宋澤萊在政治大學正大青年社發表言辭激烈的演說，成了「人權文學」在寂靜的文壇上所轟出的第一聲。他處處強調「臺灣文學就是人權文學」、「臺灣人運動就是人權運動」，其目的是為了激發「臺灣人當家做主的意識」。在「急獨派」刊物《臺灣新文化》及其文友高天生、林雙不、許水綠的配合下，宋澤萊企圖用社會風暴、政治風暴和以演講、辦刊、發表系列文章的文藝風暴相結合的方式，開展一連串的文學救贖運動。系列文章包含宋澤萊在《臺灣文藝》上發表的〈呼喚臺灣黎明的喇叭手〉、〈臺灣人權小史〉、〈文學．誡命．人權．民德〉等文，或批所謂「老弱文學」，或呼籲臺灣作家「帶筆走到街頭」反攻四十年來充滿夢幻、異鄉文化的中華文化。但由於他以激憤、騷亂代替熱情和說理，使得許多論述偏離了準確性，由此挑起「傳統本土論者」與「新生代本土論者」之間的分歧與論爭。《笠》和《臺灣文藝》兩個文學集團的部分作家，還一度將其惡言相害前輩作家的文章加以「封殺」和「審判」。這種「封殺」和「審判」，從反面刺激了文學救贖運動的開展。

家族書寫方興未艾

解嚴以來，臺灣當代家族書寫方興未艾，主體性的追求成為各族群作家的重要課題。據黃宗潔觀察，家史與國史對話，折射出多元的歷史視角。另一方面，書寫家世與身世，作家亦往往得以完成寄託個人建構自我身份認同的複雜歷程。其中書寫「外省父親」與自身身世的有駱以軍的《月球姓氏》、張大春的《聆聽父親》。展現臺灣本土生活圖像的則有鍾文音的《昨日重現》。原住民女作家利格拉樂·阿烏的《誰來穿我織的美麗衣裳》，寫的是下排灣女子的部落故事。進入新世紀，家族故事的敘述有了更多元的發展，其中以女性視角為主的有陳玉慧的《海神家族》。駱以軍承續過去對父系身世的關懷，演變成複雜的長篇小說《西夏旅館》。張萬康的《道濟群生錄》，則用章回小說的形式寫父親的病與死。此外，還有格局恢宏的《巨流河》，在這部回憶錄中齊邦媛通過家史表現民族的歷史。至於鍾文音的《豔歌行》、《短歌行》、《傷歌行》這寶島百年三部曲，是小說，也是一部庶民生活史。這些作品，共同織就了解嚴後臺灣文學的多樣性與豐富性。

「臺語文學」的高漲

隨著「臺灣意識」的高漲，隨著一九九〇年代本土論述的惡性膨脹，「臺灣意識」成了知識分子熱烈討論的話題，「為了建立民族文學，完成母語建國」的口號喊得震天價響。為配合這一運動，除主張用臺灣方言即閩南話和客家話取代北京話寫作外，還多次舉辦「臺語文學研討會」，並連續出版《臺語文學運動史論》、《臺語文學運動論文集》、《臺灣話大辭典》、《大學臺語文選作品導讀》、《臺語詩三百首》，使「臺語文學」創作成了一股不可忽視的潮流。發表作品的媒體有《臺灣文藝》、《文學界》、《臺灣新文學》、《自立晚報》副刊等。「臺語文學」雜誌有《島鄉》、

《管芒花》，綜合性的有《臺語文摘》、《臺語學生》、《臺文通訊》、《臺文罔報》、《時行》、《蓮蕉花》。隨著二十一世紀的到來，「臺文」書寫也展開了新紀元，最重要的標誌是「母語」教育進體制，錄取了三千多位「臺語」教師。加上熱衷於政經和文化改革的「四社二會」（南中北東社、臺灣教授協會、臺灣筆會）以及真理大學「臺灣文學系」、「臺灣語言學系」對「臺語文學」伸出援手，運動的發動者常去游說立法院、教育部，使得無論是執政黨還是在野黨人士再也不敢公開反對「母語」，連「外省人」馬英九有時講話也用閩南話，這均說明「臺語文學」運動已滲入政治運動的底層。

新臺語民歌的出現

一九九〇年以來，陸續有〈抓狂歌〉、〈戲碼蟻〉、〈大腳姊仔〉、〈原鄉〉、〈春風少年兄〉等十多張不同於通俗流行的臺語歌曲上市，其銷售對象為自稱進步的知識分子和大學生。這些歌曲由於迎合批判官方獨尊國語的文化政策潮流，很快從在野的處境躋身為主流文化的新寵。不同於現代民歌運動來自保釣運動和鄉土文學論戰的中華民族意識，其民族主義潮流源於以臺灣意識為主旨的本土化運動，它內藏的認同政治不再以文化運動展現為主，而是與政黨政治密切結合，其局限性表現在陳明章、蕭福德、林強等人的作品題材仍離不開中日和直接的抗議，缺乏足夠的有關現代日常生活的描述和反映。此外，其從現代詩積累下來的中文表達能力，遠不及以「國語」著稱的現代民歌運動。

原住民正名

由一九八四年冬天成立的「臺灣原住民權利促進會」發起官方提出「正名」，一九八七年另提出十七條〈臺灣原住民族權利宣言〉，除了要求修改過去基於中華民族的定義而稱之為「山地同胞」的用法外，還包括恢復傳統人名使用以及恢復部落地方命名等。一九九四年八月一日，經過國民大會修憲後，再讓憲法增修條文終將「山胞」修正為「原住民」，這均意味著原住民爭取主體發言位置社會運動的成功。

原住民文學建構

原住民文學建構受本土化思潮和全球原住民運動啟發而崛起，它開始於一九八三年《高山青》雜誌的創刊，一九九四年「原住民」一詞正式載入憲法。在藝文方面，進入一九九〇年代中期的短短幾年，出現了一百多件物藝產品工作室和個人創作者，形成一個傳統與非傳統工藝美學相結合的藝文運動，或如原住民研究專家謝世忠所說的原住民的文化運動。

原住民文學建構運動和鶴佬、客家反對運動一樣，把矛頭指向壓制他們的國民黨政權的同時，也反抗強勢的漢文化。對此，解嚴後原住民文化復興運動積極開展，表現在有一小批原住民出身的作者，以人類學的方法進行田野調查，在各種研討會上發表建構族群政治的論文。各種刊物的創辦和文學活動的開展，也有力地推動了原住民文學建構運動，如繼林明德一九八九年創辦《原報》後，高山族作家瓦易斯於一九九〇年創辦了《獵人文化》。官方也開始介入推廣原住民文化。一九九二年，由「文建會」等單位出面主辦了首屆「山胞藝文創作獎」。一九九三年，「中華民國臺灣原住民文化發展協會」成立，附屬於該協會以報導原住民文化為宗旨的雜誌《山海文化》創刊。一九九四年，在屏東瑪家山地文化園區召開了「原住民文化會議」。一九九五年，第一本原住民民間文學作品集《和平鄉泰雅族故事歌謠》出版。向來一再宣稱不認同大中國文學和臺灣文學的部分原住民作家，還參加了大中國團體與臺灣本土的徵獎活動，如《中國時報》於一九九六年和《山海文化》雙月刊合辦的首屆「山海文學獎」，另有臺灣基金會主辦的臺灣文學獎。「臺灣原住民文學」系列也由臺中晨星出版社出版。

「同志」的「文本性」

異性戀的規範性和合法性，在一九九〇年代遭到解構。這時開始出現「同志」、「出櫃」等等名詞，也有「同志」社團開始集結，以同性戀為題材的作品紛紛湧現，促使人們重新思考同性戀的「正當性」問題。具體來說，臺灣第一個女「同志」團體「我們之間」於一九九〇年成立；過了三年，臺灣第一個校園同志社團「男同性戀問題研究社」在臺灣大學出現；一九九六年，第一本華文同志刊物創刊；一九九九年，第一家同志書店「晶晶書庫」在臺北公館開幕。至於九十年代的百萬小說獎，「同志」題材攻城略地搶占先機，據江寶釵統計，一九九〇年代的各類文學獎中計有十六篇同志小說獲此殊榮。「同志」運動開始的時候，是一場很「文本」性質的運動，後來成了強勢文類，從邊緣走向中心。描寫「同志」戀的著名作家先是有白先勇，後有邱妙津、朱天文、紀大偉、陳雪等人。

文學教育的本土化

從一九九〇年開始，本土派著力推動教育本土化運動，教科書減少中國文史方面的比例，編寫新的本土教材，到一九九七年正式將李登輝欽定的《認識臺灣》列入中學歷史教程。與此相聯繫，他們呼籲「編譯館」開放由民間編寫把本土文史列為重點的教科書。為了扭轉「重中輕臺」的教育偏差，回歸臺灣的主體性，臺北教育大學舉辦了教育本土化研討會。曾貴海則專門統計了教科書文言文、白話文有無臺灣文學作品及占的比例，由此催生出教科書民間版的出現。

教育本土化運動最重要的目標是在大學設立臺灣文學系和臺灣文學研究所。經過「七上八下」的努力，終於在一九九七年由淡水工商管理學院成立了臺灣文學系。後來從私立學校向公立學校發展，南社成為推動教育「臺灣化」的基地，學界人士陳萬益也積極參加此項工作，致使公立的成功大學於二〇〇〇年設立了臺灣文學系。鄭正煜還在《臺灣時報》發表〈為何成立臺灣文學系所〉的文章。這些本土派充分利用立法院等政治機構製造輿論，企圖爭取每年在臺灣各大學設立定量定額的臺灣文學系所，包括後來出現的客家文學系所。

另張新幟的客家文化

二〇世紀了七十至八十年代蔣經國實行了一系列政治經濟改革，使得閩南和客家籍的本省人士取得重要的社會地位，時在日本的張良澤便率先提出客家文學的看法。政治風向驟變的一九八八年，擁有四百多萬人口的客家人開始萌生族群意識，先後開展了「還我母語」、「新客家人」運動，並於一九九〇年創辦了為客家族群說話的《客家風雲》，後改名為《客家雜誌》。一九九三年創辦了全球首份客家語文刊物《客家臺灣》。次年，召開首屆「客家文化研討會」，還出版了《客家臺灣文學選》，另成立了「全國客家權益行動聯盟」、「臺灣客家公共事務協會」，並一波三折地成立了「寶島新聲客家電臺」。地處桃園、新竹、苗栗客家生活圈的中央大學在二〇〇三年八月成立了全臺灣第一個客家學院。這些來自政治、社會和文化的變動，給客家文化建構運動提供了條件。客家文化運動推手黃恆秋奔走於兩岸，編著有數種客家文化論著，另還用母語創作了幾種新詩集，二〇一〇年他又牽頭成立「客家文學筆會」，並創辦有《文學客家》雜誌。

「詩的星期五」

由洛夫領銜的「詩的星期五」詩學活動，自一九九二年八月起，於每月第一周之星期五晚上七時，在臺北市誠品書店舉行。每次由兩位詩人主持，除朗誦個人的詩作外，還對作品進行詮釋和講解，最後與觀眾互動，或請詩評家講評，有時還邀請訪問臺灣的大陸詩人及海外詩人參與。活動前後持續三年多，共舉辦三十八場，有六十多位詩人參加演出，於一九九五年八月停辦。

文學上的「去中國化」

「泛綠」文學團體和媒體積極呼應李登輝執政期間和陳水扁千禧年上臺後引起的一股「去中國化」風氣，一九八六年創刊的《臺灣新文化》典型地體現這一傾向。宋澤萊的小說則是「去中國化」的樣板，如《抗暴的打貓市》「就是批判中國人的順天思想」、《熱帶魔界》「批判中國人的帝國及道統思想」，《被背叛的佛陀》「就很嚴厲地批判中國大乘佛教，也罵了星雲法師、中國和尚」。

文學上的「去中國化」運動，從為臺灣文學「正名」做起，其中《臺灣文藝》在宣傳臺灣文學不是中國文學即文學上的「兩國論」最為賣力。在該刊一九八六年出版的「一〇〇期紀念特輯」中，鍾肇政、陳千武、李喬、李敏勇、王拓等人一齊上陣，鼓吹「中、臺文學的關係，猶如英、美文學之間的關係」。這個文學上的「兩國論」，比李登輝一九九七年提出「階段性兩個中國」還早十一年。在兩岸文學成就誰高誰低問題上，他們更是大言不慚地認為「顯然三十年來臺灣文學的成就，已經凌駕於中國文學之上」。該刊後來製作的「重建海洋文化的信心」、「臺語文學的再出發」、「寫有國籍的臺灣文學」等專輯，無不在呼籲寫「有國籍」的文學即指合乎臺獨標準的文學。臺獨大將鄭南榕自焚事件發生後，本土作家做出激烈反應，讓「中國人/臺灣人」、「中國文學/臺灣文學」的二元尖銳對抗達到沸點，其中林雙不高呼臺灣作家要優先投入「獨立建國」的道路。到了一九九〇年代，新面貌新形式的《臺灣文學》，乃公開正式地建構「新國家」模式的臺灣文學。為此，他們極力鼓吹「臺灣民族文學論」，為「皇民文學」翻案，為臺灣文學系的建立最終達到將中文系與外文系合併的目的製造輿論。在新世紀，「笠」詩刊把大陸學者的文章放在「國際交流」專欄，大陸詩人作品則被稱為「海外來稿」。「三李」（即李喬、李魁賢、李敏勇）無不極力否認自己是中國作家。

臺灣文學史料整理

臺灣文學史料較具規模的整理，從柏楊一九六六年主編《中國文藝年鑑》開始。限於財力，柏楊主編的《年鑑》只出版了三本。此外，一九七○年代中期張良澤編的《鍾理和全集》八冊、《吳濁流作品集》六冊，以及李南衡主編的《日據下臺灣新文學選集》五卷本、遠景出版社推出的《光復前臺灣文學全集》八卷本，也很值得重視。一九九○年代中期以後出版的「年鑑」，不再用「中國」而用「臺灣」命名。這方面貢獻最大的是《文訊》雜誌和臺灣文學館。由民辦到公辦，臺灣文學史料的整理不再是個人行為，而成了有組織的、持續不斷的一種運動。進入新世紀，《臺灣文學年鑑》除每年出版外，另有關部門完成了四種大型工具書，由《文訊》雜誌編的《文訊二十五週年總目》、由財團法人臺灣文學發展基金會主編的《二○○七臺灣作家作品目錄》三冊、由臺灣文學館出版的《臺灣現當代作家評論資料目錄》八冊、由臺灣文學館出版的《臺灣現當代作家研究資料彙編》一百冊。

改掉「中國」、「中華」名稱

「去中國化」運動之一種，正名運動就是所謂「臺灣建國運動」的一項重要內容。公共領域的正名運動其核心工作就是所謂「制憲」，確定「國家」的名稱與領土範圍。除了「憲法」之外，也將國際條約以及各種相關規章內的「國名」由「中華民國」正名為「臺灣」，不再用「臺灣，R.O.C.」、「中華臺北」、「臺澎金馬地區」這些模糊的名字。表現在日常和外交語言中，將「中華民國」置換成「臺灣」，或將「大陸」、「中共」置換成「中國」。二○○二年，「五一一」正名遊行提出七項訴求，其中要求教育部重新制定以臺灣為主體的各級學校教科書，要求中油、中鋼、華航等國有企業率先改掉「中國（China）」，中華（China）」名稱。要求主管社團登記的內政部，在臺灣境內設立社團不得冠「中國（China）」名稱。在語言使用上，把「光復、抗戰勝利」改為「終戰」，把「兩岸關係」改為「臺中關係」，把「華僑、華裔」改為「臺僑、臺裔」，把「國語」改為「北京話」，把「外省人」改為「中國人」，把「聞名中外」改為「聞名臺外」，還有人建議把「清華大學」改為「新竹大學」，「臺灣文學」更名為「本國文學」等等。這場運動在文藝界沒有收到應有的效果，如「中國文藝協會」、「中國婦女寫作協會」等機構均未改名。

振興崑曲

一九九〇年代崑曲面臨危機，為了培養一批青年演員來接班，也培養一批新的觀眾，在傳統藝術中注入新的生命，白先勇開始籌備歌頌愛情、生命的青春版《牡丹亭》，並在香港講了四場崑曲藝術問題。這是兩岸文化精英的合作，中國傳統文化在臺灣的「再造」。二〇〇一年，聯合國教科文組織將崑曲列入人類口述非物質代表遺產的第一順位。二〇〇四年，白先勇成功借用臺灣多年培養的一流舞臺藝術家，使青春版《牡丹亭》分三天在臺北「國家劇院」首演，後來又在美國加州四所大學演出十二場，另在北京大學演出時同樣爆滿。

搶救《文訊》大作戰

一九八二年七月，國民黨文化工作會成立「文藝資料研究及服務中心」，次年七月創辦《文訊》雜誌，目的都是為文藝界服務。失去政權的國民黨於二〇〇三年一月決定放棄對《文訊》的經營。二〇〇三年五月，《文訊》成立了「財團法人臺灣文學發展基金會」。在經濟完全沒有外援的情況下，獨立後的《文訊》，主體精神仍一以貫之。二〇一二年四月間，臺灣報刊不斷報導《文訊》社址即將歸還長榮集團、搬遷新址遍尋不著的新聞，而政府文化單位近乎漠視不管。詩人劉正偉甚感憂心，於是在二〇一二年五月間在臉書上成立「搶救《文訊》大作戰」社群，並投書政府單位。瞬時引來千餘文友關心，更多的文學家、作家紛紛發文發言力挺。二〇一三年七月《文訊》舉辦「《文訊》三十年作家珍藏書畫募款展覽暨拍賣會」，司馬中原、張默、余光中、楚戈等幾百位文藝家紛紛捐獻文稿、書法、藝術品相助，初步籌得一千多萬臺幣的發展基金。二〇一三年十二月間，《文訊》也持續進行「作家珍藏書畫募款展覽暨拍賣會（二）」，此四次的拍賣方式為網路拍賣會。因為二〇一五年後，《文訊》仍將面臨搬遷的命運，希望以拍賣的款項協助《文訊》及「文藝數據中心」，能找到長久使用的空間。

鼓動小詩風潮

繼一九七九年羅青主編《小詩三百首》後，二〇〇三年起臺灣陸續出版了《小詩星河》、《小詩．床頭書》等多種詩選出版。林煥彰二〇〇三年起主編泰國《世界日報》副刊時，於刊頭推動了三年「六行小詩寫作」，後聯合臺灣的《創世紀》、《乾坤》、《臺灣詩學》、《衛生紙》、《風球》包括老中青三代詩人的五種詩刊及《文訊》雜誌共六種刊物，於二〇一三年十二月十五日聯名發起「二〇一四鼓動小詩風潮」運動，各報刊分別發布有關信息，且決定在該年度中各自規劃並陸續接棒推出風貌不同及特色多元的「小詩專輯」，另配合小詩創作獎的徵集與其他藝術形式如書法、音樂、繪畫、影像等多媒體的跨領域活動，分進合擊，將小詩創作推向高潮。這是臺灣自有詩刊發行以來，從未有過的聯合行動。《文訊》還於二〇一四年七月製作了「詩性的小宇宙——二十一位詩人的小詩創作」專輯。

復活長篇小說

二〇〇三年，「國藝會」推出「長篇小說專案補助案」，另加上地方政府與民間單位設立獎項補助小說創作，引發長篇小說的創作與發行繁榮興旺景象。其中「國藝會」的專案不僅補助創作，也補貼出版。近十年間，巴代的《笛鶴．大巴六九部落之大正年間》、夏曼．藍波安的《老海人》、胡長松的《大港嘴》、伊格言的《噬夢人》等，正是靠其補助得以問世。這個長篇小說專案補助，改變了文壇只重視短篇小說的偏向，引發長篇小說創作新人輩出，老手續航，大有長篇小說復活的繁花盛景，甘耀明稱之為「新文學地殼運動」。時至二〇一四年，仍盛況空前。

四 事件

文學事件，是指文學論戰超出了文學範圍，和政治鬥爭密切相關，兼具一些動態的新聞價值，特殊者甚至成為社會、政情發展的重要參照系。

許壽裳被殺

一九四六年六月，許壽裳應臺灣省行政公署長官陳儀邀請，到臺北擔任臺灣省編譯館館長。在臺期間，他寫了一系列宣揚魯迅精神的文章並出版有《亡友魯迅印象記》，在島內掀起了一股魯迅熱，引起右翼文人的恐慌。他們先是借《中華日報》向許氏發出警告，他不予理會，以致一九四八年二月十八日深夜被特務用斧頭砍死。另一大陸赴台的木刻家黃榮燦也受到迫害（後因「吳乃光叛亂案」被槍斃）。李向林、李霽野、袁珂等人感到在臺灣安全無法保障，只得重返大陸。

雷石榆被捕

雷石榆於一九四六年到臺北，先後任臺灣交響樂團編審、臺灣大學副教授，後來結識了楊逵、呂赫若等臺灣左翼作家，一起參加魯迅逝世十周年紀念活動，並發表有宣傳魯迅的文章，又於一九四三年參加臺灣新文學問題討論。一九四九年六月，雷石榆被當局以莫須有的「共匪」名義投進監獄，在警備總部保安處拘禁一個月後審訊，於一九四九年九月被驅逐出境。

「四．六」事件

一九四九年國民黨從大陸撤退前夕，先派陳誠到臺灣做安全肅清工作，學生運動是重點肅清和鎮定對象。一九四九年四月六日凌晨，當局派遣官兵分三路抓人，一路奔向臺灣大學宿舍，一路進入臺灣師範學院宿舍，共逮捕約三百名學生。第三路根據名單地址逮捕社會人士，其中有著名作家楊逵及《臺灣新生概》「橋」副刊主編歌雷。這些被捕者均被關在臺北監獄，是為「四．六事件」。

山東流亡學校煙台聯合中學「匪諜」組織案

一九四九年五月，散文家王鼎鈞的第四部回憶錄記錄了一九四九年他在臺灣倉皇登岸，二十四歲開始為副刊寫稿，並進入媒體工作的歲月。當年七月，他在島上立足未穩，「山東流亡學校煙台聯合中學匪諜組織案」給了他一個當頭棒喝：山東八所中學的近八千師生輾轉南下，漂泊流徙，渡海來臺，不料澎湖防衛司令部不顧約定，將年滿十六歲的學生及不足十六歲、身高合乎「標準」的學生一律編入步兵團，高呼「要讀書不要當兵」的學生，有二人當場中了刺刀，有幾人中了子彈。數千學生在槍聲中面對國旗下跪。危急關頭，煙台聯中校長張敏之挺身而出，試圖保護學生，卻以「煽動罪」被捕，他在自己折扇上的題詞「窮則獨善其身，達則兼濟天下」也成了「煽動」的證據。結果他和另一位校長鄒鑑、五位學生共同以非法方式顛覆政府的罪名被處死刑，褫奪公權終身。另外被羅織入罪的六十多名同案學生接受管訓，手拿油印誓詞照本宣讀，聲明脫離他們從未加入過的中共組織，拍成新聞片，在全臺各大戲院放映，一生抬不起頭來。這人為製造的冤案，即使蔣介石親自派人調查，查閱案卷，也未發現任何破綻，似乎一切合法。王鼎鈞感慨，「酷刑之下，人人甘願配合辦案人員的構想，給自己捏造一個身份，這些人再相互證明對方的身份，有了身份自然有行為，各人再捏造行為，並互相證明別人的行為，彼此交錯纏繞形成緊密的結構，這個結構有內在的邏輯，互補互依，自給自足。」

《天南日報》被查封

一九四九年，臺中《天南日報》社總編輯朱傳譽因資金不足停發稿費，只好剪輯上海、杭州等報紙副刊內容轉載，其中有一篇比較陳誠和何應欽將軍名人軼事的散文，引起臺灣省主席陳誠的強烈不滿，他以「挑撥軍事長官感情」為由，下令查封報社。這是國民黨政府遷臺後第一家因副刊惹禍的報紙，致使《天南日報》無法復刊。

處決李友邦

一九四九年十月十八日的《臺灣新生報》副刊，有一篇署名巴人的〈袖手旁觀論〉，用隱晦曲折的手法勸臺灣人民對反攻大陸一事最好「旁觀」不要「動手」，否則後果不堪設想。《中華日報》、《全民日報》、《掃蕩報》及其他反共文人如孫陵，一致聲討「袖手旁觀論」。可臺灣省國民黨代主任委員兼臺灣第一大報《臺灣新生報》董事長李友邦，不贊成孫陵的做法。孫陵認為李友邦以顧全大局為幌子包庇「內奸」，他以「反共文藝狙擊手」自居，在《民族報》發表〈有原則無條件〉進行反彈。李友邦調查出此文作者的真實姓名後，也不甘示弱，揚言要把孫陵驅逐出境。孫陵又在《民族報》發表〈徹查匪諜奸細〉。果然不久，《臺灣新生報》副刊主編傅紅蓼被撤換。過了兩個多月，李友邦夫婦則被誣為通「匪諜」的後臺老闆，於一九五一年七月處決。這是國民黨敗逃臺灣後，借文藝論爭製造的頭一個駭人聽聞的冤案。解除戒嚴後，這一冤案才平反。

查禁「共匪武俠小說」

一九四九年十二月三十一日，「臺灣警備總司令部」實施「暴雨專案」，專門負責掃蕩武俠小說。之所以要查禁「共匪」即大陸作者或大陸出版社出版的武俠小說，是因為官方認為這些打打殺殺的作品對青少年成長不利，另有為「匪諜」從事反政府行為提供借鑑的可能。據《中華日報》一九五〇年二月十八日報導，「警總」於同月十五日至十七日，在全臺灣地區統一展開取締「共匪武俠小說」的行動，僅一天就查禁了九十七種十二萬多冊，使租書店關門大吉。這場運動的後果，使包括純文學在內的作家提筆時如履薄冰，不敢越官方文藝政策一步。對武俠小說作家來說，為避免文字獄，只好抽離歷史，展開超現實的想像，形成臺灣武俠小說「去歷史化」的不良傾向。吊詭的是，大陸幾乎同時也在查禁自己過去出版的武俠小說。

《自立晚報》因副刊惹禍

一九五〇年一月十七日，《自立晚報》「萬家燈火」副刊刊登了一篇剪報稿〈草山衰翁〉，此文被認為是影射時在「草山」（即現今陽明山）辦公的蔣介石。主管當局勒令該報「停刊永不複刊」，副刊主編吳一飛由此被捕。經過鍾鼎文的周旋，該報停刊十個多月後於一九五一年九月二十一日才恢復發行。

梁實秋偷打字機？

一九五二年，梁實秋家裡來了一群不速之客，稱美國新聞處丟了一臺打字機，要到家裡檢查。梁氏說：「我是教授，不幹這種缺德的事，你們是否弄錯了？」治安人員拿出一份地圖，稱「檢查地點正是你府上」。後來檢查人員大翻梁實秋的書籍和文稿，原來是藉口尋找打字機檢查梁實秋的思想是否對黨國不忠。據李敖分析，治安人員目的是查他與民社黨尤其是在大陸新政權建立不久成了中共新貴的羅隆基的關係，並警告沒有加入國民黨的梁實秋要識相，在思想上必須與國民黨保持一致。有一次，有人還密告梁實秋通「匪」，最後傳到蔣介石那裡，梁實秋辯解說毛澤東〈在延安文藝座談會上的講話〉中點名抨擊過他，對方才沒有追究。

查禁方言歌曲

二十世紀五十年代以後，臺灣當局越來越強調國語的重要性，再加上戒嚴體制，不少方言唱本成了查禁的重要目標。一九五三年一月，臺灣省教育廳通知各縣市政府，以臺中市瑞成書局所發行的一百零二本方言唱本為例，認為這類方言唱本除了少數幾首有可取的忠孝節義內容與勸人為善者外，其餘九十二種被以神怪、黃色、迷信、無意義與內容荒謬等理由，由保安司令部政治部、警務處、新聞處實行查禁。隔年十月，省教育廳也送函各縣市政府，查禁新竹市城隍廟口竹林書局印行的方言唱本，包括〈雷峰塔烏白蛇歌〉、〈六十條手巾歌〉、〈雷峰塔白蛇西湖遇許仙〉、〈訓商路歌〉、〈石平貴王寶川〉、〈問錄相褒歌〉、〈呂蒙正彩樓配歌〉七種，以其內容荒誕為由查禁，這嚴重阻礙了方言歌曲的發展。

查禁張道藩的歌詞〈老天爺〉

一九五三年，時任立法院長的張道藩召集中國文藝協會小說組學員茶敘，他以改編一首明朝人寫的歌謠給與會者作為「反共文學」的樣板，「老天爺你年紀大，耳又聾來眼又瞎，看不見人聽不見話，殺人的共匪為何不垮……」羅家倫聽了後馬上說，明朝那首民歌原先是咒罵崇禎皇帝的，這樣寫無形中同情李自成造反，天下後世已經把「老天爺」和「皇帝」合二為一，希望張道藩不要讓讀者誤解他的好心，為此得罪蔣介石。張道藩不聽勸告請劉韻章作曲，「中國廣播公司．臺灣臺」於一九五三年十二月一日播出。屬於軍方的「警備總司令部」發現後，下令查禁這首歌詞，理由是「老天爺」是「老總統」的同義語。

牛唐互相指責的筆戰

牛哥原名李費蒙，以漫畫〈牛伯伯打游擊〉之牛伯伯系列等著稱。一九四年五月，《中國新聞》發表文章攻擊牛哥「文人無行，私德敗壞」，接著又發表〈請牛哥莫瘋〉及〈牛哥敵偽時期做過漢奸記者〉等文章，引起以李費蒙與唐賢龍為首的《中國新聞》等十多種雜誌，長達兩個多月互相指責對方為黃黑刊物的筆戰。關於此事件發表文章最多的是《自立晚報》以及《中國新聞》、《民風畫報》，李費蒙由此開出「不得干涉牛哥響應文化清潔之條件」。因為除三害運動自我標榜為民間發起，可這個運動竟然不准牛哥簽名，使得牛哥的聲明變得十分唐突和醒目。官方發行的《文化清潔運動》宣導手冊，其中列出一個問答題是：「問，文清運動與牛哥、唐賢龍打筆戰有無關係？答，毫無關係。」這種此地無銀三百兩的問答題，更加突顯了牛唐事件係文清運動的引爆點。

查禁《大動亂》

反共文學遭查禁的例子，據應鳳凰稱還有「文壇社」主持人穆中南的長篇小說《大動亂》。此書一九五三年由文壇社出版。作品以山東膠東一帶抗戰為背景，寫一個沒落的華人家庭，夾在日本帝國主義、共產黨勢力中間。這兩種反國民黨勢力「匯合」起來，在作者看來，膠東就會引發「大動亂」。這種寫法與另一反共小說《旋風》同出一轍。正如《旋風》當年無法出版一樣，這部小說雖然出版但很快於次年被查禁。國民黨認為這部小說沒有全力揭發中共的所謂「屠殺、無人性，以及人心沒有向國民政府。」

查禁《臺北文物》

一九五四年底，日據時代作家為反抗極權統治和文化專政，對臺北市文獻委員會發行的《臺北文物》季刊，進行公開集結。他們於第三卷第二、三期策劃了「新文學、新劇運動專號」，第二期刊出「北部新文學、新劇運動座談會」記錄，總計二十一位日據時代文學家、劇作家出席這次集會。此舉馬上引起情治單位的警覺，他們以莫須有的理由，「內容有以唯物史觀為依據，並對舊時臺共及普羅作家頗多讚揚之處」，查禁《臺北文物》第三期。

集體觀賞「春宮電影」

一九五五年，臺灣發生了一起「中國文藝協會」理事們在參觀省刑警總隊時，集體觀賞「春宮電影」的事件。王藍、李辰冬、郎靜山、宋膺等二十七位理事差不多都懷疑此事是孫陵告發的，因而對其採取排斥的態度。後查明是《民族晚報》一位黃姓記者於九月十八日所曝光，並經蔣經國主持公道，孫陵才沒有被打壓。「春宮電影」一事過了三年，孫陵於一九五八年九月二十四日寫信給主管社團的民政部，要求對不堅持「文藝清潔」路線的「文協」加以整頓。後查明孫陵所指「妨害風化」電影，乃「社會犯罪」紀錄片。裡面雖然有姦殺的暴力鏡頭，但並非「春宮電影」。孫陵根據報紙誤傳，其結果是得罪了文藝界的頭面人物。他那部在臺灣出過第二版的《大風雪》被臺灣省保安司令部查禁。

查禁孫陵的小說《大風雪》

在一九四〇年代，孫陵的代表作《大風雪》因用借古諷今的手法罵了不少投機政客和文人，被政治部部長張治中查禁。在臺灣出第二版後，於一九五六年二月被省保安司令部通令全省警察局查扣，其理由是該書反對政府各種措施，刻畫政府官吏貪污低能，挑撥人民對政府之不滿。其實，該書寫的並不是國民政府，而是充任日寇鷹犬的張景惠漢奸政府。另一理由是《大風雪》所使用的詞彙「大部分均係共匪所用」。孫陵申辯該書並不親共，它不僅反滿、反日，而且對夏衍等左翼文人多有抨擊之處。保安司令部人員毫無判斷能力，致使孫陵遭刑訊逼供長達十月之久。中間經過國民黨中央總動員會議文化組、「總統府國家安全局」徹底調查，此錯案得到糾正，使《大風雪》未曾改動一字，又由臺灣省保安司令部於一九五七年十一月解禁。

肅清胡適思想「毒素」

正當大陸「批胡」高潮剛過去後，臺灣又掀起了一股「批胡」惡浪。事情是這樣引發的，以胡適任發行人的刊物《自由中國》在蔣介石做七十大壽時，出版了別具用心的「祝壽專號」，刊有胡適希望蔣氏不要大權獨攬而應發揚民主，做個「無智、無能、無為」的守法遵憲的「三無」領袖的文章。該刊主編雷震，則要求官方徹底改革國防與經濟。在接受《臺灣新生報》採訪時，胡適又認為大陸在搞「百家爭鳴」，開放思想自由。如果臺灣不再「徹底實行言論自由」，那就不能「樹立真正與共產黨不同的模範省」。胡適還面勸蔣介石將國民黨一分為二乃至為三，以便群眾監督。胡適這些言論很快遭到國民黨官方的迎頭痛擊。一九五六年底，國民黨控制的黨報黨刊，全都一起上陣圍剿《自由中國》。首先向「祝壽專號」發起攻擊的是蔣經國做後臺的《幼獅》月刊，認為《自由中國》給蔣介石祝壽是假，將共產黨的思想在臺灣走私是真，呼籲臺灣人民要防止這種「走私」思想的傳播。軍方辦的《國魂》發表兩篇社論〈清除毒素思想〉、〈事實俱在，不容詭辯〉，污蔑《自由中國》像抗日戰爭勝利後的中國民主同盟，在做共產黨的尾巴，並給追求言論自由者戴上「不愛國、不革命、不反共」的帽子。最具權威性的是「國防部總政治部」以「周國光」名義發布絕密的第九十九號特種指示《向毒素思想總攻擊！》的小冊子，其中不點名地批判胡適在「製造人民與政府對立，破壞團結，減損力量，執行分化政策，為共匪特務打前鋒」。鑒於胡適流亡海外後一直在政治上支持國民黨，故蔣氏父子批胡適只搞了半年就匆匆收場。

劉自然遭駐臺美軍刺殺

一九五七年五月二十四日，臺北街頭首次出現光復後大規模的「抗美反暴」事件。事出兩個月前在「革命實踐研究院」任公務員的劉自然，遭到駐臺美軍雷諾連開兩槍斃命，後來引發大批民眾遊行示威，繼而搗鼓美國大使館新聞處，史稱「五．二四事件」或「劉自然事件」。在事件發生的當天，詩人紀弦登臺演講，大聲疾呼「讓我們抓住這千載難逢的時辰，來表達我們赤誠的愛國之情」。陳映真等作家也站在美國大使館前舉著抗議牌示威並高呼口號，最後憤怒地將高掛的星條旗撕得粉碎，陳映真由此被刑警總隊召去錄口供，後釋放。

應文嬋文案

出生於寧波的應文嬋，在臺灣任啟明書局經理時，於一九五〇年二月由香港啟明書局出版共產黨友人斯諾的《長征二萬五千里》及《紅星照耀中國》，一九五八年一月還由臺灣啟明書局翻印出售「陷匪文人」馮沅君所著《中國文學史》，其中最後三頁提到「無產階級的文學」。一九五九年二月，臺灣警備總司令部以「為匪宣傳」名義逮捕應文嬋及其夫君沈志明（任該書店董事），理由是違反「懲治叛亂」條例，揚言要判他們七年徒刑。案情傳出，輿論嘩然。留美科學家李政道、楊振寧、吳大猷、吳健雄等人聯名致電，表示這種做法違背言論自由。剛回臺灣的胡適寫信抗議，認為這樣做有背出版自由原則。在海內外學者的聲援下，身陷囹圄的應文嬋夫婦終於獲釋，後移居美國。

魯迅在臺灣交的「華蓋運」

從一九五〇年五月七日起，《臺灣新生報》發表了〈魯迅是千古罪人〉等一系列署名文章。在一九六〇年代的「反魯」浪潮中，《西瀅閒話》於一九六四年在臺灣重印，使這股浪潮達到高峰。曾被魯迅稱為「喪家的」、「資本家的乏走狗」的梁實秋，對魯迅也沒有什麼好感，「魯迅好鬥，一生『完全聽從俄國及共產黨的操縱』，他的雜感不具有永久價值。」蘇雪林也「孤獨地扯起了反魯旗子」，「魯迅的行為是卑鄙，卑鄙，第三個卑鄙。要以一言括之，是個連起碼的『人』的資格都夠不著的角色」，甚至說魯迅「不惜投靠共匪，造成了大陸淪亡，數萬同胞淪於地獄的悲劇。」鄭學稼和劉心皇則按國民黨「反共政策」圖解魯迅，懷疑魯迅的民族主義立場，甚至還影射他領取日圓。

在官方高壓的文藝政策下，魯迅的作品被列為禁書，即使提到魯迅也只能寫作「盧信」。臺灣大學中文系的一位教授在講現代文學時忍不住談魯迅，結果被人密告受警告處分。在不能閱讀魯迅作品的情況下，聶華苓從大學地下室借來塵封已久的魯迅著作閱讀，但閱讀時用了印有「反共必勝，建國必成」的《中央日報》作掩護，另一些青年學者只好到國外去尋找魯迅作品及其評論資料。

查禁金庸武俠小說

一九五七年，臺灣時報出版公司出版了金庸的《書劍恩仇錄》、《碧血劍》、《射鵰英雄傳》三部武俠小說。差不多與此同時，臺灣安全部門以「臺灣地區戒嚴時期出版管制辦法」第二條及第三條「為共匪宣傳者」，對上述三本書予以沒收。查禁的理由是毛澤東詩詞中有「只識彎弓射大雕」之句。另一方面，臺灣歷來認為李自成屬「流寇」，而金庸小說卻按照中共觀點，將李自成描寫為農民起義英雄，但有些出版社不顧這個禁令，還是以金庸的本名出版他的作品。於是，「臺灣警備司令部」於一九五九年底，實施「暴風項目」，一口氣查禁武俠小說計四百零四種。一九六五年，金庸小說披著「司馬翎」的外衣在地下流傳。一九六六年二月中旬，「警總」再接再厲在全省各地取締所謂「共匪武俠小說」，僅一天就查禁十二萬多冊，造成租書店幾乎「架上無存書」。一九七三年四月，金庸訪問臺灣，受到蔣經國的接見，這傳達出解禁的信息。直到一九七九年八月，遠景出版社才正式出版《金庸作品集》。

瑪克斯等同馬克思？

梁實秋與《自由中國》有著不同尋常的關係，故《自由中國》在一九五〇年代遭官方圍剿時，梁實秋受到了株連。還有一次，當梁實秋在有軍方背景的電臺講授英文時，只講了兩、三次就被「腰斬」，其中原因雖「無可奉告」，但梁實秋猜測與官方懷疑他的「忠貞」有關。另一件屬「秀才遇到兵，有理說不清」之事。梁實秋一本由協志工業振興會於一九五九年出版的譯著《沉思錄》，原作者是羅馬皇帝和哲學家瑪克斯·奧瑞利阿斯（Marcus Aurelius，西元一二一～一八〇年），簡稱瑪克斯。有人竟把這位瑪克斯與共產主義學說創始人馬克思等同起來，有關部門揭發梁實秋以翻譯為名在臺灣宣傳共產黨學說。安全部門偏聽偏信，為此立案調查，使梁實秋深感號稱「自由中國」的臺灣其實是缺乏自由的地方。

現代詩畫散布反攻無望論？

瘂弦的現代詩〈深淵〉，用政治放大鏡看，其「怪誕的意象真是語言藝術的奇觀，它們跑步集合，編成一支隊伍，番號就是『絕望』」，這與當時眾多軍民認為「反攻大陸」無望的思潮正相吻合。具體說來，「一九五九年金門炮戰之際，臺灣當局叫囂『反攻』，吹噓『成就』，誇他們那裡美妙如天堂，〈深淵〉卻唱反調，說『這是深淵』」。瘂弦的另一首〈船中之鼠〉，「詩中特意點明『中國船長』（暗指蔣介石）糊塗，不知道前面有暗礁」。這就難怪那些把文藝當作「敵情」研究的情治人員，先是憂心這些看不懂的詩畫無法發揮「反共抗俄」的作用，後是懷疑布滿明碉暗堡的詩句及現代畫，傳達出某種不可告人的危害「國家安全」的信息。基於這種觀念，有一位老者居然從秦松的現代畫中看到有「打倒蔣介石」的暗語，並從調皮的青少年在名醫胡鑫麟診所的隨意塗鴉中，破譯出「臺灣獨立」的標語。有人把一張新臺幣放大十倍，找出「央匪」兩個字，這兩個字隱藏在中山先生肖像的紐扣上。在這種白色恐怖下，一位大學教授辭去臺灣某大學美術系主任的職務到鄉下避難。另一位畫家接到美國有關方面做短期訪問的邀請，便再也不敢回來。

官方發布禁書手冊

一九六〇年代中期，官方發布禁書手冊，其中魯迅作品為禁書之首，計有《吶喊》、《彷徨》、《故事新編》、《野草》、《朝花夕拾》、《墳》、《熱風》、《南腔北調集》、《中國小說史略》等等。另有茅盾的《子夜》，巴金的《激流三部曲》——《家》、《春》、《秋》、《愛情三部曲》——《霧》、《雨》、《電》，沈從文的《邊城》，丁玲的《太陽照在桑干河上》，一九四九年前去世的郁達夫的小說《沉淪》，也在查禁之列。他雖然無緣做「陷匪文人」，但官方認為他的作品屬黃色小說。另有金庸《射鵰英雄傳》及李宗吾《厚黑學》等，其名單之多，令人嘆為觀止。

中西文化論戰

中西文化論戰以《文星》雜誌為戰場。從一九六一年起，李敖在該刊不斷亮相，寫有〈播種者胡適〉、〈胡適先生走進了地獄〉、〈給談中西文化的人看看病〉，把矛頭指向一直「好談道德和正統」的國民黨，並從集中火力攻擊傳統發展為徹底否定「道統」，從中不難聽到「換馬」的呼聲。他向那些依靠國民黨權勢過活的所謂社會賢達挑戰：「你們老了，把路讓開！」在沉悶僵化了多年的臺灣思想界，李敖以他過人的膽識和尖銳潑辣的文風，展現了黨外文化界新世代威猛的活力與批判的勇氣，成為繼殷海光之後指點江山、激揚文字的人物，引起了相當一部分原就對現實強烈不滿而無處發洩的知識分子的共鳴，同時也觸犯了一大批朝野達官貴人和學術權威。「三大評論」（即《政治評論》、《民主評論》、《世界評論》）紛紛起來反擊李敖。胡秋原是李敖的頭號論敵，鄭學稼、任卓宣批李氏的火力也很猛。

一場文化論爭最終通過法律得以解決。先是鄭學稼於法院控告李敖，後是胡秋原由律師警告李敖，最後打贏官司的是胡秋原。這是因為李敖及《文星》的現實表現比胡秋原參加「閩變」事件的歷史問題更可怕，李敖在一九六五年十月出版的《文星》上發表〈我們對國法黨限的嚴正表示〉，公開與當局唱對臺戲，這無異於自踩地雷，於是當局毫不客氣地給《文星》戴上「與共匪隔海唱和」、「協助臺獨」的帽子，並將其封閉，李敖則以「叛亂」罪獲刑十年。

省籍作家聚會遭軍警干預

在戒嚴時期，作家只能是「中華民國作家」或「中華民國臺灣省作家」，不能有單獨「臺灣」的作家稱謂出現，更不允許省籍作家自由結社和集會。《文友通訊》眾省籍作家突破這種禁令，於一九五七年八月在施翠峰家聚會，一九六二年四月二十二日再次聚會是在陳火泉家，出席者有陳火泉、鍾肇政、陳映真、廖清秀等近二十人，其目的不僅在於聯絡感情，還有凝聚臺灣認同的功用，故遭到「警總」的干預，一時偵騎四布，開會中途遭警察上門「查戶口」，幸賴陳火泉用其他理由化解這次危機。

《文星》「在高壓之下殉難小島」

《文星》第九十期，因為張湫濤〈陳副總統和中共禍國文件的攝制〉一文附刊〈中華蘇維埃共和國婚姻條例〉原文，被官方認為有為中共宣傳之嫌而被查禁。第九十七期「紀念國父百年冥誕」專號，因為李敖〈新夷說——《孫逸仙和中國西化醫學》代序〉一文，再次遭禁。到了一九六五年底發行的第九八期的《文星號外》刊出李敖〈我們對《國法黨限》的嚴正表示——以謝然之先生的作風為例〉，矛頭直指政治體制的獨裁問題。一九六五年十二月底，該雜誌受到停刊處分，自此無法再出版，只好「在高壓之下殉難小島」。過了二十年雖再復刊，但已無當年的銳氣和影響，於一九八八年無疾而終。

胡品清遭檢舉

一九六二年，胡品清應邀由法國到臺灣，擬任正在籌備中的中國文化學院法國文學研究所所長。《葡萄園》總編輯文曉村為約稿，在去往她的住所時一路被人跟蹤。過了幾天，臺北文壇發生了一件令人震驚的醜聞。在中國文藝協會舉行宴會歡迎這位「海歸」詩人的前夕，突然有人檢舉胡品清有親共之嫌，在法國巴黎包格爾斯書局出版的法文版《中國現代詩選》，她收入過毛澤東的〈沁園春〉，因而宴會被取消。其實，胡品清選毛澤東的詩詞，只是把〈沁園春〉當作文學作品看待，認為此詞描繪了古典詩詞所未有的雄奇偉麗的全景式風景畫而已。這頂「親共」的紅帽子被戴上後，胡品清幾次申請赴美講學，有關部門均拒絕給她辦出國手續。

文壇往事辨偽案

一九六二年，蘇雪林利用人們對一九三〇年代文壇知之甚少的情況，借胡適去世發表七篇〈悼大師，話往事〉的文章，把自己打扮成抗戰前夕中國大陸文壇的盟主和「一貫反魯（迅）」的英雄。劉心皇便很快寫了〈替蘇雪林算一筆舊帳〉進行反駁。全文共分「她真正一貫『反魯』嗎」、「《國聞周報》上有她的底牌」、「且看她當年『擁魯』的文獻」等八部分。劉氏認為，蘇雪林的「偽」還在於她說大陸一九五〇年代前期發表的三百萬言的批胡文章，皆導源於那一回「我的反魯事件」。其實，大陸清算胡適思想，壓根兒與蘇雪林的「反魯」事件沾不上邊。劉心皇在〈欺世「大師」——與蘇雪林女士「話」文壇「往事」〉中，指蘇氏的「悼胡」「完全是『揚己』的，而『悼胡』僅屬於陪襯地位，這真是『攀胡』的傑作」。蘇雪林為此寫了四、五十封信，投向治安機關誣告劉心皇批評她是「共匪作風」。當她得知劉心皇要把論戰文章印為《文壇往事辯偽》一書發行時，邀臺灣警備司令部某政治部副主任再三勸告劉心皇，可劉心皇還是我行我素，蘇雪林只好以死呼救，另寫作〈栽誣和懇求嚴厲制裁〉的信件，孫心皇再自印一冊《從一個人看文壇說謊與登龍》，比上一本幾乎厚兩倍。

在這場交惡事件中，雙方互扣紅帽子，在學術上既褻讀了魯迅，也傷害了胡適，同時從反面宣傳了魯迅。

文曉村遭軟禁

一九六二年七月，文曉村和一小批文友創辦《葡萄園》詩刊，並被推選為總編輯。正式出版時，未特別標出總編輯的姓名，但還是被郵局的特工根據投稿者給文曉村信件的稱呼，判斷出總編輯就是在大陸時曾參加過人民解放軍、志願軍，後成了俘虜，並於一九五四年被遣送到臺灣的文曉村。當時被強迫參加國軍的文曉村，很快接到服務單位的一紙命令，指出他參加詩社和出任總編輯，違反國防部關於現役軍人不准擅自參加社團的決定，並以強硬的口氣要求文曉村，第一，立即退出葡萄園詩社；第二，立即辭掉《葡萄園》詩刊總編輯的職務；第三，今後不得對外私自投稿。如果投稿，必須先經呈核，否則嚴懲不貸，並附上軟禁半年的處分。

查禁《心鎖》引發的論戰

女作家郭良蕙於一九六二年初在報上連載長篇愛情小說《心鎖》，其中有不少性心理描寫，被老作家蘇雪林指控為黃色小說：「多少蕩婦淫娃看了這本《心鎖》，更將放膽胡為下去……這類小說等於一大桶腐蝕劑，傾瀉下來，人心更將腐蝕殆盡。」謝冰瑩在〈給郭良蕙女士的一封公開信〉中，攻擊作者在「搔首弄姿」，還說她「發了財」。後來，中國婦女寫作協會乾脆將郭氏除名，並向內政部提出檢舉書，內政部便據此查禁《心鎖》。對此某些人提出反彈，如「救國團」所選最受歡迎的作家竟是郭良蕙，「中央黨部」第四組某文化專員也聲明《心鎖》被查禁絕非本組所支持。《亞洲畫報》專門發表了一組文章討論此事，不少作家支持郭良蕙的探索，事後還出版了一本《〈心鎖〉之論戰》。

《聯合報》副刊闖下大禍

正當「文壇保姆」林海音在《聯合報》副刊工作開展得十分出色時，一九六三年四月，她突然離開了《聯副》。原因是王鳳池用「風遲」的筆名（被認為是「諷刺」之諧音）於一九六三年四月二十三日在《聯副》發表一首短詩〈故事〉，被臺灣警備總司令部保安處以第一速度察覺，後將副刊剪下送往軍事審查官偵查，認定此詩「影射總統愚昧無知，並散布反攻大陸無望論調，打擊民心士氣，無異為匪張目」。在當天早晨，總統府還出面打電話到《聯合報》，質問該報發行人王惕吾刊登此詩用意何在？後來獲悉當時已有人向「內政部」出版處和國民黨中央黨部主管文宣的第四組投訴，〈故事〉中寫的「愚昧的船長」係影射蔣介石，「飄流到一個孤獨的小島」明指臺灣，「美麗的富孀」暗指當局接受美援，「她的狐媚」是說美國用美麗的謊言欺騙當局，「免於饑餓的口糧」，是寫臺灣人民在「反攻大陸」的謊言下，過著窮困的生活，「他卻始終無知於寶藏就在自己的故鄉」，這簡直是要蔣介石捲被蓋回大陸，作者鳳池由此坐了三年零五個月的大牢。這一「船長事件」不僅嚴重傷害了作者、編者，同時也給臺灣文壇帶來了巨大的陰影。自《聯副》闖下這一大禍後，臺灣各種報紙副刊均不敢刊登新詩長達十三年之久。

孟瑤抄襲大陸學者案

戒嚴時期，在「有東西大家抄，有錢大家賺」的風氣下，某些從特殊管道看到大陸書的學者，便用剪刀加糨糊的辦法拼湊學術著作。孟瑤於一九六六年三月出版的《中國文學史》「磚」著，被鄭明娳批評為「百衲衣」，「多採前人著作而未加註明」。美國加州楊實認為該書係據大陸學者鄭振鐸的《中國文學研究》、北京「中國科學院文學研究所中國文學史編寫組」編寫出版的《中國文學史》第三冊等書「改編」而成。楊實再舉北京出版的《中國文學史》對《西遊記》的評述和孟瑤《西遊記》的評述加以對照：「即使是『抄襲』，孟女士也未免抄得太馬虎了些，本來是芭蕉扇搧著人要八萬四千里遠，到了孟著中，好像飄八萬四千里遠的是芭蕉扇而不是人。」孟撰《中國戲曲史》同樣有與大陸著作「雷同」的問題。一九八八年十月三日，教育部學術審議會決定將涉嫌抄襲大陸學者著作的董榕森、陳裕剛、林昱庭降一級處分。孟瑤一案由於年代久遠，鄭振鐸早已去世，且已超過追訴時效，故未作處理。

蔡文甫有驚無險

一九六六年四月五日，《新文藝》出版「恭祝總統當選連任特輯」，小說欄頭條刊出蔡文甫的作品〈豬狗同盟〉，郭明輝所養的母豬生了十八隻小豬，只有十二個奶頭，無法供全部小豬吸吮，鄰家母狗自動餵養小豬。在每月均由「警總」公布禁書目錄的年代，李姓保防官檢舉蔡文甫時稱，文中主角「郭明輝」係指「國民大會」，母豬生了十八隻小豬，是在影射「蔣總統」連任十八年。此案由「警總」查辦，治安人員紛紛出動在蔡文甫的服務單位調查其言行，個別軍中好友向其暗示「案情嚴重」，後經總政治部第二處副處長田原說情，國防部總政治部執行官王昇勉強同意「存查」時仍表示該文污辱領袖不可饒恕。鑒於蔡文甫本人平時表現良好，與「匪諜」沒有任何牽連，才未追究蔡文甫的刑事責任，致使他未在柏楊之前進綠島監獄，但由此取消蔡文甫參加第二屆國軍文藝大會的資格。

處分《經濟日報》

一九六七年九月十九日，《經濟日報》副刊發表題為〈噩夢〉的一篇社會寫實小說，被認為有損國軍的正面形象。同年九月二十一日，該報刊刊載有關琉球群島主權相關報道，當局認為涉及敏感國際事務未能淡化處理，因而作出停刊四天的處分。首任總編輯丁文治先調回《聯合報》擔任副總編輯，之後被迫離開《聯合報》系統，永遠告別新聞界。

「文化漢奸」得獎案

梁容若以梁盛志之名，在抗戰期間撰寫污辱中國文化抬高日本文化的〈日本文化與支那文化〉，應徵日本情治機關舉辦由日本情報局的外圍團體「國際文化振興會」主辦的「紀念紀元二千六百年」的有獎徵文，獲得冠軍。到臺灣後他寫了一本東拼西湊的《文學十家傳》，經評委張道藩、趙友培、王藍、李曼瑰等人審議，一致通過，讓其於一九六七年十一月獲中山學術文化基金會的文學史獎，獎金五萬元。此事引起臺灣文化界眾多知名人士如徐復觀、胡秋原，高陽、何南史、趙滋蕃的抨擊，《陽明》雜誌社還出版了《文化漢奸得獎案》一書。

查禁司馬桑敦《野馬傳》

司馬桑敦的《野馬傳》，展現了在遼東和膠東地區一位曾做過小劇團演員的牟小霞及其周圍人物在抗日戰爭和國共內戰中的一系列行為和故事，在一九五〇年代和《秧歌》、《旋風》一起並稱為「三部最佳反共小說」。作者堅持對大事變進行細緻剖析，尋找出歷史的失誤與人性的缺陷。作品的內容不僅戰勝者不喜歡，連戰敗者也不歡迎。《野馬傳》先在香港連載，於一九六七年在臺灣出版修訂本時，遭到臺灣當局的查禁。國民黨中央第四組為《野馬傳》列出五大罪狀：罵盡東北接收人員，罵盡美式裝備中央人員，罵盡中國人，誣指南京中央政府為抗日妥協派，鼓吹窮人革命。直到一九八一年作者去世時，作品才在美國出版。

中國文藝協會理事長辭職風波

中國文藝協會負責人張道藩為「文協」訂購

了九樓的九B，不久又再以「文協」的名義訂購九A。該會遷到臺北羅斯福大廈後，「文建會」撥了新臺幣二百萬元給該會重新裝修會址，這筆款項便惹起了產權之爭和管理權之爭。「道藩文藝中心」負責人王藍表示裝修只能裝修文協九B，九A產權不屬於「文協」而是道藩文藝中心幾位董事出錢買的，不在裝修之列。一九九一年五月上任的首屆理事長郭嗣汾以所有權狀為依據，指示九A、九B均登記在「文協」名下。王藍堅持不能擅自更動「道藩」財產，說到激動處竟然聲淚俱下。為了產權問題，派系不合的文協理事會、監事會爭吵不休。受不了內外夾攻（另加上「文協」還欠二十餘萬元債務）的郭嗣汾提出辭呈掛冠而去。這裡還夾雜著理事長職權的爭奪，一九九二年十月二十三日《中央日報》刊出一整版又三分之一版面報導此次風波的始末。

陳映真兩次被捕

經李作成介紹，在美國人辦的淡水輝瑞藥廠任職的陳映真等人，在日本共產黨員淺井寓所閱讀毛澤東的《論人民民主專政》、《毛澤東選集》、《毛主席語錄》。一九六六年九月，這些人決定成立「民主臺灣同盟」，由陳映真負責起草組織綱領，於一九六七年元月修訂通過，（一）信仰馬克思列寧主義。（二）確認毛澤東思想是臺灣人民解放鬥爭中最確實的指導原則。（三）通過群眾統一戰線為預備臺灣解放、祖國統一有階段、有步驟地鬥爭。暫設書記一人，由吳耀忠擔任。一九六八年五月，陳映真和他的戰友被一個偽裝為文教記者即臺共變節分子楊蔚出賣，「民主臺灣同盟」六位成員被一網打盡。陳映真出事後，陸續被逮捕的有三十六人，《文學季刊》眾多同仁遭約談。經過審訊，陳映真於一九七〇年春被送到臺東泰源的政治監獄，蔣介石病故後被特赦，共坐了七年兩個月的牢，回到社會後不改攜雷挾電的本色，一九七九年十月陳映真再次被捕，理由是「涉嫌叛亂，拘捕防逃」。在美國的臺灣作家幾乎不分左中右都在抗議信上簽名聲援，美國作家組織和曾在愛荷華大學學習過的世界各地作家紛紛表示抗議，當局只好在三十六小時後將陳映真釋放。

大力水手漫畫事件

艾玫即柏楊的前妻倪明華負責的《中華日報》家庭版有一個翻譯美國漫畫《大力水手》專欄。一九六八年一月三日，該專欄刊出一幅組畫，內容是父親老白和兒子小娃，一起購買了一個小島，並在島上建立王國，兩人還競選總統，競選時的第一句話是「全國軍民同胞們」。這個專欄由柏楊負責翻譯，當局發現後責問他，發表漫畫之日即蔣總統發表文告之後，這顯然是影射蔣氏父子，「侮辱元首」，先是審訊倪明華，釋放她後於同年三月四日以「通匪」罪名將柏楊逮捕，最後判十年徒刑。

林語堂的〈尼姑思凡〉風波

林語堂在一九六八年七月一日《中央日報》上重發英譯舊作〈尼姑思凡〉，說它是「充滿人生味道的」，「其佳處在於真情的流露」，招致佛教界的反對聲浪，尤以許逖的批判最為犀利，他指出，「〈尼姑思凡〉的第一段第一句是『俺親娘愛念佛』，林卻譯成了And my mother, she loves the Buddhist Priests，這句英譯的意思是『俺親娘愛大和尚』（說得粗俗一點，就是小尼姑的媽偷大和尚）和『俺親娘愛念佛』的原意完全牛頭不對馬嘴。這究竟是幽默大師的幽默呢，還是故意輕薄？」林語堂兼擅英譯中，被人指出如此明顯的誤譯，就像挨了一記耳光似的。當時《中央日報》主編孫如陵發表〈到此為止〉，稱林氏的英譯是遊戲筆墨。但佛教界並沒到此為止，其中以釋樂觀的反應最為激烈，「基督徒洋博士林語堂先生，拋開許多大經（道統）和法（法統）的大課題不談，卻來津津樂道舊時代垃圾箱中的那篇色情歌詞——〈尼姑思凡〉。」又說當時提倡「復興中華文化」，出現這種作品，「只有失去人性反對中華文化道統精神的唯物主義的共產黨徒，才有這種歪曲的思想觀念」。作為國民黨員的釋樂觀，還寫了〈為林語堂英譯《尼姑思凡》風波上中央第五組詹純監主任書〉。中央黨部以公函答覆說：「本組當轉知有關報刊，今後絕不宜引起宗教問題之文字。」林語堂又在一九六八年十月《中央日報》發表〈論色即空〉作為回應。正留日的佛教學者張曼濤撰〈談色即是空〉的長文指出林氏對此一題的淺薄無知。

崔小萍的牢獄之災

二十世紀五、六十年代，臺灣的白色恐怖氣氛達到了頂點。所謂孫立人案以及雷震案，不過是當局以「匪諜罪」對某些持不同意見者的政治陷害而已。如果說，孫立人、雷震等人作為國民黨高官，赴臺之後由於各種原因，在政治上與威權體制漸行漸遠，以當局的思維和邏輯，對其懲治猶可說也，只是臺灣文化新聞界一時間竟亦人人自危，苦不堪言。比如曾在中國廣播公司負責「廣播劇」工作，能編、能導、能演、能教、能寫的戲劇家崔小萍，一九六八年突然失蹤。這位紅極一時的巨星，其哥哥崔嵬在延安由毛澤東夫人江青介紹入黨，後成為大陸紅色經典電影大師。由於這種關係，坊間便傳言崔小萍是大陸派去的「匪諜」，連播音都暗藏有密碼，還被人密報在臺中墜地爆炸的民航機安放過炸彈。崔小萍由此被「警總」羈押，可調查很久沒有證據，於是從其日記裡斷章取義，把她和同學們一起聊天，認定是開「讀書會小組會議」，中國大陸解放前崔小萍和姐姐去陝西尋找姐夫，認為是到共黨據點「受訓半個月」，一九四七年隨同「觀眾劇團公司」到臺灣，係與共產黨合演話劇，所謂巡迴演出，實則是「為匪宣傳」，為匪從事地下工作。

法官根據上述「罪狀」，以「懲治叛亂條例」第二條第一項「企圖顛覆政府且著手實行」的罪名，初審判無期徒刑，複審判刑十四年。一九七五年蔣介石去世，當局宣布大赦，崔小萍坐牢九年四個月後獲得減刑出獄。崔小萍後來發表《獄中日記》，說到審判官授意她把「節目部」的幾個上司拖下水，而她斷然拒絕合作。一九九八年，當局正式恢復崔小萍名譽。二〇〇〇年，第三十五屆金鐘獎頒贈給她「終身成就獎」。

紀弦被檢舉為「文化漢奸」

一九七〇年，紀弦被有關單位提名為中國作家代表，派往韓國出席國際筆會。在他出國前夕，《大眾日報》於同年六月二十三日在「讀者投書」欄目內發表「鍾國仁」（「中國人」之諧音）的文章，指出「中國筆會始終維持小圈子主義，難免有不可告人之事」，還檢舉紀弦「在抗戰期間，落水為漢奸，出席日本召集的大東亞文化更生會，大放厥詞，賣身求榮。當中國抗戰時期的陪都重慶被炸，傷亡慘重之時，他在上海撰詩歌頌，其辭曰，『炸吧，炸吧，把這個古老的中國毀滅吧……』，似此出賣國家民族文化的人，怎麼可以代表中國人到韓國去出席國際筆會？」紀弦企圖控告《大眾日報》並油印了一百多份致文壇詩友說明真相的公開信廣為散發。官方認為紀弦寫了大量的「戰鬥詩」，他的確是「愛國反共」，因而未加理睬。最終，紀弦順利地出席了在韓國召開的第三十七屆國際筆會。

千古奇冤李荊蓀

一九五〇年以來的十餘年間，以文化人為主犯的案子至少二十一起，處死三十五人，判刑三十二人，牽連被捕受審打人另冊的不知其數。王鼎鈞初入「中國廣播公司」所轄的臺灣廣播電臺工作，就遇到編輯組長寇世遠被捕，牽連播音員王玫、廣播劇作家胡閬仙被捕，「節目部」氣氛異常緊張。

一九七〇年十一月，曾任《中央日報》總編輯、《大華晚報》董事長、中國廣播公司副董事長李荊蓀入獄，被新聞人陸鏗評為「千古奇冤」，原因為書生意氣的李荊蓀得罪情治機關久矣，《中央日報》一九四八年遷臺之初，李荊蓀為總編輯，情報機關要在《中央日報》開家庭版，在文字中暗藏密碼，他們派往海外的工作人員要以《中央日報》特派員身份做掩護，均遭李荊蓀的拒絕。一九六八年前後，「中國廣播事業協會」發出公文，轉達警察廣播電臺建議，要求各電臺每天播送警察學校校歌，只是「中廣」副董事長的李荊蓀憤怒地批示，「中華民國並非警察國家，該臺此一要求可稱狂妄……俟臺灣成為警察國家時再議！」他還在《大華晚報》的專欄刊登文章，觸怒了蔣經國。此外，李荊蓀是周至柔將軍的秘書，在蔣介石晚年，周氏曾任參謀總長、臺灣省主席及「國安會議」秘書長，是時任行政院副院長的「太子」蔣經國接任的競爭對手，因此被視為攔路虎，而李案就在此情況下發生，指李荊蓀在福建時期，與共產黨有來往，被判無期徒刑，蔣介石死後，獲減刑至十五年。

禁止《華麗島詩集》進關

一九七〇年十一月，陳千武策劃的漢和雙語詩選《華麗島詩集》，由日本東京都若樹書房出版。盡管該書封面和版權都明顯加了「中華民國現代詩選」的副標題，但因該書附錄的導讀〈臺灣現代詩的歷史與詩人們〉使用的不是「中國現代詩」或「中國臺灣省現代詩」的概念，便有深藍詩人指責此文有臺獨傾向，導致贈書全部禁止進關，退還日本。後來，日方出版社把「臺灣」二字塗掉，分批寄到幾位詩人家裡，再加上在「國家安全會議」任職的葉泥的周旋，讓其大事化小，部分樣書才蒙混過關。

包圍環宇出版社

一九六八年創辦的《大學雜誌》，鄭樹森加入該刊後有時候將題目橫排，這引起「警總」的注意，因為在當時橫排是與「共匪隔海唱和」行為。一九七一年五月出版的「保釣專號」，國民黨如臨大敵，他們生怕保釣運動會發展成一九四〇年代後期反政府的學生運動，因而成立了「寧靜小組」專門負責「熄火」。負責該雜誌印刷和經營的環宇出版社為此遭到特務盯梢，「寧靜小組」監聽編輯鄭樹森的電話，晚間還經常派人到印刷廠偷偷看校樣。「中國青年反共救國團」專案討論過《大學雜誌》對青年的「不良影響」。「保釣專號」出版後，「警總」突然包圍環宇出版社，在街口阻擋行人，並將電話線切斷。「警總」出動的另一原因是環宇出版社下屬的萬年青書店，大量重印民國時期的圖書，其中有魯迅的兩部名作《小說舊聞抄》、《中國古典小說論》——後者並不是魯迅書的原名，是為了逃避檢查臨時改的。該書店還翻印過在臺灣不准流通的陳汝衡的《說書小史》，重印的《古史辨》「警總」認為也有問題，裡面有所謂「共匪」御用史學家。最後他們將該書店的一位編輯何步正逮捕，釋放後還要每天到警察局報到，不許離開臺灣。

封殺王曉波

二十世紀七十年代初，王曉波遭「臺大哲學系事件」整肅，被扣上思想有問題的帽子。他在幼獅書店出版的碩士論文《先秦儒家社會哲學研究》遭查禁，「警總」還派人前來焚書，告知《幼獅月刊》以後不得再刊載王曉波的文章，新聞局黨部亦令《中國時報》等報社不得發表陳鼓應和王曉波的文章。《中華文化復興月刊》約王曉波寫〈孔子思想的形成及其意義〉，「警總」發現後要求抽版。王曉波不僅在臺大遭解聘，賣文又被封鎖，而且兩次申請出國研究都被打回票。國民黨要人李煥將王曉波找到中央黨部，警告他說話寫文章要格外謹慎。又有一次，大陸在批林批孔，王曉波遭「調查處」約談，說他給學生出的考題「試批判孔德的知識三階段論」是「與共匪唱和」的批孔文章，王曉波連忙解釋說，「孔德是德國哲學家奧古斯丁．孔德，他絕不是中國的孔子。」學校領導還是警告王曉波：「你以後凡是姓孔的都不要批判好了，省得給我們添麻煩。」

胡秋原回應《紅旗》雜誌之誹謗

魯迅〈論「第三種人」〉開頭稱胡秋原是「在指揮刀的保護之下，掛著『左翼』的招牌，在馬克思主義裡發現了文藝自由論，列寧主義裡找到了殺盡共匪說的論客」。對魯迅這一指控，在文革中正好成了文化激進派「殺盡」自由論的依據。《紅旗》雜誌一九七二年三月發表雷軍〈為什麼要提倡讀一點魯迅的雜文？〉，便說魯迅的雜文揭露了「『在馬克思主義裡發現了文藝自由論』的托匪胡秋原」。

一九七二年八月，《中華雜誌》發表胡秋原〈關於《紅旗》之誹謗答史明亮先生等〉，「魯迅的原話『發現了文藝自由論』是指我，下句『殺盡共匪說的論客』係指給魯迅寫信的托派陳仲山。魯迅並沒有說過我參加托派。所謂托派，其正式名稱為『共產黨反對派』。即是說，『托派』，本身是共產黨員。我由於未參加過共產黨，所以無從作托派，也不曾單獨加入托派。當然，我認識許多托派的人，但並無組織上的聯繫，思想上也從未受過托派的影響。」此外，胡秋原還在文革期間發表長文〈關於一九三二年文藝自由論辯〉，對王瑤、劉綬松、丁易等人的新文學史中不符合事實部分加以澄清。

眾多媒體人遭殃

在王鼎鈞的記憶裡，二十世紀五十年代的臺灣號稱恐怖時期，特務用「老鷹撲小雞」的方式工作，大約進入六十年代氣氛似乎有所鬆動，但仍然沒有免受恐懼的自由。他在文星書店出版的《人生觀察》，校對時把「共匪」一律改成「中共」，校樣書店一直收不到。史學教授黎東方告訴他，演講的時候用了幾次「中共」、幾次「共匪」，有沒有引用「總統蔣公」的話，引用了幾次，聽眾中都有人記錄。

凡是抗日戰爭時期在福建新聞界、文藝界、劇團參加抗日救亡工作的都涉案被捕，成為「匪諜」，如曾任《中華日報》南部版總編輯及副總主筆的俞棘，《經濟時報》總主筆的王沿津，《公論報》採訪主任的黃毅辛，《中華日報》的駱學良（即散文作家馬各），《聯合報》記者楊蔚（即暢銷作家何索），《徵信新聞報》採訪主任董大江，雷石榆之妻著名舞蹈家蔡瑞月，無不因為戰時舊事被「秋後算賬」繫獄。

臺灣省政府所屬的《臺灣新生報》曾是臺灣第一大報，該報在「二·二八」事件中臺籍高層全遇害，隨後政府安插進不少外省人主導編務，但連爆數波「叛亂案」更為驚人，在一波波整肅中，副總編輯單建周在許昌街一座大樓上跳樓自殺。十多位記者編輯，被牽強的「叛國罪」處死刑或不等的徒刑。

柏楊在回憶錄中透露，《臺灣新生報》案中知名女記者沈嫄璋慘遭性虐待，被剝光衣服走麻繩，經不起羞辱與酷刑，最後在獄中上吊自殺，而其丈夫、資深編輯姚勇來則被判處十二年徒刑。

《臺灣新生報》副刊主編童常因年少時在大陸曾參加共產黨活動，雖然有退黨，但被同事拖下水，而錯過自首上報的期限，且他常錄用政治犯稿件，算是一位重視人權有良心的新聞工作者，卻因此罪加一等視為「接濟同黨分子」，在一九七二年慘遭槍決。

唐文標的爆炸性文章

一九七三年，曾參與北美保衛釣魚臺運動的唐文標，從美國回臺灣前發表了三篇爆炸性的文章：〈什麼時代什麼地方什麼人〉、〈詩的沒落——香港臺灣新詩批判〉、〈僵斃的現代詩〉。其共同之處是為強化文學的社會功能，強調文學寫誰、為誰寫、怎麼寫，猛攻「腐爛的藝術至上論」，認為二十世紀不是詩的世紀，詩是有閒階級的產物，閒暇的時代已被踢開，詩的作用根本已化為零。在他看來，今日的新詩遺毒太多，「我們一定要戳破其偽善的面目，宣稱它的死亡，而希望中國年輕一代的作家，能踏過其屍體前進。」他的文章，受到眾多詩人和作家的抵抗，如余光中認為唐文標的文學觀是「幼稚而武斷的左傾文學觀」，周鼎認為唐文標的理論就是三、四十年代的普羅文學觀，他提倡「社會文學」是「居心險惡」，有人甚至罵唐文標在「藍色」的天空下舉赤色的旗幟，是和「大陸共匪互相唱和」。在當時的白色恐怖籠罩下，不少人很關心唐文標的處境，擔心他會因過激的言論而被投進監獄。唐文標的文章儘管有不夠客觀科學和盛氣凌人之處，但它畢竟是一九五〇年代赤色力量——左翼政治、文化思想全面遭受鎮壓後首次衝破冷戰思想體系而得到的一次爆發，為日後發生的鄉土文學論戰做了鋪墊。

歐陽子小說批判

歐陽子是臺灣現代派中的重要作家，著有《近黃昏時》、《秋葉》等作品，以心靈剖析著稱，但她的小說有嚴重的西化傾向，因而在一九七三年八月出版的《文季》上，發表了鄉土派理論家尉天驄的〈慢幕掩飾不了污垢〉、唐文標的〈歐陽子創作的背景〉、何欣的〈歐陽子說了些什麼〉。何欣認為，《秋葉》集裡的人物，便都是些缺乏思想，缺乏性格的浮萍……故事都缺乏力量，更缺乏咄咄逼人的現實感。」尉天驄認為歐陽子的小說表現出現代派小說的空洞、虛無和荒謬，唐文標則認為歐陽子的小說刻意模仿西方現代派，不思反省創造。《文季》批判歐陽子小說，是鄉土派和現代派的首次交鋒，後來還成為鄉土文學論戰的導火線之一。

羅世敏因出版大陸書被判刑

一九七三年底，臺北泰順書局老闆羅世敏、主編黃華曾因出版大陸書，遭人檢舉，兩人分別判七年、五年徒刑，後雙雙病死在綠島監獄中。

葉嘉瑩被列入黑名單

一九七四年，詩詞研究專家葉嘉瑩從海外回大陸旅遊探親，後寫了一首〈祖國行長歌〉並發表，在臺灣島內掀起一場政治風浪。右翼文人認為葉嘉瑩潛入「匪區」，是一種「叛國」行為。臺灣當局便將其列入黑名單，不准她再回臺灣。

「討胡」戰役

胡蘭成有一個機會能到寶島教書，但過程一波三折。在一九七四年，他終於接到中國文化學院的聘書，《山河歲月》還在臺再版。由於胡蘭成的著述仍堅持原有的媚日立場，故引起余光中、胡秋原這類愛國知識分子的公憤。余光中認為胡蘭成對日本的讚揚是天大的謊言，這是「討胡」的首次戰役。不料此文觸怒了出版此書的遠景出版公司老闆，事後不但國恨移作私嫌，且在該社的宣傳刊物上刪掉余光中的大貶，突出他文中的小褒。獨資創辦過《中華雜誌》的胡秋原，則發表〈漢奸胡蘭成速回日本去！〉。鑒於胡蘭成的不良表現和文化界的抨擊，臺灣警備司令部便以《山河歲月》「內容不妥」為據予以查禁。中國文化學院師生看到余、胡的文章後，紛紛投書學校，認為胡蘭成無改奸意，對日本「總是共患難之情」，不足以「為人師表」。一個月後，校方便讓胡蘭成停止上課，最後下限令催其離校，「討胡」戰役便落下帷幕。

「冷凍」於梨華

由臺灣培養的作家於梨華，於一九七五年從美國回到闊別二十多年的祖國大陸，一九七七年後又多次回國觀光、學習、探親，由此在創作中實現一次質的飛躍，貫穿著對美國幻滅、對臺灣失望而對祖國大陸卻有認同的線索。臺灣當局聞知後，便由七個單位聯合組成「書刊審查小組」，將於梨華的《新中國女性及其他》、《誰在西雙版納》列入禁書之列，而著者也被「冷凍」起來，不論是讚揚她或批評她，臺灣書刊不得再出現這位膽敢「偷跑」回大陸採訪和探親的作家於梨華的名字。《書評書目》主編隱地選用了一篇介紹於梨華新作的文章，該雜誌立刻被查禁。於梨華於一九七九年參加了兩岸作家首次在美國愛荷華大學握手的會議，又被御用文人打成「媚共作家」。

查禁陳映真的小說《將軍族》

一九六八年五月，陳映真赴美國參加愛荷華大學國際寫作計劃前夕，因「民主臺灣聯盟」案被「警總」保安總處以「組織聚讀馬列共黨主義、魯迅等書冊及為共黨宣傳」等罪名逮捕。陳映真被捕前的舊稿〈永恆的大地〉於一九七〇年二月由尉天驄以化名秋彬刊登於《文學季刊》。一九七五年十月，遠景出版社出版還在獄中的陳映真小說《將軍族》。此書為一九六八年前陳氏所寫的各種短篇小說集，其部分作品彌漫著慘綠的色調，表現出苦悶中的小知識分子濃厚的傷感情緒。作品中不少的主人公係大陸移民，作者寫出他們的滄桑傳奇，並表現了外省人和當地人的密切關係。一九七六年初，「警總」正式查禁《將軍族》。

劉大任等海外作家被列入「黑名單」

一九七〇年代在海外開展的保衛中國領土釣魚島的運動，將海外知識分子分為三派，一是同情或認同社會主義祖國的統派，二是主張臺灣不是中國一部分的「獨派」，三是不統不獨的中間派。前一派有劉大任、郭松棻、聶華苓、陳若曦、於梨華、李渝、李黎。其中劉大任等人信仰社會主義，認為「真理就在海的那一邊」，接著便在文革期間訪問大陸。郭松棻和夫人李渝也於一九七四年踏上神州大地，陳若曦夫婦乾脆留在大陸任教。於梨華則在一九七五年的《人民日報》發表長文歌頌新中國，抨擊腐朽墮落的資本主義制度，因而這些人被臺灣當局列入「黑名單」。後來這些人中的大部分看到文革的殘酷武鬥後，又對祖國感到失望乃至幻滅，在一九八〇年代重新選擇到解嚴後的臺灣出書。

查禁吳濁流小說《無花果》

吳濁流的文學自傳《無花果》於一九七〇年十月由林白出版社出版，這是當時唯一寫出「二．二八」真相的書。一九七一年四月十二日遭「警總」以（六〇）助維字第三三二〇號令查禁。理由是違反〈臺灣地區戒嚴時期出版物管制辦法〉第三條第六款，「混淆視聽，足以影響民心士氣或違害社會治安者」。具體說來，這本書有百分之十的篇幅描寫了在當時被視為禁區的「二．二八事件」的親身經歷和感受。一九八三年，美國的「臺灣出版社」出版了該書，一九八五年又由臺灣《生根》雜誌重新印行。一九八六年三月十四日，臺灣軍方負責人宋長志再次宣布查禁，理由為該書「嚴重歪曲事實，挑撥民族情感，散播分離意識，攻訐醜化政府，居心叵測，依法查禁」。其實，查禁的真正原因是小說表達了對國民黨暴政的不滿。吳濁流對當局的批評本出於善意，並沒有「挑撥民族情感」，更沒有「散布分離意識」，因而王曉波以一個愛國知識分子的身份，呼籲當局解禁《無花果》，平反吳濁流。王曉波的文章刊出後，有本省人也有外省人紛紛投書表示支持王曉波的觀點。陳映真認為吳濁流是「中國偉大的愛國主義者和優秀的文學家」，「莫說禁一本書，即殺其人、奪其志、囚其身、焚其書，都不會一絲一毫減少吳濁流老原有的清輝」。解嚴後，《無花果》於一九八八年由前衛出版社出版。

林秉欽侵害吳大猷著作權被判入獄

一九六八年成立的仙人掌出版社，在替作家重版絕版書的同時，還收集作家、學者散落在各報章雜誌未結集的文章出書，其中吳魯芹等人著的《文人與無行》，便是在未授權的情況下出版的。鑒於此書被「警總」列為禁書，故著者沒有將對方告上法庭，而時任「行政院國家科委主任」的吳大猷的作品〈從嬉皮學潮到「反科學」思潮的萌芽〉則不同，著者將出版者告上法庭，最高法院於一九七二年十二月一日判侵權者出版社負責人林秉欽服刑兩個半月，不許易科罰金。林秉欽出獄後東山再起，不做出版業改為辦重在思想層面的《仙人掌》雜誌，引發轟動效應。

質疑淡江演唱會

一九七六年十二月三日，淡江文理學院舉辦了一場以西洋民謠為主的演唱會。臨時上臺的李雙澤質問一名唱洋歌的歌手：「你作為一個中國人唱起洋歌，這是什麼滋味？」並引用鄉土小說家黃春明的話回答該場音樂會主持人陶曉清「中國的現代民歌在何方」的問題。蔣勳等臺下觀眾被他的突然出現和問話大吃一驚。就是這個所謂「搗亂分子」，先是演唱了〈國父紀念歌〉，然後唱了閩南語臺灣民謠〈補破網〉，皆引起一片噓聲。為了支持李雙澤，現場有人高喊：「陶曉清！不要掩飾你的洋奴心態。」這就是被稱為「淡江事件」的真相，李雙澤後來獨立創作的〈美麗島〉和〈少年中國〉，成了現代民歌運動的代表作。

查封《詩潮》

於一九七七年五月由高準創辦的《詩潮》，其方向不僅與主流詩壇不合拍，而且也與「鄉土文學」不完全相同，即它關心臺灣社會的同時，更關心整個祖國。在批判現代主義方面和「鄉土文學」目標一致，但它所高揚的「民族文學」旗幟，視野顯得更為寬廣，即它心目中的「鄉土」，不局限於臺灣而包括整個中國。該刊設的專欄，有「新民歌」、「工人之詩」、「稻穗之歌」、「號角的召喚」、「燃燒的焰火」、「純情的詠唱」、「鄉土的旋律」等。右翼文人不滿《詩潮》的方向，他們用斷章取義的手段，把「工人之詩」、「稻穗之歌」、「號角的召喚」並排在一起，然後扣上「提倡工農兵文藝」的罪名，還拋出「狼來了」的紅帽子，以致該刊出版三個月即被查禁。這是臺灣白色恐怖時期被查禁的第一本詩刊，同時也成了引燃鄉土文學大論戰的導火線之一。

查封《夏潮》

創刊於一九七六年的《夏潮》從第四期起，總編輯由前臺灣共產黨員蘇新的女兒蘇慶黎擔任後，成了一份反帝國主義、反資本主義、反國民黨體制教育的批判性期刊，具有鮮明的社會主義傾向。不是純文學雜誌的《夏潮》，不惜篇幅推出王拓、楊青矗、宋澤萊等人的鄉土小說，陳映真則借評論這些作品宣揚反抗國民黨統治的思想。鄉土文學大論戰爆發後，《夏潮》的主要成員均披掛上陣，和官方壓迫鄉土文學的做法做無畏的抗爭。鑒於《夏潮》與黨外運動聯繫緊密，因而該刊於一九七九年十一月遭停刊一年處分。在一九七九年二月創刊三周年前夕，又被臺灣省教育廳查禁和大批持槍軍警查封，其理由為「歪曲愛臺灣的真義，混亂視聽，污辱愛國行動，曲解團結，挑撥分化。」，「美麗島事件」後，主編蘇慶黎被捕。

查禁《日據下臺灣新文學明集》未遂

一九七六年，官方發動了對鄉土文學的圍剿。在第二次「文藝大會」上，「警總」的代表揚言：「我們不是不辦，而是就要辦了。」在此磨刀霍霍之際，熱愛臺灣新文學的李南衡，自籌資金創辦「明潭出版社」，於一九七九年三月編印出版《日據下臺灣新文學明集》五冊，並以《賴和先生全集》為第一冊。這很快引起「警總」注意，說這是一種思想傾左行為，不符合「自由中國」的文藝政策，要查禁。李南衡約王曉波一起去見胡秋原請求支持，鄭學稼更是仗義執言。《中華雜誌》發表文章，極力為臺灣新文學即鄉土文學辯護，因而查禁一事未能執行。

搜查「筆鄉書屋」

一九七〇年底，張良澤在成功大學上第一節課時，大講魯迅作品，為全島高校講授魯迅之始，立刻被特務學生告密而中止。他首次在臺灣高校講授臺灣文學，因此成功大學每年對他發放聘書之前，安全部門送一大疊張良澤「思想有問題」的材料給校長，要求停止聘用他。為防止惹禍，張良澤只好把自己珍藏的一套《魯迅全集》，請別人代為保管七年。一九七八年五月，張良澤和文友一起創辦《前衛》文藝雜誌，內有張良澤翻譯的〈中國文學中的希望與絕望〉，安全部門強行干預，要張氏刪去一大段。一九七七年八月，張良澤與四位學生合夥開辦舊書店「筆鄉書屋」。開張後，安全人員經常去書店挑刺，同年的某天，管區的警察派了四位警員氣勢洶洶衝進店裡對張良澤說：「有人密告你們偷賣共匪的宣傳品，現在要進行搜查，你們不要走開。」

「警總」指控《中國時報》被「共匪」滲透

大陸文革結束後一年左右，《中國時報》「人間」副刊最早刊登陳若曦的《尹縣長》這一反映大陸生活的文學作品，同時鼓吹當局應解除三十年代文藝的禁令。尤其是在高信疆主編期間，提倡鄉土文學，開闢關懷臺灣本土的「現實的邊緣」專欄。故在一九七七年八月二十九日國民黨中央召開「第二次文藝會談」期間，有不少提案針對「人間」副刊而來。有一位專管文化的「警總」官員警告說：「對於那些不聽政府勸告的人，政府不是不辦，只是時候未到！」其實早在「會談」之前，「人間」副刊就成了有關單位的箭靶，如有一份「密件」寫著「根據我駐海外單位的情報，共匪已滲透進《中國時報》，具體是指高信疆和當時接續高主編「人間」副刊的王健壯被共匪滲透。另又指控這兩位主編與島內臺獨分子掛鈎，還有許多黑函造高信疆的謠，最後導致高氏離開《中國時報》。

查禁《波茨坦科長》

一九七七年九月，遠行出版社出版由張良澤編的《吳濁流作品集》六卷本，其中第三卷《波茨坦科長》係描寫戰後國民政府接收臺灣時官員嚴重腐敗，軍警紀律破壞，導致人民生活陷入貧困的情形。出版後不久，「警總」寄給張良澤公文副本，受文單位有：遠行出版社、張良澤、全省各公私立圖書館、全省書報店。其查禁理由為：「作者歪曲現實，嘩眾取寵，動搖國本，故勒令出版社收回該書，不得發行。」

王拓因「美麗島事件」被捕

《美麗島》是國民黨的黨外勢力的一份最有名的政論雜誌，於一九七九年九月八日在高雄出刊。創辦人是後來擔任了民進黨主席的許信良等人。該雜誌激烈抨擊國民黨獨裁統治和黑金政治，聲勢浩大，發行量高達十五萬冊。著名小說家王拓還在讀書時就曾做過煤炭工人，後成為他們與統治者鬥爭的代言人。王拓從一九七〇年開始發表小說，內容多為描寫社會底層人物的困境和遭遇的寫實文學，而成為國民黨御用文人彭歌點名批判對象。王拓與當時的黨外陣營關係亦相當密切，一九七八年曾登記參選基隆市「國大代表」，後又成為《美麗島》雜誌的社務委員。鑒於他用文藝方式反叛主流話語，又參加街頭運動，故一九八〇年「美麗島事件」後被捕，判處有期徒刑六年，一九八四年假釋出獄。

禁唱《臺灣島》歌曲

一九七九年八月創刊的《美麗島》雜誌創刊詞寫道：「玉山蒼蒼，碧海茫茫，婆娑之洋，美麗之島，是我們生長的家鄉。我們深愛這片土地及啜飲其乳汁長大的子民，更關懷我們未來共同的命運。」這裡以「玉山」取代崑崙山，以「美麗之島」取代神州大地，宣揚美麗島臺灣才是他們認同的「祖國」。從中可以看到陳秀喜作於一九七三年的〈臺灣〉這首詩的影子。〈臺灣〉於一九七九年經李雙澤作曲、梁景峰改編為〈臺灣島〉，因宣揚分離主義而被國民黨當局禁唱八年。

鄉土文學論戰

《仙人掌》雜誌於一九七七年製作的「鄉土與現實」專輯所發表的肯定鄉土文學的文章，引起官方作家與西化派作家的圍剿。《中央日報》主筆彭歌發表〈不談人性，何有文學〉，點名批判陳映真、王拓、尉天驄，稱他們的「鄉土文學」係大陸「工農兵文學」的翻版。余光中的〈狼來了〉則公開把鄉土作家往共產黨陣營推而主張動武「抓頭」，這是臺灣三十年來文學論爭中，鮮見的露骨的政治指控。後來由於官方開明派胡秋原等人的保駕，陳映真等人才免於牢獄之災。

一九七七年至一九七八年發生的鄉土文學論戰，表面上是一場有關文學問題的論爭，其實它是由文學涉及政治、經濟、思想各種層面的反主流文化與主流文化的對決，是現代詩論戰的延續，也是臺灣當代文學史上規模最大、影響最為深遠的一場論戰。論戰分辨了三十年來官方文學與在野的民間文學兩種不同路線的發展。它的政治效應，在於政治上的反對勢力在這場論戰中作了一次演習。這場演習對臺灣社會中諸如本土性、公平性、基層性等政治內涵以及生態保育、經濟正義等觀念，添益附麗不少。其時鄉土派的輿論陣地有《夏潮》、《臺灣文藝》、《中國論壇》、《中華雜誌》等，反鄉土文學作家掌握了《中央日報》、《聯合報》、《中華日報》、《中國時報》、《青年戰士報》、《中華文藝》、《青溪》、《幼獅文藝》等官民營刊物及每期發行一百多萬冊的縣市青年期刊。這場論戰結束後，編印了兩本完全不同傾向的書，一本由官方代表人物彭品光主編的《當前文學問題總批判》，另一本是由民間人士尉天驄主編的《鄉土文學討論集》。

吳祖光「抄襲」王藍疑案

一九七九年三月，臺灣作家王藍質疑吳祖光寫於一九四四年三月的〈少年遊〉，與他一九四三年十一月發表的小說〈一顆永恆的星〉人物、情節相似，如〈少年遊〉的白舞女談到袁規時說：「可是，金錢、勢力、地位都不能使白莉娜甘心倒進袁規懷抱」，這與〈一顆永恆的星〉中出現的「金錢、勢力、地位跟我有什麼相干，可是他還能搶人」十分相似，其中頭三句連順序都沒有變動。除此之外，〈一顆永恆的星〉還寫了日本天皇欽差在北平被抗日志士刺殺，傳出此志士臉上有麻子，於是全北平大肆搜捕我麻面同胞，這一情節也在〈少年遊〉中出現。同年五月，吳祖光在臺灣發表〈為「抄襲大案」致王藍書〉，臺北《文訊》則召開「吳祖光劇作與王藍小說的比較」會。貢敏認為：「就整個架構而言，雷同之處並不算多。經過了四十年的隔絕，我們今天面對這些問題的態度則應純粹是澄清而非清算。」香港評論家胡志偉寫有〈海峽兩岸文學糾葛的政治化——吳祖光抄襲王藍疑雲廓清〉，吳祖光本人則寫了〈極不願寫的答覆——再說「抄襲案」〉回應。這個事件後來不了了之，但胡志偉堅持認為吳祖光借鑑乃「引用」過王藍小說的人物、情節、語言而不認錯，理應受到批評。

沒收香港《八方》雜誌

一九七九年由戴天領銜主辦在香港出版的《八方》雜誌問世不久後，寄到臺北時常常被沒收，該刊第二輯刊登過陳映真入獄前的作品，此外又有大陸來稿；該刊第三輯還刊登過楊牧為民進黨前主席林義雄滅門慘案致哀的詩。該刊其中一位負責人黃繼持相當左傾，他支持的《中大學生報》出版過

「批鄧、反擊右傾翻案風」專號，香港的國民黨特務為此約該刊編輯古兆申見面，向他傳達臺北認為《八方》是中共地下支持的文藝刊物，用文藝的旗號進行統戰工作。《八方》後來仍然在出版，一直維持到一九九〇年停刊，但編輯們都膽戰心驚，生怕有牢獄之災。

兩岸作家在愛荷華首次握手

一九七九年九月十五至十七日，由安格爾和聶華苓共同主持的愛荷華大學「國際作家工作坊」，邀請了世界各地華文作家，舉行「中國文學創作前途座談會」。其中最引人矚目的是來自大陸的蕭乾、畢朔望和臺灣的高準，以及從臺灣到美國的作家葉維廉、陳若曦、於梨華、李歐梵、鄭愁予、劉紹銘、歐陽子在一起相聚。這是超越黨派、超越政治信仰的會議，關鍵詞為「在一起」，潛臺詞是「文化統一中國」。

會議籌備過程曲折，事後臺灣官方評論家批評聶華苓不堅持反共立場，並造謠說聶華苓「這位敢離婚嫁給洋人的『作家』，曾在她家裡掛上了毛澤東的像，髮型也以江青的為準」。堅持「漢賊不兩立，敵我不共存」立場的徐瑜，則寫了〈共匪的海外文藝統戰〉。其實，愛荷華會議不是由兩岸的任何一家官方操辦的，它只是自由主義文學制度的一種設計，其作用是解構臺灣當局所持的兩岸有如冰炭難容、無法共存的神話。

金庸著作的版權官司

金庸的武俠小說家喻戶曉，但多年來被臺灣當局視為「藏有共產主義毒素」，有為「共匪統戰」嫌疑等理由被「警總」查禁。直到一九七九年秋天經遠景出版社奔走努力，再加上金庸此時應當局之邀到臺灣參加「國建會」，金庸的書才獲解禁。與此同時，不少出版社盯上了他的著作。一九七九年十一月五日，遠景出版社在報上刊登啟事，稱他們已獲得金庸作品數十部的版權，而南琪出版社未經金庸授權便出版了《俠客行》、《連城訣》、《倚天屠龍記》等書，且內容任意刪改，嚴重侵害了作者的著作權，「遠景」由此警告「南琪」不得再盜印金庸的武俠小說，並要求賠償新臺幣一千萬元。南琪出版社委托律師在報上刊登反駁聲明，認為中華民國並未參加世界版權協會組織，眾多作品都可以用不同的書名（或筆名）翻印，一般人都視為當然。事實上由於戒嚴時期臺灣的禁書政策，導致許多禁書被改頭換面出版，認為這是再正常不過的事，因而「南琪」一再認為他們不是盜印而是翻印。這件事暴露了臺灣文化界著作權與版權觀念理解的南轅北轍，此官司最後不了了之。

對流通的「匪片」進行大規模清掃

七十年代末八十年代初開始在臺灣島內暗中流通的大陸電影錄影帶，逐漸引起當局的警覺。具有官方背景的影劇團體先是呼籲主管部門追查這些流通「匪片」的來源，行政部門繼而進行大規模清掃行動，將「盜錄集團」製作的大陸錄影帶《西北絲路》、《駱駝祥子》、《茶館》等，列為「一清掃黑專案行動」的掃黑對象。因為在臺灣大學、政治大學等文化聚居區附近出現了多家以放映錄影帶為主的冰果室，開始大量公映《西安事變》、《城南舊事》、《一盤沒有下完的棋》等大陸影片，擔心「由於冰果室觀眾較多，影響民心士氣甚巨」的臺灣當局，很快下令取締了數家冰果室，並將大陸拍攝的《絲路之旅》、《中國四千年》、《萬里長城》和《黃河》等錄影帶都列為「統戰電影」，要求「絕對禁止發行買賣」並要「主動檢舉」。

海外禁映臺灣反共電影

二十世紀八〇年代初的兩岸政治地位已經發生了很大變化。大陸邁開改革開放步伐，逐漸理清了與美國、日本等國的外交關係，並在此基礎上順利解決了香港問題，國際形象更加開明。可臺灣仍然延續其在一九七〇年代以來的外交頹勢，國際道路日漸狹隘，其堅持與大陸勢不兩立、強化「對匪文藝作戰」的政策，遭遇越來越多的外部阻力。在臺灣確定為「自強年」的一九八〇年，香港方面以政治理由不再邀請臺灣參加香港國際電影節；一九八一年，歪曲大陸形象的《皇天后土》在香港、馬來西亞等地以政治原因被禁，成為華語媒體廣為報導的電影事件。王童的《假如我是真的》在馬來西亞連續兩次被禁映，理由是其以醜化大陸政權體制為目標，形成對大陸的侮辱。

據謝建華觀察，這些禁映事件表面看起來只是臺灣當局「外交失敗」的個案，本質上預示了國民黨政權長期堅持的反共路線不合時宜，頑守兩岸敵我思維，拒絕開放交流的作法已經不再奏效。在這種背景下，臺灣在兩岸電影關係方面開始出現某種解凍、緩和的跡象。

「神州詩社」遭鎮壓

出生於馬來西亞的溫瑞安，在臺灣就學期間創辦神州詩社，主持《神州詩刊》，仿照武林中人把寓所命名為「試劍山莊」，客廳裝修成「聚義堂」。「神州人」組織嚴密，在出版的《高山流水知音》和《風起長城》兩部詩文集中，表達眷戀崑崙峨眉和江南美景的意向。他們無視戒嚴法的權威，躲在社內飽覽中國風光錄影帶，豪唱大陸歌曲，閱覽禁書如毛澤東著作。這引起臺灣安全部門的注意。一九八〇年九月二十五日深夜，三十多位警察到臺大，以「為匪作宣傳」的罪名查封神州詩社，並逮捕溫瑞安及其得力手方娥真。二人開始被關在「國家安全局」，後轉移到軍法處，女詩人方娥真在獄中自殺未遂。後因美國四十二位教授及島內的高信疆、余光中等人為溫瑞安、方娥真求情，當局關押他們四個月後就只好改判將兩人驅逐出境。

圍剿「邊疆文學論」

一九八一年一月，詹宏志發表為《聯合報》舉辨的小說獎所寫的〈兩種文學心靈〉。此文臺灣文學放在中國文學的整體格局中進行考察和評價，認為臺灣文學是中國文學的「旁支」，或如同小說家東年所說這「旁支」係相對於「中國的中心」的「邊疆文學」，因而受到本土派作家的反駁。宋澤萊為此質問道，有獨特經驗的臺灣文學，有誰「膽敢稱臺灣文學是一支『支脈的』、『附屬品』的文學呢？」李喬則強調兩岸的分離阻隔，認為中國文學的傳統在臺灣已被「斬斷」。彭瑞金攻訐詹宏志不應預設「中國統一」的立場。陳芳明後發表的文章指責詹宏志「站在臺灣島嶼以外的土地上來觀察臺灣文學」。又說：「詹宏志的彷徨與無助，再次暴露了『以中國為中心』的矛盾與缺漏。」這些本土作家均反對臺灣文學成為中國文學的一部分，反對臺灣文學成為「中國文學的附庸」。

禁止軍人閱讀《臺灣文藝》和小說《打牛湳村》

一九八〇年代初，鑒於本土作家鍾肇政主辦的《臺灣文藝》有分離主義的傾向，故軍隊上「莒光課」時，在電視螢幕上公開批評臺灣本土文壇。據宋澤萊回憶，螢幕上先跳出《臺灣文藝》這個刊物的影像，嚴厲禁止軍人們看這個刊物，同時說明刊物主編是鍾肇政，要大家小心，還出現鍾氏的照片。然後螢幕上又出現《打牛湳村》這本小說的書影，嚴厲禁止軍人們看這本書，接著出現作者「宋澤萊」的名字和相片，讓大家提防他的作品。

查禁《魯迅與〈阿Q正傳〉》

在解嚴前有過「開明專制」時期。這一時期比五六十年代全面禁止魯迅著作氣氛要鬆弛一些，讀者總可以通過不同的管道或明或暗讀到魯迅的著作。但在一九八〇年代初公開出版研究魯迅的書，還是犯忌的。一九八一年十月一日，大陸文學研究專家周玉山用茶陵的筆名編了一本《魯迅與〈阿Q正傳〉》，內收夏濟安、司馬長風、李輝英、趙聰、王潤華等臺港知名學者研究魯迅及其代表作

《阿Q正傳》的文章，裡面不乏貶損魯迅的內容，也有學術性較強的如劉建的〈試析《阿Q正傳》的Q字〉、王潤華的〈西洋文學對中國第一篇白話短篇小說的影響〉。但在比較封閉的臺灣南部，此書很快遭到查禁。

周令飛飛臺引發的魯迅熱

一九八二年，魯迅之孫周令飛衝破大陸有關方面的禁令並不顧父親周海嬰要與他脫離父子關係的威脅，為與日本留學時認識的臺灣小姐張純華結秦晉之好而移居臺灣，由此在當地掀起了一股出乎人們意料之外的魯迅熱，眾多報刊報導周令赴臺時，均以「《阿Q正傳》作者之孫」稱之，無形中宣傳了魯迅的《阿Q正傳》。《中國時報》「人間」副刊刊登周令飛從日本抵臺這一消息時，還提到魯迅膾炙人口的兩句詩：「橫眉冷對千夫指，俯首甘為孺子牛。」不少現代文學研究工作者乘此機會大寫文章，詮釋魯迅的作品和詩句。周玉山的文章在高度評價魯迅小說藝術成就的同時，認為《吶喊》、《彷徨》出版「其時國民黨尚未統一中國，而魯迅小說中抨擊的對象，也的確完全與國民黨無關」。周玉山還指出魯迅對孫中山的人格推崇備至，這均有助於降低臺灣讀者對魯迅的敵意。周令飛本人也寫了〈我祖．我父．我〉的文章，介紹了魯迅的生平和作品。因周令飛來臺，出版商掀起了一股盜印魯迅著作的熱潮。

陶百川的公道

一九八二年三月，「總統府國策顧問」陶百川寫了〈禁書有正道．奈何用牛刀〉，反對干預言論自由和出版自由，認為「警總」使用權力時要小心謹慎，以免發生差錯，損害自己的形象，像禁書的處理方式，就應加以改善，由行政主管單位出面較佳。這篇文章涉及「警總」究竟具有多大的權力，究竟怎樣向社會及民意機構負責，對言論及出版自由能否採用軍事命令加以處理？陶文在文化界引起一片喝彩聲，可「警總」不但不聽，反而散發一份文件資料，污衊陶百川的主張是「有計劃之陰謀活動」，並將陶百川說成是「其心可誅」、「罪無可逭」。這一圍剿事件在文化界造成極大的震撼，胡佛發表了〈陶百川先生的公道〉，張忠棟則連續發表一談再談陶百川事件的文章。後來，《自立晚報》出版了《禁書與牛刀》一書。

遏制臺港影人的西進潮流

文革後的大陸實行改革開放政策，臺港電影界人士紛紛到大陸拍片。一九七八年，李翰祥從香港到北京，受到大陸外事部門領導人廖承志的熱情接待。一九八二年在香港左派商人的支持下，李翰祥成立新崑崙影業公司，在北京利用故宮實景，拍攝《火燒圓明園》、《垂簾聽政》，隨後又拍攝了《火龍》、《一代妖姬》、《八旗弟子》等片。得知消息的臺灣「新聞局電影處」，於一九八二年正式通知邵氏臺灣分公司，凍結封存李翰祥導演的所有影片，並著手查證李翰祥「附匪」的事實。一九八五年，另一位影響甚大的臺灣電影導演張徹，在香港影人朱牧等人的幫助下，去大陸參加電影金雞獎和百花獎頒獎活動。臺灣當局對此表示，若查證屬實，將依「附匪影人處理辦法」懲處，今後其所有參與創作的影片臺灣都不再審理發照。可哪裡有壓迫，哪裡就有反抗。張徹在行前發表聲明，「將來不管是長江三峽或是臺灣阿里山，哪裡准他拍戲，他就去哪裡。」

查禁《〈七十年代〉論戰柏楊》

香港出版的《七十年代》登載過許多為柏楊辯護、主張言論自由的文章，於一九八二年底結集成《〈七十年代〉論戰柏楊》出版。臺灣「警總」表示，由臺北市新生南路四季出版事業公司發行的此書，「內容淆亂視聽，挑撥政府與人民情感」，且《七十年代》係「匪偽」在境外出版的刊物，故依法予以查禁。

查禁施明正的《島上愛與死》

本土作家施明正的監獄小說，觸及臺灣戰後社會的面貌，反映了政治壓迫下人的處境的艱難。他的小說《島上的愛與死》在《臺灣文藝》發表時沒遇到麻煩，可一九八三年十月由前衛出版社出版後，卻被「警總」查禁。禁的原因不是小說本身而是異議人士宋澤萊的長序。該序將臺灣形容為一座監獄，故受到當局的粗暴干預。

陽光小集自行查禁

一九八三年十二月十八日，陽光小集社長張雪映在家裡舉辦「政治詩座談會」，出席者有葉石濤、柯旗化、林宗源、楊青矗、黃樹根、莊國金等人，座談會由李昌憲主持。座談會記錄發表在《陽光小集》第十三期「政治詩專輯」上。這個專輯由於主題敏感，被壓了一段時間，直至一九八四年六月才出版。後來該詩刊發行人向陽要求將第十三期全部寄給他，同時宣布解散陽光小集。

查禁李喬小說《藍彩霞的春天》

李喬的長篇小說《藍彩霞的春天》於一九八四年五月在《民眾日報》連載，作品敘述姐妹花因窮困被賣入娼家的悲劇故事。由「五千年出版社」出版兩個月後，官方以「妨害善良風俗」為由將其查禁。書中有許多性展示，對仍處半封閉的社會而言難以接受，但這只是表面理由，根本原因是李喬自稱是「臺灣主義者」而闖的禍。事後，據曾貴海的詮釋，女主角藍彩霞的名字意謂藍色天地下的彩霞，也就是國民黨政權下受害者的希望之光。男主角莊青桂這個名字以北京話和客家話讀起來都與「蔣經國」相近。這部女妓小說展開了莊青桂集團綿密不漏的監控、凝視和施虐情節，而藍彩霞受到長期的身心創傷後，終於覺悟並透過自我心理的重建、意志力的召喚，果敢地以「刮魚尖刀」結束了莊青桂的生命惡行。苦苓等人為李喬打抱不平，出版社也向有關單位陳情，最終李喬接受建議，修改一些段落，才得以在封面上標明限制級（成年人才能閱讀）面世。即使這樣，仍株連出版社使其關閉。

《春風》雜誌和《春風》詩刊被查禁

一九八〇年二月由詹澈（詹朝立）任發行人、王拓任社長、蘇慶黎任主編的《春風》雜誌，提倡工農意識，極力為工農權益發聲，有別於較注重中產階級政治論述的當時「黨外」雜誌《八十年代》與《美麗島》雜誌，形成三足鼎立局面。一九八〇年三月第二期後，被迫停刊。

《春風》詩刊於一九八二年創刊，由楊渡、李疾、施善繼等主編，傾向寫實批判及社會主義色彩，在發刊詞中激烈抨擊戒嚴時期新詩所走的西化道路，大力推崇日據時代新詩的戰鬥傳統，刊載大陸詩人戴望舒等人的作品，並首次刊登原住民詩——莫那能的詩，詹澈的詩〈在浪濤上〉觸及兩岸通商即走私議題，被當局列入黑名單，每期出版發行均遭到政治干涉，於一九八四年出版到第四期後被查封。

《中央日報》拒登有陳映真名字的書刊廣告

一九八二年，胡秋原主編的《中華雜誌》要求《中央日報》刊登出版廣告，因目錄中有陳映真的名字，被拒絕刊出。理由是「陳映真的名字不能登《中央日報》，昨天某書店的廣告有陳映真的名字已被刪除。」一九八四年二月，《中華雜誌》再次要求《中央日報》刊登該月目錄預告，雖然刊出了，但《中國文學和第三世界文學之比較／陳映真主講》一行全被刪去。一九八四年三月十到十二日，《中央日報》大幅刊登沈登恩主持的遠景出版公司新書廣告，內有「山路／陳映真著」、「歷史的孤兒，孤兒的歷史／陳映真著」，刊登前報社要求刪去這兩條，後因先付了廣告費沒有刪去。左翼人士錢江潮為此寫了〈致《中央日報》社長姚朋先生公開信〉，強烈抗議姚朋企圖封殺陳映真的做法，此文刊於《中華雜誌》一九八四年四月號上。

江南被暗殺

出身於政工學校的劉宜良，以江南的筆名撰寫揭露國民黨內權力鬥爭及政壇秘聞的《蔣經國傳》，後江南又寫國民黨另一失勢人物吳國楨的傳記，同樣有許多訪問傳主得來的絕密資料。一九八四年十月十五日，江南被國民黨特務暗殺於舊金山自家車庫中。這是繼林義雄家滅門血案和陳文成橫屍臺大校園案後又一震驚中外的事件。傳說國府要「做掉」包括江南在內的四個人，其中有江南的好友作家陳若曦。

《臺灣日報》與《青年日報》合擊《野火集》

一九八五年三月，龍應台開始在《中國時報》連載的〈野火集〉，抓住了那個時代「變法」的潛伏精神，引起官方的恐慌。屬國防部系統的《青年日報》於同年十一月十九日發表〈請澆滅火把吧〉。後來發表〈「火把」與「火災」〉，軍方所辦的《國魂》還加以轉載。同年十二月十三日，同屬軍方系統的《臺灣日報》開闢「春雨集」專欄，以集束手榴彈的方式批判龍應台。此外，新聞和漫畫也出來參戰，惡狠狠地攻擊「喪心病狂」的龍應台，暗示政府應該查禁龍應台的作品。

胡耀邦接見陳若曦

中共中央總書記胡耀邦於一九八五年五月接見陳若曦，會談長達二個小時，從深圳特區談到文藝界現狀，從香港回歸談到文人經商。胡耀邦表示看過陳若曦的小說〈尹縣長〉，肯定作品寫得很真實，沒有誇大。陳若曦向胡耀邦提出，可否讓獲得歐洲某國邀請卻辦不了護照的朦朧詩人北島出國，胡耀邦當即表示同意。胡耀邦還邀請陳若曦訪問西藏，一九八七年七月終於成行。

禁止軍人閱讀《野火集》和《中國時報》

龍應台《野火集》觸動了官方的敏感神經，如〈「對立」又如何〉直呈行政機構的弊端，《中國時報》很快收到農林廳長余玉賢的抗議信。〈啊！紅色！〉也引起軒然大波，不但報社收到不少恐嚇電話，國防部政治作戰部也於一九八五年十二月下公文禁止軍中閱讀《野火集》和《中國時報》。龍應台本人則受到「政戰部」主任許歷農的約談，許對龍說：「你的文章，是禍國殃民的」，並告誡龍應台「到此為止」。緊接著，龍應台又被「國民黨文工會」主任宋楚瑜和教育部長李煥約談。這些官方人士的溫和警告，並沒有阻止「野火」的焚燒，龍應台又接二連三寫了〈臺灣是誰的家？〉等火藥味甚濃的文章。

楊青矗與張賢亮的爭論

一九八五年，大陸作家張賢亮與臺灣作家楊青矗同在美國愛荷華大學聶華苓主持的「國際作家工作室」學習和寫作。兩人相處時，因政治信仰與立場完全不同，常常發生摩擦。具有強烈中國意識的張賢亮，談到臺灣問題時說「大陸應該統一臺灣」、「我們要解放臺灣」。楊青矗認為張賢亮「驕傲輕狂」，在返臺後便將兩人的交往經歷寫成文章在臺北《自立晚報》發表。另一位旅美作家羅子在香港《爭鳴月刊》發表〈作家幹部〉，批評張賢亮的「黨性」及隨之而來的「歷史感」。遠在中國大陸的張賢亮同樣在《爭鳴月刊》發表〈無題的文章〉，回應羅子與楊青矗。也在愛荷華大學與楊青矗同行的向陽，寫有〈流離愁苦與張賢亮〉，說到他們與中國大陸作家去芝加哥藝術館參觀，楊青矗、張賢亮、馮驥才方向感不強怕走錯路，便在門口坐著等候。張賢亮開玩笑說：「青矗兄只有迷路的時候，才會跟我們『和平統一』。」張賢亮與楊青矗的分歧，是中國意識與臺灣意識的碰撞。楊青矗認臺灣為祖國而完全沒有大中華民族觀念，而張賢亮的中原心態和歷史感非常強烈，再加上說話不注意方式，便難以擺脫兩人之間的緊張關係。陳芳明在「旁觀」的文章中，表示支持楊青矗，認為這是「文化上的稱霸與反霸」的鬥爭。

唯我獨尊的宋澤萊

一九八六年，宋澤萊在談「人權文學」時，擺出一副唯我獨尊的架勢，大筆橫掃不同意見的本土作家，甚至連提拔過他的葉石濤也不能倖免，說什麼他五穀不分，還把他為臺灣文學作見證、延續臺灣文學命脈的《臺灣文學史綱》斥之為通俗文學的「大雜繪（燴）」。對扶助文學新秀的陳千武，他也亮出自己的暗箭。他還說「笠」詩社曾頻頻向國民黨示好。宋澤萊還有〈給臺灣文學界的七封信〉及〈文學十日談〉，其中流露出對不同己見的文學評論家深惡痛絕的情緒。對這種充滿火藥味的「內戰」文章，黃樹根、宋冬陽認為他那殘酷又任性的著筆，足令人為之心寒，是為「宋澤萊事件」。

查禁《臺灣新文化》

一九八六年，王世勛在臺灣中部創辦《臺灣新文化》月刊。該刊從海外引進「臺灣民族主義」這一概念，作為精神支柱。除了宋澤萊、林央敏、林雙不外，另有海外臺灣「左派」團體，都從不同角度闡述不同於中華民族的「臺灣民族主義」，激進的林央敏甚至把它昇華為「臺灣國家主義」。宋澤萊的《臺灣人的自我追尋》、林央敏的《臺灣民族的出路》及《臺灣人的蓮花再生》三本書，就是這場論述的結晶。為了配合宣傳「臺灣民族主義」，該刊首次向全島文化界推動「臺語文字化」運動，並發表許多「臺語文學」。吳濁流以「二·二八」事件為題材的《臺灣連翹》，一九七五年以日文寫成，其中提及外省人比日本官僚更會貪污，且不重任臺灣本地人。該書第一至八章中譯本發表在《臺灣文藝》雜誌第三十九至四十五期上。後來第九至十四章由鍾肇政翻譯並刊登在一九八六年創刊的

《臺灣新文化》雜誌。《臺灣新文化》雜誌因而招禍，發七期被查禁五期，其中第六期「二．二八專號」六千本在工廠被全部沒收。「警總」一九八六年十一月十五日查禁時稱，《臺灣新文化》「混淆視聽，足以影響民心士氣」，「挑撥政府與人民情感」。《臺灣新文化》也在出刊二十期後停刊。

刪剪或禁演有「統戰嫌疑」的港臺電影

因大陸問題被禁映的事件在一九八○年代仍不時出現。「電影處」仍然比照「電影檢查條例」中涉及大陸內容的細緻規定，採取寧嚴勿鬆的標準，對那些有「統戰嫌疑」「違反國策」的港臺影片予以刪剪或禁演。一九八六年的《夢中人》（香港珠城公司出品，區丁平導演），即因有秦始皇兵馬俑在大陸官員畫面被裁定禁映。電影管理部門給出了兩條理由，影片中的秦朝兵馬俑展覽，是大陸在香港舉辦的，「影片中的兵馬俑展覽率團的團長為大陸幹部，表現相當溫文爾雅，有標榜大陸崇尚文物保存及誤導觀眾對大陸官員印象之嫌，頗有統戰疑慮。」電影處給定的修改意見指出，「只要片商能以修剪後或重新配音的方式，不要交代這項展覽是大陸舉辦的，而片中率團的團長也不要說明身份，只要點名是片中女主角之父的老友」，重檢方可通過。這種有些荒唐滑稽的電影檢查標準，無視歷史事實，採取掩耳盜鈴、自欺欺人的手段，禁止相關電影的放映和文化交流。

朱高正用「臺語」發言引發政治衝突

一九八七年，語言問題引發社會大眾的普遍關注。這一年三月，民進黨立法委員朱高正，在立法院用「臺語」發言質詢，羞辱國民黨的外省籍內閣官員和年邁的「終身立法委員」。他故意說「臺語」，是為了挑戰和揭露人們司空見慣的一個事實，外省籍政治精英儘管在臺灣生活了將近四十年，可他們不認同臺灣，不學習「臺語」，當然也談不上聽懂閩南話。朱高正的大膽行為，引發國民黨和民進黨的激烈衝突，也促使社會開始討論語言政策改革問題。

胡秋原「通匪案」

一九八八年七月，國民黨元老陳立夫領銜三十四人於國民黨第十三全會提案，公開主張要以臺灣百億美元外匯經援大陸，從而進一步在中國文化基礎上達成兩岸統一。繼陳立夫的「資匪案」發生後，國民黨內部又於一九八八年九月發生胡秋原的所謂「通匪案」。身為立法委員兼「中國統一聯盟主席」、《中華雜誌》發行人的胡秋原，在美國訪問期間偷跑回中國大陸，九月十三日與全國政協主席李先念見面，又於十五日與鄧穎超見面，商談兩岸統一問題，觸犯了國民黨的黨紀，因而國民黨中常會決定開除胡秋原的黨籍。「中國統一聯盟」立即發表聲明，支持胡秋原並譴責國民黨的行動。

查禁陳芳明等人的臺獨著作

陳芳明在一九七四年離開臺灣到美國後背叛了原有的「龍的傳人」信仰，以致成為「臺獨理論家」，被國民黨宣布為不受歡迎的人，不許他回臺灣達十五年之久。後來，迫於輿論的壓力和島內形勢的變化，國民黨當局於一九八九年允許他回臺，但只能停留一個月。當陳芳明到北美事務協調會辦簽證時，官方向陳芳明約法三章，其中第一條禁止事項是「不得主張臺灣獨立」，不許參與任何政治性的演說活動。但陳芳明一到臺灣便出版三本以反國民黨專制為名宣揚臺獨思想的《在美麗島的旗幟下》、《在時代分合的路口》和由他主編的《二·二八事件學術論文集》。這些書和林雙不的《大聲講出愛臺灣》、施明德的《施明德的政治遺囑》、彭明敏的《自由的滋味》一起，被當局以「主張臺灣獨立，散布分離意識」的罪名而遭查禁。為此，前衛出版社發表聲明「嚴重抗議」，臺獨派文學團體「臺灣筆會」也發表聲明，但這些都沒有使當局查禁宣揚臺獨書刊的態度軟緩和下來。

關押第一本獨派詩集《臺灣國》作者

一九八九年九月十五日，「民進文宣軍團」總幹事、筆名為「灣立」的謝建平，出版了號稱臺灣第一本獨派現代詩集《臺灣國》。該書共分為四卷：〈臺灣國〉、〈土地與環境〉、〈階級〉、〈二十歲以前〉。該書除傾訴對鄉土臺灣的熱愛之情、批判工業區的環境污染和都市的色情現象外，一個重要主題是鼓吹臺灣獨立建國，「真正的祖國是腳下這塊土地／不在夢中，更不在遙遠的對岸」。林雙不的序〈獨立建國的詩歌〉，對這本詩集的政治主張加以肯定和呼應。《臺灣國》出版後，遭到國防部以〈懲治叛亂條例〉「文字叛亂罪」移送臺北地檢署偵辦。一九九〇年，謝建平遭「馬防部」以「敵前抗令」唯一死刑罪名收押禁見，後在民進黨立委黨團和文藝界人士奔走營救下，以不起訴處分釋放。一九九四年十月該書由M&M工作室再版。

〈思凡〉傷害女尼清譽？

一九八九年一月十二日，林宏隆在《自立晚報》發表〈《思凡》傷害女尼清譽？期許佛教界以平常心看待〉的文章，事出國立藝術學院舞蹈系在基隆舉行包括〈思凡〉在內的年度公演，引發佛教界強烈抗議。〈思凡〉敘述十六歲的尼姑因父母好佛還願，自小即送入空門，由於不耐佛家清靜，下山追求凡人生活，途中與一位和尚相遇，兩人便結為連理。佛教認為這齣舞劇「內容荒誕、淫蕩，極度醜化佛門尼師形象」，要求取消演出，對方不聽，「中國佛教會青年委員會」於是動員上千教徒，在演出中心靜坐。演出者認為〈思凡〉的情節在明代雜劇《僧尼共狂》等多處出現過，大陸也有類似劇目，選擇〈思凡〉係舞蹈教學需要。由於雙方各持不同的立場，哪怕教育部做調解仍無法達成協議，以致全島五千多名佛教徒靜坐抗議，藝術學院只好主動刪除節目單上〈思凡〉的劇情解說，佛教界才取消靜坐活動。

這件宗教與藝術衝突的事件，是繼林語堂英譯〈思凡〉，郭小莊演出〈思凡〉引起重大風波之後又一起衝突事件。文藝界人士主張宗教歸宗教，藝術歸藝術，〈思凡〉不過是人性無法超越神性時的心理投射寫照。一九八九年一月二十七日，〈思凡〉終於在警方森嚴戒備下，如期順利演出。

《是誰殺了ＸＸＸ》得獎風波

一九九〇年，平路應徵《中國時報》「戲劇獎」創作的劇本《是誰殺了ＸＸＸ》，描寫了蔣經國鮮為人知的故事，即他在江西期間與女秘書章亞若凄婉的愛情歷程。劇中題目沒有直接出現章亞若的名字，而是用ＸＸＸ取代。這位章亞若一九四二年死於桂林醫院，年僅二十九歲。紅顏薄命的她，死因至今仍是一個謎。有人說她是被人用毒針毒死的，也就是說不同意這場婚事的蔣介石派人暗殺她；也有人說是因為醫院缺少抗生素，才導致章亞若死亡。平路的劇本出現過周玉蔻的「《蔣經國與章亞若》，九十頁」，以表示這個劇本有史實根據。正因為不屬於胡編亂造，故蔣介石、蔣經國、蔣方良、章亞若（原名章懋禮）、章孝嚴（蔣經國的私生子）在劇中，一律以原姓原名上場，地名用的也是贛州、桂林，以示真實。

劇本畢竟是藝術創作，為防止對號入座，作品穿插了女主角與導演外遇懷孕墮胎的情節，但這個劇本的題材非常敏感，《中國時報》「人間」副刊曾要求平路在不影響其訴求重點的原則下，將蔣家與章家相關人物的真名及背景稍作修改，可平路堅決不答應，副刊只好尊重她的意見。

一九九〇年，《中國時報》第十三屆文學獎特別增設的「戲劇獎」，決審委員有姚一葦、楊彭世、胡耀恆等戲劇界名家，他們均一致通過平路的作品獲「時報」「戲劇獎」首獎。可這時章孝嚴很快就要升外交部政務次長，因而作為國民黨中常委、也是《中國時報》董事長、已八十歲高齡的余紀忠知道此事後，聲色俱厲責問《中國時報》「人間」副刊主編季季，「這種稿子根本不該得獎……我們報紙怎麼能登這種惹是生非的東西？」、「再怎麼說，經國先生對臺灣還是有貢獻的，章孝嚴兄弟也很爭氣。」後來董事長用折衷的辦法解決得獎問題，「獎金照發，但不准在文學獎贈獎典禮上演出此劇，也不准發表。」封殺《是誰殺了XXX》，也連累了同時獲獎的郭強生《非關男女》——不許演出和發表。在強權面前，季季只好同意並含淚辭去《中國時報》「人間」副刊主編的職務。

三毛之死

一九九一年一月四日，散文家三毛去世。最令人驚訝的是，她的自縊不同於傳統的上吊，她在其浴室裡，以絲襪自縊。其實懸掛絲襪的掛鉤並不高，要後悔也來得及。她這種結束生命的方式，使小說家李昂感嘆「怎麼會選擇這種難看的方式尋死？」這對「毛迷」無疑是一聲驚雷，一個慘重的打擊。許多名人和讀者紛紛對其死因和其作品的社會意義發表評論。有人認為三毛不可能是自殺，「不但死者雙足沒有懸空，而且馬桶上沒有扶手，只要稍有求生慾望就可以自救。」瓊瑤則認為三毛一向有自殺的念頭，她的自殺與肉身病痛無關，最大的因素是來自心靈深處的空虛寂寞。林青霞希望人們不要任意猜測三毛死亡的原因，讓她平靜地離開世界。季季說三毛的作品一向被讀者認為「坦誠相見」，其實大部分是出於作者的「自我幻化」。當她的寫作在無法滿足他人和滿足自己時，便直接勇敢面對現實選擇死亡。三毛身後引發的種種評論，是一種時代的歷史的、社會的、個人的、審美的、獵奇的綜合反應。

陳映真等人拒絕加盟《臺灣作家全集》

一九八○年代末，鍾肇政受「前衛出版社」之託，出任《臺灣作家全集》編委會總召集人。鑒於出版社和主持人有嚴重的臺獨傾向，陳映真刻意「缺席」，黃春明、王禎和、白先勇等人因版權問題為托詞婉拒。「全集」於一九九一年出版。鍾肇政後來表示：「我是編輯委員會的總召集人，有些明明是臺灣土生土長的作家，可是他不同意把他的作品提供出來參加《臺灣作家全集》裡面，他認為他的作品是中國文學而不是臺灣文學，那我們就不能勉強他。」

馬森與彭瑞金的對決

一九九二年三月，馬森發表〈「臺灣文學」的中國結臺灣結〉後，彭瑞金以《文學臺灣》主編身份發表〈臺灣文學定位的過去與未來〉反彈，其批判對象主要是馬森，另有呂正惠、龔鵬程、李瑞騰。彭、馬分歧在於：

（一）臺灣文學能否用中文寫作？彭文說：「設若只因為臺灣文學基於歷史的陰陽差錯，而使用了中文——其實，臺灣有一部分作家正在努力唾棄中文寫作中。」馬森在〈為臺灣文學定位——駁彭瑞金先生〉中說，「如果中文這樣值得唾棄，不如說是投錯了胎，也許更合理吧？」

（二）臺灣文學與中國文學是否同根同源？彭文說，臺灣文學與中國文學「既不同源，又無共識」，完全不相同。馬森諷刺說：「明智的讀者自會判斷這樣的話是否是在『意識自由或清醒的情況』下說的！」

（三）臺灣文學能離開政治嗎？彭文說馬森的論文策略是想用中國文學「吞併臺灣文學」。馬森調侃說：「我更沒有吞併臺灣文學的目的，何況臺灣文學又不是維他命，誰敢吞，吞下去肯定是不易消化的啊！」彭文說，馬森論臺灣文學「一頭栽進政治的教條裡不自覺」。馬森堅定地認為，談臺灣文學無法離開政治，只要「今天臺灣的『國』號仍叫中華民國，臺灣文學就無法擺脫『中國』的印記。這不是一個願望的問題，而是一個事實的問題。」

如此厭惡「中國」的臺獨學者彭瑞金，居然跑到馬森所在學校即成功大學去擔任「中國文學系」的「中國文學創作獎」的評審，馬森認為彭瑞金的心情肯定是十分痛苦的。

張良澤返臺被拒

一九九二年八月，臺灣筆會舉辦「臺灣文學研討會」系列活動，特邀離臺十餘年之旅日學者、也是分離主義教張良澤返臺與會。張氏於七月十四日向臺灣駐東京辦事處申請「回臺加簽」，該處辦事人員以「需請示上級」為由而未立即核准。臺灣筆會為此發表聲明：「張教授已長年名列黑名單，深受思鄉之苦，今聞有關當局宣稱已取消黑名單，而張教授申請回臺竟仍要『請示上級』，所謂『取消黑名單』可見仍屬騙局，而且變本加厲，將黑名單制度改為由『上級』（臺灣當局）自由裁量。本會宗旨一本臺灣作家良心爭取人權正義，對張良澤教授返臺受阻一事，至感憤怒，特發此聲明。」與此同時，臺灣筆會展開抗爭行動，組成三人小組，與《自立晚報》配合做專題宣傳。《臺灣時報》也發表〈黑名單未鬆綁，張良澤返鄉被刁難〉的新聞稿，另一家刊物還刊發了〈「黑名單」故事的尾聲？——張良澤返臺事件傳真〉。在社會各界的努力下，張良澤終於如願回臺參加研討會。

邱妙津等作家自殺

在世紀交替之際，某些人在精神上始終無法擺脫從世紀末傳染來的頹廢情調，致使自殺成為臺灣文壇的一個重要景觀。最為轟動的是臺灣大學心理學系畢業後留學巴黎的邱妙津，於一九九五年自殺。極富反諷意味的是，這位自殺者擔任過臺北張老師心理輔導中心的輔導員。她從大學一年級開始創作，曾獲《中央日報》、《聯合文學》新人獎。短短的二十六年，她著有短篇小說集《鬼的狂歡》、長篇小說集《鱷魚手記》、《蒙馬特遺書》、中短篇小說集《寂寞的群眾》。受酷兒理論影響的邱妙津，其作品中彌漫出一種「先行到死」的憂鬱情緒。又如《囚徒》中的總編輯李文，輕生厭世，甚至幻想跳樓自殺時會遇到一位妙齡女郎，共同勉勵把過去全埋葬在廢墟裡，愉快地「從下一秒鐘活起」。在輕生厭世的作家中，出身於小說世家的黃國峻也是一位有影響的人物，當他生命之火猝然熄滅時，另一年輕作家袁哲生又用自己的高貴生命去燭照生存的虛無。他們的自殺再次昭示了生命的悲涼，留給人們的將是永恆的思念。

龍應台的「上海男人」

一九九七年一月七日，龍應台的〈啊，上海男人！〉在上海《文匯報》發表。她以自己的見聞描述並讚美了上海男人的「懼內」與樂於分擔家務的風氣，並與臺灣以及德國、瑞典等地的兩性關係進行比較，提出各種讚美上海男人的理由。這篇高度讚揚上海男人解放的文章，被讚揚者卻並不以為然，以致被解讀為「橫掃」上海鬚眉的作品。此外，各種不同的「上海男人」（包括旅居海外的成員）紛紛打電話到報社提出抗議，大罵作者「侮辱」上海男人，忽略了上海男人其實是真正的「大丈夫」。緊接著作者又收到來自大陸、臺灣以及法國、加拿大、美國、日本等地一系列聲討文章，一些文化人如陸壽鈞、吳正、馮則如等也紛紛站出來辯駁，意圖挽回上海男人的威儀。過後，〈啊，上海男人！〉在臺灣刊出。從大陸到臺灣，再到英文版，這篇文章在國際頻道也得以連播，使「上海男人」成為跨國的性別政治事件。

高雄文藝獎是非

二〇〇〇年，第十九屆高雄市文藝獎文學部頒給臺獨大佬葉石濤和以中國意識著稱的余光中，這引起極大爭議。中生代詩人張德本認為余光中沒有資格得此獎項，在頒獎典禮上舉著拳頭高喊：「強烈抗議！不許打壓臺灣文學。」當余光中上臺領獎時，他再度高喊「狼來了！」張德本這一即興演出，吸引了記者和與會者的眼球，第二天至少有七家報紙發表這條消息。事後，余光中在接受記者採訪時說，「張德本的抗議找錯了對象，應該向主辦單位抗議才是。」鍾肇政贊同張德本的看法，認為頒獎典禮在高雄市「中正」文化中心舉行，這是最沒有文化的地方。

《臺灣論》漢譯本風波

日本評論家小林善紀用漫畫的方式，在《臺灣論：新傲骨精神》中表達自己在臺灣看到了在自己祖國已消失的「日本精神」。書中對推行臺獨路線的李登輝萬般美化和吹捧，而對反日的統派人士及中國做無情的抨擊。漢譯本《臺灣論》於二〇〇一年初在臺灣出版後，引起全島抗議，「泛藍」人士不是撕書就是在誠品書店前燒書，並推動拒買、拒讀、拒作者入境的一連串活動，並牽出「慰安婦」議題引發婦女抗議的風波。在野聯盟立委召開記者招待會，抨擊為日本侵略者踐踏中國婦女罪行開說的「總統府資政」許文龍「不配當臺灣人」，要求總統陳水扁「與日本軍國主義分子劃清界限」，免除許文龍的職務，禁止《臺灣論》銷售。但由於有臺獨勢力的支援，如「國策顧問」金美齡從日本回臺發表聲明，官方必須向小林道歉，否則，內政部、外交部部長必須下臺。在這種形勢下，《臺灣論》不僅沒被打壓下去，反而成為年度暢銷書的頭一名。事件結束束後，前衛出版社出了有關這一事件的《臺灣論風暴》，而統派陳映真主持的人間出版社卻出版了批判《臺灣論》的專著。

流淚的年會

在二〇〇三年臺北舉辦的世界華文作家協會第五屆年會閉幕式上，大批媒體記者被安全人員阻擋在門外，而時任總統的陳水扁和在野黨主席連戰同場不同時出席致辭也相當具戲劇化。當亞洲分會會長吳統雄宣布新一屆的會長為臺獨學者——（臺北）故宮博物院院長杜正勝擔任時，一時間未有心理準備而受「改朝換代」氣氛感染的趙淑俠、丘彥明等女會員竟哭成一團，簡苑等資深會員也說了重話，她們抗議選舉純屬政治性運作，杜正勝既不是會員又不是作家，他沒有資格當選，應由前任會長林澄枝提名的龔鵬程擔任，並將此換屆解讀為「綠營拔除藍營海外樁腳」。事後，經大會臨時提議請林澄枝擔任榮譽會長，一場被《中國時報》記者稱其為「流淚的年會」才宣告閉幕。

余光中向歷史「自首」

二〇〇四年五月，北京學者趙稀方發表〈視線之外的余光中〉，重提余光中在鄉土文學論戰其間發表〈狼來了〉的反共歷史，又提及余光中曾精心羅織過一封長信，直寄當時的特務總管王昇將軍，檢舉陳映真為共產主義信徒。余光中於二〇〇四年九月寫了回應文章〈向歷史自首？〉，承認〈狼來了〉是篇「政治上的比附影射也引申過當」的壞文章，「令人反感」以致授人以柄，「懷疑是呼應國民黨的什麼整肅運動」。但余光中強調，〈狼來了〉的寫作純出於「意氣」用事、「發神經病」、「非任何政黨所指使」。至於向王昇「告密」問題，余光中認為他並沒有直接寫信給王昇而是寫給朋友彭歌。針對余光中的辯解，陳映真寫了近萬字的長文〈惋惜〉，認為余光中原先說要向自己道歉，現在卻變成掩蓋事實真相，「實在令人很為他惋惜、扼腕。」參加這場討論的還有大陸研究臺灣文學的學者。

杜十三炮打謝長廷

二〇〇五年十一月初，杜十三將嘹亮鏗鏘的詩性抗議話語變質為躁鬱的語言暴力，跑到電話亭以「臺灣解放聯盟」的名義「拍」電話恐嚇正為高捷弊案「叮」得滿頭包的行政院長謝長廷，稱「要殺害他全家」。這場「詩人」造反風波鬧得全島沸沸揚揚。就憑這荒腔走板之「詩聲」，詩人一夕之間上了全臺灣報紙的頭條。為免於牢獄之災，杜十三後來將這一「行為藝術」解釋為三杯黃湯下肚後才會犯下這「不正當」的舉動，最後以道歉了結。對這一事件，「藍」、「綠」詩人反應截然不同，如「深綠」詩人李敏勇認為：「杜十三這一行為是黑暗的。政治人物當然可以批評，但躲在暗處的語言暴力並非杜十三的『詩人』作為，而毋寧是他的『病人』行為……」而為其辯護者則認為，不是杜十三病了，而是社會病了；不是詩人瘋了，而是「天天製造問題，天天製造謊言，逼著詩人傷痛」的政客瘋了。白靈以有杜十三這樣的朋友而自豪，冒著腦袋被敲碎危險的杜十三，「吐出一句血，那是他一生最紅的詩。」本來，新世紀的臺灣是一個「鬼臉的時代」，是執政黨千方百計破壞言論自由，因而惹得一向瀟灑的詩人也扮「鬼臉」，一向自由的詩人也瘋狂。

兩岸關於張愛玲著作權的爭奪戰

臺北皇冠出版社自稱擁有張愛玲作品永久和無限的獨家授權。從二〇〇三年起，他們對大陸凡是出版過張愛玲作品的出版單位展開強大攻勢，狀告他們侵權。二〇〇五年，出版過《張看》等張愛玲作品的北京「經濟日報出版社」被判敗訴，向「皇冠」賠償經濟損失四十萬元。二〇〇六年，皇冠出版社又狀告上海文匯出版社等六家單位。二〇〇七年六月，北京「文化藝術出版社」等十二家媒體共同發表聯合聲明，不承認「皇冠」繼承權的合法性，拒絕其不合理的索賠要求，「張愛玲所立的遺囑是失效的，張愛玲唯一直系親屬親弟張子靜才是其著作權的合法繼承人。」張愛玲著作版權背後所隱含的是一場兩岸有關張愛玲著作權、詮釋權的爭奪戰。「皇冠」的做法在客觀效果上延續了一九九九年臺灣文學經典評選時把張愛玲視為臺灣作家的觀點和做法，而大陸研究張愛玲的學者及出版社，則顯示了他們向臺灣收回張愛玲作品詮釋權、繼承權的解禁信息。

九把刀控告臺北文學獎獲得者涉嫌抄襲

新店高中生陳漢寧以短篇小說〈顛倒〉投稿「臺北文學獎」，獲「高中生短篇小說獎」，後被人舉報與九把刀的〈語言〉近似。二〇〇八年二月，評審委員季季、朱天心、蘇偉貞等五人將兩篇作品比對後，一致認定未抄襲，其中季季說若九把刀「無法接受，應尋求法律途徑解決，而不是向學校抗議，造成該生心理傷害。」九把刀果然狀告，他質問主辦單位，是不是文學獎的符合標準不是「創作道德」，而是「法律上的判定」印刻文學生活雜誌出版公司回應，標準是法律沒錯。九把刀還去函新店高中，附兩篇作品對照文，詢問校方如何處置學生，而新店高中校方力挺學生陳漢寧。《蘋果日報》大篇幅報導此案，將這個事件推向高潮。作家朱宥勳認為，〈顛倒〉與〈語言〉創意完全相同，「朱天心等評審妄稱陳漢寧『寫得比九把刀好很多』，只是自欺欺人，且透露了他們對通俗小說家的歧視。」

黃春明的冤案

二〇一一年五月，黃春明主講〈臺語文書寫與教育的商榷〉時，遭到成功大學副教授蔣為文的強烈質疑。黃氏非臺語文專家而以中國人自居且指臺語為方言，認為全用臺語文書寫顯得不倫不類，並以臺灣過端午節為例說明兩岸同文同種。這演講從題目到內容挑衅意味十足，蔣遂帶著以中文寫的「臺灣作家不用臺灣語文、卻用中國語創作，可恥」的大字報，並在黃演講時舉出抗議。被指「可恥」的黃春明情緒相當激動，兩度衝下臺，企圖揍這個數典忘祖的「逆子」，質問蔣氏憑什麼半途打斷他的演講，並以「你太短視了，你也很可恥」；「成大的教授啊，這個會叫的野獸啊」回應。事發後一年，蔣為文具狀向臺南地院自訴黃春明妨害名譽。臺南地方法院於二〇一二年四月二日判決黃春明敗訴，處罰金並緩刑兩年。

笠詩社除名陳填

二〇一〇年四月出版的笠詩刊首頁，《笠》詩社社長曾貴海及前社長江自得聯名發表〈笠詩社的傳統與信念〉，嚴厲指責「某從政的笠詩人以詩作公開奉承執政當局，招來大眾傳媒出示其諂媚當權者的詩作。我們認為他個人的言行有違笠詩社的傳統，也背離大多數笠詩人的信念，甚不可取」。這裡說的某詩人即由陳千武介紹加入笠詩社的陳填。他原名陳武雄，係臺灣「農委會」主委。「公開奉承執政當局」，是指陳填所寫「空中得閒論時事，總統國政滿行囊」這兩句歌頌馬英九的詩。為此陳填在《笠》詩刊第二七八期發表〈退社與信念〉的聲明，笠詩社同意他退社，然後將其除名。本土作家張信吉覺得這個處理過程太激烈了。也有人認為對詩人只應問其詩作好壞而不該像當年「警總」那樣進行思想檢查，更有甚者認為陳填是藍營派往綠營詩社的「臥底」，理應掃地出門。《笠》詩刊主編莫渝因「太累」於二〇一二年八月主動請辭。

平路製作孫中山紀錄片事件風波

二〇一〇年，國民黨為慶祝「中華民國建國一〇〇年」，擬拍攝國父紀錄片，由《孫中山、宋慶齡的革命與愛情故事》作者平路擔任顧問。平路認為，孫中山不是什麼聖人，「他充滿熱情但欠缺抽象思考地拼裝出《建國大綱》及《三民主義》等憲政結構……連列寧都會笑他天真、無知」，後受到「中央研究院院士」胡佛及監察委員周陽山的批駁，他們在同年八月九日聯名發表〈國父是拼裝的夢想家？〉，痛批平路對偉人「侮慢輕佻」的態度。平路感到自己的言論自由被壓制，其實批評孫中山最早的是胡適，還在一九二九年他就說：「上帝我們尚可批評，何況國民黨與孫中山？」獨派人士也為平路鳴不平，認為早該揭露被國共兩黨作為恢復兩岸關係籌碼的孫中山的「真面目」。

陳映真跨海告臺灣文學館侵權

二〇一一年六月，在北京養病的陳映真跨海告臺灣文學館出版《臺灣現當代作家資料研究匯編·吳濁流》一書，擅自收入他的〈孤兒的歷史·歷史的孤兒〉一文。臺灣文學館由此發表〈本館收錄未經陳映真先生授權著作之道歉啟事〉，其中云：「……陳早在多年前就表明不願臺灣文學館收藏他的作品（按，陳二〇〇四年曾發文給臺灣文學館），文章也不能出現在臺灣文學館出版品中。」鑒於臺灣文學館編此書時收入陳映真文章已侵害到陳映真的權益，因而臺灣文學館「僅此向陳映真先生表示誠摯之歉意。」關於陳映真在臺灣出版的多種文選中的「缺席」現象，均不是主事者沒有考慮陳氏作品的入選，而是因為陳映真覺得主事者或出版社有臺獨傾向，不願意讓自己的作品出現在綠色文學機構或出版單位中。對大陸出版他的作品，他則從不「婉拒」或「堅拒」。

五 論爭

「臺人奴化」論戰

光復後官方借媒體指責臺灣人受日本人的奴化。這表現在生活習慣日本化，語言使用尤其離不開日語，此外在精神上「皇民化」、「奴隸化」。具體來說，「奴隸化」包含政治奴化、經濟奴化、文化奴化、語言文字奴化，連姓名都向日本人看齊，這更是一種典型的奴化。一九四六年十月，為了學習國語，阻止臺灣人日益蔓延的親日情結，報刊的日本版被撤除。對此，部分臺灣人採用各種方式，捍衛自身未奴化的立場，其中文學敘事是最重要的一種方法。如呂赫若的小說〈改姓名〉，便反映了奴化與反奴化之爭。龍瑛宗的新詩〈心情告白〉力圖澄清以日文創作具有人道關懷作品的臺灣人，比能流利使用國語卻魚肉百姓的外省人要高尚許多。

《臺北酒家》的論爭

陳大禹的劇本《臺北酒家》，用方言、日語和國語的混雜形式撰寫，《臺灣新生報》「橋」副刊主編歌雷認為，這部作品在語言文字運用上有很大的嘗試性，徵求大家意見。一九四八年七月，大陸赴臺作家麥芳嫻和蕭荻對這種混雜形式持否定態度。他們強調，除了極少數特殊的方言以外，應該「全以普通的國語寫成」。本省作家則持肯定態度，如沙小風認為劇本用三種不同的語言寫作，「在今天，語言沒達到統一的時候，用這種寫法是再妥當也沒有的了。」林曙光、朱實也贊成這種看法。這場論爭涉及族群和文化認同的複雜性，有特殊意義。

「橋」副刊關於臺灣新文學建設的討論

一九四七年十一月，在《臺灣新生報》「橋」副刊開展了一場有關臺灣新文學的歷史和本質問題的討論。歐陽明的〈臺灣新文學的建設〉，提出了一系列有關臺灣新文學歷史、性質的議題，其中涉及臺灣新文學與中國新文學的聯繫、省內外作家和文化人的團結、如何看待臺灣文學的特殊性等問題，還涉及創作方法、文藝與大眾的關係。這場討論肯定臺灣文學為中國文學的一環，光復後的臺灣文學必須回歸中國文學母體，同時又要重視臺灣文學在特殊語境中形成的特色，建設有地域色彩的文學。這既要借鑑大陸經驗，同時又不能忽視臺灣經驗。這次討論主持者歌雷到參與者楊達、葉石濤、吳濁流、雷石榆、駱駝英、陳大禹，均可看出這是從大陸到臺灣的作家與本省作家共襄的盛舉。尤其是在「二·二八」事件發生後八個月舉行，其意義更顯得非同尋常。在臺灣文學史上，有如此之多兩岸作家共同參加並平等對話，應是第一次。儘管在討論中眾人對「製化教育」等問題有認識上的分歧，但通過討論促進理解，這一問題沒有成為分裂的導火線。後由於白色恐怖的緣故，相關討論於一九四九年三月結束。

羅家倫發起簡體字論戰

一九五四年，臺北發生一場由考試院副院長羅家倫引發的要不要使用簡體字的論戰。羅氏在〈簡體字之提倡甚為必要〉中，認為簡體字有利於中國文字的保全，還有利於節省時間，以最便利的工具得到知識。

曾任國民黨中宣部代部的葉青寫了〈簡化文字問題〉，表示贊同羅家倫提出的採用已有的簡體字再簡化部首及偏旁的主張。反對簡體字的人，認為在臺灣主張文字變革，其意義和作用是和大陸文字改革負責人吳玉章隔海唱和。葉青反駁說，主張簡體字的不僅有共產黨人，也有國民黨人吳稚輝、趙元任。「如果說，今天共產黨主張簡體字了，我們就不要再主張簡體字，再主張簡體字便是與共產黨『隔海唱和』，那麼今天共產黨說中國話，我們就不要再說中國話了。如果再說中國話，豈不是與共產黨『隔海唱和』嗎？」不贊同這種觀點的胡秋原，寫了〈論政府不可頒行簡化字〉反駁。葉青為此寫了〈論立法院不可通過文字制定程序法〉回應，重申簡化漢字不是毀滅中國文字，更不是毀滅中華文化。由於臺灣守舊勢力強大，國民黨也想保持所謂「中華文化代表」的形象，結果保守派占了上風，在臺灣推行簡體字的意見不但未被採納，反而被扣上「與共匪隔海唱和」的紅帽子。

關於除三害運動的爭議

一九五四年七月，臺灣官方開展以除「赤色之毒、黑色之害、黃色之禍」的文化清潔運動，引起文化界一些人士的反彈。他們認為：「赤色沒有，黑色似是而非干涉司法，只有黃色，但也不需要這個運動」、「文清運動是門戶之見，製造派系」。《每週評論》發表文章，認為「某文化人士」（陳紀瀅）過去在大陸販賣過赤色的毒，簽名宣言是仿效大陸的做法。在除三害運動如火如荼開展之際，《中國新聞》要求「回歸法律，明確定義文清運動的顏色，不要濫用自由。」《自由人》發表文章，認為「黃黑」滋長的原因，是官方對刊物管制太嚴，造成刊物內容單調，「黃黑」便乘虛而入。成舍我拒絕在文清宣言上簽名。至於「黃黑」的定義，王雲五以對該運動不清楚為由逃避參加。鄭學稼認為「文化不是搞什麼運動，就可以清潔的」。《公論報》發表社論，認為「所謂文清運動只是消極的打算，看不出好處」。最後官方還是繼續開展以除三害為主旨的文清運動。

紀弦與覃子豪主知與抒情之爭

紀弦在一九五六年二月發表的現代派宣言中強調知性，並主張「橫的移植」，藍星詩社領袖覃子豪在一九五七年八月發表〈新詩向何處去?〉中，認為詩的抒情性十分重要，只有通過它才能凝練人生經驗以臻於真、善、美。當然，「最理想的詩是知性和抒情的混合物」。紀弦在答辯時十分情緒化，引來藍星同仁余光中、羅門、黃用等人的全力反擊，「現代派」同仁只有林亨泰伸出援手。紀弦的論點不僅理論上而且在創作實踐上也沒有足夠的前衛性。這場爭論的焦點在於詩的本質是「主知」還是「主情」；語言是明朗還是晦澀；是「全面革新西化」還是「中國傳統折中」。這次論爭是現代主義營壘內部的論爭，其差別是一個激進，一個溫和。即是說，覃子豪不矯枉過正，用兼有中國本體文化的中庸之道去對待詩歌理論問題。

蘇雪林與覃子豪關於象徵派的爭論

蘇雪林於一九五九年七月借談象徵派創始者李金髮為名，攻訐當今的新詩「更是像巫婆的蠱詞，道士的咒語……這個象徵詩的幽靈又渡海飛來臺灣」，把新詩弄得「拖沓雜亂，無法念得上口」。紀弦認為「現代詩之一大特色，在難懂」。覃子豪反駁說，臺灣詩壇的主流，既不是李金髮、戴望舒的殘餘勢力，也非法蘭西象徵派新的殖民，並譏蘇氏為「不前進的批評家」。蘇氏緊接著對有關象徵派問題作出答辯，覃子豪又寫〈再致蘇雪林先生〉，指出蘇在「罵街」而非學術爭鳴。對文藝創作實際不甚了解也不願理解的蘇雪林，成為保守勢力的代表人物。不過，由於論戰雙方所提及的李金髮、戴望舒的詩大部分讀者都沒有讀過，因而這場論爭影響有限。

現代詩大會戰

《中央日報》專欄作家言曦在一九五九年十一月寫的〈新詩閒話〉中，批評臺灣詩歌界為「象徵派的家族」，認為當下新詩以艱澀的造句來掩蓋其空虛。恆來、風人、梁容若認同他的觀點，鍾鼎文、羊令野、洛夫等站在革新的立場上為現代詩辯護。余光中認為臺灣的三個主要詩社已經超越象徵派，並舉例說明「不可歌」」的詩之價值，是遠高於「可歌」的。作為宣揚新思潮的刊物《文星》認為言曦所詰難的詩句並非不可解，詩也無法做到大眾化。言曦再寫了四篇〈新詩餘談〉作為回答。正反兩方的文章計六十七篇，有十家媒體參與，這是對上兩回蘇雪林與覃子豪、紀弦與覃子豪發生碰撞的總結，它將現代詩發展中出現的種種問題提到廣大讀者面前。這場論戰的結果與守舊派與言曦的願望完全相反，大多數青年都擁護現代主義而不願集合在傳統的旗幟之下，詩變得更加不易懂，朝著「小眾化」的道路上越走越遠。

關於散文能否「文白夾雜」的爭論

這場論戰開始於一九六二年六月，終結於一九六三年十二月，劉永讓在〈文學形式的現代化〉中，主張「純正的白話文」，反對文白夾雜的行文方式，並由白話文轉向攻訐以余光中為代表的「中西混淆」的新詩，其中還涉及一九五〇年代的文學成就能否一筆抹殺問題。為此，余光中發表〈剪掉散文的辮子〉一文，在描繪現代散文應具有彈性、密度和質料典範的同時，對清湯掛麵式的散文和「浣衣婦」式的散文作了尖刻的諷刺。這場論爭的主戰場是《文星》和《中國語文》雜誌，共發表六十篇文章，雙方交戰的焦點不在於能否「文白夾雜」地寫散文，而是對「現代」一詞的理解和爭奪。這是散文界唯一稍具規模的論爭，它對余光中以後的創作生命有關鍵性影響。正是在這場論爭中，余光中重新定義文學的現代性，也促使他從詩人、詩評家成長為現代文學理論的旗手之一。

鍾肇政的作品是黃色小說？

一九六四年吳濁流創辦《臺灣文藝》，鍾肇政提供的都是帶有實驗性的短篇小說，其中〈溢洪道〉在第一期刊出，〈道路·哲人·夏之夜〉在第三期刊出。林海音及《臺灣新生報》副刊某君認為這些小說比較「黃」，吳海濤也表示贊同。吳濁流不理會這些批評，他說：「以文藝的眼光而論，若要避免這種描寫，就產生不了像《查泰萊夫人的情人》的傑作。」可社會反映強烈，臺北市女中老師抗議，不要女學生閱讀。到了第五期發排時，吳濁流收到的省政府新聞處的通知內有「國家社會安全局函」，其中提及據地方人士反映，報紙、雜誌過分渲染黃色案件不利於振興人民士氣，因而原定在第五期刊出的鍾肇政的另一篇小說〈暗夜，迷失在宇宙中〉被臨時抽去。

關於出版《本省籍作家作品選集》的爭議

一九六四年，鍾肇政主編《臺灣作家叢書》，由外省作家穆中南主持的文壇社出版。出版前徵稿時，部分作家曾討論過書名。鑒於當年「臺灣」二字敏感，怕引發當局「臺灣」不加「省」字是臺灣獨立的意思，故穆中南通信時小心翼翼地用「臺叢」暗語指代這套書。為了逃避書刊檢查，最後將「臺灣」二字去掉，改為《本省籍作家作品選集》。有人認為，用此書名是將臺灣文學矮化為「地方文學」，另一種看法是用此書名因禍得福，等於宣示戰後臺灣作家和外省人寫的作品有分別，屬獨立發展出來的作家群。此選集共有十輯，清一色是本土作家，而不像同年幼獅書局出版的《臺灣省青年文學叢書》一樣「擠」進一些外省作家。

《天狼星》爭議

余光中作於一九六五年一月的長詩《天狼星》，通過自我將海峽兩岸和中國幾千年的歷史糅合，做了視野寬廣的抒情描寫。以激進著稱的洛夫發表長文〈天狼星論〉，認為此詩缺少一種「屬於自己賴於作為創作基礎的哲學思想」即存在主義，這便註定作品失敗的命運。再加上《天狼星》是事先擬好提綱寫作，又決定了它是一首早熟之作。「藍星」詩社評論家張健認為，洛夫的推理純是「觀念中毒」的表現。又鑒於洛夫文章在措辭上對余光中的社會地位及其尊嚴有所損害，於是余光中在〈再見，虛無！〉中指責洛夫的評論體現了虛無思想。由於洛夫覺得虛無問題過於玄妙和複雜，雙方開戰之日也就成了終戰之時。兩人後來做了不同程度的自我批評，余光中還對《天狼星》做了不同程度的多次修改。

抨擊新閨秀派

瓊瑤於〈窗外〉發表後走紅，李敖在一九六五寫了〈沒有窗，哪有《窗外》〉，抨擊瓊瑤寫的這一代青年的夢和希望，無非是「花呀、草呀、月亮呀、淡淡的哀愁呀、媽媽的話呀、罪惡呀、傳統的性觀念呀、皺眉呀、無助呀、吟詩呀、蒼白呀」等。瓊瑤把自己關在象牙塔裡，只是夢遊太虛幻境，然後把夢遊的記錄，努力寫成一部部「清晨的露珠」，然後再把這些露珠，甘露般灑到小百姓的頭上。瓊瑤的作品題材狹窄，人們看到的只是私人小世界裡的軟弱，她只會「淚眼問語」，而不會「笑臉上床」。李敖聲稱要徹底掃蕩新閨秀派，用一顆重磅炸彈投進瓊瑤的「窗內」，使她嘻嘻不起來。這引起「新閨秀派」作家的反彈，如蔣芸認為李敖的文字只是一種嘲謔的狡猾，根本不夠資格批評。劉菲寫了〈閨秀派吶喊〉反駁，認為「我們要打倒蒼白，打無病呻吟，徹底地建立起頂天立地的大好國民文學」。又有中學生看了瓊瑤的小說後自殺，便有評論家稱瓊瑤的作品為「公害」，是文學界的「癌」。不過這種批判不起作用，眾多少男少女照例讀瓊瑤的書，看瓊瑤的電影，唱瓊瑤的歌。

《七十年代詩選》批判

一九六七年九月，由張默、洛夫、瘂弦三人主編的《七十年代詩選》，由於大多數選的是《創世紀》詩刊同仁的作品，便引來眾多作家的不滿。小說家尉天驄發表短文，以碧果詩作為例指出現代詩已出現了玄學化的傾向。余光中在〈靈魂的富貴病〉中指出入選的詩作缺乏民族性，其中碧果的作品最為典型。洛夫發表〈靈魂的蒼白症〉和余氏針鋒相對。葉珊、陳芳明對洛夫持批評態度。高準的火力最猛，在他發表的〈《七十年代詩選》批判〉中，抨擊這本詩選具有「極度相互標榜自我吹噓之虛驕性」，「以一小撮人的偏激作風而自命主流之虛偽性」，「力求曖昧晦澀、摒絕社會而觀點紊亂之虛無性」，「排斥純正抒情而發揚頹廢思想之虛妄性」。雖然過於誇張，但在某些方面的確打中了對方的要害。

《桑青與桃紅》遭腰斬

一九七〇年，聶華苓寫的《桑青與桃紅》，以大陸為背景寫政治的動亂以及主人公人格的分裂。小說在《聯合報》副刊登出時引起軒然大波，以致中途以「來稿未到」為由遭腰斬。外界認為這是作品內容涉及政治，招致「警總」、黨部進行干涉，好似這部小說在為顛覆政權開路。有人解讀「青」指國民黨，「紅」指中共，郭淑雅還在《臺灣文藝》發表〈喪青與逃紅〉做政治解讀，《聯合報》副刊主編平鑫濤卻說是因為該小說在描寫性愛時過於大膽豪放，以致引發衛道士的攻訐。白先勇認為《桑青與桃紅》是一本相當惹事的書，但還不是政治小說，被指為色情也過分誇張。即使這樣，臺灣報紙還是不敢刊登聶氏的作品，直至一九八九年她的作品才在臺灣出版。

〈招魂祭〉論戰

一九七一年，洛夫編輯出版了開年度詩選之先河的《一九七〇詩選》。本土詩人李敏勇以傅敏的筆名在一九七一年三月出版的詩刊發表了〈招魂祭——從所謂《一九七〇詩選》談洛夫的詩之認知〉，抨擊各夫把年度詩選幾乎變為《創世紀》同仁詩選。除質疑選詩的公正性外，論戰雙方對好詩的標準也有完全不同的看法。李氏尖銳的文風，引爆笠詩社與創世紀詩社詩人群的相互論戰，雙方還就詩歌問題上升到省籍和認同問題，其中夏萬洲直指笠詩社是「日本詩壇的殖民地」。一九七一年十二月出版的《笠》，由白荻代表該社發表〈嚴正聲明〉，要求對方道歉，風波在瘂弦等人的奔走下得以平息。《笠》後來發表了葉笛的〈文化是純種馬嗎〉一文，對這場論戰畫了句號。

大學文藝教育論爭

由於戒嚴，臺灣各高校均無法開設中國現代文學課程，如公開講魯迅或講留在大陸的作家巴金等，便會被檢舉。有感於此，趙友培於一九七二年六月十日、十一日在《中華日報》上發表〈我國大學文學教育的前途〉，說明教育部曾分令各大學和獨立學院增設現代文學系，臺灣文化界由此為中文系的改革問題展開一場論戰，有三十八位作者參與。論爭的焦點在於中文系能不能講三十年代作家的作品，能否開中國現代文學史課程，能否實行「駐校作家」制，《中華日報》事後出版了《大學文藝教育論戰集》專書。最後因教育部出臺制定文藝系的課程標準而結束，而中國文化大學首創文藝組，便是這場論戰的結果。到了一九八〇年代，這個問題仍未得到很好的解決。以臺灣師範大學為例，古典文學占七十二學分，講三十七小時，而現代文學五學分，只講四小時。古典文學／現代文學、中國文學／臺灣文學、理論研究／社會應用以及中文系如何面對社會的需要等問題論戰不斷，並開始有了分化的趨向。《文訊》雜誌又適時地於一九八五年二月製作了「中文系新文藝教育的檢討」專輯，學者們紛紛向當局呼籲，能否向老師提供新文學禁書書目，並明確沈從文一類所謂「附匪作家」能否討論，以及魯迅可不可以講，如可以講講到什麼程度。

升起全面攻擊現代詩的狼煙

一九七二年三月，顏元叔在葉珊主編的《現代文學》之「現代詩回顧專號」上，升起了對臺灣現代詩全面攻擊的狼煙。他認為「近二十年在臺灣寫成的中國現代詩」，無論是「形式」還是「語言」，均存在著重大的缺陷。他把矛頭集中指向洛夫，在《中外文學》創刊號上發表批評洛夫兩首詩的文章。按照蔡明諺的說法，顏元叔這次把「狼煙」正式升高為「戰火」，認為「結構崩潰，是洛夫詩篇中常見的現象」。他還發表〈詩人，你們在幹什麼？〉等系列文章，把他對現代詩的不滿敵意發揮到極點。顏元敘還撰寫〈羅門的死亡詩〉一文，對其「煙火式的結構」和「靈悟、感知」作出無情的批判。詩壇由此分為兩派，郭楓、吳晨等人支持顏元叔，而白先勇、辛鬱等人反對顏元叔。顏元叔所掀起的這場批判現代詩的風暴，一方面暴露了同樣出自臺大外文系的《現代文學》與《中外文學》的緊張關係，另一方面，批判現代詩的風暴畢竟在學院中已醞釀成型。

洛夫和顏元叔的爭論

顏元叔用新批評方法，指出洛夫雖有狂野的才氣，但判斷力尚待修煉，其作品結構欠完整。支持洛夫的人反駁顏元叔，顏氏於一九七二年七月寫了〈颱風季〉，洛夫由此寫了〈與顏元叔談詩的結構與批評〉，認為顏元叔不懂現代詩，對其批評態度也不以為然。顏元叔回敬他〈陋巷雜談〉，洛夫便接過他文章的標題，送給對方「陋巷中的批評家」的「雅號」，並以此作為文章的題目大肆挖苦他，因而當蕭蕭的〈現代詩批評小史〉引發顏元叔的反批評後，洛夫又很不冷靜地捲入了這場論爭。客觀地說，顏元叔對現代詩的許多弊端看得比詩壇內部的人清楚，可顏元叔求新過切，再加上他擺出一副權威架勢指責他人，這樣便有了顏元稅和洛夫火藥味甚濃的論爭出現。

《中國現代文學大系》的是非

一九七二年由巨人出版社出版了《中國現代文學大系》，獲得的掌聲錯落可數，低嘆和怒斥者如浪濤。筆名「天問」的評論者認為這套書只能算是

「選集」，而不配稱為「大系」。此外，「現代」一詞定義模糊，文選的標準過於偏頗，它至少不應該遺漏當時仍在獄中的陳映真的作品。香港作家董橋對「大系」的總序〈向歷史交卷〉提出嚴肅批評，認為余光中奢言「向歷史交卷」，不如說是「向自己交卷」。大家說他們偏見不公，是預料中的事。洛夫編的詩選部分，非議者更多，認為編者不該借「大系」營私，專門推崇自己的詩社而不及其他。香港司馬長風批評詩選部分西化色彩太濃，入選地區和作家均欠公允。林綠認為「大系」的出版，「暴露了所謂『選集』慣有的現象，草率、偏激、不負責任、沒有批評家的修養、情感用事與意氣用事。《中國現代文學大系》雖然外衣豪華炫目，其內裡所現的景色，卻是令人失望的。」一九七六年以中英文版發行的選集而非「大系」的《中國現代文學選集》（齊邦媛主編），則獲得較多的稱譽。

苦讀細品評《家變》

王文興的長篇小說《家變》，於一九七二年九月至一九七三年二月在《中外文學》連載後引發爭議，成為毀譽參半的作品。最先發表文章的顏元叔高度評價《家變》的成就，認為它是「中國近代小說少數的傑作之一」。一九七三年五月，《家變》座談會在臺灣大學舉行。羅門充分肯定小說對現代精神探索的同時，指出它語言上存在著缺陷。朱西甯稱「讀者應該試著去習慣王文興，而不應該王文興來習慣讀者」。劉紹銘先是認為這部小說「拾西人牙慧」太突出了，後來卻又稱讚此書「是臺灣文學二十年來最令人驚心動魄的一本突破性小說。」尉天驄表示對《家變》非常失望，作者不但沒有寫出一個沒落的讀書人在家庭遭到衰敗後所具有的悲劇性，反而顯露出一個新知識分子的刻毒狂傲的面孔。高天生認為顏元叔的評價過高，這部作品內容其實貧乏可憐。呂正惠後來寫有〈王文興的悲劇——生錯了地方，還是受錯了教育〉。當時集中討論《家變》的報刊還有《書評書目》、《中華日報》等。

圍攻歐陽子小說《那長頭髮的女孩》

歐陽子於一九六七年出版的小說《那長頭髮的女孩》，最引人矚目的地方是在大膽描寫女性情慾的同時勇闖亂倫禁區。作品的故事離不開畸形戀和兒子的戀母傾向，寫出背德、沉淪、邪惡、墮落等人性的醜惡面。對這部小說批判最為有力的是一九七三年八月創刊的《文學》，上面集中刊登了唐文標、何欣、尉天驄、王拓的文章。他們從現實主義和民族主義的立場出發，指控這部作品受西方頹廢資本主義思潮的影響，社會效果極為不好。何欣指出書中的人物「都是缺乏思想，缺乏個性的浮萍，其中的故事都缺乏力量」。王拓最反感的是作品中的亂倫關係，他認為作者「對社會現實，和此一文化環境下普遍的問題，缺乏敏銳的感受」。唐文標像對待難懂的現代詩一樣，對《那長頭髮的女孩》舉起投槍。其他刊物發表的文章，也是貶多於褒。

誹謗韓愈案

郭壽華於一九七五年十二月發表文章，認為唐朝的韓愈曾患風流病，後誤用硫黃中毒身亡。韓愈第三十九代直系血親韓思道認為郭文污辱了他的祖宗，便將其告上法庭，經臺北地方法院宣判，犯有誹謗罪的郭壽華，需交罰金三百元。這一判決結果，在文化界引起軒然大波，高陽、錢穆、任卓宣、葉慶炳等人紛紛撰文表達不滿。其中法學家嚴靈峰質問法院，刑法哪一條規定，指人有「風流病」是犯罪行為？韓思道是否韓愈後人？薩孟武也說，法律規定的誹謗對象應該是活人，如是死人也應有時間上的限制，不可能長達一千餘年。批評古人便犯誹謗罪，此風一開，人們便不能批評曹操，批判秦檜，哪還有什麼言論自由可言？事後，文化界出版了《誹韓案論叢》和《誹韓案論戰》。另外還引發黃正模告發韓思道偽造文書冒充韓愈後代的枝節發生。

顏元叔與夏志清的爭論

美國漢學家夏志清在一九七六年三月《中國時報》發表〈追念錢鍾書先生〉，表示了對臺灣學者以西洋文學批評方法評論中國古典文學的擔憂。顏元叔發表〈印象主義的復辟〉，對夏志清的批評方法十分不以為然。夏志清以〈勸學篇——專覆顏元叔教授〉一文答難，顏元叔則寫了〈親愛的夏教授〉反彈。參與論戰的文章還有：黃維樑（香港）的〈中國歷史詩話、詞話和印象式批評〉、黃青選的〈披文入情〉、黃宣範的〈從印象式批評到語意思考〉、趙滋蕃的〈平心論印象批評〉。這場文學爭論，其實是兩代批評家之爭，夏氏所代表的是堅持傳統批評方法的老一輩學者，而顏氏所代表的是急於從西方文論中找出路的年輕一代學者。這次爭論是中西文化的碰撞和交融，對建設既有民族性又有現代性的文論，提供了有價值的思想材料。

圍繞為「皇民文學」翻案的論辯

所謂「皇民文學」，係發生在一九三七年後日本擴大對華南與南太平洋地區的侵略，在臺灣開展的「皇民化運動」的產物。這個運動在臺灣總督府「皇民奉公會」的領導下，動員臺灣投入一切人力、財力、物力，為「建立大東亞秩序」效勞。其中情願為「大東亞聖戰」服務的作家只有周金波、陳火泉等兩三個人。他們寫的小說總數量還未達到十篇，但作品中宣傳的以做「高等」民族的日本人為榮的毒素不可忽視。

為了遏制「皇民文學」東山再起，並阻止這股放棄族群認同的思潮蔓延，陳映真和張良澤在世紀之交展開了如何概括從日據時代到當下臺灣文學精神問題的辯論。替「皇民文學」張目的張良澤，於一九九八年二月十日在《聯合報》副刊發表〈正視臺灣文學史上的難題——關於臺灣「皇民文學」

作品拾遺〉，呼籲回歸當時的歷史背景，設身處地、將心比心地體會與理解當時作家或有不得不然的處境，要以平等的態度看待這些作家與作品，重彈「三腳仔」的老調。這在當時引起了一系列不同角度的響應，先後在該報刊登的文章有：陳映真〈精神的荒廢——張良澤皇民文學論的批評〉，另有彭歌〈醒悟吧！——回應陳映真〈精神的荒廢〉一文〉、陳鵬仁〈一些回憶和感想——也談「皇民文學」〉、馬森〈愛國乎？愛族乎？——「皇民文學」作者的自我撕裂〉、游勝冠〈在殖民者與被殖民者之間徘徊——又見一場以「皇民文學」為焦點的論爭〉等。

陳映真批駁張良澤道，作為臺奸或漢奸同路人的「三腳仔」論，歪曲了臺灣歷史。其實當時的臺灣人民，並不都願意做日皇的順民。在這場戰鬥中，著名作家黃春明發表了澄清「皇民文學」真相的言論，臺灣社會科學研究會會長曾健民也寫有〈一個日本「自虐史觀批判」者的「皇民文學論」〉，著重批判了日本右翼學者中島利郎的〈周金波論〉。二〇〇五年，陳映真又和美化「皇民文學」的藤井省三展開辯論。

陳映真與葉石濤的論爭

一九七七年五月，葉石濤發表〈臺灣鄉土文學史導論〉，提出「臺灣意識」這一概念，並認為只有用這種意識寫的作品，才能稱為鄉土文學。陳映真在〈「鄉土文學」的盲點〉中認為，「臺灣意識」這種說法很曖昧而不易理解。在陳映真看來，三百多年的臺灣歷史應納入中國近百年的歷史脈絡裡。日據時代以前的臺灣社會，與近代民族運動之前的中國社會沒有本質區別。「臺灣立場」在最初只有地理學上的意義，具體到臺灣農村，「正好是『中國意識』最頑強的根據地。」如果說，臺灣文學是以「臺灣意識」寫成的，那「臺灣意識」也不過是「中國意識」之一種。既然如此，就不能把臺灣文學的特殊性過分強調和誇大，因為說到底，臺灣文學不過是「在臺灣的中國文學」。

批判《臺灣新文學運動簡史》

《文學界》一九七八年冬季號，發表陳芳明與彭瑞金的對談，批評陳少廷的《臺灣新文學運動簡史》有太多的政治陰影，不應該把臺灣文學定位為中國文學的一部分。陳少廷在同期發表〈對日據時期臺灣新文學史的幾點看法〉，修正自己的觀點，不再認為臺灣新文學是中國新文學的支流，尤其是戰前的臺灣新文學是臺灣文學，不是中國文學。許水綠發表〈不要容忍陳少廷〉，認為陳氏修正自己的錯誤不徹底，把戰後臺灣文學又跟中國文學扯在一塊，可見他對臺灣的社會認識多麼貧乏，多麼離譜。在此之前，胡民祥再次用許水綠的筆名在《新潮流》發表〈評《臺灣新文學運動簡史》〉，指出「陳少廷的中國文學沙文意識以及其小資產階級恐左心態，使其無法掌握戰前臺灣社會歷史」，並希望有人寫一本「貨真價實的《臺灣新文學運動史》」。

關於重刊「皇民文學」〈道〉的爭議

《臺灣文藝》的發稿權逐漸轉移到鍾肇政時，鍾氏推薦轉載葉石濤的〈兩年來的省籍作家及其小說〉，內提到「皇民作家」陳火泉的小說〈道〉，受到該刊主編吳濁流的抵制。鍾肇政不聽勸告，還提出要把〈道〉重刊一次，也遭到吳濁流的否決。吳氏引用一位日本左派學者的話說，「陳火泉熱烈的呼籲之對象是什麼呢？……當聖戰的尖兵，這就是等於要把槍口指向同胞中國，同時也不是等於背叛亞洲的民眾嗎？」

一九七九年，鍾肇政等人主編《光復前臺灣文學全集》時，又有人提出收入陳火泉的作品。〈道〉最終由鍾肇政主編的《民眾日報》副刊於一九七九年七月至八月連載。鍾肇政否定吳濁流對〈道〉的指控，認為即使算「皇民文學」，「也是被虐待被迫害的臺灣同胞的椎心泣血之作」。

關於《柏楊與我》的爭議

一九七九年底，梁士元編了一本《柏楊與我》，由星光出版社出版。該書作者均為柏楊的朋友，他們在歌頌柏楊出於愛國熱情，目睹官方之腐化敢於直言犯上作亂的同時，為其冤獄鳴不平，大有借此書向天下人告狀之意。該書還把柏楊十年前所寫的批評政府的十多首詩當作附錄，並稱讚他是「最傑出的言論家」。這引來衛道士的不滿，其中《掃蕩週刊》發表〈瞧瞧柏楊的國際主義心態〉的社論，認為柏楊的言論荒謬，應該批判，並同步發表〈柏楊坐牢是冤枉嗎？〉一文，陳志專則接連發表〈讀《柏楊與我》氣憤難平〉、〈談國內偏激分子的怪腔怪調〉。

三十年代文藝作品能否全面開放？

三十年代文藝作品由於被打成左翼文藝，故成為臺灣文壇的禁忌。後來風氣日開，從一九六〇年代末起，臺灣便陸續出現要求開放三十年代文藝的呼聲，但受到官方文人的抵抗，如尹雪曼把開放的建議視為一種來者不善的「旋風」，高喊要「清除」。《中央日報》總主筆彭歌也認為三十年代文藝充滿了「赤色毒素」，不能開放。到了一九八〇年代初，迫於形勢，「國建會文化組」提出適度開放三十年代文學作品的建議，趙滋蕃認為由於社會快速變遷，三十年代文藝作品已失去當年的震撼力和影響力，都無法趕上現代作家的水準，沒有開放的必要。對趙滋蕃這篇文章，《書評書目》編輯部組織了一場讀者筆談會。該刊編者在「報告」中說，三十年代文藝已「逐漸成為可以討論的話題，但是，被談論的主題本身——作品，仍然只是特定的年代或人物有緣親友，對絕大多數關心文學傳承的年輕學子，三十年代文學仍舊是『神秘』的。」在這場討論中，旅美學人李歐梵等也多次建議當局重新檢討三十年代作品的禁令。之所以無法檢討，最重要的原因是「戒嚴令」這個緊箍咒。事實上，當臺灣當局於一九八七年七月取消「戒嚴令」後，三十年代文藝作品要想禁也禁不了。

爭奪「二·二八」事件的詮釋權

關於「二·二八」事件，統獨兩派有完全不同的詮釋。自一九八〇年代中期以來，獨派將其解釋為同民族分地域相仇，是臺灣從中國分離、獲得獨立的象徵。而統派認為，「二·二八」是反獨裁、爭民主自治的抗爭，當時的精英力倡民族團結，所謂族群衝突並不符合當時的情況。統派反對過於強調外省人與本省人的矛盾，更反對以日本文化對抗中國文化的詮釋角度。《人間思想與創作叢刊》反對將「二·二八」事件視為獨立的行動，而認為應該定位為當時全中國反獨裁鬥爭的一部分，甚至視為戰後世界權力轉換，新權力者的粗暴失政所產生的抗暴活動的一環。這方面的代表人物獨派有李筱峰，統派有陳映真等人。

關於旅美七教授〈坦白的建議〉的爭議

一九八一年三月，李歐梵等七位旅美教授應「中國作家協會」的邀請，在大陸做了三個星期的訪問。事後他們以〈坦白的建議〉為題，向大陸文藝界提出十二點意見，分別在香港和臺灣刊出。「建議」主要觀點為反對政治干預文藝，不同意批判白樺的《苦戀》，大陸應從歐美吸收更豐富的馬克思主義和非馬克思主義的文藝理論，大陸作家不能過分偏好寫實、道德化和政治意識，應允許自由結社，創辦民間刊物。臺灣作家彭歌、侯健讚揚這封公開信的內容，政論家毛鑄倫寫了〈文藝作家的不朽盛事〉，《臺灣日報》則發表社論〈這是什麼樣的心態與立場〉，批評公開信的內容。尉天驄、陳映真也寫了〈讀七教授〈坦白的建議〉有感〉，認為中國文學不能走現代派道路，堅持為民請命的現實文學傳統，大陸作家重視道德化和政治意識沒有錯。中國文學形式和技巧的創新不能完全從西方文學中找出路，對大陸「意識流」和「朦朧詩」，不能一味讚揚。

《諾貝爾文學獎全集》熱戰

一九八一年前後，臺灣文壇發生了一場《諾貝爾文學獎全集》的熱戰。首先投入戰場的是鮮為人知的小出版社九五文化事業公司，由陳中雄媒介做文化投資，由「臺北畫派」畫家黃華成設計文宣。他們之所以動這個心思，一是建立在每一戶有鋼琴的家庭，必會購買一套《諾貝爾文學獎全集》中文版的市場調查上。二是當時套書成出版界企劃案，如一九八〇年遠流出版社出版精裝全套三十一冊的《中國歷史演義全集》銷售長紅的業績非常誘人。套書付梓前即打廣告收預約訂金，而後再分期收款，因此往往廣告上一報，預約款就紛紛進賬。三是官方大力推廣「以書櫥代替酒櫃」的文化宣傳，牽動了不少人買套書當裝飾品以示風雅的風氣。

「諾貝爾基金會贊助，瑞典學院編纂」純屬「廣告詞」，然而九五文化事業公司才開始做營銷規劃，就碰上了強勁對手，有「出版界小巨人」之稱的沈澄思主持的遠景出版社，以著名作家陳映真擔任主編，加入戰局。雙方強攻市場，互打廣告戰，爾後又有第三家想得漁人之利，結果造成三敗俱傷。九五文化事業公司的全集沒出幾冊就倒閉了。出版家王榮文檢討這場商戰時說：「諾貝爾在臺灣水土不服。」據史料收藏家莊永明考證，這也是遠景出版社由盛轉衰的主要原因。

後現代論爭

關於後現代主義，從它進入學術文化場域開始，臺灣理論界就一直產生種種分歧。一九八〇年代早期的分歧在於臺灣是否真正進入了後現代社會或後現代狀況。據劉小新歸納，這裡存在三種具有代表性的觀念，其一，臺灣社會已經進入後現代狀況或後工業的發展時期，或者至少已經明顯出現了後現代的種種跡象和徵兆。其二，臺灣根本沒有進入後現代狀況，臺灣還處於工業化的歷史時期，臺灣不存在後現代主義的歷史條件。後現代在臺灣可能僅僅只是一種學術時尚和話語遊戲，並不具有真正積極的和實際的建設性的思想意義。其三，臺灣有沒有真正進入後現代時期並不重要，重要的是後現代主義已經來臨，它長驅直入地進入當代文論的場域中，已經產生某種不可忽視的影響，它可能逐漸地改變人們對世界和社會生活的感受和理解方式。持第一種意見的代表人物羅青，他試圖搜索出後現代狀況在臺灣早已出現的明顯跡象和種種可以證明其存在的蛛絲馬跡。

關於後現代主義，臺灣文論界的第二個分歧在於後現代主義究竟是激進的、革命性的，還是保守的、犬儒的？後現代的逃逸策略和解構話語到底有無積極的意義？在關懷臺灣民主轉型和價值重建的人文知識分子中，更多的人對後現代主義持警惕和批判的立場。

洛夫的魔筆與暗箭

洛夫於一九八二年五月在《中外文學》發表〈詩壇春秋三十年〉，以挑戰者的姿態對藍星、笠等詩社的某些人妄加評論，不但老一輩詩人紀弦、覃子豪的形象被他的魔筆修改，就是「現代派」的眾多同仁也被攻擊為「很富心機」，笠詩社三代詩人則存在著「語言未臻圓熟」的缺陷，唯獨創世紀詩社「壽命之長，世所罕見」。《陽光小集》為此特別製作了「《詩壇春秋三十年》迴響」專輯，發表了各路人馬的反駁文章，其中文曉村在〈魔筆與暗箭——讀《詩壇春秋三十年》有感〉中，指責洛夫身為「四大詩社」龍頭之一，「一心夢想要執詩壇牛耳的人，居然如此無知，不長進，不真誠，胸襟狹窄，用心邪惡……如果繼續私心自重，想做詩壇的領袖，恐怕是難！」涂靜怡則「為我們詩壇有這麼一位『心術不正』的詩人，以及盲目指定這種『詩人』來寫這篇文章的編者感到悲哀」。鑒於各詩社者表明了立場，洛夫事後給《陽光小集》的信表明「不要滋生誤會」，論爭才沒有繼續下去。

關於柏楊作品的爭議

一九八五年八月，柏楊的代表作《醜陋的中國人》在臺灣出版，曾掀起一陣熱潮，卻遭到美國《華語快報》、《論壇報》，以及香港的《自由》雜誌的討伐。香港《明報月刊》也發表〈中國人醜陋嗎？——就教於柏楊先生〉。為了和柏楊唱對臺戲，一位論者還發表了〈偉大的中國人〉，以示和柏楊劃清界限。這些批評者說柏楊鼓吹民族虛無主義，是崇洋媚外，說他全面否定中國傳統文化，主張全盤西化，說他感謝帝國主義的侵略。大陸在「反資產階級自由化」運動開展後，該書被指為內容意識不良、惡意醜化中國人形象，出版該書的花城出版社，也遭廣東省委書記林若批評。但也有人認為柏楊剖析國民性弱點，是為了激發民族反省。有人認為柏楊率爾出言，文風粗俗，但也有人認為他的作品詼諧幽默，尖銳潑辣。有人還將柏楊的作品跟魯迅的作品進行比較，又引發一場柏楊的雜文是否超越了魯迅雜文的爭議。

建立臺語書寫系統

一九八〇年代後半期，本土人士對「臺語」書寫系統提出不同的看法和方案，（一）主張全盤拋棄漢字，鼓吹以拼音系統作為臺語的書寫符號。他們嘗試改進西方傳教士發明的臺語羅馬拼音系統，以林繼雄為代表。（二）主張完全用漢字來書寫臺語，以在日本的臺裔語言學家鄭穗影為代表。（三）將漢字與拼音字母的書寫方式結合起來，鄭良偉是這個方案的主要創導人。（四）韓國諺文是書寫那些無法以現有漢字表述之詞素的最佳拼音模式，以洪惟仁為代表。無論哪個方案，如何選擇「正確」或「較佳」的漢字，或者甚至創造新字來表達那些無法用漢字表述的詞素，都是難以解決的技術問題。

〈龍的傳人〉引發論戰

〈龍的傳人〉發表在美國與臺灣斷交之際，客觀上配合了當局「激揚民族自尊自信」的宣傳。新聞局局長宋楚瑜以這篇作品勉勵年輕人要做抬頭挺胸的中國人，還親自動筆對這首歌的結尾作了改寫。或許不甘心創作的歌曲被右翼文人扭曲的侯德健，再加上讀作銷售不佳和家庭壓力，於一九八三年六月四日從臺灣出走到大陸。這個消息引起宋楚瑜的恐慌，並在臺灣校園和知識界引發巨大的衝擊波。

侯德健事件的核心在於臺灣人承不承認自己是「龍的傳人」。陳映真還有林世民發表文章探求「我們是誰？」即臺灣人的身份，觸及侯德健出走所包含的「臺灣意識」與「中國意識」問題。其中陳映真借談〈龍的傳人〉作者為名，大力批判正在島內不斷被強化的「臺灣．臺灣人意識」。他認為，向著中國的歷史視野，就一定是廣闊的，強調「臺灣意識」就難免帶上「落後的反華意識」。這次論戰從島內打到海外，從文化界打到政論界。蔡義敏在剖析陳映真的「父祖之國」論的同時，大力宣傳從鄉土意識中昇華出來的本土意識，並將這種意識凌駕於「中國意識」之上。鑒於陳映真怕因批評由廖文毅首倡、民進黨主席許信良大力鼓吹的「臺灣民族論」而被人誤會為國民黨作倀（因主張臺灣人是一個「獨立的民族」的言論，均為當局所不容，甚至會以此為理由受法律制裁），因而他不準備再展開論爭。

《殺夫》教唆青年人犯罪？

《殺夫》是一篇強烈表現女性主義、解構男權並雜有大量性描寫的小說，於一九八三年獲《聯合報》中篇小說首獎後，很快引起衛道者的攻訐。以本土性著稱的《自立晚報》，以發社論的形式對《殺夫》嚴加批判，這篇作品是對犯罪行為的同情和歌頌，尤其是作品中蠱惑殺人的文字，會教唆青年人犯罪，會嚴重破壞法治制度。《文壇》也開闢專欄鞭撻《殺夫》。就像一九六〇年代圍剿郭良蕙的《心鎖》那樣，這個專輯也是不談文本而是抓住某些細節和片段借題發揮，重演道德審判，再次對女性書寫舉起投槍。正如評論家陳芳明所說，「《殺夫》之所以被稱為文學事件，乃是因為這本小說總結了過去女性身體書寫的壓抑史。這本小說的誕生，承受了最後一波男性道德裁判的圍剿。這並不是說父權體制從此就停止反撲、復辟，也不是說女性書寫從此就走上了順境」，但「李昂敢於以負面書寫的策略批判父權文化，使後來許多女性作家得以順勢開展性的書寫空間。」

陳映真與漁父的爭論

一九八四年一月，在聯合國工作的殷惠敏用漁父的筆名寫了一篇評論陳映真小說集《雲》以及《鈴鐺花》、《山路》的長文〈憤怒的雲——剖析陳映真小說〉，在《中國時報》發表，後引來陳映真措辭強硬的〈「鬼影子知識分子」和「轉向症候群」——評漁父的發展理論〉反彈。兩人的爭論集中在「發展理論」、「依賴理論」及第三世界與發達資本主義國家之優缺方面。陳映真認為，對方談文學是一個幌子，談有關政治理論問題才是真的。對方是為新殖民主義辯護，且密告和打擊「民族主義者」，宣揚先進資本主義的光榮和繁華，是買辦知識分子的言論，是一種虛無、犬儒、墮落的行為。這種指責也暗含原先認同社會主義後來轉向的陳映真早年密友劉大任在內。

圍剿《一九八三臺灣詩選》

吳晟主編的《一九八三臺灣詩選》由前衛出版社於一九八四年四月出版。該書入選了許多省籍作家批判國民黨黑暗統治的詩歌，被臺大教授朱炎攻擊為「無產階級文學的流亞」。涂靜怡則認為所謂「關切現實」，其實是「醜化政府」，「分化我們內部的團結……想要繼承三十年代左派作家的衣缽，為中共『解放臺灣』效犬馬之勞」，文曉村批評《一九八三臺灣詩選》選稿標準有分離主義傾向，「今天，文藝界有少數年輕人，受了某些分離主義分子的思想污染，企圖……建立一個什麼『臺灣國』。」針對這種從政治出發的評論，陳水火發表〈沒有土地哪有文學——臺灣一九八五年的文學整風即將進入暴風圈〉和莊英村的〈小人到處有，文壇特別多——鬼影迷蹤的臺灣文壇〉，批評以文曉村為代表的《葡萄園》詩刊攻訐的做法是「做賊心虛」，屬「可鄙的卑鄙行為」，前衛出版社還發表嚴正聲明。面對這個「聲明」，《葡萄園》詩刊發表徐哲萍的文章指出：「吾人最反對的就是『分裂意識』！吾人不只反對臺獨，且反對『一切獨』！」

臺灣文學本土化爭議

一九八四年初，陳芳明用宋冬陽的筆名發表〈現階段臺灣文學本土化的問題〉，否認臺灣文學是中國文學之一支，並認為「左獨」葉石濤的「本土論」與「左統」陳映真的「第三世界文學論」是不可互補的。《夏潮論壇》同年三月出版的革新版，製作了「臺灣結的大解剖」專輯，用三篇長文分別從正、反、側三面批評宋冬陽，認為宋冬陽刻意挑撥省籍作家的矛盾，在統獨兩派還未正式形成之時製造分裂。因為「臺灣問題不論過去或現在都是全世界、全中國問題的一環，這都是一個客觀存在的事實。現階段的臺灣文學根本沒有所謂兩種文學理論所造成的真正宗派」。隨後，《生根週刊》針對《夏潮論壇》的文章提出反彈，聲援宋冬陽。這場爭論來勢凶猛，後來卻留下一大堆問題未能深入展開討論。

為「臺灣文學」正名

臺灣文學有多種定義，比如：（一）描寫臺灣人心靈的文學；（二）用臺灣話寫作的文學；（三）三民主義文學；（四）邊疆文學；（五）在臺灣的中國文學……。本土作家均不同意後三種看法，因而發動各路人馬為「臺灣文學」正名。對臺灣文學的不同解釋，所反映的仍是「臺灣意識」與「中國意識」的對立。其中以「臺灣意識」詮釋「臺灣文學」定義的評論家，主要以葉石濤、彭瑞金、陳芳明為代表。葉石濤指出，「臺灣的文學應該是以『臺灣為中心』寫出來的作品」、「他們應具有根深蒂固的『臺灣意識』。」這種模稜兩可的論述，被宋冬陽（陳芳明）斷章取義地用來對抗陳映真的「第三世界文學論」。彭瑞金則這樣界說臺灣文學：「只要在作品裡真誠地反映在臺灣這個地域上人民生活的歷史與現實，是根植於這塊土地的作品，我們便可以稱之為臺灣文學，反之，有人生於斯，長於斯，在意識上並不認同這塊土地……即使臺灣文學具有最開闊的胸懷也包容不了他。」這裡講的「臺灣文學」中的「臺灣」，已沒有地理學上的意義，而完全是以意識形態劃線。按照這個標準，「生於斯長於斯」的陳映真也會被排斥在外。有的作家更極端，說臺灣文學就是「臺灣人所寫的有關臺灣人的事，以臺灣人的觀點所構成的文學。」如果有作家沒按這些要求進行寫作，便會受到「不忠於臺灣」的警告。這種做法窄化了臺灣文學的空間，不利於臺灣文學的百花齊放。

關於《著作權法》的分歧

雖然一九六四年官方修改了《著作權法》，但盜版翻印之風並沒有消除。由於盜版暴利高、處分太輕加上執法不力，盜印事件層出不窮，使得一九八〇年代的臺灣有「海盜國家」的惡名，促使內政部著手修訂相關草案。出版界與文學界建議這次修訂應該廢除「註冊主義」而採用「創作主義」，但官方沒有接受各界意見，仍依照「註冊主義」原則修訂《著作權法》，因而引發爭論。在強大的輿論壓力下，內政部於一九八五年三讀通過完成立法，至此《著作權法》正式邁進「創作主義」時代。

關於對唐文標評價的爭論

漁父在一九八六年一月三十至三十一日《中國時報》「人間副刊」刊出長文〈意識形態的追逐者——試論唐文標〉，批評唐文標在處理中國戲劇的起源和發展這個歷史問題上的思考方式，認為用西方本位的理論框架無法解釋中國戲劇現象，更何況唐文標不是把西方文論當作中國史料的參考點，只是當作搬抄資料去附會「輝格史觀」和「東方主義」。此外，唐文標違反學術規範，多處未能註出原始資料的出處，且錯漏百出。漁父的文章刊出後，有謂「親痛仇快」，也有謂「親快仇快」，還有人挖苦漁父「打死老虎非英雄」，也有人認為不值得「打死老虎」。其中最有代表性的是抗之的〈批評文章不是這樣寫的〉。對唐文標《中國古代戲劇史初稿》的詰難提出質疑和反駁，漁父則寫〈歷史方法諸問題——答杭子先生〉反彈。

〈臺灣作家的定位〉引發的衝擊波

一九八六年八月，李昂到德國參加「中國文學的大同世界」研討會，此場會議中，臺灣作家未得到應有的尊重，如德國的顧賓批評臺灣現代詩無法讓他感動，並把鄭愁予的詩貶得一文不值，因而李昂回臺後發表〈臺灣作家的定位〉，認為西方學者之所以重視大陸文學，是因為顧賓這些人同情社會主義，誤判大陸文學是中國文學的主流，而過於封閉的臺灣島難以產生偉大的作品。洛夫以〈怒讀〈臺灣作家的定位〉〉反駁李昂的觀點，認為是「社會寫實」的文學潮流抵制西方現代文學的輸入及與世界交流，使臺灣作家缺乏競爭力而受到冷遇。葉維廉認為臺灣文學不能走向世界，與作家藝術成就不夠高，尤其是官方未努力翻譯、推介有關。

李昂的觀點雖然有一定的臺灣立場，但仍然存在著中國中心意識論，因而引起爭鳴。《遠見雜誌》邀請李昂、鄭愁予兩位當事人對談，探討臺灣文學在西方為什麼會受到冷遇。本土作家羊子喬認為「臺灣文學的隱憂，不在外國學者或中國學者對臺灣文學的誤解，而在於臺灣作家本身自信心的喪失。」李敏勇、向陽等著重在認同臺灣方面立論，而龍應台在〈臺灣作家哪裡去〉中表達的不同觀點與上述文章不同。青年學者游勝冠則認為龍應台把焦點集中在官方的定位上，才打中了要害。

本土派新生代批判葉石濤

本土派新生代批判葉石濤，其中有宋澤萊、高天生等人。宋澤萊在一九八五年以人權文學論邀激進改造的態度，批判態度保守的葉石濤不敢鮮明地亮出自己的旗幟，衝殺在反國民黨文化專政主義前線，他所代表的文學是為「老弱文學」。高天生在《臺灣新文化》雜誌聲援宋澤萊，強烈地斥責「文學本位者」，不點名地批評葉石濤「不要政治過敏」的主張，其實本身就帶有強烈的政治性，且強調新生代作家已認同「文藝不能說離政治」的觀點。面對這些質疑，奉守「螞蟻哲學」的葉石濤，「忠告」年輕一代決不能讓文學成為政治的工具。王冷後來代表《臺灣新文化》「苦勸」葉石濤，並提出四點聲明要葉石濤「停止潑冷水、扯後腿」。吳晟在一九八七年發表的〈理性〉一文中，暗批葉石濤這位文學本位者「緊緊依附當道、頻頻向權貴示好」。許水綠的〈筆尖指向現實——臺灣文學作品與社會生命（葉石濤部分）〉，認為「文學歸文學，政治歸政治，文學不該涉及政治」，本身就是一種散布妥協意識的立場。可見，在解嚴前後，葉石濤與本土派新生代政治意識形態的衝突已幾近白熱化。

關於《臺灣詩人作品論》的爭論

從一九八〇年開始，李魁賢寫了一系列的本土詩人論，於一九八七年結集為《臺灣詩人作品論》出版。莫渝很快寫了〈誠實的解剖刀——論《臺灣詩人作品論》〉加以肯定，而《聯合文學》一九八七年第六期發表了張錯用「鄭雪」筆名發表的〈給詩評取個榮譽的名稱吧——評《臺灣詩人作品論》〉中不贊成本書「臺灣詩人」的名稱，建議他「把笠脫掉就好了。好好看一看這世界，勇敢地面對陽光，並且吸取養料，把健康的臉，把中國性的真面目示人」。李敏勇在《笠》詩刊卷頭語發表〈寧愛臺灣草笠，不戴中國皇冠〉，狠狠地批駁動輒以「中國」的帽子來壓製「笠」詩人的做法：「用真正的面目面對臺灣的燦爛陽光吧！不要躲躲藏藏在虛幻的中國的黑裙下迷亂意淫，何況中國也不是你的。」旅人（李勇吉）也在《臺灣文藝》發表〈請勿侮辱臺灣詩人〉作為聲援。這其實是一場統獨論爭。

彭瑞金對楊青矗的憂慮

一九八五年以來，楊青矗在《臺灣文藝》發表過兩、三篇短論，其中體現的文學主張與彭瑞金南轅北轍，與其前輩葉石濤明哲保身的三民主義文學論調亦針鋒相對，這引發同是本土派彭瑞金的強烈不滿。

彭瑞金曾用「大昕」的筆名，在剛問世的《新臺》雜誌上發表〈《楊青矗與國際作家對話》的一些憂慮〉。彭瑞金和楊青矗的第一個分歧在於能否將經濟與政治發展的程度，作為衡量文學水平的標準。第二個分歧是企求世界性觀點下的文學時，心態調整是否要優於作品的觀摩與交流。彭瑞金不滿楊青矗的「人間煙火」文學觀，認為這種文學觀「唱了十幾年，大家都耳熟能詳，加上政治文學的配料也不過耳耳」。

彭與楊兩人的「私人戰爭」從根本上來說是不同政治觀所致，並不涉及文學內涵、形式、技巧和流派，其「憂慮」成了不同意識形態的對壘，未讓讀者真正弄清官方與民間的不同文學立場。再加上彭氏對楊氏的人格不十分尊重，導致這種紛爭白熱化，被論敵加上「國民黨御用外打手」的嚇人帽子，使這場沒有進入理論探討層面的筆仗成了並不是「憂慮」那麼簡單的意氣之爭，與極有震撼力的思想激蕩相差甚遠。

《佛滅》是影射小說？

朱天心涉及黨外運動的小說《佛滅》，在一九八九年六月《中國時報》刊出後引發爭議。《自立早報》率先用兩天的版面討論該小說涉及影射的部分。作者辯解說小說沒有影射任何人，何況主人公本該就有血有肉有思想，否定者卻借小說談政治。當時正值李昂的《北港香爐人人插》發表不久，影射再度成為爭論的焦點。著名評論家楊照對此事件表示，影射不是不可以，但不應有恨意。朱天心卻認為魯迅的作品在影射時充滿了恨意，才使其作品分外動人，故作品最重要的是對影射的處理是否合理和生動，而不在於有沒有影射。

撲朔迷離的《臺中的風雷》

人間出版社於一九九〇年出版了古瑞雲（周明）的《臺中的風雷——跟謝雪紅在一起的日子裏》。此書回憶了一九四七年二月蜂起事件至「香港會議」這段時間中，著者和臺灣共產黨領袖謝雪紅及其戰友的苦難歷程。這本書原是人間出版社刊行的《證言二二八》的第一本書，後來由於《證言二二八》難以收入篇幅長的作品，作者便想聯繫別的出版社洽談出版，陳芳明以此為由介入，再加上中間人葉芸芸對出版事項交代不及時，陳映真還記錯了收到「腳踏兩只船」周明稿件的時間，從而引發出周明的誤解，整個出版過程由此變得撲朔迷離。

陳芳明在〈《臺中的風雷》之劈裂〉中認為「人間」搶了他的出版權，因為一九八九年八月四日，周明和陳芳明簽有出版合同，並罵陳映真為唯利是圖的「出版商人」。可後來的事實是：周明聲稱陳芳明的「政治立場」太「鮮明」不得已而作罷。陳芳明的獨派朋友鐘逸民和李喬看到「人間」出的此書後，指責陳映真出版時不忠實於原著，從書名到內容均做了手腳，古瑞雲感到事情嚴重，便收起他模糊的立場，正面說明此書係「拜托葉女士與『人間』出版社交涉出版事宜」，後來因病住院與葉芸芸失聯，人間出版社便依照「《亞美時報》未經修改的原稿排版、發行。」陳映真寫有〈夢魘般的回聲——陳芳明「內面史」的黑暗〉的長文回應陳芳明的指控。

這個文學上的「羅生門」式的撲朔迷離的出版故事，乍看起來這是《臺中的風雷》出版權的爭奪，其實背後隱藏的是統、獨兩派對「二·二八」事件詮釋權的爭奪。

關於《異域》的是非

柏楊描述滇緬孤軍奮戰事跡的小說《異域》，由導演朱延平親自執導。這部由他人改編的同名電影，拍完後準備參加亞太影展。行政院新聞局檢查該片時，發現有六段內容有問題，尤其是不該寫國軍打了敗仗，便作出刪改後才能上演的決定。柏楊於一九九〇年八月二十二日給新聞局局長邵玉銘寫公開信，質問哪條法律規定打敗仗不可以拍成電影？殘兵敗將不許出現的時代，不應再繼續存在。何況邵局長兩小時前剛表明電影檢查不干涉主題意識，下午就出現《異域》刪剪的問題。邵玉銘為維護自己的形象，便向柏楊妥協，將影片裁定列為輔導級，不修剪也准予上演。

「臺語文學」論戰

一九八九年和一九九一年發生了兩次小規模「臺語文學」論戰。一九八九年，廖咸浩發表〈「臺語文學」的商榷：其理論的盲點與限制〉，認為臺語文學理論建立在兩大謬誤上：一是它繼承且深化了白話文學「言文合一」的盲點，其實並無真正「言文合一」的作品。二是「臺語文學」接收了由臺灣意識衍生出來的正統心態或霸權心態。這只會窄化臺灣文學的發展空間，甚至可能扼殺臺灣文學的創造力。此外也沒有所謂的純臺語，他認為「臺語文學」的語言文體最後將近於「鄉土文學」的文體。這樣一來，「臺語文學」的未來不容樂觀。這引發林央敏、洪惟仁的反彈。林央敏發表〈不可扭曲臺語文學運動——駁正廖咸浩先生〉，認為廖咸浩不了解語言與文化具有不可分割的關係，並強調更新臺灣本土文化，必須發展臺語的書寫。洪惟仁發表〈一篇臺語文學評論的盲點與囿限——評廖文〈臺語文學的商榷〉〉，表明「臺語」運動者所謂的臺語包括閩南語、客家語、山地語，而非獨尊閩南語，並澄清「臺語文學運動」其實也主張吸收與融合其他語言的詞匯。洪惟仁還指出「臺語文學」前途的困難並非是廖咸浩所認為的那樣，而是來自政治環境的侷限。

簡體字就是紅衛兵？

一九九一年底，《聯合報》發表黃永武〈簡體字就是紅衛兵〉的文章，認為紅衛兵破四舊、焚古籍、斬斷歷史文化，簡體字也使中國百姓與固有典籍絕緣，比焚古籍更徹底。另一方面，紅衛兵的構想是「立四新，為人民」，不意成為全大陸的亂源。現在當務之急是「收拾」掉簡體字。大陸學者路志偉看了後在《聯合報》上發表文章，不從「亂源」上做文章，只從所謂「政治集團的操控」入手反駁對方：簡體字不始於中共。一九三五年，國民黨頒布過三百二十四個簡體字，今天兩岸通用的「台灣」的「台」，就始於此時，那時並沒有紅衛兵。如果要把文字問題扯到政治，那在簡化字問題上，國共兩黨早就「合作」過一段時間。至於用什麼字體不許協商只管「收拾」的做法，過於粗暴，倒有點似紅衛兵在念《毛澤東語錄》「革命不是請客吃飯」。黃永武認為簡體字在軟體字上將成為拙劣粗糙的工具，其實，現在大陸的電腦用英文字母對應漢語拼音，比用注音輸入法簡便許多，故其「簡體將會被資訊淘汰」的預言便落了空。

兩岸經貿往來的頻繁及大陸文化人不斷訪問臺灣，使得臺灣人把簡化字看作「紅衛兵」的畏懼情緒有所淡化，也使得當局由嚴禁銷售大陸的簡體字書到限制大陸書進口的規定有名無實，簡體字進入臺灣家庭並為許多人所認同，已是不爭的事實。

「臺語文學」第二次論爭

一九九一年，林央敏在〈回歸臺灣文學的面腔〉中，認為「臺語文學」才是臺灣文學。而「臺語」是指福佬語，只有「臺語文學」最能做臺灣文學的代表。林央敏認為，從「以多代全的人文邏輯」來說，福佬話是臺灣最多人使用的語言，作為臺灣語言的代表這是很自然的事。最後強調「只有用臺灣人的本土性母語、尤其是最有代表性的母語——臺語，創作的作品才是面腔清晰吻合、內外最一致，而且最能反映臺灣社會、人生的正統臺灣文學」。這篇文章引來客家籍作家李喬、彭瑞金、鍾肇政等人的應戰。李喬在〈寬廣的語言大道：對臺灣語文的思考〉中指出，臺灣人應包含四大族群，而「臺語」當然也包含四大語系，「不宜排斥其他」，不應該只用某一種語系唯一的代表，而為「臺灣獨立建國」著想，在語言問題上應該尋求阻力最低、最容易凝聚共識的方法。彭瑞金也發表〈請勿點燃語言炸彈〉一文，指出福佬以外的族群願不願意接受福佬話的問題，即使語言主張用政治手段解決了，其他各占臺灣百分之十五左右的客語人口和操普通話的人口，以及三十萬原住民會怎麼想？族群之間的意識膨脹，將是「閩南語即臺語」主張真正的致命傷。在〈語、文、文學〉中，彭瑞金又重申母語文字化可能減緩臺灣文學發展的觀點。鍾肇政發表的兩篇文章亦持類似的看法。

事實上，「臺語文學」界並不是所有人認為「臺語文學等於臺灣文學」或「臺灣文學只有臺語文學」，說「臺語文學」代表臺灣文學，進而炮口「對內」即對準客語族群以及原住民語族群，是非常不明智的舉動。

炮轟「大陸的臺灣詩學」

一九九二年，標榜「詩寫臺灣經驗」、「論說現代詩學」的《臺灣詩學季刊》創刊伊始，便製作了「大陸的臺灣詩學」專輯，對古遠清、古繼堂等人研究臺灣新詩著作作出「滿含敵意，頗多譏諷」的「毫無情面的痛批」。到了次年三月，該刊又推出同名專題，其中炮擊對象集中於大陸的「主流」臺灣詩學，即孟樊說的以「『大陸雙古』（古繼堂、古遠清）為代表，兼及謝冕、李元洛、楊匡漢、劉湛秋等人」。在他們看來，大陸詩評家「要和臺灣詩評家賽跑，爭奪臺灣詩的詮釋權」，故而受到嚴重威脅的臺灣詩評家，到了必須嚴正表明對大陸的臺灣詩學不屑一顧的態度，以把臺灣文學詮釋權奪回來。

二〇〇〇年九月，在由中央大學中文系等單位主辦的「兩岸文學發展研討會」上，焦桐發表了〈大陸的臺灣現代詩評論——以思鄉母題為例〉的文章，以大掃除的方式把眾多的大陸詩評家一個挨一個批了一通。二〇〇八年，當古遠清在臺北出版《臺灣當代新詩史》時，謝輝煌等人，用「論斤賣廢品」的比喻全盤否定這本有新意的學術著作。後來，還演化為古遠清與高準的「私人戰爭」，彼此在臺北出版的《傳記文學》論戰了好幾個回合。

龔鵬程與鍾肇政的爭論

一九九二年九月，鍾肇政談七十年來臺灣文學發展時，認為從一九四九年以後出現了臺灣文學的「斷層真空期」。龔鵬程在〈臺灣文學四十年〉的長文中，認為這種說法是無視外省作家及媒體的存在，認為這是本土霸權主義的表現。鍾肇政編的《臺灣作家全集》，把大陸赴台作家全部排除在外。龔鵬程認為這是省籍偏見，反觀外省作家編的文學大系，無不選入吳濁流、鍾肇政等人的作品。鍾肇政還把一九五〇分年代概括為「反共文學」時期，龔鵬程認為這種歸納過於粗放，因這時還有偏於寫愛情和生活情趣的女性文學，就是創世紀等三大詩社的創作，反共詩歌也不占主流地位。鍾肇政又把所有來臺的作家都視為官方，把其所有文藝活動都當作官方文藝思潮的展現，這也過於片面。龔鵬程與鍾肇政兩人爭論的焦點在於，臺灣文學是屬於省籍作家的文學，還是外省作家共同參與創作的文學？以及臺灣文學能否與中國文學切割？龔鵬程一針見血地指出：「本土主義的論述者，提出一套愛臺灣、認同鄉土之類的『標準』」，其目的是「想要壟斷占有臺灣文學的歷史」。

《中國新詩淵藪》引發著作權糾紛

一九九三年七月，由王志健編著、厚達三五七七頁的《中國新詩淵藪：中國現代詩人與詩作》，選入從臺灣到大陸乃至海外詩人三百多位，每家選進作品三五首至二十首不等，作品總計二千餘首。有作家簡介，後附數十字至百餘字的點評。此書發行後，被張默等人檢舉，認為入選作品未經授權。出版者正中書局得知後，當即將該書從書店全部收回，並與作者解除合同，在報刊登報道歉啟事。其後詩人林燿德、向陽向法院控告正中書局侵權，被法院駁回，但此書仍未能發行。

研討會上的兩岸文學拉鋸戰

在一九九三年十二月十六日的《聯合報》系基金會主辦的「四十年來中國文學會議」上，上演了不同程度的「拉鋸戰」。李子云在提到張愛玲小說時，認為《秧歌》與《赤地之戀》失之粗糙與概念化，立即有臺灣作家為之辯護。對於劉再復的論文〈大陸文學四十年的發展輪廓——從獨白的時代到復調的時代〉，有臺灣作家認為劉氏從陀思妥耶夫斯基（Fyodor Dostoyevsky）的作品提出的「獨白」還有「複調」的概念，是「六經注我」，完全不符合陀氏的原意。本土作家李喬則在會上以突然襲擊方式發表聲明，「說他所以與會，是出自對他的老師齊邦媛的尊敬，他其實不認同臺灣文學是從屬於中國文學的。」

不僅兩岸作家在這次會議上有摩擦，而且臺灣作家內部也有小的碰撞。一位從臺灣出去留學未返回者與本土派對罵，本土派大罵留洋派，學成不歸對不起養育他們的父老鄉親，留洋派聽了後一笑了之。二〇〇三年底，在佛光大學舉行的「兩岸現代詩學研討會」上，楊宗翰批評大陸學者古繼堂的新著《臺灣文學的母體依戀》是「統戰作品」。本土作家趙天儀講評古遠清論文時，對古氏稱其思想為「分離主義」的觀點，表現得不屑一顧。

「反共文學」是一種「逝去的文學」？

一九九三年二月，旅美學人王德威在《聯合報》系主辦的一次研討會上發表論文〈五十年代反共小說新論——一種逝去的文學？〉。朱西甯誤讀該文末尾的問號，以為王氏是在否定「反共文學」，便在次年一月發表〈光輝永續的反共文學——為王德威「四十年來中國文學會議」論文《一種逝去的文學》稍作增補〉。名曰「增補」，其實是一篇質疑和反駁的文章，認為像《蓮漪表妹》、《秧歌》這樣的「反共小說」藝術生命力長久，「乃至不朽，從何說起這是一種死去的文學？」王德威由此寫了〈一隻夏蟲的告白〉，回應朱西甯另一篇反駁他的文章〈豈與夏蟲語冰？〉。王氏重述他第一篇文章的觀點：「我們可以不認同反共的意識形態，但卻不能看輕因之而生的種種，而非一種血淚傷痕。明乎此，我們又怎能輕易地認為這是一種逝去的文學呢？」朱西甯和王德威均是反共作家，在擁蔣反共這點上沒有根本分歧，只不過王德威更實事求是和與時俱進，不像朱西甯那樣死守「反共復國」的教條。這是「反共文學」從一九九〇年代銷聲匿跡後有關「反共文學」藝術生命力的爭論。這次討論只有朱、王二人參與，他們的觀點與本土作家葉石濤徹底否定「反共文學」的看法完全不同，因而有相當的代表性。

會勘《一九九五閏八月》

一九九四年八月，一本類似政治科幻小說，自稱「中共武力犯臺白皮書」的《一九九五閏八月》在臺灣書市出現，很快賣出十多萬本，造成了廣泛的社會影響，不僅有臺灣到大陸的人士以此詰問中共最高領導人，民眾也質詢立法院中共是否真的要用飛彈打臺灣的方式扼制臺獨。為此，《聯合文學》於一九九四年十二月製作了〈一場致命的幻覺？——會勘《一九九五閏八月》〉，邀請了十五位文化界人士評論這本書。對於立法委員呂秀蓮認為這本書超出了言論自由的界限，有幫中共恐嚇臺灣人之嫌的看法，一位論者認為書中所說「並非妖言惑眾」，因為臺灣一旦膽敢宣布獨立，大陸就不會放棄武力征服。詩人陳克華卻認為，「番茄炒螃蟹，你敢嗎？」意思是說這本書的內容不可信。小說家張啟疆認為：「這是一本發戰爭財的『投機書』……它結合了天機、商機、危機（轉機？）、時機和作者的機密化」，以「失敗主義」的面貌去賺讀者的錢，千萬不要當真。

「三陳」會戰

一九九五年，陳昭瑛、陳芳明、陳映真在臺北進行新一輪的論戰。論戰三方以《中外文學》和《海峽評論》為陣地，互相進行激烈的爭辯。

不論陳昭瑛的文章〈論臺灣的本土化運動〉如何以學術探討的面目出現，一旦以「本土化運動」作為論述對象，就會牽涉敏感話題。當作者站在中國歷史學家的角度來詮釋臺灣文學的發展時，便難免具有濃厚的意識形態色彩，帶有很強的挑戰性。其挑戰對象為中國相對的立場建構臺灣文學的獨立史觀。陳昭瑛在批判陳芳明觀點的同時，提出了不少理論盲點質疑統派領袖人物陳映真。陳映真則對陳昭瑛將反日、反西化和反中國的「本土化」列為「文化史」上的先後分期並相提並論，提出質疑與商榷，但這「三陳」會戰並不等於有第三勢力介入。圍繞陳昭瑛〈論臺灣的本土化運動〉所展開的論爭，是鄉土文學論戰後發生的極為重要的事件。

大河小說的論辯

葉石濤在一九六五年評論鍾肇政的作品時，正式使用「大河小說」這一術語，後被不同觀點的評論家所引用，並提出不同看法。楊照認為，大河小說的內容是「相對於中國歷史的臺灣歷史敘事」。而陳建忠認為，大河小說如此定位，其實是壓縮了臺灣戰後歷史的複雜性，簡化了讀者的歷史認識。藍建春則認為，本土作家不能獨霸大河小說文類所有權，外省作家有關反共、抗戰歷史的長篇巨制，也屬大河小說。王德威強調臺灣歷史無非先來後到之遺民與移民所造成，而絕不應有所謂某個族群或團體獨占歷史詮釋權的論述。把大河小說等同於後來的鄉土文學，又等同於本土文學、「臺灣國族文學」，是一種狹隘的理解和做法。黃錦樹與王德威同調，所不同的是他還認為大河小說作為本土派「建國」的史詩，不過是一些小知識分子想像的烏托邦，同時也缺乏文學素質。這些不同論述反映了大河小說在匯集本土化運動的能量後，竟然溢出了原先的河道，成為不同主張的評論家競相吸取論述資源的文學史符號。

龔鵬程與楊照關於本土化的爭議

在一九九六年舉辦的第二屆臺灣本土文化學術研討會上，龔鵬程發表頗具挑釁意味的論文〈本土化的迷思：文學與社會〉，批評了彭瑞金的觀點及眾多本土詩人的作品。論文講評人楊照認為龔文將內涵豐富的本土化運動簡化後，變成一個被批判的稻草人。龔氏引用馬爾庫塞的理論來談本土化與法西斯的關係，這是硬搬外國理論、套用概念。龔說本土化論者既執戀土地又歌頌海洋文化，頗有矛盾，這說明楊氏對臺灣的歷史不尊重、不了解，楊照由此向龔鵬程講述自己對臺灣人民為何視土地為受難象徵的歷史解釋。龔鵬程辯稱，自己談的是過激的本土化，是本土化運動中泛濫、冒用、錯置之各種現象，並指出推動者的若干心態與認知上的盲點，而不是把本土化本身視為罪惡或罪惡之源，更不是要和本土化宣戰。龔鵬程還指出，某些本土論者只把海洋看成裂痕是不對的，自己並沒有說過海洋只是通路，而且只能通向大陸。龔氏認為本土論者若仍執戀土地，便甚難成就海洋文化。至於歷史來源性的說明，並不能證明土地崇拜的正當性，且歷史不能本質化或獨斷化。楊照所講的，其實只是他自己對歷史的解說，別人完全可能有不同的認識。

「雙廖」大戰

廖咸浩於一九九五年九月發表的〈超越國族：為什麼要談認同〉一文，引發《中外文學》有關後殖民的論爭和反對中華文化和國語「文化霸權」的廖朝陽的直接回應，這導出一九九六年幾乎持續一年的「雙廖大戰」。這場大戰因過度情緒化而演變為「中國豬」與「急獨派」的意氣之爭，最後以回歸理性而終結。兩者的分歧究竟是什麼？據劉小新的歸納，廖朝陽提出「空白主體」論，認為主體是可以自由建構的，其意顯然在於消除人們對「去中國化」後臺灣文化還剩下什麼的強烈質疑和疑慮，也在於彌補本土主義者在理論與實踐兩個層面割斷歷史和文化傳承的大破綻和邏輯困境。而廖咸浩主張「文化聯邦主義」，提醒人們注意「民族主義」的陷阱和「國族」話語的興起所帶來的新的壓迫和排除結構。在兩者論戰之外的文章中，可以觀察得更清楚一些。其實，廖朝陽與廖咸浩的分歧在論戰前的一九九一年就已經出現。

兩個女人的戰爭

從一九九七年七月二十三日起，《聯合報》連續四天刊載李昂的小說〈北港香爐人人插〉。作品發掘兩性關係中的政治寓意和政治中的情慾主題，所寫的主人公林麗姿，在十足男性化的早期反對運動中努力向上攀爬，企圖以女人的身體作為獲取權利的渠道。不少人認為，林麗姿的原型是前民進黨文宣部主任陳文茜，這其中還有三角愛情故事。陳文茜看了以後非常氣憤，闢謠時竟聯想到自殺，並表示〈北港香爐人人插〉一旦出書上市，將循司法渠道表示抗議。楊照、平路、張大春、南方朔亦加入爭論，《中國時報》「人間」副刊還開闢了「筆戰場」。

李昂與陳文茜的爭論，被媒體認為是「兩個女人的戰爭」。其實，這兩人的「戰爭」牽扯政治，關聯到政黨——不僅小說中寫到的用人唯親的民進黨，就是與小說無關的國民黨也表現出隔岸觀火的興致。

這個「香爐」事件，有人說最大的受害者是陳文茜，而最大的得利者為媒體。正是新聞界的炒作，使得《北港香爐人人插》一書出版兩月之內，熱賣十多萬冊。

從後現代到後殖民

一九九〇年代中後期以來，後殖民理論在臺灣的強勢出場，引發了關於後現代主義的另一場論爭，即後現代主義與後殖民批評之間的論爭。據劉小新觀察，這場論爭的焦點在於，後現代與後殖民在理論上的關係為何，在理論範式和精神傾向上，兩者究竟是相同、相通或相近，抑或存在某種巨大的差別？如果兩者之間存在根本性的差異，那麼與此相關的問題就隨之而來，解嚴後尤其是一九九〇年代後的臺灣社會是處於後現代狀況，還是處於後殖民狀態，是後現代，還是後殖民以及如何定義解嚴後的臺灣文學？對這些問題的思考、回答與認定，關涉人們如何認識和闡釋臺灣的歷史和當代文化狀況，即關涉如何闡釋臺灣這一重大課題。也正是在這個論爭中，臺灣人文知識界深刻地捲入到當代臺灣政治意識形態的生產場域之中。在後現代與後殖民的論爭中，一九八〇年代已經初步出現的人文知識分子政治立場之分化趨勢進一步表現出來。後來這場論爭的結果導致臺灣文論和思想論述領域主流話語的轉變，即從後現代轉向了後殖民。

兩場「鄉土文學論戰」研討會

由統派作家陳映真策劃，臺灣社會科學研究會、人間出版社、夏潮聯合會主辦的「回顧與再思——鄉土文學論戰二十年討論會」，於一九九七年十月十九日在臺灣師範大學舉行。會議內容有參與一九七〇年代臺灣文學論戰諸刊物編輯的回憶和對論爭的評價，共六篇論文。

由獨派作家王拓擔任總策劃，「文建會」主辦、春風文教基金會承辦的「青春時代的臺灣——鄉土文學論戰二〇周年回顧研討會」，於一九九七年十月二十四日至二十六日在臺北誠品敦南店舉行，共發表十九篇論文，另有三次座談會。兩場鄉土文學論戰研討會沒有合併舉行，且從策劃人和論文觀點的不同看，儼然二十年前的戰火再起。雖然彼此沒有針鋒相對地展開辯論，但不難發現當年意識形態差異的影響。

臺灣文學館設立之爭

文學館獨立設置於一九九八年十一月明朗化之後，討論已由要不要設立轉為如何設立。首先是名稱問題，最後決定棄用「現代文學資料館」名稱而採用暗含「臺灣國家」之意的「國家文學館」名稱。但報送立法院預算經費時，這個帶有臺獨色彩的單位在討論撥款時沒有通過，最後只好於二〇〇七年八月十五日更名為「臺灣文學館」。

和名稱相關的是文學館定位問題。此分兩派意見，一是以中國現代文學以及臺灣現代文學為主。二是只收藏清代、日據時代以至今日當代臺灣的文學作品。關於館址設在何處，「北派」學者認為：「出版社百分之八十都設在臺北，大部分的學校及研究人員也都在北部，史料放太遠不方便。」「南派」學者卻認為不能做什麼事都要以北部為中心，在本土化趨勢銳不可當的情況下，最後決定在臺南設館。既然館名和館址所突出的均是「臺灣文學的主體性」，故文學館整理文史各項，均以本土文學為主，大陸赴台作家的資料只聊備一格保存。

臺灣文學經典爭辯政治化

一九九九年三月，「行政院文化建設委員會」主辦的評選臺灣文學經典活動，共評出三十部臺灣文學經典。評選出來的不但有本土作家，還有眾多「外省作家」、「海外華文作家」甚至上海作家張愛玲，因而引來一場激戰。首先發難的是本土派的大本營「臺灣筆會」的會長李喬及資深作家巫永福、鍾肇政等人。他們在「文建會」主辦、《聯合報》副刊承辦的首屆「臺灣文學經典研討會」當天，舉辦了一場針鋒相對的「搶救臺灣文學」記者會，質問這三十部作品是「誰人之經？何人之典？」，並攻訐「文建會」是「公器私有」，他們甚至要求「不知文學為何物」的「文建會」主委林澄枝下臺。本土派《臺灣文藝》等三個刊物，也堅定地站在「臺灣筆會」這一邊，連民進黨黨部也由副秘書長出面發表聲明，「這項活動已挑起文學界重大爭議，擴大社會裂痕，也傷害了長年為臺灣文學努力的作家感情。」民進黨如此關心此次文學活動，是因為他們覺得這三十部作品是「以反本土意識為取捨標準」弄出來的。如果改由他們來評選，哪怕陳映真是地道的本土作家，因其高揚「中國意識」也有可能會被剔除出去，故文學評論家洛桑（馬森）在香港發表的〈都是「經典」惹的禍〉中說：「看來此事已非單純文學事件，進而成為社會事件或政治事件了！」會後出版了《臺灣文學經典研討會論文集》。

張愛玲是臺灣作家嗎？

一九九九年由官方「文建會」出面，邀請了七位學者和作家製作了臺灣文學經典三十部的名單。能否讓張愛玲的小說《半生緣》入選臺灣文學經典？一種意見認為，就地理空間上來講，張愛玲是上海人，將其入選不免會導致一些問題。另一原因是張愛玲的作品沒有反映過臺灣的社會現實，也沒有用閩南話或客家話寫作，更未有「臺灣意識」。在研討臺灣文學經典現場，一位中學生也站起來大聲質疑「張愛玲是臺灣作家嗎」？

贊同者卻以為，張愛玲雖然四處飄零，但她的作品集是在臺灣出版，對臺灣文學影響也大，多位知名作家者深受她的影響，她的某些作品大陸並不承認，我們若能以寬大的胸襟接納，而非用減法剔除，只會增添光輝。陳芳明也是以同樣的理由，認為張愛玲的影響在臺灣比在大陸大，其全集只能在臺灣而無法在大陸出版。

這在某種意義上牽涉到「國族認同」問題，「張愛玲文學衍生的現象，是各方『權力的交鋒』」，「張愛玲小說可否列入臺灣文學經典這個問題所引發的族群認同的愛恨糾葛，其激烈的程度，彷彿也不亞於張愛玲筆下曠男戀女的傾城之戀。」論爭的結果是，張愛玲的小說《半生緣》入選臺灣文學經典。

「雙陳」大戰

在《臺灣文學史》的編寫中，充滿了意識形態之爭。陳芳明下決心自己寫一本所謂「雄性」的「臺灣文學史」，這樣便有了以「臺灣意識」重新建構的未完稿《臺灣新文學史》。作者在一九九九年八月發表的第一章〈臺灣新文學史的建構與分期〉中，亮出「後殖民史觀」。這種史觀，明顯是把臺獨教條與為了趕時髦而硬般來的後殖民理論拼湊在一起的產物，是李登輝講的國民黨是「外來政權」的文學版，因而受到以陳映真為代表的統派作家的反擊。臺灣文壇之所以將這場論爭稱為「雙陳大戰」（楊宗翰語），是因為這兩位是臺灣知名度極高的作家、評論家，互相都有不同的政治背景。另一方面，他們的文章均長達萬言以上，且發表在臺灣最大型的文學刊物上，還具有短兵相接的特點。這是世紀之交最具規模、影響極深遠的文壇上的意識形態之爭。「雙陳」大戰過後，陳映真用筆名「許南村」編《反對言偽而辯——陳芳明臺灣文學論、後現代論、後殖民論的批判》一書，陳芳明也把他回應陳映真的三篇文章，收在新著《後殖民臺灣》中。

高行健訪臺引發爭議

二〇〇一年初，高行健到臺灣訪問兩周，演講熱潮燃燒到臺南各地，《中央日報》等十一家媒體連篇累牘報導〈當靈山遇到靈肉〉，出版社也趕印了十多萬本《靈山》，高氏及其作品成了許多大中學生智力測驗之外另一寒假夢魘。對此現象，連力捧高行健的馬森也認為，臺灣讀者搶購此書「不是愛讀文學，也不是看懂了《靈山》，而是崇拜名人，追趕時髦！」不少人認為他的得獎是政治因素起的作用，其作品「在正常的文學市場機制下，金石堂排行榜就是排到一百名也未必有他」。連邀請他訪臺的龍應台也認為其得獎不過是「一群有品位有經驗的人，向讀者推薦一位值得認識的作者。」陳映真則對高行健「沒有主義」的主張發出猛烈抨擊，認為高氏放棄民族認同，否定文學的社會性，這種「逃亡有理論」是唯心和個人主義的。獨派作家發出另外一種聲音，這位號稱「中國文化就在我身上」的作家，所體現的是「外國」文化，與臺灣毫不相干。但有許多人認為，高行健得獎畢竟為華文文學走向世界開了先例，他其實是在代魯迅、林語堂、沈從文、艾青等人領獎。

陳映真與藤井省三的交鋒

藤井省三於一九九八年在日本出版了《百年來的臺灣文學》。陳映真讀後，在二〇〇三年發表的〈警戒第二輪臺灣「皇民文學」運動的圖謀——讀藤井省三《百年來的臺灣文學》：批評的筆記（一）〉中稱，「近十幾年來，日本有一撮研究臺灣的學者們，不遺餘力地為把臺灣文學『從中國文學枷鎖中解放』出來，為宣傳一種『既不是日本文學也不是中國文學』、表現了『臺灣民族主義』的『臺灣文學』，把對日本侵略戰爭服務的臺灣『皇民文學』說成『愛臺灣』、向慕『日本的現代性』的文學，而不是彰久明甚的漢奸文學。這些學者，經由留日獨派學者的中介，從臺灣政府機關拿錢開研討會，出版論文集，擴大其影響。而他們之中比較有影響者，東京大學文學系教授藤井省三是其中之一。」藤井省三讀了後，在《聯合文學》上發表了〈回應陳映真對拙著《百年來的臺灣文學》之誹謗中傷〉，認為映真歪曲了他的觀點，並辯解說他並沒有從臺灣當局拿錢從事學術研究。鑒於陳映真稱其為「右派學者」，藤井省三以牙還牙，稱陳映真為「遺忘了魯迅精神的偽左翼作家」。陳映真在《香港文學》上發表長文〈避重就輕的遁辭——對於藤井省三〈駁陳映真：以其對於拙著《臺灣文學這一百年》的誹謗中傷為中心〉的駁論〉，對藤井省三的文章作出反駁。大陸學者童伊在北京《文藝報》著長文聲援陳映真，批駁藤井省三對陳映真的攻擊和中傷。

論辯臺灣「文化精神分裂症」

二〇〇三年七月十日至十二日，《中國時報》「人間」副刊「另一種專業．城市文化」專欄連載龍應台的〈五十年來家國——我看臺灣的「文化精神分裂症」〉，其中「之二」的題頭赫然以黑體字摘錄文中的這一段話：

> 我們沒有理性思考的能力。「賣臺」、「臺奸」的指控成爲嗜血的靴子。「愛不愛臺灣」、「是不是臺灣人」取代了「有沒有能力」、「是不是專業」。不用腦思考，我們用血思考。文化的法西斯傾向，非但不被唾棄，還被鼓勵，部落式的族群主義，非但不被開導，還被強調。

隨後，《中國時報》「人間」副刊為讀者開設了「挑戰龍應台」專欄，激起了臺灣公共論壇上多年不見的辯論，該文在大陸的網路上也廣為流傳。成千上萬的參與者，圍繞「中國文化/臺灣文化、國際化/本土化、民進黨/國民黨、流行文化/精英文化、全球化/在地化等矛盾衝突的議題激辯。或支持、或設計，或鼓勵、或咒罵龍應台為「中華民族叛徒」。這場風波從臺灣綿延到大陸和海外，引起了整個華文世界的討論和辯論，其廣度與深度遠遠超過二十世紀八十年代的「野火現象」，故鍾希明有「野火復燃」之稱。二○○四年五月七日，龍應台發表〈向核心價值邁進，超越臺灣主義〉，對這場論爭作出回應和總結。

為陳映真的理想辯護

二○○四年九月，學者邱貴玲因為「雲門舞集」編的《陳映真・風景》舞蹈賣座率甚低而發表〈山路到不了的烏托邦〉，結果引來楊渡、梁英華、汪立峽在《新新聞》雜誌以及李良、胡承渝等人在「人間網」發表文章反彈，他們均為陳映真的社會主義理想及其行為作激烈辯護，辯論期間陳映真從頭至尾未置一詞。

有關「海洋文學」的看法

隨著本土意識的高漲及陳水扁對所謂海洋國家、海洋臺灣、海洋民族還有海洋首都的炒作，「海洋」一詞也像「臺灣」一樣被賦予政治含義。但對什麼是「海洋文學」，許多人的論述卻有重大分歧，如蕭義玲引用陳思和的話，認為臺灣只有「海洋寫作」，還未形成「海洋文學」，至少沒有經典作品和以創作此類題材著稱的大家。而黃騰德等人主張臺灣的海洋文學自一九八○年代後隨著自然寫作而興起，林燿德則主張臺灣的海洋文學系繼承五四精神而來。爭論的焦點在於什麼是海洋文學、臺灣有無海洋文學、臺灣需不需要發展海洋文學？楊政源發表在二○○五年四月號《臺灣文學評論》的〈尋找「海洋文學」——試析「海洋文學」的內涵〉，談了自己對這些問題的看法。朱學恕等人則主編有《中國海洋文學大系——二十世紀海洋詩精品賞析選集》。

文學教育何去何從

從李登輝執政時推行所謂「認識臺灣」的教改開始，到新世紀高中教科書的重新編寫，很明顯看到去中國化給臺灣國民教育的毒害，最明顯的例子是將臺灣史改為「本國史」，而把「中國史」變成「外國史」。具有中國意識的文化人反對這種做法，如二〇〇七年七月「大學指考」便視中國文化為祖國文化，文言文考題高達六成六，以致引起各路臺獨社團的強烈反彈，臺灣社、臺灣北社、臺灣中社、臺灣東社、臺灣南社、臺灣教授協會、臺灣教師聯盟、臺灣櫻社、臺灣羅馬字討會聯名發表〈打倒中國古典文學霸權〉的聲明，說「中國文學全面霸占臺灣國文教育平臺的現象，若不能迅速予以改變，臺灣將永遠無法立國」。余光中等具有中國意識的學者，卻感到中華文學教育的生存危機，在臺獨勢力的威逼下，文言文的比例在下降，因而成立了「搶救國文教育聯盟」，並在電視上和建構臺獨文化中扮演設計師和執行長角色的教育部長杜正勝公開辯論。

李敖開罵大陸文壇和魯迅

二〇〇七年初，李敖在接受記者採訪時，將大陸文藝界批得體無完膚，如他認為大陸文人「做人成功，做文失敗」，像有「文化名人」之稱的余秋雨，只會「遊山玩水，光寫一些遊記之類的文章」，卻沒有能力觸碰核心問題；季羨林也不是什麼「國學大師」，他不過是語文能力比較強而已；魯迅「作為思想家是不及格的」，魯迅什麼人都敢罵，就是不罵日本人。李敖在否定魯迅時還不忘抬舉胡適，以此證明魯迅的小人和胡適的大仁。在他看來，「大陸沒有文化名流」，這些人只會「逃避現實」。至於二〇〇六年大陸掀起的國學熱與讀經熱，李敖認為這是逃避現實的一種「好方法」。

對李敖批評大陸文壇和魯迅，贊之者稱其「給我們一個新的做人姿態」，貶之者稱李敖的酷評是為了踩著別人的肩膀向上爬，他是「一個走不出青春期的逆反少年」。「這種即興式、表演式的批評，小聰明多，大智慧少。其目的往往不是為了批評，而是為了吸引公眾對批評者本人的注意。」

「閱讀臺灣，人文一〇〇」的爭議

二〇〇八年初春，臺灣文學館為提升國民素質而推出「閱讀臺灣，人文一〇〇」系列活動，總共推出一〇四本好書。該館當時由綠營人士主持，故不但統派陳映真的作品沒有入選，連「外省作家」余光中、朱西甯也都缺席。這引發臺灣文化界的非議，如《中國時報》發表〈書單色彩偏獨，觀點過於狹隘〉的文章加以批評。綠營的陳明成也認為在沒有「版權」或「侵權」顧慮的情況下，「無視文學發展歷史來剔除陳映真等人的創作，實屬不妥。」

散文史類的優位性論辯

黃錦樹看到某些再普通不過的小說化身為「一流的山寨散文」，並在文學獎裡反覆勝出，以致引起別人的模仿時，擔心這有可能會丟失散文重視本真的「黃金之心」，遂在《中國時報》二〇一三年五月二十日發表〈「文心」凋零？〉，瞄準「山寨抒情散文」開槍。唐捐發表〈他辨體，我破體〉反彈。他認為，文之類型、體式陷於混淆，要務在「辨體」；流於僵化，則要務在「破體」。討論雙方黃氏著力於「辯」，唐氏既然倡「破」，他著眼於文學獎機制文學史源流，強調「山寨也是不可輕看的」，應給散文留下必要的空間。廖育正認為兩人討論的並不是同一個層次的問題，因而提出問題根本不在「散文應否虛構」或「散文是否安分」，重點是讀者和評論者將怎麼看待這些作品。散文理論界一直死水一潭，這是因為散文文體界限模糊，討論起來很難。這場由黃錦樹挑起的論爭，雖然參與者人數不多，但已由一般的所謂寫實與虛構的關係涉及散文的優位性、本體意義與現代處境。這對散文特徵的理解、散文朝什麼方向發展還有文學獎存在的問題，均有一定的參考價值。

《世界華文新文學史》的爭論

從二〇〇八年起，馬森在《新地》連載，後由印刻文學生活雜誌出版公司出版了三卷《世界華文新文學史》。隱地對馬著提出尖銳批評：讀得瞠目結舌，不斷在「大呼小叫、大驚小怪」，「當天幾乎影響到我做事的心情。」其「資料老舊，仿若一張過時的說明書。」又說：「第三冊——發現馬森只是在抄資料……變成一本引文之書。」甚至說馬森「寫成不具出版價值之書」。陳美美在為馬森辯護時，攻擊隱地書評所颳的是一股「歪風」。馬森所作的情緒化反應除借機攻擊隱地是「謠言」的製造者外，並未對隱地提出的實質性問題作出具體回應。大陸學者古遠清也認為馬森凡寫大陸作家部分，大都用「點鬼簿」的寫法，抄抄生平和排列著作目錄了事，硬傷比比皆是。

六　團體

臺灣文藝社

創立於一九四五年五月四日，負責人林紫貴，曾出版一期《臺灣文藝》。

臺灣文化協進會

創立於一九四六年六月十六日，會長游彌堅，在臺北中山堂成立時共有四百餘人參加。理事有林獻堂、林呈祿、林茂生、楊雲萍、林忠、王白淵、蘇新等。監事有李萬居、黃純青等。許乃昌為總幹事，王白淵為教育組主任，蘇新為宣傳組主任，陳紹馨為研究組主任，楊雲萍為編輯組主任。出版有《臺灣文化》雜誌，在清除「皇民運動」的遺毒和重建中國文化方面起到了重要的作用。

臺灣省編譯館

創立於一九四六年七月十三日，許壽裳為首任館長，分學校教材、社會讀物、名著翻譯、臺灣研究等四組，後該館名稱演變為「國立編譯館」。

中華文藝獎金委員會

成立於一九五〇年三月，由張道藩主持，下設十一個委員，由羅家倫、陳紀瀅、李曼瑰等組成，辦公地點在重慶南路的中國廣播公司業務部。以高額獎金鼓舞作家從事「反共抗俄」的文藝寫作，於一九五六年十二月停辦。

中國文藝協會

一九五〇年五月四日在臺北創立。會員名冊有一、兩千人，經常參加活動者有四、五百人。文壇老一輩的外省作家，幾乎都是會員。這是臺灣最大且有辦公地點和少量專職幹部的文藝團體。發起人張道藩和陳紀瀅均具有立法委員身份，國民黨常常從政治上、政策上、方針上給這個組織下達指令。剛成立時由行政院補助三萬元，國民黨另補助二千元，一九五八年後，有關單位的補助增加到一萬元。該協會會章寫道：「團結全國文藝界人士，研究文藝理論，從事文藝創作，發展文藝事業，實踐三民主義文化建設。」這就把作家們納入了為政治服務的體制化管理。這種政治高於藝術的團體，到了八九十年代已被蓬勃開展的黨外運動和商業利益衝得元氣大損，不再具有話語霸權而成為民間團體。但該會堅持一個中國的立場。一九九〇年代後期改選理事長，詩人王吉隆（綠蒂）當選後，經常邀請大陸作家協會組團來臺訪問，並多次組織臺灣作家訪問大陸，還在臺北舉辦過「兩岸詩學座談會」「兩岸作家臺北對話文學」等會議。出版有《文學人》季刊。

臺大詩人研究社

一九五一年由林曉峰創辦，出版有《青潮》詩刊和「臺大詩社研究叢書」，已停止活動。

中國文藝協會南部分會

成立於一九五二年，會員一百多人，遍布於高雄、屏東等七縣市。一九九八年七月更名為「高雄市中國文藝協會」，首屆、二屆理事長張忠進，榮譽理事長林仙龍。第三屆理事長周嘯虹，周過世後未再改選。張忠進任內出過幾本書刊，周氏任內未出，該會現已無疾而終。

中國語文學會

創辦於一九五二年四月。負責人趙友培，該會創辦有《中國語文》月刊，二〇一三年理事長為梁尚勇。

臺灣美國新聞處

在冷戰中的一九五三年，艾森豪威爾成立美國新聞總署，接著在世界各地成立美國新聞處，臺灣美國新聞處即為其中之一。這個宣揚美國反共文化戰略與美式現代化理念的機構，從一九五二年起發行幾乎人手一冊的半月刊《今日世界》，掀起西化、親美、反共、崇洋的熱潮，此外還在臺北發行《學生英文雜誌》，以培養親美的新一代。

從一九五〇年代起，為適應新形勢的變化，美國新聞處從單向宣傳美國文化逐步走向中（臺）美的雙向文化交流。在一九五〇年至一九五六年，麥卡錫擔任香港美國新聞處處長期間，讓美新處成為美援刊物編輯與出版的重鎮，如他大力支持張愛玲出版《秧歌》、《赤地之戀》，但《秧歌》並未正式列入以體制面目出現的美國新聞處「中國報告計劃」（即反中共的宣傳），而《赤地之戀》才是「中國報告計劃」的組成部分。麥卡錫到臺灣後，設有亞洲出版社臺北分部，聘請當地散文家吳魯芹為臺灣美國新聞顧問，企圖以另類國家權力影響臺灣文化或支配臺灣文學。在一九五八年八月至一九六二年七月麥卡錫擔任臺灣美國新聞處處長期間，開啟學術英文演講的先例，首次在臺灣舉辦攝影比賽，並繼續譯書計劃，推薦青年學者赴美進修，贊助臺灣文學作品的翻譯工作，其中最著名的是《中國新詩選》，將臺灣新詩首次介紹到海外，還協助臺灣出版中文刊物，如白先勇創辦的《現代文學》，美國新聞處曾兩次分別購買六百本，這等於補貼了雜誌的印刷費，這一切都是為了培養與美國文化親善、以臺大外文系為代表的年輕學子。夏濟安主編的《文學雜誌》，同樣是美援文化影響下的產物。美國新聞處一度成為臺北文化圈中心，形成臺灣現代主義思潮風行一時的現象。

中國青年寫作協會

中國文藝協會成立後，由於見解上的爭執和在開展活動上產生的分歧，劉心皇等人於一九五三年八月二日成立隸屬於「救國團」的「中國青年寫作協會」，有借來的會址，並主辦有以青年讀者為對象的《幼獅文藝》，該協會中本省籍作家占了百分之六十九。

為適應兩岸文化交流需要，該會接待大陸作家時不用「救國團」而改用「中國青年大陸研究文教基金會」的名義，這個組織在培養青年作者和研究當代臺灣文學方面，做了許多工作。其中在林燿德於一九八九年起連續六年擔任秘書長期間，協同理事長鄭明娳努力開發資源，將一個鬆散的民間團體改造為具有凝聚力的單位。他們一方面規劃小說、散文創作研究班，另一方面還主辦了一系列世紀末臺灣文學專題研討會，並邀請大陸知名學者參加。鑒於新感官小說和表現情欲的現代詩紛紛問世，繼任理事長林水福還適時地於一九九六年主辦了林燿德生前策劃的「當代臺灣情色文學研討會」。由於人事更替和本土化潮流的壓迫，該組織現已停擺。

中華文藝函授學校

一九五三年九月創辦，校長為李辰冬，開辦的基礎是設有「範本選讀」和「批改示範」專欄，還有以「提高創作水準與探究寫作技巧」的《中華文藝》。函授學校分為國文班、新詩班、散文班、小說班，讀者可以根據自己的程度加以選讀，五年來學生多達一萬餘人，培養了眾多作家，於一九五七年停辦。

春臺小集

這是個組織鬆散、沒有章程、沒有會長的聯誼組織。每月在臺北聚會一次，不拘形式，也無討論主題，但話題離不開中外的文學創作。成員有司馬桑敦、郭嗣汾、彭歌，周棄子、琦君、何凡、林海音、聶華苓、郭衣洞（柏楊）、高陽、吳魯芹、王敬羲等。這些人均不喜歡大陸的共產黨，但也不想一天到晚把反共掛在嘴上。他們熱愛中國，從不懷疑自己是中國人。這種聚會從一九五〇年代開始，一直到一九六〇年代結束。

藍星詩社

創立於一九五四年三月，發起人有覃子豪、鍾鼎文、余光中、夏菁、鄧禹平、蓉子，成員有羅門、張健、向明、吳宏一等人，其中學院派人士不少，近乎精英們沙龍式的雅集。他們的結合，是對現代詩社的一個「反動」。紀弦要從事「橫的移植」，他們不贊成；紀弦要打倒抒情，他們的作品卻以抒情為主。該詩社社性低，「黨性」不強，不標榜什麼主義和流派，奉行的是溫柔敦厚的抒情路線，對不可一世的紀弦具有制衡作用。不過，當現代詩壇發生一系列「戰爭」時，藍星詩社也捲了進去，但這不全是個人意氣之爭，而是對現代詩應朝哪個方向發展的辯論，具有一定的意義。

藍星早期由覃子豪掌舵，余光中為後期精神領袖。半個世紀以來，「藍星」好像藍天上的一顆星，時明時滅。一九九〇年代前期停刊六年後，由淡江大學中文系復辦。到二〇〇六年，該刊又再次停辦，形成有招牌而無營業的尷尬局面。

創世紀詩社

此詩社由張默、洛夫於一九五四年十月在高雄左營創立。成立宗旨為「確立新詩的民族陣線……徹底肅清赤色灰色流毒」。該詩社出版有《創世紀》詩刊、《創世紀詩叢》，並舉辦創世紀詩獎。該刊的幸運就在聚而不散，「創世紀」是臺灣所有詩社中極具凝聚力的團體。但由於詩風晦澀，一度成了八方風雨交相侵襲的中心。一社獨大和西化，是被討伐的重點。洛夫曾這樣歸納該詩社的兩大傳統，一是追求詩的獨創性，重塑詩語言的秩序，二是對現代漢詩理論和批評的探索與建構。進入一九九〇年代後，該刊愈來愈成為海峽兩岸暨香港澳門至世界各地華文詩歌交流的橋樑。它的詩風不再像過去那樣晦澀，而是「回眸傳統，重塑古典，並探求以超現實手法來表現中國古典詩中『妙悟』、『無理而妙』的獨特美學觀念的實驗，最終創設了一個詩的新紀元——中國現代詩。這不僅是《創世紀》在多元而開放的宏觀設計中確立了一個現代漢語詩歌的大傳統，而且也是整個臺灣現代詩運動中一個不容置疑的軌跡」。現任總編輯為辛牧。

海鷗詩社

一九五五年創立於花蓮市，由陳錦標發起，同仁有路衛、秦嶽等人。該社借《東臺日報》星期日副刊編行《海鷗詩刊》，停刊後又出版《海鷗詩頁》，再停刊再復刊為《海鷗詩刊》，現已停刊，該社也隨之停辦。

中國婦女寫作協會

於一九五五年五月創立「臺灣省婦女寫作協會」。一九六八年臺北市改制為「院」轄市，按照規定，居住在臺北市的作家不屬於臺灣省，這樣一來，臺北市的女作家也就不便參加「省婦協」。於是在一九六九年四月成立了全島性的中國婦女寫作協會，當時會員有一四八人。該會每四年召開一次會員大會，每兩年改選一次，會員作品以散文為主。比起「青協」來，「婦協」顯得平庸。一九六二年，郭良蕙在《心鎖》中描寫年輕人的性心理活動，被老作家蘇雪林、謝冰瑩視為誨淫誨盜，「婦協」後將郭良蕙開除會籍，故「婦協」留在人們心目中的是守舊和僵化的印象。到了一九九〇年代，其宗旨仍為老一套的「促進婦女的知識與才能，從而團結婦女的力量，提高婦女的地位」，與女性主義毫無關係。不過該會面對強大的本土化思潮，仍「以發揚整體中華文化」為己任。該會在培養女性創作人才，提升藝文風氣，特別是把「寫作」擴充到「文化」的全方位層次上，收到一定的效果。歷任總幹事或理事長有劉枋、姚宜瑛、邱七七、羅蘭、朱婉清、梁丹手、曹又方、丘秀芷、陳若曦、封德屏等。

現代派

由紀弦在現代詩社基礎上於一九五六年一月創立，號稱有一一五位成員，宗旨為「領導新詩再革命，推行新詩的現代化」。《現代詩》為該派的機關刊物，在第十三期由紀弦提出〈現代派六大信條〉，主張放逐抒情，反對縱的繼承，提倡橫的移植，為光復後的臺灣詩壇作出了革新。後於一九六二年春解散。

「中華民國」電影戲劇協會

一九五六年二月十五日在臺北成立，宗旨為：聯絡臺灣影劇界人士，「促進三民主義文化建設，完成反共復國大業」。主要工作是：研究電影戲劇理論，從事影劇創作，輔導影劇映演，舉辦會員福利等。會員包括電影、戲劇界有關工作人員一千多人。設理事會、監事會，另有常務理事、理事、常務監事、監事、總幹事、副總幹事。下設總務、組織、聯絡、研究四個組，組之下設若干委員會。

「中華民國」筆會

以促進國際文化交流為目的的「中華民國」筆會，創立於一九三〇年，後由陳西瀅建議於一九五七年六月在臺北復會，先後任會長的有張道藩、羅家倫、林語堂等。該會暮氣沉沉，一度停止活動，後於一九八〇年重新恢復，可因為「中華民國」不被聯合國所承認，再加上大陸已加入了國際筆會，故他們開展國際交流時，受到諸多侷限。

余光中從一九九〇年起連任兩屆會長，後由臺灣大學外文系教授朱炎繼任。該會活動不多，與《中華日報》合辦過第八屆梁實秋文學獎並舉辦過余光中作品研討會。會員人數也有限，參加者必須通曉外文，且與國際文壇有交往。一九七二年創刊的英文筆會會刊，在一九九〇年代出版時仍固守精英路線，他們還常組織有名望的翻譯家將臺灣文學翻譯成外文出版。二〇一五年會長為黃碧端。

中國詩人聯誼會

一九五七年六月創立於臺北，宗旨為加強詩人之間的團結和聯誼，由鍾雷、紀弦、覃子豪三位發起，鍾雷為召集人。每年詩人節，該會都舉行慶祝大會。該會編印過《十年詩選》，還舉辦過「新詩研究班」。於一九六七年十一月改名為「中華民國新詩學會」，理事長為王吉隆。

文壇函授學校

一九五七年八月由穆中南創辦，其宗旨一是協助失學青年進修國文，二是指導寫作技巧，共開了七種班次，「國文先修班」、「小說班」、「小說研究班」、「國文進修班」、「文學班」「文學研究班」、「新聞班」。除小說班修業時間為一年外，其他皆為半年。這個學校協助了「軍中文藝」的發展，它包括發表軍中作家的作品和舉辦專門輔導軍中作者的「軍中文藝函授班」，在它的招生廣告上提到參與學習者達四萬人。該學校已停辦。

中國文藝界聯誼會

一九五七年十月創立於臺北，以配合官方「反共復國」的政治任務。名譽會長為于右任等三人，秘書長為曾今可。一九五九年的軍人節出版過「勞軍」專輯《薪膽集》，全部免費贈送部隊及有關團體。現已停止活動。

中國文藝協會澎湖分會

一九五九年四月創立於澎湖馬公，由澎湖《建國日報》發行人顧蓉君及社長楊煥文負責籌備，現已停止活動。

中國文藝協會中部分會

一九五九年七月創立於臺中市，主要成員有郭嗣汾、李升如、張秀亞等人。與臺中文藝協會合編《中流》，報導以臺中市為中心的八個縣市的文藝活動，現已停止活動。

葡萄園詩社

一九六二年五月創立於臺北市，有季刊《葡萄園》，宗旨是為現代詩的明朗化和普及化做努力。出版有《葡萄園詩選》，歷屆負責人有文曉村、金筑、台客（本名廖振卿）、賴益成等。

笠詩社

此詩社於一九六四年五月創立於苗栗縣，宗旨包括鄉土精神的維護、新即物主義的探求、現實人生的批判等，成員多為是本土詩人。出版有《笠》雙月刊和本土詩人選集多種。現任社長陳崑崙。

「國防部總政作戰部國軍新文藝運動輔導委員會」

成立於一九六五年八月，主任由總政作戰部主任高魁元擔任。設有文藝理論、小說、詩歌、散文、美術、音樂、廣播、民俗、影劇、國劇等十個戰鬥文藝工作隊，已停擺。

中國詩經研究會

一九六五年八月創立於臺北市，創辦人何南史。重要活動有：舉辦全臺灣地區詩人大會、詩人節慶祝大會、詩人代表大會，參加世界詩人大會。現已停止活動。

中華文化復興運動推行委員會

創立於一九六七年七月，會長蔣介石，副會長孫科、王雲五、陳立夫，秘書長谷鳳翔。下設臺灣省分會，多次和「文建會」一起主辦各類活動。設立下列委員會：國民生活輔導委員會、文藝研究促進委員會、學術研究出版促進委員會等。陳水扁二○○○年接任李登輝兼任會長，名稱改為「國家文化總會」，二○一一年三月又改名為「中華文化總會」，會長為劉兆玄接任，二○一七年蔡英文擔任會長。

中華詩學研究所

一九六三年三月成立「中華學術院詩學研究所」，二〇〇二年更名為「中華詩學研究所」。首任所長為張維翰，接任所長有朱萬里等人。為全臺詩人大會主辦單位之一，出版有《中華詩學》季刊。現已停止活動。

詩宗社

一九七〇年十月創立於臺北市，由洛夫、彭邦禎發起，集合創世紀、南北笛的詩人，成員有三十多人。出版有《詩宗》季刊，另頒發詩宗獎，後因意見分歧而解散。

臺灣俳句會

一九七〇年創辦，一九九八年會長為黃靈芝，作品可用中文、日文寫作，得獎者不限於臺灣作家，已停擺。

中華編劇學會

創立於一九七〇年，開設編劇班，以及設立「魁星獎」等獎項。二〇一五年理事長為蔡國榮，地址位於臺北市內湖區。

龍族詩社

一九七一年一月創立於臺北市，出版有《龍族》季刊和《龍族詩選》。這是青年詩人覺醒的標誌，即不再走「現代派」老路。「龍族」廣納了「藍星」的抒情風格、「葡萄園」的明朗素樸的語言和「笠」的本土現實關懷。發起人有蕭蕭、辛牧、施善繼，另有林煥彰、林佛兒、喬林、景翔、陳芳明、蘇紹連陸續加入，再後來還有高上秦（高信疆）等人加盟。該詩社的名字不僅象徵著一個生龍活虎的生命，一個令人肅然起敬的形象，而且還蘊含有強烈的「中國意識」。一九七六年五月因詩社成員觀念不同而解散。

風燈詩社

一九七一年在高雄師範學院成立，社長為寒林，一九七三年創辦《風燈》詩刊。此詩社一度停辦，於一九九六年復社，至二〇〇一年再次停辦。

主流詩社

一九七一年創立臺北市，由李男、羊子喬、黃勁連等人發起，後來加盟的有莊金國、陳寧貴等人。出版有《主流詩刊》，於一九七六年一月停刊，該社也隨之解散。

山水詩社

一九七一年十月創立於高雄市，由白浪萍、朱沉冬等人發起，成員有李春生、李冰等人。創辦有不定期的《山水》詩刊，於一九七八年停刊，該社也隨之解散。

華欣文藝工作者聯誼會

一九七二年九月創立，時任「行政院長」蔣經國的次子蔣孝武任聯誼會主任，為「退除役官兵輔導委員會」下屬團體。當時稱「退除役官兵為榮譽國民」，簡稱「榮民」，有欣欣向榮之意。鄧文來、尹雪曼、司馬中原、彭邦楨、王鼎鈞等十人為理事，聯誼會辦有由鄧文來主編的文藝雜誌，後來聯誼會升格為「華欣文化事業中心」。蔣孝武離開「華欣」主持對大陸的廣播後，這個組織的影響力日漸式微。一九八二年十一月，「中心」又另設華欣文化工作坊，專門負責輔導文學愛好者從事寫作，分設詩歌、小說、散文、戲劇、報導文學五個組，分別由瘂弦、司馬中原、琦君、朱白水、胡瑞擔任主任，並出版《中華文藝》、《成功之路》兩個月刊，已停擺。

後浪詩社

一九七二年九月創立於臺東市，由蘇紹連、莫渝、洪醒夫等人發起，成員有陳義芝、蕭蕭等人。出版有《後浪詩刊》，出至十二期後停刊，該社也隨之解散。

大地詩社

一九七二年九月創立於臺北市，由陳芳明、陳慧樺等人發起，成員有古添洪、王潤華、張錯等人。出版有《大地》雙月刊，於一九七七年一月停刊，該社也隨之解散。

「中華民國」比較文學學會

創立於一九七三年，理事長邱貴芬，秘書長李順興。該會每年舉辦全島比較文學會議，每四年舉辦一次國際比較文學會議，對內推動比較文學研究的發展，對外與世界有關機構聯絡，促進國際交流。二〇一五年理事長為丘漢平。

神州詩社

由溫瑞安領銜、以馬來西亞赴台求學的僑生組成的「神州詩社」，成立於一九七四年，結束於一九八〇年九月。此校園團體以「發揚民族精神，復興中華文化」為宗旨。它興旺得繁盛，亦「覆滅」得徹底。由於國民黨官方的鎮壓，使詩社的興亡史「很有曇花一現，落櫻濺血的味道」。

馬來西亞留臺校友會聯合總會

此為馬來西亞各地留學臺灣校友會的全島性組織。由賴觀福和張景良發起，一九七四年七月十一日成立。旨在促進各校友會的互相聯繫，開展會員間的互動，提倡對團體及國家有益的教育、娛樂和福利活動，促進各族人民間的親善、團結和文化交流等。由初期的十八個團體會員發展至一九九〇年代初的三十五個團體會員。附設有合唱團、舞蹈團和戲劇阻，曾主辦全國書畫名藝術作品聯合展、華校中學生短篇文藝創作徵文等活動。一九九七年十一月，馬來西亞留臺校友會聯合總會在吉隆坡主辦「馬華文學國際學術研討會」，共邀請六個地區的代表參加，柏楊做了〈馬華文學的獨立性〉主題演講。

臺灣地區各報副刊編輯人聯誼會

一九七五年一月創立於臺北市，由《青年戰士報》副刊主編胡秀發起，會長為《中央日報》副刊主編王理璜，成員有《聯合報》、《中國時報》、《中華日報》、《青年戰士報》、《大華晚報》、《民族晚報》、《臺灣新生報》各副刊負責人。舉辦過臺北各報副刊作者春節聯歡茶會，還組團訪問過東南亞，已停擺。

「國家文藝基金管理委員會」

創立於一九七五年，宗旨為獎勵各類文藝創作，具體分為文藝理論、詩歌、散文、小說、新聞文學、傳記文學、兒童文學、美學、舞蹈、戲劇等，每類獎勵最優秀的創作一至二種。獎勵總額每年十名，每人除贈獎章外，另有獎金，開始時獎金為新臺幣十萬元，後來逐年增加。二〇一五年董事長為施振榮，執行長為陳錦誠。

草根社

一九七五年五月創立於臺北市，成員有羅青、李男、張香華、詹澈等人。出版有《草根詩刊》，出至四二期後停刊，該社也隨之解散。

大海洋詩社

一九七五年七月創立於高雄市，由朱學恕發起，成員有白浪萍、李春生、汪啟疆、舒蘭等。出版有《大海洋詩刊》半年刊。

南投縣文藝寫作協會

一九九五年創立於南投縣。理事長寧可，總幹事林進達，地址設南投市。宗旨為交換創作經驗，輔導學校社區文藝活動，已停擺。

詩脈社

一九七六年創立於南投縣。召集人為岩上，同仁有李瑞騰、向陽、老六等十二人，出版有《詩脈季刊》，另舉辦同仁「詩畫攝影展」。現已停止活動。

耕莘青年寫作會

一九六三年，牧育才神父創辦耕莘文教院，一九六六年成立耕莘暑假青年寫作研究會，一九七六年正式定名為「耕莘青年寫作會」。它舉辦眾多文藝研討活動，是臺灣罕見同時擁有寫作班、文藝營、劇團與眾多次級社團的文藝團體，屬臺灣早期少數在白色恐怖環境下，得以生存的民間自辦的「文學院」。培養了蔣勳、喻麗清、高大鵬、應鳳凰、白靈、莊華堂、初安民等當代著名作家，出版有《旦兮》雜誌。其活動方式由過去大型、跨組方式，濃縮為新「幹事會」模式。二〇〇六年創辦有「葡萄美酒香醇——耕莘青年寫作會」部落格。

「中華民國」青溪新文藝學會

一九七六年三月創立，由官方作家尹雪曼、「警總政治作戰部主任」韓守湜中將、「國防部總政治作戰部」第二處處長王國琛三人發起。為加強對文藝的控制、抵制普羅文學對臺灣文壇的入侵，經「內政部」、「國防部」、「臺灣軍管區司令部」、「中央社會工作會」等單位協商，決定該會以後備軍人文藝工作者為主。其任務是：「……要結合全國後備軍人文藝工作者，匯合成文化建設，文化復興的主力。」主要成員有吳延玫、鍾雷、蔡文甫、彭歌、瘂弦、郭嗣汾、段彩華、隱地、王祿松、張放，周伯乃、朱西甯、黃雍廉、姜穆、朱介凡、墨人、林佛兒等。於一九七六年八月創辦有《青溪學會通訊》月刊，一九七七年改名為《青溪新文藝》，至一九七九年十月停刊，後由林靜助復辦。一九七八年四月該會還創辦有《文學思潮》季刊，至一九八四年四月停刊。一九七七年十一月出版匱剿鄉土文學的《當前文學問題總批判》，一九七八年十二月出版《從怒吼出發》。自一九七九年起，陸續舉辦宣傳官方文藝政策的「文學主流座談會」。一九八一年起主辦中韓作家會議。各縣市還成立有青溪新文藝分會。尹雪曼連任了四屆八年的理事長。二〇一五年理事長為姚家彥。

「中華民國」歌詞作家學會

一九七六年六月創立於臺北市，由張維翰、何志浩、李中和等四十餘人發起。宗旨為團結全臺灣地區歌、詞作者和熱心推廣歌樂人士及團體，研究詞曲理論並從事這方面的創作，出版有《歌詞》專集，已停擺。

「中華民國」著作權人協會

創立於一九七六年十月，先後任理事長的有葉潛昭、王宏鈞、司馬中原、陳若曦等人。會址設在臺北市，實際負責人為符兆祥。在臺灣近二百個文藝社團中，它有會址，有經費，一年收入一千五百八十五萬多元，這是該會積極維護會員合法權益的結果。

匯流詩社

此本土社團創立於一九七六年，出版有《匯流》詩刊，負責人為黃桓秋，社址於臺北縣，現已停止活動。

長廊詩社

一九七六年在臺北政治大學成立，成員有單德興、游喚等人，同年出版《長廊》詩刊試刊號。

月光光詩社

創立於一九七七年四月，出版有《月光光》兒童詩雙月刊，由林鍾隆主編，係臺灣第一份兒童詩刊，至一九九〇年十一月共發行七十八集。

臺灣省文藝作家協會

創立於一九七七年，創辦人兼名譽理事長為外省作家李升如，繼任理事長許耀南。該會推廣文藝教育和研究，培養文藝人才，設有中興文藝獎，策劃主編文藝副刊和雜誌，已停擺。

中國古典文學研究會

創立於一九七九年四月，首任理事長黃永武，後任者有李立信等人，會址臺中縣。該會推動中國古典文學研究工作，主辦中國古典文學論文發表會，編印有關中國古典文學研究的書籍，已停擺。

陽光小集

創立於一九七九年十一月，社址高雄，由向陽、陌上塵等八人發起，同年十二月出版有《陽光小集》季刊，於一九八四年六月停刊，該社也宣布解散。

「中華民國」民間文學學會

創立於一九八〇年，理事長陳宏銘，秘書長李三榮，會址高雄。該會以發揚中華文化、研究民間文學為宗旨。學會主要工作是搜集及整理民間文學資料、舉辦與民間文學有關的學術會議和出版刊物，已停擺。

基隆市文藝作家協會

創立於一九八〇年，理事長林幼儀，總幹事施財濃，地址基隆市中華路，已停擺。

布穀鳥詩社

創辦於一九八〇年四月，社址臺北市，由舒蘭、薛林、林煥彰發起，同仁有二百多人，出版有《布穀鳥兒童詩學季刊》，現該社已解散。

高雄市兒童文學寫作學會

由陳梅生、許漢章於一九八一年元月創辦，首任理事長陳梅生，出版《高市兒童》，有會員一百五十餘人。二〇〇六年理事長蔡清波，已停擺。

臺南市文藝作家協會

成立於一九八一年，首屆理事長朱玖瑩，該會每年均會辦理年度展覽活動互相交流切磋，會員包括校長、教師、公職人員、工程師等各行各業的海內外人士，在文學、詩詞、國畫、西畫、書法、攝影等多項文藝領域多有貢獻，二〇一五年理事長為王巧雲。

桃園縣文藝作家協會

一九八一年創立，理事長張新金，總幹事徐鴻元，宗旨為出版作品和舉辦各種文藝比賽活動，後更名為桃園市文藝作家協會，二〇一五年理事長為鄭永炎。

山城詩社

創立於一九八一年八月，社址嘉義市，由王耀煌等人發起，出版的《掌握詩頁》已停刊，該社現也已解散。

亞洲華文作家協會

此跨國團體創立於一九八一年十二月，創會會長陳紀瀅，現任會長陳若莉，秘書長符兆祥。成立宗旨為團結亞洲華文作家，發揚中華文化，推動各區文學發展，促進各地文學交流以及文化合作，以提升人類文化生活。一九八四年三月出版有創作與評論並重的《亞洲華文作家雜誌》，總編輯符兆祥，執行編輯林煥彰，製作有《新華新詩》等專輯。二〇〇一年還開闢了「世華作家出版」欄目，另設有亞洲華文作家文藝基金會，先後任董事長的有林忠民、楊若瓊、莊傑森。《亞洲華文作家雜誌》二〇〇一年九月出刊，至六十四期停刊。

臺灣文學研究會

此海外本土社團創立於一九八二年十月，首任召集人許達然，秘書陳芳明。一九八八～一九九〇年的會長為黃娟，一九八八年的年會上，林哲雄宣讀論文時主張「臺灣文學與中國文學的關係，如英國文學與美國文學的關係」。該會出有《臺灣文學研究會通訊》，經常邀請島內的「臺獨」作家訪問和演講。一九九三年解散。

嘉義市藝文作家協會

創立於一九八二年，理事長侯書麟，總幹事張雲英，宗旨為結合地方力量，發展嘉義文藝創作，已停擺。

北美洲臺灣人文藝協會

創立於一九八二年十二月，社址設在洛杉磯。

黨外編輯作家聯誼會

一九八二年，黨外人士團結一致提出「住民自決」的訴求，一九八三年九月九日由林正傑發起的「黨外編輯作家聯誼會」正式成立，成員有由黃信介為發行人、許信良任社長、張俊宏任總編輯的黨外政論性刊物《美麗島》雜誌，以及康寧祥主辦的《八十年代》雜誌、林正傑創辦的《進步》雜誌，引發黨外活動與刊物的蓬勃發展。一九八六年九月，此會骨幹分子另成立民進黨。「聯誼會」現已停擺。

「中華民國」專欄作家協會

創立於一九八三年，理事長楚崧秋，秘書長李在敬，會址臺北市。該會聯繫專欄作家，舉辦參訪活動，協助出版專欄作品。二〇一三年理事長為黃少男，二〇一五年為應平書。

「中華民國」兒童文學學會

創立於一九八四年十二月，理事長林良，總幹事林煥彰，二〇〇六年理事長馮季眉，二〇一五年理事長邱各容，該會除舉辦兒童文學獎、兒童文學講座和研討會外，另出版有年刊《「中華民國」兒童文學學會會訊》和《臺灣兒童文學一百年》，第十屆理事長為楊茂秀。該會舉辦「兒童少年小說當代名家作品討論會」活動，鼓勵各式各樣的精彩文學創作。

當代傳奇劇場

一九八六年十二月創立於臺北，團長吳興國，演出《戲說三國》等，對中國戲曲現代化起到促進作用。

「中華民國」詩書畫協會

創立於一九八六年，理事長丑輝英，地址臺北市，已停擺。

當代文學史料研究小組

於一九八七年一月創立於臺北市，主要成員有應鳳凰、陳信元、秦賢次、林煥彰、鍾麗慧等十四人。出版有《當代文學史料叢刊》四冊，於一九九〇年停刊，該小組也隨之解散。

臺灣筆會

此本土團體一九八七年二月十五日創立，成立時會員有一百六十位，首任會長楊青矗，章程中定名為「國際筆會臺灣總會」，申請加入國際筆會時被拒絕。另設有鹽分地帶等分會。二〇〇〇年出版有用中、英、日語書寫的《臺灣筆會通訊》。

由於該會成立於戒嚴時期，故一直不被當局承認，直到第七屆會長李喬任內才進行社團法人登記。第八屆會長為醫生詩人曾貴海，繼任會長為彭瑞金。由於二〇一一年改選時出席人數甚少，現已停止活動，但在二〇一七年出版過《臺灣筆會英譯詩選》。

臺灣文學研究會

此本土團體創立於一九八七年三月，成員有羊子喬、林梵、彭瑞金、高天生、向陽、張恆豪、吳錦發。目標在於用研究成果來肯定臺灣文學的主體性，提升臺灣文學水準及國際地位，已停擺。

鹽分地帶寫作協會

於一九八七年四月創立於臺南縣，由黃勁連發起，舉辦過「蕭郎小說討論會」，已停擺。

夏潮聯誼會

此左翼團體為整合因《夏潮》停止運作而作者各奔東西的左翼力量，《夏潮》集團成員於一九八七年五月創立「夏潮聯誼會」，成員包括陳明忠等政治受難者，一九九〇年改名為「夏潮聯合會」，名譽會長陳明忠，歷任會長有藍博洲、陳福裕等。

中國統一聯盟

此左翼團體由《掃蕩》週刊發行人段宏俊發起，宗旨為「終止分裂，實現統一」，但很少舉辦活動。另一同名組織由《中華雜誌》社與夏潮聯誼會發起，於一九八八年四月成立，有八個分會，盟員數千人，名譽主席為胡秋原和余登發，歷任主席陳映真、呂正惠、毛鑄倫、王津平、戚嘉林，有機關刊物《統訊》。

臺灣筆會鹽分地帶分會

此本土團體創立於一九八八年五月，由黃勁連發起，成員有羊子喬等人，已停擺。

大陸兒童文學研究會

創立於一九八八年九月，由林煥彰等人發起，成員有陳信元等人，曾出會刊六期，一九九二年六月變身為中國海峽兩岸兒童文學研究會，林煥彰為首任理事長。

高雄市古典詩學研究會

由簡錦松創立於一九八八年十一月，曾發行《古典詩學》雙月刊。一九九四年另成立了「財團法人古典詩學文藝基金會」，在古典詩詞的教學、推廣和研究方面作出了突出成績。會址在高雄市新興區忠孝一路，二〇一五年理事長為周肇基。

秋水詩社

於一九八九年一月創立於臺北市，先有一九七四年一月出版的《秋水》詩刊，成同仁刊物後便成立詩社。負責人涂靜怡，成員有綠蒂、林齡、汪洋萍、趙化、雪飛等人。已於二〇一四年春停止活動。後又由綠蒂接棒成立秋水「臉書社團」，負責收集詩作，以及與交友互動。

中國民俗學會

創立於一九八九年四月，社址臺北。理事長陳奇祿，秘書長王秋桂。該會承繼一九三二年鍾敬文等人在大陸創設的弘揚中華文化精神傳統的同名學會精神，以調查及研究民俗，搜集、整理及出版民俗文學，發揚優良傳統風俗習慣，並促進國際民俗文化交流為宗旨，已停擺。

「中華民國」作家協會

創立於一九八九年五月二十八日，其目的是讓臺灣作家走向世界，開展國際交流。理事長查顯琳，秘書長臧冠華，李瑞騰等九人為常務理事。後改名為中國作家協會，理事長王賢忠，秘書長任時樊。二〇一三年理事長為蒙天詳。地址在新北市新店區，已停擺。。

臺灣省兒童文學協會

創立於一九八九年十二月，理事長陳千武，出版有《滿天星》季刊，社址在臺中。二〇〇五年改名為臺灣省兒童文學學會，接任理事長為趙天儀等人。二〇二二年理事為吳麗櫻。

「中華民國」文學藝術協會

創立於一九八九年，理事長劉文波，社址在臺北，已停擺。

中國民間文學學會

創立於一九九〇年一月，由高雄師範學院國文系主任王忠林發起，會址高雄，已停擺。

「中華民國」漢詩學會

創立於一九九〇年，理事長吳劍峰，地址臺北市。宗旨為薪傳國粹，栽培新人，舉辦兩岸詩學交流活動，出版《漢詩之聲》季刊，已停擺。

「中華民國」英美文學學會

創立於一九九一年一月，第一任理事長為朱立民，總幹事（第二屆後改稱秘書長）為田維新。理監事成員有馮品佳、廖炳惠，林耀福、單德興、陳英輝等教授。二〇一五年理事長為蘇子中。秘書處設於臺灣大學英語學系。學會除了舉辦全國英美文學研討會與出版《英美文學評論》之外，還通過英美文學講座等活動推廣學術，服務學界。

蕃薯詩社

此本土團體創立於一九九一年五月二五日，社長林宗源，總編輯黃勁連，活動組召集人陳明仁。同仁有林宗源、莊柏林、向陽、黃勁連、李勤岸、林央敏、黃子堯等三十多位，他們主張用本土語言創造所謂正統的「臺灣文字」，鼓吹用各種母語寫作，追求「臺語」的文字化和文學化，出版有不定期的《蕃薯》詩刊。共出版七輯，該社於一九九六年六月停辦。

臺灣語文學會

此本土團體創立於一九九一年，會長洪惟仁。該會從事並推動臺灣語文及其相關學術的研究、建立文獻資料庫、出版相關研究成果，定期舉辦學術會議和演講會，如一九九二年，該會便舉辦過「臺語音標草案公聽會」。二〇一三年理事長為陳淑娟，二〇一五年理事長為楊秀芳，會址在新竹市教育大學。

中國作家藝術家聯盟

由資深作家尹雪曼、畫家李文漢、書法家吳疏潭等人發起，於一九九一年創立，曾邀請大陸作家姚雪垠等為顧問，未果。二〇〇四年年會長為王強華，會址臺北市。該會推動兩岸文化交流，促進臺灣文藝作家的團結，並以培養新一代作家為已任。於一九九三年創辦文藝新聞雜誌，並於一九九四年邀請以鄧友梅為團長的「中國作家訪問團」赴台交流。已停止活動。

吳三連臺灣史料基金會

吳三連為日據時期與戰後臺灣民族運動、社會運動及政治運動的先驅人物。他致力於文教事業，經營《自立晚報》，創辦天仁工商、延平中學及南臺工專（今南臺科技大學）等校，他於一九八八年逝世後，吳氏子女為延續他生前關懷臺灣本土文化之精神，於是邀請長期致力於臺灣文史界人士陳奇祿、吳豐山、吳岩、吳知心、張炎憲、林美容、莊永明、許木柱、黃天橫、向陽等人共組董事會。一九九一年十一月，「財團法人吳三連臺灣史料基金會」正式成立，隨即展開各項會務活動。二〇一五年董事長為吳樹民，秘書長為戴寶村，社址於臺北市。

中國文藝工作者協會

創立於一九九二年，理事長王青華，會址桃園縣。該會注重亞太地區文化交流，為海峽兩岸文學藝術工作者的互訪和對話提供平臺，已停擺。

臺北市文藝協會

由女作家李銘愛於一九九二年二月創立，其宗旨是推展書香社會的理念，已停擺。

九歌文教基金會

由蔡文甫創辦於一九九二年六月，開辦有小說創作班、寫作研究班，係中國文藝協會「小說研習組」精神的延伸，由朱炎任董事長，李瑞騰任執行長。二〇一五年執行長改為陳素芳。

世界華文作家協會

一九九二年十一月，在「亞洲華文作家協會」基礎上於臺北創立世界華文作家協會。該會共分亞洲、歐洲、北美洲、南美洲、大洋洲、中美洲、非洲七大洲分會，每兩年開一次年會，召開過近十次會員代表大會。除一九八四年創刊的《亞洲華文作家》雜誌作為該會會刊外，又於一九九二年五月在《中央日報》國際版開闢了《世界華文作家》週刊，計出版四百多期。世新大學還於一九九九年成立了「世界華文文學典藏中心」。該會首任會長為黃石城，繼任會長為韋伯韜、林澄枝、杜正勝、莊延波、孫德安，實際操作者為總會秘書長符兆祥。

該會以「認同中華文化，熱愛華文寫作而聯繫結盟」。世界華文作家協會歷屆大會在臺北、新加坡、洛杉磯、澳門、廣州等地舉行。至二〇一三年止，該協會在世界各國各地區已發展到一三二個分會，會員四千餘人，是世界最大的華文文學組織。在廣州暨南大學召開的世界華文作家協會第八屆會員代表大會，係首次兩岸共同舉辦。第九屆會員代表大會於二〇一三年在吉隆坡召開，第十屆會員代表大會在香港舉行。《文訊》雜誌二〇〇三年編輯了《世界華文作家協會各地分會資料匯編》。

中華藝文交流協會

創立於一九九二年，理事長高金福，秘書長高金祿，地址在新北市，該會以藝文創作為導向，旨在以文學促進社會祥和，已停擺。

三月詩會

創立於一九九三年三月，由一群不分詩社的資深詩人林紹梅、王幻、文曉村、金筑、麥穗、劉菲、藍雲、張朗、邱平、晶晶、一信、謝輝煌等人組成。每月聚會一次，交作品一篇，互相批評和砥礪，並出版《三月情懷》同仁詩集數種。不設理事長，也不提倡什麼主義，完全是銀髮族詩人自由的組合。

臺灣社會科學研究會

為了批判地繼承二十年代臺灣社會性質論的遺產，進一步汲取二戰以後的依附理論、世界體系論以及其他各種進步的關於社會、政治、經濟和文化各理論新的反省與發展，同臺灣社會具體現實結合起來，建構一個科學地、批判地認識和改造臺灣社會與歷史的論述系統。一九九三年四月由陳映真發起成立，成員有曾健民、呂正惠等人。

世界華文兒童文學資料館

創立於一九九四年九月，館長為林煥彰，出版有《館刊》，地址在臺北市。

中國詩歌藝術學會

一九九四年十月在《葡萄園》、《秋水》、《大海洋》、《海鷗》、《中國》、「三月詩會」中的三十一名詩友共同發起，宗旨是推廣現代詩歌藝術，促進兩岸文化交流。它是「葡萄園」、「秋水」等弱勢詩社的組合，對抗以「創世紀」詩社為龍頭的《年度詩選》的話語霸權。他們除舉辦詩歌藝術獎和兩岸詩刊學術研討會、兩岸女性詩歌學術研討會外，還編輯了多本《中國新詩選》。歷任會長為文曉村、王祿松、周伯乃、劉小梅、林靜助、文林。

高雄市文藝協會

由蕭颯於一九九四年創立，歷任理事長有蕭颯、周嘯虹、楊濤等，已停擺。

高雄市港都文藝學會

一九九四年十一月創立，由「港都文藝讀書會」、高雄市文化中心「讀書會」與「文藝創作班」組成，擁有會員八十餘人，出版有《港都文藝》等作品合集。歷任理事長費啟宇、李文義、鍾順文、何雨彥等。

阿盛寫作班

一九九四年，由作家阿盛創辦，他採用小班制經營，將課程分為入門班、進階班和高級班。

植物園詩社

此校園社團於一九九四年創立，為跨校性大專青年現代詩社，成員有楊宗翰等人，一九九八年詩人節前推出《畢業紀念冊——植物園六人詩選》一書。

葉香文學工坊

由作家葉香於一九九五年設立於臺東，包含「兒童文學寫作閱讀」與「成人文學閱讀」兩個類型的班級。

歷史文學學會

一九九六年三月創立，由曾永義、林佩芬等多位作家、學者、新聞界人士組成。理事長為曾永義，曾舉辦「歷史與歷史戲劇座談會」，已停擺。

城鄉臺語讀書會

成立於一九九六年四月，是附屬城鄉生活學苑的一個讀書會，指導者為黃勁連、施炳華。每星期聚會一次，互相觀摩「臺語」作品，會員近五十人。二〇〇一年三月停辦。

鹽分地帶文藝工作室

成立於一九九六年，召集委員許獻平，副召集委員黃南慶，業務範圍，策劃承辦鹽分地帶文藝營，與文化中心合辦讀書會、文藝寫作班，策劃主編文藝副刊和雜誌，已停擺。

臺灣臺語社

此本土社團創立於一九九六年，理事長李尚賢。宗旨為倡導母語寫作，出版刊物《掖種》並開設臺語班，已停擺。

現代詩網路聯盟

此網站由「文建會」主辦、臺灣現代詩網路聯盟協辦，於一九九七年成立，執行單位為輔仁大學夜間部大眾傳播系，發起人有杜十三、侯吉諒、須文蔚，主持人須文蔚、簡政珍、蕭水順。欄目有：

每日一詩電子版、經典作品典藏區、新出版詩集簡目介紹、多媒體·網站詩·創新區、重要詩刊精選、新作塗鴉投稿區、詩學教室·理論·評論、詩壇活動·情報·留言板、最新上網情報與連線。

菅芒花語文學會

一九九八年五月創辦於臺南，宗旨是「為臺灣建立多語言、多文化共存的新社會基礎」，歷任理事有黃勁連、施炳華、方耀乾、周定邦、劉克全、藍淑貞。該會發行的刊物為《菅芒花詩刊》與《菅芒花臺語文學》。

全方位藝術家聯盟

創立於一九九八年十月，成員由德亮、白靈、侯吉諒、須文蔚、呂道詳、大蒙等六位詩人和藝術家組成，曾舉辦「一九九八跨世紀多元藝術互動展」活動。

女鯨詩社

此女性主義社團由臺灣大學教授江文渝發起，王麗華、李元貞、利玉芳、沈花末、杜潘芳格、海瑩、陳玉玲、張芳慈、劉毓秀、蕭泰、顏艾玲等人參與，社長杜潘芳格。成立時間為一九九八年十一月一日。每半年出一本詩集，一九九八年創刊號《詩在女鯨躍身擊浪時》，是該社詩人嘗試集體破浪發聲的一次努力。

世界華文文學典藏中心

創立於一九九九年十月，該「中心」設在世新大學圖書館。世界華文作家協會所保存的全球七大洲、三十八個分會、上萬名會員的資料、圖書及作品均存放在此處，另還廣徵其他華文文學之檔案資料及文學作品。

臺灣語言學學會

此本土團體創立於一九九九年，掛靠在「中央研究院」語言學研究所，理事長黃宣范。宗旨為推動臺灣語言學專業研究與教育，促進臺灣語言學界國際學術交流，二〇一五年理事長何德華。

臺灣文學協會

創立於一九九九年，理事長林水福，成員有焦桐、陳義芝、廖炳惠。該會宗旨為：系統地推薦介紹臺灣優秀作品，策劃海內外學術交流活動，辦理多元化文藝研習課程，建立屬於臺灣的文學理論與觀念。

「中華民國」武俠文學學會

創立於二〇〇〇年，理事長龔鵬程。該會宗旨乃探索武俠文學和發揚俠義精神，研討傳統文化，推動武俠文學研究風氣，提升武俠文學寫作與研究水準，已停擺。

美國加州大學臺灣研究中心

二〇〇三年，美國聖塔芭拉加州大學臺灣研究中心設立「賴和吳濁流臺灣研究講座」，稍後成立臺灣研究中心。該中心除出版《臺灣文學英譯叢刊》外，還有《臺灣作家英譯系列》和《臺灣文學漢英對照叢書》，邀請臺灣作家到該校做短期訪問，並於二〇〇四年主辦過有關臺灣問題的國際學術研討會。杜國清為該中心講座教授。

中華戲曲與文學推廣協會

創立於二〇〇〇年，理事長曾永義，秘書長應平書，地址臺北市，宗旨為推廣文學與崑曲等相關活動，增進兩岸文藝交流，已停擺。

「中華民國」漢詩學會

創立於二〇〇〇年，理事長吳劍峰，宗旨為薪傳國粹、栽培新秀和舉辦兩岸詩學交流活動，另發行有《漢詩之聲》季刊，已停擺。

臺灣現代詩人協會

此本土社團創立於二〇〇〇年，會址臺中市，理事長何錦榮。該會提倡現代詩創作，開展詩文活動。二〇一五年理事長賴義雄。

「中華民國」梅川傳統文化學會

二〇〇〇年十二月成立，以「同諳河洛漢語朗讀吟唱，承續雅頌古風之餘韻，共研詩詞歌賦禮樂典章，體認文化道統之精深」為宗旨。河洛漢語研習班乃梅川傳統文化學會常設之進修機構，已招收十八期基礎班和十四期進階班，二期高階班，培育文化志工數百人。

臺灣新本土社

創立於二〇〇一年一月，會址臺南市，機關刊物《臺灣e文藝》同時創刊，社員超過五十位。創辦宗旨即《臺灣新本土主義宣言》中所明言的，以延續臺灣文學追求獨立、自主、尊嚴的精神傳統為矢志，已停擺。

愛亞小坊

由作家愛亞於二〇〇一年創辦，以友書會、寫作班與游於藝（手工製作）三種方式經營小坊，借由閱讀來提升生命，以彈性、放鬆創作等方式來達到心靈的成長，已停擺。

臺灣羅馬字協會

創辦於二〇〇一年八月，在臺北淡水真理大學成立。宗旨有，一、推行臺灣羅馬字的研究及普遍化。二、追認臺灣羅馬字及臺灣話的法定地位。三、要求政府實施公平正義的多語文政策。四、建設多元、開放、互相尊重的臺灣文化。二〇一三年理事長為李文正，二〇一五年理事長蔣為文。

幼獅文藝寫作班

由《幼師文藝》於二〇〇二年創辦，多在春秋兩季開學，有「名家小說班」等項。

海翁臺灣文學營

創立於二〇〇三年，由臺灣海翁臺語文教育協會主辦。活動宗旨為推廣臺語文學創作和教育。除在臺灣舉辦活動外，二〇一三年還在廈門舉行。

中國現代文學學會

二〇〇三年創立於臺北，理事長金榮華，出版有《中國現代文學》季刊，後改為半年刊，主辦過「海峽兩岸華文文學學術研討會」，並出版有論文集。二〇一三年理事長為邱燮友，二〇一五年理事長為李瑞騰。

全國臺灣文學營

二〇〇三年創立於臺北，由「INK印刻文學生活誌」主辦，《中國時報》「人間」副刊等單位合辦，分新詩組、散文組、小說組、戲劇組、電影組、歌謠組（二〇一六年歌謠組改成文創組，二〇一七年改成影視劇本創作組）等。

臺灣文學館

臺灣文學館誕生之前，曾有過名稱問題的討論，館址選擇也有南北之爭。後來館址選在臺南，設立目標為「重點是臺灣文學的主體性」，所整理的文史資料，均以本土文學為主。二〇〇三年十月開館後，舉辦過多次展覽和文學座談，以及「在文學的時光迴廊中對話——葉石濤與鍾肇政」，另還有「鍾理和文學展」。該館分研究組（調查、整理、研究文學史料）、典藏組（保存、維護、管理文學藏品）、推展組（策劃展覽與教育推廣活動）。負責《臺灣文學年鑒》編寫工作，並出版有《臺灣文學學報》。創館館長林瑞明，二〇〇五年後為鄭邦鎮，二〇〇一年二月起為李瑞騰。二〇〇七年八月「文建會」將原暫定為三級的行政法人機構「國家臺灣文學館」改為四級行政機構「國立臺灣文學館」。二〇一四年館長翁志聰，二〇一五年館長為陳益源，二〇一六年館長為廖振富，二〇一八年館長為蘇碩斌。

此外，各地方縣市設立的已有高雄文學館（二〇〇三年成立）、南投縣文學資料館（二〇〇七年成立）、宜蘭文學館（二〇一一年成立）、彰化文學館（二〇一五年成立）、臺中文學館（二〇一六年成立）等。

海外臺灣人筆會

大紐約區海外臺灣人筆會由楊慶安、蔡榮聰、王淑芬、林淑麗、廖登豐發起，參與者以紐澤西紐約臺灣鄉親為主。成立大會於二〇〇三年十一月二十九日舉行，蔡榮聰醫師為創會會長，會員有六十位。第二任會長為林興隆，第三任會長為郭正昭，後任會長李正三。筆會成立的宗旨是期待以筆來啟蒙臺灣人的主體意識，激發命運共同體精神，促使臺灣的美國人以更積極進取的態度，共同來關心社會公義。

人間學社

此左翼團體於二〇〇三年十一月創立於臺北，發起人陳映真，成員以從事報導攝影、報導文學創作以及製作紀錄片的文化工作者為主，有關曉榮、藍博洲、李文吉、楊渡、蔡明德等人。《人間》雜誌（一九八五至一九八九年）停刊四年後，《人間》影像與調查報導的工作者重新出發，以其關愛社會、同情弱勢為創刊立場，重新為社會把脈。

搶救國文教育聯盟

係反「臺獨」團體。二〇〇四年，「教育部」

公布高中國文課程減少文言文比例後，引起文教界激烈辯論。余光中為了搶救和提升學生的中文能力，於二〇〇五年一月十四日結合文化界、教育界及學生家長的力量，組成「搶救國文教育聯盟」，發起人另有李家同、黃碧端、曾昭旭、蔡文甫、龔鵬程等人。余光中執筆的行動宣言〈在外語與方言之間〉，旗幟鮮明地反對國文課課時被削減。除呼籲提高古文的比例外，他們要求增加中小學國文課的授課時數，以提高學生的國文能力和對中華文化的認知。該「聯盟」現已停擺。

龍應台文化基金會

二〇〇五年創辦以來，龍應台文化基金會以拓展臺灣年輕人的全球視野為目標，在臺灣社會推動靜水流深的思想啟蒙運動。舉辦「思沙龍」「國際名家論壇」、英語「合北沙龍」活動，並輸出臺北資源與中、南、東部六所大學策劃結盟，培訓了眾多大學志工。龍應台為基金會董事長。龍應台二〇一二年辭去董事和董事長後，由楊澤接任董事長，前「文建會主委」曾志朗接任董事。

中華語文教育促進協會

創立於二〇〇八年一月，理事長余光中，該會主要是幫助中學生提高中文寫作能力和弘揚中華文化，此外還舉辦高中寫作營活動，已停擺。

臺灣文藝創作者協會

創辦於二〇〇三年，借由「文學創作者」網路論壇，展現出新世紀文學創作者通過網路介入的串聯力量。

臺美人筆會

二〇〇八年在洛杉磯成立，先後任會長的有鄭炳全、李泰雄、林良彬，黃健造等，出版有《臺美文藝》。二〇〇一年八月改組為「海外臺灣人筆會」洛杉磯分會。

推理文學研究會

創立於二〇〇八年四月，主要成員有凌徹、紗卡、陳國偉等七人，他們推出「十大必讀書單」並設立首屆推理小說獎。

臺灣文學創作者協會

由網站上一群熱愛寫作的文友於二〇〇八年九月創立，這是全島第一個由網路走向實體化的文學團體，曾舉辦三次文學創作獎，發起人有林金郎、許榮哲等人，總負責人陳榕笙。

原住民族文學作家筆會

創立於二〇〇九年七月，宗旨為以發展臺灣原住民文學事業為目的。達悟人作家夏曼·藍博安表示，「筆會」的誕生是臺灣原住民族集體的永遠資產，相約每年至少一次內部聚會，在此基礎上進一步舉辦原住民文學研討會。

臺文筆會

此本土團體於二〇〇九年十一月二十一日在臺南成立，理事長李勤岸，秘書長胡長松，會員有六十多人。該會宗旨為「讓臺灣人以臺語寫作成為主流」，同時希望兩年內能參加國際筆會。出版有《臺文戰線》雜誌，二〇一五年理事長為廖瑞銘。

臺灣母語聯盟

成立於二〇一〇年二月，二〇一三年理事長為何信翰，地址為新北市新店區。二〇一五年理事長為何信翰。

臺灣客家筆會

此本土團體於二〇一〇年七月由黃恒秋創辦，宗旨是聯絡客家文學作家，鼓勵客語文的創作、提升寫作水平及維護客家語文權益地位，推廣文藝交流合作。該會全面推動客家語文教育，出版《文學客家》雜誌，設立客語文學創作獎。二〇一五年理事長黃子堯（黃恆秋）。

「反對閩南語歧視稱呼正名」聯盟

創立於二〇一一年五月，負責人蔣為文，聯盟成員有臺灣南社、臺灣客社、臺灣羅馬字協會等，宗旨為反對「教育部」公布的「九年一貫課程綱要本國語文採用的閩南語一詞」，抗議「教育部」不把臺灣人當人看。

臺灣藝文作家協會

成立於二〇一一年十一月。創會理事長詹澈，現任理事長陳若曦，名譽理事長郭楓。主辦過兩屆兩岸民族文學交流暨學術研討會，還主辦過三屆「二十一世紀世界華文文學高峰會議」。

文藝創作者文藝營

成立於二〇一二年，由臺灣文學創作者協會主辦，臺灣文學館協辦。

野薑花詩集詩社

二〇一二年三月，在高雄市旗山區成立了「野薑花雅集詩社」，並推舉許勝奇（浮塵子）為社長，宗旨為相互學習，共同成長，一如野薑花的特性，總不單株成長，香就要共同馨香，美就要美在一起。同年十月成立「野薑花雅集」臉書社團，有六百三十多位成員。二〇一三年十二月更名為「野薑花詩集詩社」，共有二十六位同仁。

臺灣文學學會

創辦於二〇一六年十月，由島內各大學臺灣文學系所合組而成，臺北教育大學向陽出任理事長。二〇一八年召開第二屆會員大會，邱貴芬當選為新的理事長。

中國口傳文學學會

二〇一三年理事長為陳勁榛，二〇一五年理事長則為金榮華，位於新北市新店區。

「中華民國」全球華人文藝協會

二〇一三年理事長為林黛曼，社址於臺北市松山區。協會宗旨是從臺灣出發，結合全球華文作家、藝術家，以藝文活動、學術會議等文化交流，提昇作品品質。

「中華民國」文學與環境學會

二〇一三年理事長為蔡振興，社址於高雄市鼓山區。致力推展文學、文化與環境之學術研究、國際活動。

「中華民國」國語文研究協會

二〇一三年理事長為江秀鍾，社址於臺中市自治街。協會宗旨為期望啟發兒童才智和學習能力，常舉辦各項才藝比賽，並推展各類教育認證制度，亦設置獎學金。

中華戲劇學會

二〇一三年理事長為胡耀恆，二〇一五年理事長蔡國榮，社址北市南港區。由姚一葦、胡耀恆、王士儀、黃美序、貢敏等人於一九九〇年成立，結合學術研究領域，進而開拓戲劇領域，培養戲劇專業人才，並推廣相關藝文活動。二〇一三年代表臺灣加入聯合國教科文組織的國際戲劇協會，成為臺灣戲劇於學術與文化交流的國際代表性組織。

中國詩人文化會

二〇一三年理事長陳國卿，二〇一五年理事長胡順隆，位於臺中市南區。中國詩人文化會長期以來致力發揚中華文化，長期推廣古詩創作。該會也會舉辦藝文活動，促進各詩社間的交流與學習，並提昇創作與研究風氣。

海峽兩岸兒童文學研究會

一九九二年成立，二〇一三年理事長為何綺華，以研究兒童文學，促進兩岸兒童文學與相關文化交流為宗旨。社址於臺北市信義區。

臺灣客家語文學會

二〇一三年理事長為徐貴榮，二〇一六年理事長江俊龍，位於苗栗縣銅鑼鄉。該會成立於二〇〇七年，由彭欽清、羅肇錦等學者發起，長期致力於臺灣客家語言文化推動，期望社會重視客家語。

臺灣省客家戲劇發展協會

二〇一五年理事長為李永乾，位於新竹市東區。李永乾有感於戲曲要有更大的發展空間，急需團結合作、凝聚理念共識，故於一九九五年成立該協會。

臺灣客家演藝文化協會

二〇一四年理事長為李康雷，協會成立宗旨為發揚客家文化乃至中華文化、提升表演專業、促進兩岸文化藝術薪傳為目標，曾赴廣東梅州、湖北黃岡交流演出。

臺中市文藝作家協會

二〇一五年理事長為林美怡，位於臺中市太平區。協會期望建立一個自由的藝文發表空間，以帶動藝文欣賞與創作，達到讓生活藝術化，藝術生活化之信念。

臺中市新文化協會

二〇一三年理事長為王志誠，二〇一五年理事長郭永芳，位於臺中市西區。

臺南市文創協會

此協會為臺南市民共同發起，集結專業與推廣的文創工作者，培育文創人才、創造文創空間、增加學術活動，結合不同面向的資源，促進國內外文創平臺之間的交流，提升創作能量與交流機會。二〇一五年年理事長為費啟宇，位於臺南市安南區。

全國巡迴文藝營

由聯經出版事業公司的「聯合文學」執行，每屆文學營會跟地方政府與大學合作舉辦。營隊主題大約劃分小說組、散文組、繪本兒童文學組、電影組、戲劇組、傳播組、新詩組、網路文學組等。會邀請該領域的相關學者、作家擔任講師。

全國青少年編輯營

由聯經出版事業公司的「聯合文學」執行，每屆文學營會跟地方政府與大學合作舉辦。營隊主題大約劃分小說組、散文組、繪本兒童文學組、電影組、戲劇組、傳播組、新詩組、網路文學組等。會邀請該領域的相關學者、作家擔任講師。

基隆市文藝創作營

由基隆市政府主辦，基隆市文化局承辦。並依文學創作方式，邀請專家學者對學員進行演講、教學。如二〇一〇年邀請許榮哲演講《小說的基本功：人物、對話與場景》；吳鈞堯演講《從寫作到投稿：我的大計畫》；鄭栗兒演講《看見小說中的風景》；李志薔演講《電影中的寫作技巧》。